OSCAR WILDE

OSCAR WILDE
DAS BILDNIS DES DORIAN GRAY
ROMAN

DIE GROSSE ERZÄHLER-BIBLIOTHEK
DER WELTLITERATUR

Die buchkünstlerische Ausstattung dieser Ausgabe
hat der österreichische Staatspreisträger
Ernst Ammering (Ried, Oberösterreich) entworfen.

Das Frontispiz zeigt Oscar Wilde
(nach einer Radierung von Fritz Janschka,
die für diese Ausgabe entstanden ist).

Aus dem Englischen übertragen
von Bernhard Oehlschlägel
(Für diese Ausgabe überarbeitet)

Redaktion:
Bernhard Pollmann

**DIE GROSSE ERZÄHLER-BIBLIOTHEK
DER WELTLITERATUR**

© Harenberg Kommunikation
Verlags- und Mediengesellschaft, Dortmund 1985
Gesamtherstellung: Mohndruck, Gütersloh
Printed in Germany
ISBN 3-88379-831-2

DIE VORREDE

Der Künstler ist der Schöpfer schöner Dinge.
Kunst offenbaren und den Künstler verbergen, ist das Ziel der Kunst.

Kritiker ist, wer seinen Eindruck von schönen Dingen in eine andre Form oder in ein neues Material übersetzen kann.

Die höchste wie die niederste Form von Kritik ist eine Art Autobiographie.

Wer aus schönen Dingen eine häßliche Absicht herausfindet, ist verdorben, ohne daß ein Reiz ihn schmückt. Dies ist ein Fehler.

Wem in schönen Dingen schöne Absichten aufgehn, der hat Kultur. Für ihn steht zu hoffen.

Dies sind die Auserwählten, denen schöne Dinge einfach Schönheit heißen.

Moralische oder unmoralische Bücher, dergleichen gibt es nicht. Bücher sind gut geschrieben oder schlecht geschrieben. Nichts sonst.

Die Abneigung des neunzehnten Jahrhunderts gegen den Realismus ist die Wut Calibans, der sein eignes Gesicht in einem Spiegel sieht.

Die Abneigung des neunzehnten Jahrhunderts gegen die Romantik ist die Wut Calibans, der nicht sein eignes Gesicht im Spiegel sieht.

Das moralische Leben des Menschen bildet einen Teil der Gegenstände des Künstlers, die Moralität der Kunst besteht jedoch in dem vollkommnen Gebrauch eines unvollkommnen Mittels.

Kein Künstler wünscht etwas zu beweisen. Selbst Wahres kann bewiesen werden.

Kein Künstler hat ethische Neigungen. Ethische Neigung beim Künstler ist unverzeihliche Manieriertheit des Stils.

Kein Künstler ist je krankhaft. Der Künstler kann alles ausdrücken.

Gedanke und Sprache sind dem Künstler Kunstwerkzeuge.
Laster und Tugend sind dem Künstler Kunstmateriale.

Vom Standpunkt der Form ist der Typus aller Künste die des Musikers. Vom Standpunkt des Gefühls nimmt die des Schauspielers den Gipfel ein.

Alle Kunst ist zugleich Oberfläche und Symbol.

Wer unter die Haut dringt, tut es auf eigne Gefahr.

Wer dem Symbol nachgeht, tut es auf eigne Gefahr.

In Wahrheit spiegelt die Kunst den Zuschauer, nicht das Leben.

Unterschiedlichkeit des Urteils über ein Kunstwerk zeigt, daß das Werk neu, vielfältig und lebenskräftig ist.

Wenn die Kritiker auseinandergehn, ist der Künstler mit sich einig.

Wir können jemand verzeihen, daß er etwas Nützliches schafft, solange er es nicht bewundert. Die einzige Entschuldigung für die Schaffung von etwas Unnützlichem ist, daß man es unendlich bewundert.

Alle Kunst ist ganz vom Zweck entladen.

Oscar Wilde

ERSTES KAPITEL

Das Atelier war voll vom starken Geruch von Rosen, und wenn der leichte Sommerwind durch die Bäume des Gartens rauschte, drang durch die offene Tür der schwere Duft des Flieders oder der feinere Hauch vom blühenden Rotdorn.

Von der Ecke des Diwans aus persischen Satteldecken, auf denen er lag und nach seiner Gewohnheit unzählige Zigaretten rauchte, konnte Lord Henry Wotton gerade noch den Schein der honigsüßen und honigfarbnen Blüten eines Goldregenbuschs erhaschen, dessen zitternde Zweige die Last einer Schönheit wie der ihrigen kaum tragen zu können schienen; und dann und wann glitten die phantastischen Schatten von Vögeln im Flug über die langen seidenen Vorhänge, die über das ungeheure Fenster hinweggespannt waren, und brachte für einen Augenblick eine japanische Stimmung hervor, indem sie ihn an jene bleichen Maler Tokios mit den Bernsteingesichtern denken ließen, die durch die Mittel einer Kunst, die notwendig unbeweglich ist, den Eindruck von Schnelligkeit und Bewegung herbeizuführen suchen. Das tiefe Summen der Bienen, die sich den Weg durch das lange, ungemähte Gras bahnten oder mit immer gleicher Beharrlichkeit um die blütenstaubgefüllten vergoldeten Trichter des wuchernden Geißblatts kreisten, schien die Stille noch drückender zu machen. Das dumpfe Brausen Londons war wie der Baßton einer fernen Orgel.

In der Mitte des Raumes stand, an einer aufrechten Staffelei befestigt, das lebensgroße Bildnis eines jungen Mannes von außerordentlicher Schönheit, und in ganz geringer Entfernung davor saß der Künstler selbst, Basil Hallward, dessen plötzliches Verschwinden vor einigen Jahren in der Öffentlichkeit solches Aufsehen erregt und zu so vielen seltsamen Vermutungen Veranlassung gegeben hatte.

Als der Maler die graziöse und einnehmende Gestalt ansah, die er in seiner Kunst so trefflich wiedergegeben hatte, glitt ein freudiges Lächeln über seine Züge und schien dort zu verweilen. Plötzlich aber fuhr er auf, schloß die Augen und drückte seine Finger auf die Lider, als suche er hinter seiner Stirn irgendeinen seltsamen Traum zu verschließen, aus dem er zu erwachen fürchtete.

»Es ist Ihr bestes Werk, Basil, das beste, das Sie je gemacht haben«, sagte Lord Henry langsam. »Sie müssen es nächstes Jahr unbedingt in die Grosvenor-Gallery schicken. Die Akademie ist zu groß und zu gewöhnlich. Jedesmal, wenn ich hinging, waren entweder so viel Leute da, daß ich die Bilder nicht sehen konnte, und das war schrecklich, oder so viel Bilder, daß ich die Leute nicht sehen konnte, und das war noch ärger. Grosvenor ist der einzig richtige Ort.«

»Ich glaube nicht, daß ich es irgendwohin schicken werde«, antwortete der Maler, indem er seinen Kopf in jener merkwürdigen Weise zurückwarf, die schon in Oxford seine Freunde zum Lachen gebracht hatte. »Nein, ich will es nirgends hinschicken.«

Lord Henry zog seine Augenbrauen in die Höhe und sah ihn durch die dünnen blauen Rauchwolken, die in so bizarren Ringeln von seiner schweren opiumhaltigen Zigarette aufstiegen, betroffen an. »Nirgends hinschicken? Aber, mein lieber Junge, warum denn? Haben Sie irgendeinen Grund dafür? Was ihr Maler doch für tolle Käuze seid! Ihr tut alles mögliche von der Welt, einen Ruf zu bekommen. Und sobald ihr ihn habt, scheint ihr nur das Bedürfnis zu fühlen, ihn wieder wegzuwerfen. Das ist töricht von euch, denn es gibt nur etwas, das übler ist, als in aller Mund zu sein, nämlich: nicht in aller Mund zu sein. Ein Porträt wie dieses würde Sie weit über die jungen Leute in England hinausheben und die Alten ganz rasend machen, soweit alte Leute überhaupt noch einer Empfindung fähig sind.«

»Ich weiß, Sie werden mich auslachen«, antwortete der Maler, »aber ich kann es wirklich nicht ausstellen. Es ist zu viel von mir selbst hineingekommen.«

Lord Henry streckte sich auf dem Diwan aus und lachte.

»Ja, das wußte ich; es bleibt aber schon wahr.«

»Zu viel von Ihnen selbst! Auf mein Wort, Basil, das war mir ganz unbekannt, daß Sie so eitel sind; und ich kann in der Tat keinerlei Ähnlichkeit entdecken zwischen Ihnen mit Ihrem rauhen, starken Gesicht und dem kohlschwarzen Haar und diesem jungen Adonis, der aussieht, als wäre er aus Elfenbein und Rosenblättern geschaffen. Nein, mein lieber Basil, er ist Narziß, und Sie – nun, natürlich haben Sie geistvolle Züge und sonst mehr. Aber Schönheit, wirkliche Schönheit hört da auf, wo ein geistiger Ausdruck beginnt. Geist ist an sich etwas Übertriebenes und zerstört die Harmonie eines jeden Gesichts. Im Augenblick, wo man sich hinsetzt, um zu denken, wird man ganz Nase oder ganz Stirn oder sonst etwas Greuliches. Sehen Sie nur die Leute an, die es in irgendeinem von den gelehrten Berufen zu was gebracht haben. Wie ausgesprochen häßlich sie alle sind! Ausgenommen natürlich bei der Kirche. Aber bei der Kirche denkt man nicht. Ein Bischof sagt als Achtzigjähriger noch genau dasselbe, was ihm eingeflößt wurde, als er achtzehn zählte, und infolgedessen sieht er immer durchaus entzückend aus. Ihr geheimnisvoller junger Freund, dessen Namen Sie mir nie gesagt haben, dessen Bild aber in der Tat einen Bann auf mich ausübt, denkt niemals. Dessen bin ich ganz sicher. Er ist irgendein hirnloses schönes Geschöpf, das immer im Winter dasein sollte, wenn wir keine Blumen haben, die wir anschauen könnten, und immer im Sommer dasein sollte, wenn wir etwas brauchen, um unsern Verstand zu kühlen. Geben Sie sich keiner Selbsttäuschung hin, Basil! Sie sehen ihm nicht im geringsten ähnlich.«

»Sie verstehen mich nicht, Harry«, antwortete der Künstler. »Natürlich seh ich ihm nicht ähnlich. Das weiß ich recht wohl. Es wäre mir wahrhaftig auch gar nicht lieb, wenn ich ihm ähnlich sähe. Sie zucken die Achseln? Ich sag Ihnen die Wahrheit. Es liegt ein Verhängnis über allem, was körperlich und geistig ausgezeichnet ist, die Art von Verhängnis, die die schwankenden Schritte von Königen durch die Geschichte zu peitschen scheint. Besser ist, sich nicht von seinen Mitmenschen zu unterscheiden. Die Häßlichen und die Dummen haben es am besten auf dieser Welt. Sie können bequem dasitzen und das Spiel begaffen. Wenn sie vom Siege nichts wissen, bleibt ihnen wenigstens erspart, die Niederlage kennenzulernen. Sie leben, wie wir alle leben sollten, unverstört, gleichmütig und von keiner Unruhe gequält. Sie bringen weder über andere Verderben, noch geschieht es ihnen von fremder Hand. Ihr Rang und Reichtum, Harry; mein Kopf, wie er auch sein mag – meine Kunst, was sie auch wert sein mag; Dorian Grays Wohlgestalt – wir müssen alle dafür leiden, was uns die Götter geschenkt haben, schrecklich leiden.«

»Dorian Gray? Heißt er so?« fragte Lord Henry, indem er durch das Atelier auf Basil Hallward zuschritt.

»Ja, so heißt er. Ich hatte nicht die Absicht, es Ihnen zu sagen.«
»Aber warum nicht?«
»Oh, das kann ich nicht erklären. Wenn ich jemand sehr, sehr liebhabe, nenne ich niemand seinen Namen. Das kommt mir vor, als lieferte ich ein Stück von ihm aus. Es ist in mir eine Vorliebe für Geheimhaltung entstanden. Dies scheint mir das einzige zu sein, mit dem man unser modernes Leben geheimnisreich und wunder-

bar machen kann. Das Gewöhnlichste wird voller Reiz, wenn man es nur verbirgt. Wenn ich von London verreise, sage ich niemandem, wohin ich gehe. Täte ich's, wär es um mein ganzes Vergnügen geschehen. Freilich ist es eine törichte Gewohnheit, aber irgendwie scheint sie einem doch ein großes Stück Romantik ins Leben zu bringen. Ich vermute, Sie halten mich für arg närrisch deswegen?«

»Ganz und gar nicht«, antwortete Lord Henry, »ganz und gar nicht, mein lieber Basil. Sie scheinen zu vergessen, daß ich verheiratet bin und daß der einzige Reiz der Ehe darin liegt, daß sie für beide Teile ein Leben der Täuschung absolut nötig macht. Ich weiß nie, wo meine Frau ist, und meine Frau weiß nie, was ich tue. Wenn wir uns treffen – und wir treffen uns gelegentlich, wenn wir zusammen zum Essen geladen sind oder zum Herzog aufs Land gehn – erzählen wir einander die absurdesten Geschichten mit dem ernstesten Gesicht. Meine Frau versteht sich sehr gut darauf – weit besser in der Tat als ich. Sie verwickelt sich nie in Widersprüche mit ihren Angaben, ich aber stets. Erwischt sie mich aber, macht sie gar kein Aufhebens. Ich wünsche manchmal, sie täte es; aber sie lacht mich bloß aus.«

»Ich hasse die Art, wie Sie über Ihr eheliches Leben reden, Harry«, sagte Basil Hallward, indem er auf die Tür zuging, die in den Garten führte. »Ich glaube, Sie sind in Wirklichkeit ein sehr guter Ehemann. Sie schämen sich nur durch und durch über Ihre eignen Tugenden. Sie sind ein absonderlicher Mensch. Niemals sagen Sie etwas Moralisches und niemals tun Sie etwas Unrechtes. Ihr Zynismus ist nichts als Pose.«

»Natürlichkeit ist nichts als Pose, und zwar die aufreizendste Pose, die ich kenne«, rief Lord Henry lachend; und die beiden jungen Männer gingen zusammen in den Garten hinaus und ließen sich auf einer langen Bambusbank nieder, die im Schatten eines hohen Lorbeerbusches stand. Der Sonnenschein flimmerte über die glänzenden Blätter. Im Grase zitterten weiße Gänseblümchen.

Nach einer Pause zog Lord Henry seine Uhr hervor und sagte halblaut: »Ich fürchte, ich muß fort, Basil; und bevor ich gehe, besteh' ich darauf, daß Sie mir die Frage beantworten, die ich vorhin an Sie richtete.«

»Was war es?« fragte der Maler, indem er die Augen fest auf den Boden heftete.

»Sie wissen es ganz gut.«

»Ich weiß es nicht, Harry.«

»Gut, ich will es also nochmals sagen. Ich möchte, daß Sie mir erklären, warum Sie Dorian Grays Bild nicht ausstellen wollen. Ich möchte den wirklichen Grund wissen.«

»Ich sagte Ihnen den wirklichen Grund.«

»Nein, das haben Sie nicht getan. Sie sagten, weil Sie zuviel von sich selbst hineingelegt hätten. Nun, das ist kindisch.«

»Harry«, sagte Basil Hallward und sah ihm gerade ins Gesicht, »jedes Porträt, das mit Gefühl gemalt ist, ist ein Porträt des Künstlers, nicht des Modells. Das Modell ist bloß der Anlaß dazu, die Gelegenheit. Nicht der Gemalte wird vom Maler geoffenbart; es ist vielmehr der Maler, der sich auf dem farbigen Grunde offenbart. Der Grund, warum ich dieses Bild nicht ausstellen will, ist also der, daß ich fürchte, ich habe darin das Geheimnis meiner eigenen Seele gezeigt.«

Lord Henry lachte. »Und das ist?« fragte er.

»Ich will es Ihnen sagen«, antwortete Hallward; aber in sein Gesicht trat dabei ein Ausdruck von Verlegenheit.

»Ich bin höchst gespannt«, fuhr sein Gefährte fort und blickte nach ihm hin.

»Oh, eigentlich ist da sehr wenig zu erzählen, Harry«, antwortete der Maler; »und ich fürchte, Sie werden es kaum verstehen. Vielleicht werden Sie es kaum glauben.«

Lord Henry lächelte, bog sich nieder, pflückte aus dem Grase ein rosablättriges Gänseblümchen und betrachtete es. »Ich bin ganz sicher, daß ich es verstehen werde«, erwiderte er, indem er aufmerksam die weißbefiederte kleine goldene Scheibe ansah, »und was den Glauben anlangt, so kann ich alles glauben, vorausgesetzt, daß es ganz unglaublich ist.«

Der Wind schüttelte ein paar Blüten von den Bäumen, und die schweren gesternten Trauben an den Fliederbüschen bewegten sich ab und zu in der schlaffen Luft. Eine Heuschrecke begann an der Gartenmauer zu zirpen, und gleich einem blauen Faden schwebte eine lange dünne Libelle auf ihren braunen Gazeflügeln vorbei. Lord Henry hatte die Empfindung, als könne er Basil Hallwards Herz schlagen hören, und war neugierig, was kommen würde.

»Die Geschichte ist einfach die«, sagte der Maler nach einer Weile. »Vor zwei Monaten ging ich zu einem der Massenempfänge bei Lady Brandon. Sie wissen, wir armen Künstler müssen uns von Zeit zu Zeit in der Gesellschaft zeigen, um das Publikum daran zu erinnern, daß wir keine Wilden sind. Im Abendanzug und mit der weißen Binde, wie Sie mir einmal sagten, kann jeder, sogar ein Börsenmakler, in den Ruf kommen, kultiviert zu sein. Nun, ich war etwa zehn Minuten im Saal und schwatzte mit kolossal herausgeputzten Witwen und langweiligen Akademikern, als mir plötzlich bewußt wurde, daß mich jemand anblickte. Ich drehte mich halb um und sah Dorian Gray zum erstenmal. Als unsre Augen sich begegneten, spürte ich, wie ich blaß wurde. Ein seltsames Gefühl des Schreckens überkam mich. Ich wußte, ich war jemand gegenübergestellt, dessen bloße Persönlichkeit so bezaubernd wirkte, daß sie, wenn ich ihr Raum gewährte, meine ganze Natur und meine ganze Seele verschlingen würde, ja sogar meine Kunst. Ich trug kein Bedürfnis nach einem äußern Einfluß in meinem Leben. Sie wissen selbst, Harry, wie unabhängig ich von Natur bin. Ich bin stets mein eigner Herr gewesen; war es wenigstens – gewesen, bis ich Dorian Gray traf. Dann – aber ich weiß nicht, wie ich es Ihnen erklären soll. Irgend etwas schien mir zu sagen, daß ich am Rande einer schrecklichen Krisis in meinem Leben stände. Ich hatte das seltsame Gefühl, daß mir das Schicksal auserlesene Freuden und auserlesene Leiden in Bereitschaft hielt. Mir wurde angst, und ich kehrte um, den Raum zu verlassen. Nicht das Gewissen hieß es mich tun: es war eine Art Feigheit. Ich will es nicht verhehlen, daß ich zu entfliehen suchte.«

»Gewissen und Feigheit sind in Wirklichkeit dasselbe, Basil. Gewissen ist der Geschäftsname der Firma. Sonst nichts.«

»Das glaube ich nicht, Harry, und ich glaube es auch von Ihnen nicht. Jedoch, was auch mein Grund war – und es mag Stolz gewesen sein, denn ich war sonst so stolz –, sicherlich strebte ich nach der Tür. Da stieß ich natürlich auf Lady Brandon. ›Sie werden doch nicht so früh weggehen wollen, Mr. Hallward?‹ kreischte sie. Sie kennen ihre sonderbar schrille Stimme?«

»Ja; sie ist ein Pfau in allem, außer der Schönheit«, sagte Lord Henry, indem er das Gänseblümchen mit seinen langen, nervösen Fingern zerpflückte.

»Ich konnte sie nicht loswerden. Sie führte mich zu den königlichen Hoheiten und Leuten mit Sternen und Orden, und ältlichen Damen mit ungeheuren Diademen und Papageiennasen. Sie nannte mich ihren teuersten Freund. Ich hatte sie erst ein einziges Mal vorher gesehen, aber sie setzte es sich in den Kopf, mich zum Löwen der Gesellschaft zu machen. Ich glaube, damals hatte gerade ein Bild von mir einen großen Erfolg gehabt, wenigstens war in den Zeitungen darüber geschwätzt worden, diesen Unsterblichkeitsgradmessern des neunzehnten Jahrhunderts. Plötzlich stand ich dem jungen Mann gegenüber, dessen Persönlichkeit mich so seltsam bewegt hatte. Wir standen uns ganz nahe, berührten uns fast.

Unsere Augen trafen sich wieder. Es war unbesonnen von mir, aber ich bat Lady Brandon, mich ihm vorzustellen. Vielleicht war es doch nicht so unbesonnen. Es war einfach unvermeidlich. Wir hätten auch ohne jede Vorstellung miteinander gesprochen. Das ist ganz sicher. Dorian sagte es mir nachher ebenfalls. Auch er fühlte, daß es uns bestimmt war, einander kennenzulernen.«

»Und wie beschrieb Lady Brandon diesen wunderbaren jungen Mann?« fragte sein Freund. »Ich weiß, sie gibt stets ein gewinnendes Resümee von allen ihren Gästen. Ich erinnere mich, daß sie mich einmal zu einem grimmig und rot aussehenden alten Herrn brachte, der über und über mit Orden und Bändern bedeckt war, und mir da mit einem tragischen Geflüster, das jedem im Zimmer vollkommen verständlich sein mußte, die erstaunlichsten Einzelheiten ins Ohr tuschelte. Ich lief einfach fort. Ich entdeckte mir die Leute gern selbst. Aber Lady Brandon behandelt ihre Gäste wie ein Auktionator seine Waren. Sie erklärt sie entweder, bis nichts mehr von ihnen übrigbleibt, oder erzählt einem alles über sie, bloß das nicht, was man wissen will.«

»Die arme Lady Brandon! Sie machen sie recht schlecht, Harry!« sagte Hallward zerstreut.

»Mein lieber Junge, sie versuchte einen Salon zu gründen, und es gelang ihr nur, ein Restaurant zu eröffnen. Wie könnte ich sie bewundern? Aber sagen Sie mir, was erzählte sie nur über Dorian Gray?«

»Oh, etwas wie reizender Junge – arme gute Mutter und ich ganz unzertrennlich. Ganz vergessen, was er treibt – fürchte – gar nichts – o ja, spielt Klavier – oder ist es Violine, lieber Mr. Gray? Wir mußten beide lachen und wurden sofort Freunde.«

»Lachen ist durchaus kein schlechter Anfang für eine Freundschaft, und es ist bei weitem ihr bester Schluß«, sagte der junge Lord und pflückte noch ein Gänseblümchen.

Hallward schüttelte den Kopf. »Sie haben keine Ahnung, was Freundschaft ist, Harry«, sagte er leise – »ebensowenig, was Feindschaft ist. Sie haben jeden gern: mit andern Worten, es ist Ihnen jeder gleichgültig.«

»Wie schrecklich ungerecht von Ihnen!« rief Lord Henry, indem er seinen Hut zurückstieß und zu den kleinen Wolken hinaufblickte, die wie fasrige Strähnen glänzend weißer Seide über die türkisblaue Wölbung des Sonnenhimmels zogen. »Ja, schrecklich ungerecht von Ihnen. Ich mache große Unterschiede zwischen den Leuten. Ich wähle meine Freunde nach dem guten Aussehen, meine Bekanntschaften nach ihrem guten Charakter und meine Feinde nach ihrem guten Verstand. Ein Mann kann in der Wahl seiner Feinde nicht sorgfältig genug sein. Ich habe mir keinen einzigen erworben, der ein Narr wäre. Es sind alles Leute von einer gewissen geistigen Kraft, und folglich schätzen sie mich alle. Ist das etwas eitel von mir? Es ist wohl etwas eitel.«

»Das möchte ich auch meinen, Harry. Aber nach Ihrer Einteilung muß ich bloß zu den Bekanntschaften zählen.«

»Mein lieber alter Basil, Sie sind weit mehr als eine Bekanntschaft.«

»Und weit weniger als ein Freund. Eine Art Bruder vermutlich?«

»Oh, Bruder! Mir liegt nichts an Brüdern. Mein älterer Bruder will nicht sterben, und meine jüngeren tun offenbar nie etwas anderes.«

»Harry!« rief Hallward stirnrunzelnd aus.

»Mein lieber Freund, es ist nicht ganz ernst gemeint. Aber ich kann mir nicht helfen: ich muß meine Verwandten verabscheuen. Ich vermute, das kommt daher, daß keiner von uns vertragen kann, daß andere Leute dieselben Fehler haben wie wir. Ich sympathisiere vollkommen mit der Wut der englischen Demokratie gegen das, was sie die Laster der oberen Klassen nennen. Die Massen fühlen, daß Trunkenheit, Dummheit und Unsittlichkeit ihre eigenste Domäne sein sollten, und daß, wenn von uns einer einen Esel aus sich macht, er an ihre Vorrechte rührt. Als der arme Southwark vors Ehescheidungsgericht kam, war ihre Entrüstung ganz großartig. Und dennoch, meine ich, lebt noch nicht der zehnte Teil des Proletariats anständig.«

»Ich stimme mit keinem einzigen Wort von Ihnen überein, und, was mehr ist, Harry, ich bin sicher, Sie tun es auch nicht.«

Lord Henry strich seinen spitzen braunen Bart und stieß mit dem Ebenholzstock, an dem eine Quaste hing, auf die Spitze seines Lackstiefels. »Wie englisch Sie sind, Basil! Sie machen diese Bemerkung nun schon zum zweitenmal. Wenn man einem richtigen Engländer eine Idee mitteilt – was immer eine Voreiligkeit ist –, fällt es ihm nie ein zu untersuchen, ob die Idee wahr oder falsch ist. Das einzig ihm wichtig Scheinende ist, ob man selbst daran glaubt. Nun hat aber der Wert einer Idee nicht das geringste mit der Wahrhaftigkeit dessen zu schaffen, der sie ausdrückt. In der Tat ist es wahrscheinlich, daß eine Idee um so rein intellektueller sein wird, je aufrichtiger der Mann ist; denn in diesem Fall wird sie weder von seinen Bedürfnissen, noch von seinen Wünschen oder seinen Vorurteilen gefärbt sein. Doch ich beabsichtige nicht, Politik, Soziologie oder Metaphysik mit Ihnen zu diskutieren. Mir sind Menschen lieber als Grundsätze und Menschen ohne Grundsätze lieber als irgend was anderes auf der Welt. Erzählen Sie mir mehr von Dorian Gray. Wie oft sehen Sie ihn?«

»Jeden Tag. Ich wäre ungücklich, wenn ich ihn einen Tag nicht sähe. Er ist mir ganz unentbehrlich.«

»Wie merkwürdig! Ich dachte, Sie kümmerten sich nie um was anderes als um Ihre Kunst!«

»Er ist jetzt meine ganze Kunst«, sagte der Maler ernst. »Ich denke manchmal, es gibt nur zwei irgendwie wichtige Epochen in der Weltgeschichte. Das erste ist das Auftreten eines neuen Kunstmittels, das zweite das Auftreten einer neuen Persönlichkeit in der Kunst. Was die Erfindung der Ölmalerei für die Venezianer war, das war das Antlitz des Antinous für die spätgriechische Plastik und wird eines Tages das Antlitz Dorian Grays für mich sein. Es kommt nicht bloß darauf an, daß ich nach ihm male, zeichne, skizziere. Natürlich habe ich dies alles getan. Aber er ist viel mehr für mich als ein Modell oder ein Mensch, der mir sitzt. Ich möchte nicht sagen, daß ich unzufrieden mit dem bin, was ich nach ihm gemacht habe, oder daß eine Schönheit wie die seine von der Kunst nicht ausgedrückt werden kann. Es gibt nichts, was die Kunst nicht ausdrücken kann, und ich weiß: was ich geschaffen habe, seit ich Dorian Gray traf, ist gute Arbeit, ist die beste meines Lebens. Aber auf irgendeine Weise – ich vermute, Sie werden mich nicht verstehen – hat mir seine Persönlichkeit eine gänzlich neue Art der Kunst, einen gänzlich neuen Stil übermittelt. Mein Blick ist ein ganz verschiedener, mein Denken ein ganz verschiedenes. Ich kann jetzt in einer Weise Leben erwecken, die mir vorher verschlossen war. ›Ein Formentraum in Zeiten des Gedankens‹ – wer war es, der das sagte? Ich weiß nicht mehr; aber ist es genau, was Dorian Gray für mich gewesen ist. Die bloße sichtbare Gegenwart dieses Knaben – denn für mich ist er kaum mehr als ein Knabe, obwohl er in Wirklichkeit über zwanzig ist – seine bloße sichtbare Gegenwart – ich glaube nicht, daß Sie sich vorstellen können, was diese für mich bedeutet? Unbewußt bestimmt er für mich die Linien einer neuen Schule, in der die ganze Leidenschaft des romantischen Geistes und die ganze Vollkommenheit des griechischen Geistes enthalten ist! Harmonie von Seele und Leib – wieviel ist dies! Wir in unserm Wahnsinn haben beide getrennt und einen Realismus erfunden, der gemein, und einen Idealismus, der leer ist. Harry! Wenn Sie wüßten, was mir Dorian Gray ist! Erinnern Sie sich an jene Landschaft von mir, für die mir Agnew einen so kolossalen Preis bot, und von der ich mich doch nicht trennen wollte? Sie gehört zum Besten, was ich je geschaffen habe. Und warum tut sie das? Weil Dorian Gray neben mir saß, wie ich sie malte. Irgendein feiner Strom ging von ihm zu mir, und zum erstenmal in meinem Leben sah ich in dem schlichten Wald das Wunder, nach dem ich immer ausgeschaut, ohne daß es mir je erschienen war.«

»Basil, dies ist ganz außerordentlich! Ich muß Dorian Gray kennenlernen!«

Hallward erhob sich und ging im Garten auf und ab. Nach einer Weile kam er zurück. »Harry«, sagte er, »Dorian Gray ist für mich einfach ein künstlerisches Motiv. Es kann sein, daß Sie nichts an ihm finden. Ich finde alles an ihm. Er ist nie mehr in meinem Werk, als wenn kein Zug seines Bildes von ihm drin ist. Er ist, wie gesagt, der Anreger eines neuen Stils. Ich finde ihn wieder in den Kurven gewisser Linien, in der Lieblichkeit und Zartheit gewisser Farben. Das ist alles.«

»Wenn es das ist, warum stellen Sie da sein Bild nicht aus?« fragte Lord Henry.

»Weil ich, ohne es zu beabsichtigen, den Ausdruck all dieser merkwürdigen Künstleranbetung hineingelegt habe; ich hütete mich natürlich, ihm etwas davon zu sagen. Er weiß nichts davon. Er soll auch nie etwas davon wissen. Aber die Welt könnte es erraten; und ihren seichten, gierigen Augen will ich meine Seele nicht entblößen. Mein Herz soll nie unter ihr Mikroskop kommen. Es ist zuviel von mir selbst in dem Bild – zuviel von mir selbst!«

»Dichter sind nicht so bedenklich wie Sie. Sie wissen, wie sehr Leidenschaft der Verbreitung ihres Werkes nützt. Heutzutage bringt's ein gebrochnes Herz zu vielen Auflagen.«

»Das ist abscheulich von Ihnen«, rief Hallward. »Ein Künstler soll schöne Dinge schaffen, aber von seinem eignen Leben nichts hineinbringen. Wir leben in einer Zeit, in der die Menschen die Kunst betreiben, als sollte sie eine Art Autobiographie sein. Wir haben den reinen Sinn der Schönheit verloren. Ich will einmal der Welt zeigen, wie es darum steht; und darum soll die Welt mein Bild von Dorian Gray niemals erblicken.«

»Ich glaube, Sie haben unrecht, Basil, doch ich will nicht mit Ihnen streiten. Bloß die geistig Verlornen streiten. Sagen Sie mir, liebt Dorian Gray Sie sehr?«

Der Maler sann ein paar Augenblicke nach. »Er hat mich gern«, antwortete er nach einer Weile; »sicherlich; er hat mich gern. Natürlich schmeichle ich ihm schrecklich. Ich finde ein ganz sonderbares Vergnügen darin, ihm Dinge zu sagen, von denen ich weiß, daß es mir später leid darum sein wird. In der Regel ist er reizend gegen mich, und wir sitzen im Atelier und reden von tausend Dingen. Dann und wann ist er allerdings gräßlich leichtfertig und es scheint ihn riesig zu freuen, mich zu kränken. Dann fühle ich, Harry, daß ich meine ganze Seele jemand hingegeben habe, der sie behandelt wie eine Blume, die man ins Knopfloch steckt, ein Schmuckstück, mit dem man seine Eitelkeit befriedigt, einen Zierat für einen Sommertag.«

»Sommertage, Basil, pflegen länger zu verweilen«, warf Lord Henry hin. »Vielleicht werden Sie seiner eher müde als er Ihrer. Es ist traurig, darüber nachzudenken, aber es ist kein Zweifel, das Genie dauert länger als Schönheit. Das erklärt die Tatsache, daß wir uns alle so viel Mühe geben, uns zu überbilden. Im wilden Daseinskampf brauchen wir etwas, das dauert, und so füllen wir unsern Geist mit Geplauder und Tatsachen, in der törichten Hoffnung, unsern Platz zu behaupten. Der durch und durch unterrichtete Mann, das ist das moderne Ideal. Und der Geist dieses durch und durch unterrichteten Mannes ist etwas Schreckliches. Er gleicht einem Basarladen, voll monströsem und staubbedecktem Zeug, in dem alles über seinen wahren Wert ausgezeichnet ist. Trotzdem, ich glaube, Sie werden früher müde werden. Eines Tages werden Sie Ihren Freund anschauen, und er wird Ihnen etwas verzeichnet vorkommen, oder seine Farbe wird Ihnen mißfallen oder sonst etwas dergleichen. Sie werden ihm dann in Ihrem Herzen bittere Vorwürfe machen und ernstlich überzeugt sein, daß er sich sehr schlecht gegen Sie betragen hat. Wenn er das nächste Mal bei Ihnen vorspricht, werden Sie durchaus kalt und gleichgültig sein. Das wird sehr traurig sein, denn es wird Sie verändern. Was Sie mir erzählt haben, ist ein vollständiger Roman, einen Kunstroman könnte man es nennen, und das schlimmste beim Erleben von irgendwelchen Romanen ist, daß man von ihnen so ganz unromantisch zurückgelassen wird.«

»Harry, reden Sie nicht solche Dinge. Solange ich lebe, wird mich die Persönlichkeit Dorian Grays beherrschen. Sie können nicht empfinden, was ich empfinde. Sie verändern sich zu oft.«

»Ja, mein lieber Basil, das ist eben der Grund, warum ich es empfinden kann. Wer treu ist, kennt nur die triviale Seite der Liebe; nur die Treulosen kennen ihre Tragödien.« Und Lord Henry zündete an einem zierlichen Silberbüchschen ein Wachslicht an und begann eine Zigarette zu rauchen, mit einer selbstbewußten und zufriednen Miene, als ob er die Welt in einem Satz zusammengefädelt hätte. In den grünen lackartigen Efeublättern raschelte es von zirpenden Sperlingen, und die blauen Wolkenschatten jagten einander über das Gras wie Schwalben. Wie hübsch war es doch in dem Garten! Und wie reizend waren die Gefühle von andern Leuten! – Viel reizender als ihre Gedanken, wie ihm schien. Die eigne Seele und die Leidenschaften seiner Freunde – das waren die bezauberndsten Dinge im Leben. Mit stillem Vergnügen malte er sich das langweilige Frühstück aus, das er versäumt, weil er so lange bei Basil Hallward geblieben war. Wäre er zu seiner Tante gegangen, hätte er dort sicherlich Lord Goodbody getroffen, und das ganze Gespräch hätte sich um die Armenernährung und um die Notwendigkeit gedreht, Musterheimstätten zu schaffen. Jeder Stand hätte die Wichtigkeit jener Tugenden gepredigt, für deren Ausübung in ihrem eigenen Leben keine Notwendigkeit vorhanden war. Der Reiche hätte vom Wert der Sparsamkeit geredet und der Mäßige höchst wohlberedt über die Würde der Arbeit. Wie reizend, all dem entronnen zu sein! Als er an seine Tante dachte, blitzte ein Gedanke in ihm auf. Er wandte sich zu Hallward und sagte: »Mein lieber Junge, eben erinnere ich mich.«

»An was erinnern Sie sich, Harry?«

»Wo ich den Namen Dorian Gray hörte.«

»Wo war das?« fragte Hallward mit einem leichten Stirnrunzeln.

»Sehen Sie nicht so böse drein, Basil. Es war bei meiner Tante Lady Agatha. Sie erzählte mir, sie habe einen wundersamen jungen Mann entdeckt, der ihr im East End helfen wollte, er heiße Dorian Gray. Ich muß freilich zugeben, daß sie mir nie etwas von seinem Aussehen sagte. Frauen haben kein Verständnis für Schönheit; wenigstens gute Frauen nicht. Sie sagte, er sei sehr ernst und habe einen schönen Charakter. Ich stellte mir sofort ein Wesen mit Brille, dünnem Haar und schauderhaften Sommersprossen vor, das auf riesigen Füßen herumtrabte. Ich wollte, ich hätte gewußt, daß es Ihr Freund war.«

»Ich bin sehr froh, daß Sie es nicht gewußt haben, Harry.«

»Warum?«

»Ich will nicht, daß Sie ihn kennenlernen.«

»Sie wollen nicht, daß ich ihn kennenlerne?«

»Nein.«

Der Diener trat in den Garten und sagte: »Mr. Dorian Gray ist im Atelier, gnädiger Herr.«

»Nun müssen Sie mich vorstellen«, rief Lord Henry lächelnd aus. Der Maler wandte sich an seinen Diener, der im Sonnenlicht blinzelnd dastand. »Bitten Sie Mr. Gray zu warten, Parker: ich werde im Augenblick kommen.« Der Mann verbeugte sich und ging den Weg wieder zurück.

Dann sah Hallward Lord Henry an. »Dorian Gray ist mein liebster Freund«, sagte er. »Er hat eine schlichte und schöne Natur. Ihre Tante hatte vollkommen recht in allem, was sie von ihm sagte. Verderben Sie ihn nicht. Versuchen Sie keinen Einfluß auf ihn zu gewinnen. Ihr Einfluß würde ein schlechter sein. Die Welt ist weit, und es gibt viele wunderbare Geschöpfe darin. Nehmen Sie mir den einzigen Menschen nicht weg, der meiner Kunst allen Reiz verleiht, den sie besitzt: mein künstlerisches Dasein hängt von ihm ab. Denken Sie daran, Harry, ich verlasse mich auf Sie.« Er sprach sehr langsam, und die Worte schienen sich von ihm fast gegen seinen Willen zu lösen.

»Was für Unsinn Sie reden!« sagte Lord Henry lächelnd, nahm Hallward beim Arm und zog ihn fast in das Haus.

ZWEITES KAPITEL

Als sie eintraten, sahen sie Dorian Gray. Er saß mit dem Rücken zu ihnen, am Klavier und blätterte in einem Band von Schumanns »Waldszenen«. »Das müssen Sie mir leihen, Basil«, rief er auf. »Diese Musik muß ich lernen. Sie ist einfach entzückend.«

»Das hängt ganz davon ab, wie Sie mir heute sitzen, Dorian.«

»Oh, es langweilt mich, Ihnen zu sitzen, und ich brauche auch gar kein lebensgroßes Bild von mir«, antwortete der Jüngling und schwang sich auf dem Musikstuhl in einer eigenwilligen, ausgelassenen Weise herum. Als er Lord Henry erblickte, stieg einen Augenblick eine leichte Röte in seine Wangen, und er sprang auf: »Ich bitte um Entschuldigung, Basil, aber ich wußte nicht, daß Sie Besuch hatten.«

»Das ist Lord Henry Wotton, Dorian, ein alter Freund von Oxford her. Ich habe ihm gerade erzählt, was für ein prachtvolles Modell Sie sind, und nun haben Sie alles verdorben.«

»Das Vergnügen, Sie kennenzulernen, haben Sie mir nicht verdorben, Mr. Gray«, sagte Lord Henry, trat ihm entgegen und reichte ihm die Hand. »Meine Tante hat mir oft von Ihnen gesprochen. Sie sind einer ihrer Günstlinge und wie ich fürchte eins ihrer Opfer.«

»Augenblicklich stehe ich auf Lady Agathas schwarzer Liste«, antwortete Dorian mit einem schalkisch reuigen Blick. »Ich hatte ihr versprochen, sie am letzten Dienstag nach einem Klub in Whitechapel zu begleiten, und vergaß dann wirklich die ganze Geschichte. Wir hätten miteinander vierhändig spielen sollen – drei Stücke, glaube ich. Ich habe keine Ahnung, was sie zu mir sagen wird. Ich habe viel zuviel Furcht, sie zu besuchen.«

»Oh, ich werde Sie schon mit meiner Tante versöhnen. Sie ist Ihnen vollständig ergeben. Und ich glaube nicht, daß es irgend etwas zu sagen hat, daß Sie nicht dort waren. Die Zuhörer haben vermutlich gemeint, es sei vierhändig gespielt worden. Wenn Tante Agatha sich ans Klavier setzt, macht sie schon für zwei Leute ganz genug Lärm.«

»Das ist sehr übel für sie und auch für mich gar kein Kompliment«, antwortete Dorian lachend.

Lord Henry sah ihn an. Ja, er war wirklich wunderbar schön mit seinen feingeschwungenen, dunkelroten Lippen, seinen offenen blauen Augen und seinem welligen Goldhaar. Auf seinem Antlitz lag etwas, das sogleich Vertrauen erweckte. All die Aufrichtigkeit der Jugend lag darin und all die leidenschaftliche Reinheit der Jugend. Man fühlte, daß er bisher sich von der Welt unberührt erhalten hatte. Kein Wunder, daß Basil Hallward ihn anbetete.

»Sie sind viel zu hübsch, um sich der Wohltätigkeit zu widmen, Mr. Gray – viel zu hübsch.« Damit warf sich Lord Henry auf den Diwan und öffnete seine Zigarettendose.

Der Maler hatte inzwischen eifrig seine Farben gemischt und seine Pinsel in Ordnung gebracht. Er sah gequält aus, und als er Lord Henrys letzte Bemerkung hörte, sah er ihn an, zögerte einen Augenblick und sagte darauf: »Henry, ich möchte das Bild heute fertigmachen. Würden Sie es arg roh von mir finden, wenn ich Sie bäte, jetzt zu gehen?«

Lord Henry lächelte und blickte Dorian Gray an. »Soll ich gehen, Mr. Gray?« fragte er.

»O bitte, nein, Lord Henry. Ich sehe, Basil hat eine seiner üblen Launen; und ich kann ihn nicht ertragen, wenn er so ist. Überdies möchte ich von Ihnen erfahren, warum ich mich nicht der Wohltätigkeit widmen sollte.«

»Ich glaube nicht, daß ich Ihnen das sagen werde, Mr. Gray. Es ist ein so langweiliges Thema, daß man ernsthaft darüber reden müßte. Aber jetzt gehe ich sicher nicht, da Sie mich bitten dazubleiben. Es ist Ihnen doch ganz gleich, Basil, nicht wahr? Sie haben mir oft gesagt, Sie hätten es gern, wenn Ihre Modelle mit jemand plaudern können.«

Hallward biß sich auf die Lippe. »Wenn Dorian es wünscht, müssen Sie natürlich bleiben. Dorians Launen sind Gesetze für jedermann, außer für ihn selbst.«

Lord Henry nahm seinen Hut und seine Handschuhe. »Sie drängen mich sehr, Basil, aber ich fürchte wirklich, ich muß gehen. Ich habe versprochen, jemand im Orleansklub zu treffen. Adieu, Mr. Gray. Kommen Sie doch einmal nachmittags zu mir nach Curzon Street. Ich bin fast stets um fünf Uhr zu Hause. Schreiben Sie mir aber, wenn Sie kommen. Es würde mir leid tun, Sie zu verfehlen.«

»Basil«, rief Dorian Gray, »wenn Lord Henry Wotton geht, dann gehe ich auch. Sie öffnen ja nie Ihre Lippen, während Sie malen, und es ist schrecklich langweilig, auf einem Podium zu stehn und bitte recht freundlich machen. Bitten Sie ihn dazubleiben. Ich bestehe darauf.«

»Bleiben Sie, Harry, Dorian zu Gefallen und mir zu Gefallen«, sagte Hallward, die Augen fest auf sein Bild gerichtet. »Es ist ganz richtig, ich spreche nie, während ich arbeite, und höre auch nie zu, und es muß für meine ungücklichen Modelle schrecklich langweilig sein. Ich bitte Sie dazubleiben.«

»Aber was wird dann aus meinem Mann im Orleansklub?«

Der Maler lachte. »Ich glaube nicht, daß das eine Schwierigkeit haben wird. Setzen Sie sich nur wieder, Harry. Und jetzt, Dorian, gehn Sie auf das Podium und bewegen sich nicht zu viel, und geben Sie auch nicht acht auf das, was Lord Henry sagt. Er hat einen sehr schlechten Einfluß auf alle meine Freunde, mich allein ausgenommen.«

Dorian Gray stieg mit der Miene eines jungen römischen Märtyrers auf die Estrade hinauf und schnitt eine Art mißvergnügte Fratze auf Lord Henry hin, zu dem er alsbald eine Neigung gefaßt hatte. Er war so ganz anders als Basil. Sie bildeten einen entzückenden Gegensatz. Und er hatte so eine schöne Stimme. Nach einigen Augenblicken sagte er zu ihm: »Haben Sie wirklich einen so schlechten Einfluß, Lord Henry? So schlecht, wie Basil sagt?«

»Es gibt keinen guten Einfluß, Mr. Gray. Jeder Einfluß ist unmoralisch - unmoralisch vom wissenschaftlichen Standpunkt aus.«

»Warum?«

»Weil jemanden beeinflussen so viel heißt, wie ihm die eigene Seele geben. Er denkt dann nicht mehr seine natürlichen Gedanken, glüht nicht mehr in seinen natürlichen Leidenschaften. Seine Tugenden sind ihm gar nicht wirklich eigen. Seine Sünden, wenn es so etwas gibt wie Sünden, sind geborgt. Er wird das Echo von den Tönen eines andern, ein Schauspieler, der eine Rolle spielt, die nicht für ihn geschrieben worden ist. Das Ziel des Lebens ist Selbstentwicklung. Seine Natur vollkommen auszuwirken, das ist die Aufgabe, die einem jeden von uns hier gestellt ist. Heutzutage hat jeder vor sich selber Furcht. Die Menschen haben die höchste aller Pflichten vergessen, nämlich die Pflicht gegen sich selbst. Natürlich sind sie mildtätig. Sie nähren die Hungrigen und kleiden die Bettler. Ihre eignen Seelen aber darben und sind nackend. Der Mut ist aus unserer Rasse verschwunden. Vielleicht haben wir ihn nie gehabt. Die Furcht vor der Gesellschaft, dieser Grundlage der Sittlichkeit, und die Furcht vor Gott, diesem Geheimnis der Religion - das sind die zwei Kräfte, die uns beherrschen. Und doch -«

»Dorian, seien Sie einmal brav und drehn Sie Ihren Kopf ein

klein wenig nach rechts«, ersuchte der Maler, tief in seine Arbeit versunken; er hatte nur gemerkt, daß in des Jünglings Antlitz ein Ausdruck gekommen war, den er nie vorher darauf gesehen hatte.

»Und doch«, fuhr Lord Henry mit seiner tiefen musikalischen Stimme und jener anmutigen Bewegung der Hand fort, die stets so charakteristisch an ihm war und die er schon in Eton besessen, »und doch glaube ich, wenn auch nur *ein* Mensch sein Leben voll und restlos auslebte, jedem Gefühl Form, jedem Gedanken Ausdruck, jedem Traum Wirklichkeit verliehe – die Welt würde einen so frischen Antrieb zur Freude bekommen, daß wir die ganzen mittelalterlichen Krankheiten vergessen und zum hellenischen Ideal zurückkehren würden – ja vielleicht zu etwas Feinerem, Reicherem als dem hellenischen Ideal. Aber selbst der Tapferste unter uns fürchtet sich vor sich selbst. Die Selbstverstümmlung unter den Wilden hat ihr tragisches Fortleben in der Selbstverleugnung, die unser Leben verdirbt. Wir werden gestraft für unsere Entsagungen. Jeder Trieb, den wir zu ersticken suchen, brütet im Innern fort und vergiftet uns. Der Körper sündigt, und dann ist die Sünde für ihn erledigt, denn Handeln ist eine Art Reinigung. Nichts bleibt dann zurück als die Erinnerung an ein Vergnügen oder die Wollust der Reue. Der einzige Weg, eine Versuchung loszuwerden, besteht darin, sich ihr hinzugeben. Widerstehen Sie ihr, so erkrankt Ihre Seele vor Sehnsucht nach dem, was sie selbst verboten hat, vor Begierde nach dem, was ihre ungeheuerlichen Gesetze ungeheuerlich und ungesetzmäßig gemacht haben. Es ist gesagt worden, daß die großen Ereignisse der Welt im Gehirn vor sich gehen. Im Gehirn und ausschließlich im Gehirn geschehen auch die großen Sünden der Welt. Sie, Mr. Gray, Sie selbst mit Ihrer rosenroten Jugend und Ihrer rosenweißen Jünglingsunschuld haben Leidenschaften gehabt, die Ihnen Angst einflößten, Gedanken, die Sie mit Schrecken erfüllten, haben wachend und schlafend Dinge geträumt, deren bloße Erinnerung die Scham in Ihre Wangen treiben könnte . . .«

»Hören Sie auf!« stammelte Dorian Gray. »Hören Sie auf! Sie verwirren mich. Ich weiß nicht, was ich sagen soll. Ich könnte Ihnen schon etwas antworten, aber ich finde es nicht. Sprechen Sie nichts mehr! Lassen Sie mich nachdenken. Oder vielmehr, lassen Sie mich versuchen, nicht zu denken.«

Fast zehn Minuten stand er bewegungslos mit halbgeöffneten Lippen und seltsam glänzenden Augen da. Er war sich dumpf bewußt, daß ganz neue Einflüsse in ihm am Werk waren. Doch schien ihm, als kämen sie in Wirklichkeit aus seinem eignen

Innern. Die wenigen Worte, die Basils Freund zu ihm gesagt – ohne Zweifel zufällig hingeworfne Worte, voll willkürlicher Paradoxie –, hatten eine geheime Saite in ihm berührt, die nie vorher berührt worden war, die er aber jetzt in seltsamen Rhythmen schwingen und tönen fühlte.

So hatte ihn nur Musik erregt, Musik hatte ihn oft durchwühlt. Aber Musik war nicht in Worte zu fassen. Sie erzeugte nicht eine neue Welt, sondern vielmehr ein neues Chaos in einem. Worte! Bloße Worte! Wie schrecklich sie waren! Wie klar und lebendig und grausam. Man konnte ihnen nicht entfliehen! Und doch, welch ein geheimer Zauber steckte in ihnen. Sie schienen die Kraft zu haben, formlosen Dingen eine runde Gestalt zu verleihen, und eine eigne Musik zu besitzen, so süß wie eine Viola oder eine Laute. Bloße Worte! Gab es irgend etwas so Wirkliches wie Worte?

Ja; es hatte in seiner Knabenzeit Dinge gegeben, die er nicht begriffen hatte. Jetzt verstand er sie. Das Leben bekam plötzlich flammende Farben für ihn. Es schien ihm, als sei er im Feuer gewandelt. Warum hatte er dies nicht gewußt?

Lord Henry beobachtete ihn mit seinem klugen Lächeln. Er kannte den genauen psychologischen Moment, in dem man kein Wort sagen durfte. Er fühlte das höchste Interesse. Die plötzliche Wirkung, die seine Worte hervorgerufen, hatte ihn in Staunen versetzt, er erinnerte sich an ein Buch, das er mit sechzehn Jahren gelesen und das ihm vieles bis dahin unbekannt Gebliebene enthüllt hatte, und fragte sich, ob Dorian Gray wohl eine ähnliche Erfahrung durchmache. Er hatte nur einen Pfeil abgeschossen. Hatte er ins Herz getroffen? Wie faszinierend war doch dieser Jüngling!

Hallward malte mit jenen wunderbar kühnen Zügen fort, die alle wahre Feinheit und vollkommene Zartheit besaßen, die in der Kunst stets aus der Kraft herkommen. Er hatte das Schweigen nicht bemerkt.

»Basil, ich bin müde vom Stehen«, rief Dorian Gray plötzlich, »ich muß hinaus und mich im Garten hinsetzen. Die Luft ist hier erstickend.«

»Mein lieber Junge, das dauert mich. Wenn ich male, kann ich an nichts sonst denken. Aber Sie haben nie besser Modell gestanden. Sie standen ganz ruhig. Und ich habe endlich den Ausdruck herausgebracht, den ich verlangte – die halbgeöffneten Lippen und den glänzenden Blick in den Augen. Ich weiß nicht, was Harry Ihnen gesagt hat, aber sicherlich hat er den wunderbarsten Ausdruck bei Ihnen hervorgebracht. Ich vermute, er hat Ihnen Komplimente gemacht. Sie dürfen ihm kein Wort glauben.«

»Er hat mir gewiß keine Komplimente gemacht. Vielleicht ist das der Grund, weshalb ich ihm kein Wort von allem, was er mir gesagt hat, glaube.«

»Sie wissen, daß Sie doch alles glauben«, sagte Lord Henry und sah ihn mit seinen weichen, träumerischen Augen an. »Ich will mit Ihnen in den Garten hinaus. Basil, lassen Sie uns irgendwas ganz Kaltes zu trinken geben, irgendwas mit Erdbeeren drin.«

»Sehr gern, Harry. Bitte klingeln Sie, und wenn Parker kommt, werde ich ihm sagen, was Sie wünschen. Ich habe noch den Hintergrund fertigzumachen, danach werde ich zu Ihnen hinauskommen. Halten Sie aber Dorian nicht zu lange fest. Ich war nie in besserer Stimmung zum Malen als heute. Dies wird mein Meisterwerk. Ja, schon wie es dasteht, ist es mein Meisterwerk.«

Lord Henry ging in den Garten hinaus und traf dort Dorian Gray, wie er sein Gesicht in die großen kühlen Fliederblüten vergrub und fieberhaft ihren Duft einsog, als tränke er Wein. Er trat dicht an ihn heran und legte ihm die Hand auf die Schulter. »Sie haben ganz recht damit«, sagte er leise. »Nichts ist heilsamer für die Seele als die Sinne, gerade wie nur die Seele die Sinne heilen kann.«

Der Jüngling schrak auf und trat zurück. Sein Haupt war bloß, und die Blätter hatten seine widerspenstigen Locken zerwühlt und all ihre goldenen Fäden verwirrt. Es lag etwas wie Furcht in seinem Blick, wie bei Leuten, die plötzlich aufgeweckt werden. Seine feingeschnittenen Nasenflügel bebten, ein geheimer Nerv zuckte auf seinen scharlachroten Lippen und ließ sie erzittern.

»Ja«, fuhr Lord Henry fort, »das ist eins der großen Geheimnisse des Lebens – die Seele durch die Sinne heilen können und die Sinne durch die Seele. Sie sind ein wundervolles Wesen. Sie wissen mehr, als Sie zu wissen glauben, gerade wie Sie weniger wissen, als Sie wissen müßten.«

Dorian Gray zog die Stirn zusammen und wendete den Kopf weg. Wider seinen Willen fand er Gefallen an dem hochgewachsenen jungen Mann, der neben ihm stand. Sein romantisches, olivfarbenes Gesicht mit seinem verlebten Ausdruck interessierte ihn. In seiner tiefen, weichen Stimme lag etwas, das absolut faszinierte. Selbst seine kühlen, weißen, blumengleichen Hände hatten einen seltsamen Reiz. Sie begleiteten seine Worte, wenn er sprach, wie eine Musik, und es schien, als hätten sie ihre eigne Sprache. Aber er fürchtete sich vor ihm und schämte sich zugleich seiner Furcht. Warum hatte es ein Fremder sein müssen, der ihm sein Selbst offenbarte? Basil Hallward kannte er seit Monaten, aber ihre Freundschaft hatte ihn nie verändert. Plötzlich war jemand in sein Leben geschritten, der ihm das Geheimnis des Daseins zu entschleiern schien. Und doch, was sollte er sich fürchten? Er war kein Schulknabe und kein Mädchen. Es war töricht, Furcht zu haben.

»Wir wollen gehn und uns im Schatten hinsetzen«, sagte Lord Henry. »Parker hat etwas zum Trinken herausgebracht, und wenn Sie noch länger in dieser Glut stehen bleiben, werden Sie sich ganz die Haut verderben, und Basil wird Sie nie wieder malen. Sie dürfen sich wirklich nicht von der Sonne so verbrennen lassen. Es würde Ihnen nicht stehen.«

»Was liegt daran?« rief Dorian Gray lachend, als er sich auf eine Bank am Ende des Gartens niederließ.

»Ihnen sollte alles daran liegen, Mr. Gray.«

»Wieso?«

»Weil Sie im Besitz der wundervollsten Jugend sind, und Jugend ist das einzige, was im Leben Wert hat.«

»Ich empfinde nicht so, Lord Henry.«

»Nein, jetzt empfinden Sie es nicht so. Aber eines Tages, wenn Sie alt und runzlig und häßlich sind, wenn das Denken Ihre Stirn gefurcht, wenn die Leidenschaft Ihre Lippen mit ihren schrecklichen Feuern verbrannt hat, werden Sie es fühlen, schrecklich fühlen. Jetzt mögen Sie gehen, wohin Sie wollen, Sie bezaubern die Welt. Wird das immer so sein? . . . Sie haben ein wundervoll schönes Gesicht, Mr. Gray. Runzeln Sie nicht die Stirn. Es ist so. Und Schönheit ist eine Form des Genies – ja steht in Wahrheit noch höher als Genie, denn sie bedarf keiner Erklärung. Sie gehört zu den großen Dingen in der Welt – wie der Sonnenschein oder der Frühling oder der Abglanz jener silbernen Schale, die wir den Mond nennen, in dunklen Wassern. Sie kann nicht bestritten werden. Sie hat ihr göttliches Recht auf Allmacht. Wer sie besitzt, den macht sie zum Fürsten. Sie lächeln? Ach! Wenn Sie sie verloren haben, werden Sie nicht mehr lächeln . . . Die Menschen sagen zuweilen, Schönheit sei etwas Oberflächliches. Vielleicht. Aber zum mindesten ist sie nicht so äußerlich wie das Denken. Für mich ist die Schönheit das Wunder der Wunder. Nur die Toren urteilen nicht nach dem Augenschein. Das wahre Mysterium der Welt liegt im Sichtbaren, nicht im Unsichtbaren . . . Ja, Mr. Gray, die Götter meinten es gut mit Ihnen. Aber was die Götter geben, das nehmen sie bald wieder. Sie haben bloß ein paar Jahre, in denen Sie wirklich, vollkommen und ganz leben können. Wenn Ihre Jugend dahingeht, wird auch Ihre Schönheit mit ihr schwinden, und dann werden Sie plötzlich entdecken, daß keine Triumphe mehr auf Sie warten, oder Sie müssen sich mit jenen niedrigen Siegen begnügen, die Ihnen die Erinnerung an Ihre Vergangenheit noch bitterer machen wird als Niederlagen. Jeder wechselnde Mond bringt Sie einem schrecklichen Ziele näher. Die Zeit ist eifersüchtig auf Sie und kämpft gegen Ihre Lilien und Rosen. Sie werden bleich und hohlwangig werden, und Ihre Augen werden stumpf blicken. Sie werden furchtbar leiden ... Oh! Nutzen Sie Ihre Jugend, solange sie da ist. Vergeuden Sie nicht das Gold Ihrer Tage, hören Sie nicht auf die Langweiligen, suchen Sie nicht das hoffnungslos Verfehlte wieder besser zu machen, werfen Sie auch Ihr Leben nicht fort an die Nichtswisser, die Niedrigen und den Pöbel. Das sind die kranken Ziele, die falschen Ideale unserer Zeit. Leben Sie! Leben Sie das wundervolle Leben, das in Ihnen steckt! Lassen Sie sich nichts entfliehn. Suchen Sie unaufhörlich nach neuen Empfindungen. Fürchten Sie nichts ... Ein neuer Hedonismus – das ist's, was unser Jahrhundert braucht. Sie könnten sein sichtbares Symbol sein. Einer Persönlichkeit wie der Ihrigen ist alles erlaubt. Die Welt gehört Ihnen einen Frühling lang ... In dem Augenblick, in dem ich Sie sah, spürte ich, daß Sie ganz und gar nicht wußten, was Sie in Wirklichkeit sind, was Sie in Wirklichkeit sein könnten. Ich sah so viel von Ihnen, das bezaubernd auf mich wirkte, daß ich fühlte, Sie mußten etwas über sich von mir gesagt bekommen. Ich dachte daran, wie tragisch es sein würde, wenn Sie sich verschwendeten. Denn Ihre Jugend wird ja nur so kurze Zeit dauern, so kurze Zeit. Die Blumen in Wald und Feld welken, aber sie blühen wieder. Der Goldregen wird im nächsten Juni ebenso gelb sein wie heute. In einem Monat wird die Clematis purpurne Sterne haben, und Jahr um Jahr wird die grüne Nacht ihrer Blätter die purpurnen Sterne umschließen. Wir aber bekommen unsre Jugend nie wieder. Der Puls der Freude, der in uns als Zwanzigjährigen schlägt, wird schlaff. Unsre Glieder versagen, unsre Sinne verfaulen. Wir entarten zu scheußlichen Fratzen, werden gequält von der Erinnerung an Leidenschaften, vor denen wir uns zu sehr fürchteten, und an auserlesene Versuchungen, denen nachzugeben wir nicht den Mut hatten. Jugend! Jugend! Es gibt auf der Welt nichts als Jugend!«

Dorian Gray hörte mit weit offnen Augen staunend zu. Der Fliederzweig fiel aus seiner Hand auf den Kies. Eine Biene in ihrem Pelzchen kam und summte einen Augenblick rundum. Dann kletterte sie über das besternte Rund der zarten Blüten. Er beobachtete sie mit jener sonderlichen Aufmerksamkeit an gewöhnlichen Dingen, die wir zu entwickeln versuchen, wenn solche von hoher Bedeutung uns erschrecken oder wenn uns ein neues Gefühl durchwühlt, für das wir keinen Ausdruck finden können, oder wenn ein Gedanke, der uns Furcht einjagt, plötzlich im Gehirn Fuß faßt und von uns verlangt, daß wir uns ihm beugen. Nach einer Weile flog die Biene fort. Er sah sie in die gesprenkelte Trompete einer tyrischen Winde kriechen. Die Blume schien zu erbeben und bewegte sich dann leise hin und her.

Plötzlich erschien der Maler in der Tür des Ateliers und machte Stakkatozeichen, daß sie hineinkommen sollten. Sie wandten sich einander zu und lächelten.

»Ich warte«, rief er. »Bitte kommt herein. Das Licht ist ganz vorzüglich, und ihr könnt die Gläser mitbringen.«

Sie standen auf und schlenderten zusammen den Weg hinab. Zwei weiß-grüne Schmetterlinge flatterten hinter ihnen her, und im Birnbaum an der Gartenecke begann eine Drossel zu singen.

»Es freut Sie, mir begegnet zu sein, Mr. Gray«, sagte Lord Henry und sah ihn an.

»Ja, jetzt freue ich mich. Ich frage mich, ob ich mich immer freuen werde?«

»Immer! Das ist ein schreckliches Wort. Mir schaudert's, wenn ich es höre. Die Frauen lieben es so sehr. Sie verderben jedes Abenteuer, indem sie ihm ewige Dauer zu verleihen suchen. Noch dazu ist es ein sinnloses Wort. Der einzige Unterschied zwischen einer Laune und einer Leidenschaft, die ein Leben lang währt, ist, daß die Laune ein Weilchen länger dauert.«

Als sie ins Atelier eintraten, legte Dorian Gray seine Hand auf Lord Henrys Arm. »Lassen Sie also unsre Freundschaft eine Laune sein«, sagte er leise und errötete über seine eigne Kühnheit. Dann stieg er auf das Podium und nahm seine Stellung wieder ein.

Lord Henry warf sich in einen weiten Rohrsessel und beobachtete ihn. Das Hin- und Herfahren des Pinsels auf der Leinwand machte das einzige Geräusch, das die Stille unterbrach, außer wenn Hallward hie und da rückwärts ging, um seine Arbeit in der Entfernung zu sehn. In den schrägen Sonnenstrahlen, die durch die offene Tür hereinfielen, tanzte der golden schimmernde Staub. Ein schwerer Rosenduft schien über allem zu brüten.

Nach ungefähr einer Viertelstunde hielt Hallward mit dem Malen inne, betrachtete Dorian Gray eine lange Zeit, sah dann lange auf das Bildnis, während er in das Ende eines seiner großen Pinsel biß, und runzelte die Stirn. »Es ist ganz fertig«, rief er endlich aus, bückte sich und schrieb in langen roten Lettern seinen Namen in die linke Ecke der Leinwand.

Lord Henry trat herzu und betrachtete prüfend das Bildnis. Es war in der Tat ein wunderbares Kunstwerk und dazu auch von einer wunderbaren Ähnlichkeit.

»Mein lieber Freund, ich gratuliere Ihnen aufs herzlichste«, sagte er. »Es ist das beste Porträt unserer Zeit. Mr. Gray, kommen Sie her und sehen Sie selbst.«

Der Jüngling schrak auf, wie aus einem Traum erweckt. »Ist es wirklich fertig?« murmelte er, indem er vom Podium herunterstieg.

»Ganz fertig«, sagte der Maler. »Und Sie haben heute brillant Modell gestanden. Ich bin Ihnen überaus zu Dank verbunden.«

»Das ist ganz mein Verdienst«, warf Lord Henry ein. »Nicht wahr, Mr. Gray?«

Dorian gab keine Antwort, sondern ging nachlässig vor das Bild, und wendete sich ihm zu. Als er es sah, zuckte er zurück, und seine Wangen röteten sich einen Augenblick vor Freude. Ein froher Blick trat in seine Augen, als erkenne er sich selbst zum erstenmal. Bewegungslos stand er da und in Staunen versunken, dumpf bewußt, daß Hallward zu ihm redete, aber er faßte den Sinn seiner Worte nicht. Das Gefühl seiner eigenen Schönheit überkam ihn wie eine Offenbarung. Er hatte sie nie vorher empfunden. Basil Hallwards Komplimente hatten ihm bloße übertriebene liebenswürdige Freundschaftsbeteuerungen geschienen. Er hatte sie angehört, über sie gelacht, sie vergessen. Sein Wesen hatten sie nicht beeinflußt. Dann war Lord Henry Wotton mit seinem seltsamen Hymnus auf die Jugend gekommen, mit seiner schrecklichen Warnung vor ihrer Kürze. Das hatte ihn sogleich aufgerüttelt, und jetzt, wie er im Anschaun des Schattens seiner eignen Schönheit versunken dastand, durchflutete ihn die volle Wirklichkeit der Schilderung. Ja, es mochte ein Tag kommen, an dem sein Antlitz runzlig und verwittert, seine Augen trübe und farblos, der Reiz seiner Gestalt gebrochen und entstellt wären. Das Scharlachne würde von seinen Lippen schwinden und das Gold aus seinem Haare bleichen. Das Leben, das seine Seele schaffen sollte, würde seinen Körper verderben. Er würde grauenhaft, roh und häßlich werden.

Als er daran dachte, durchdrang ihn ein scharfer Schmerz wie ein Messer und ließ jede Faser seines Wesens erzittern. Seine Augen wurden dunkel wie Amethyste, und ein Nebel von Tränen legte sich über sie. Ihm war, als wär ihm eine eisige Hand aufs Herz gelegt.

»Gefällt es Ihnen nicht?« rief Hallward endlich, ein wenig gereizt durch das Schweigen des Jünglings, dessen Sinn er nicht begriff.

»Natürlich gefällt es ihm«, sagte Lord Henry. »Wem denn nicht?

Es ist eins der größten Werke der modernen Kunst. Ich will Ihnen geben, was Sie dafür verlangen. Ich muß es haben.«

»Es gehört nicht mir, Harry.«

»Wem gehört es denn?«

»Dorian natürlich«, antwortete der Maler.

»Es ist wahrhaftig ein glücklicher Bursche.«

»Wie traurig es ist!« flüsterte Dorian Gray, dessen Augen noch immer auf sein Bild geheftet waren. »Wie traurig es ist! Ich soll alt werden, schauerlich, widerwärtig. Dies Bild aber wird immer jung bleiben. Sein Alter wird niemals über diesen heutigen Junitag hinausgehen . . . Wenn es doch umgekehrt sein könnte! Wenn ich es wäre, der ewig jung bliebe, und das Bild alt würde! Dafür – dafür – gäb ich alles! Ja, nichts auf der Welt wäre mir zuviel! Ich würde meine Seele dafür geben!«

»Ein solcher Tausch möchte Ihnen schwerlich passen, Basil«, rief Lord Henry lachend. »Das wäre etwas hart für Ihr Werk.«

»Ich würde mich ernstlich dagegen zur Wehr setzen, Harry«, sagte Hallward.

Dorian Gray wandte sich um und sah ihn an. »Das glaube ich wohl, Basil. Sie lieben Ihre Kunst mehr als Ihre Freunde. Ich bedeute für Sie nicht mehr als eine grüne Bronze. Kaum so viel, vielleicht.«

Der Maler war starr vor Staunen. Das sah Dorian gar nicht ähnlich, so zu reden. Was war geschehn? Er schien ganz zornig. Sein Gesicht war gerötet und seine Wangen brannten.

»Ja«, fuhr er fort, »ich bedeute für Sie weniger als Ihr elfenbeinerner Hermes oder Ihr silberner Faun. Die werden Sie immer lieben. Wie lange aber werden Sie mich liebhaben? Bis ich meine ersten Runzeln habe, vermute ich. Ich weiß es jetzt: wenn man seine Schönheit verliert, von welcher Art sie auch sei, verliert man alles. Ihr Bild hat es mich gelehrt. Lord Henry Wotton ist ganz im Recht. Jugend ist das einzige, was zu besitzen sich lohnt. Wenn ich spüre, daß ich alt werde, will ich mich töten.«

Hallward wurde bleich und faßte ihn an der Hand. »Dorian! Dorian!« rief er. »Sagen Sie das nicht. Ich habe nie einen Freund gehabt wie Sie, und werde nie einen zweiten haben. Sie können nicht auf leblose Dinge eifersüchtig sein, nicht wahr? – der Sie schöner sind als irgendeins von ihnen!«

»Ich bin auf alles eifersüchtig, dessen Schönheit nicht stirbt. Ich bin auf das Porträt eifersüchtig, das Sie von mir gemalt haben. Warum soll es behalten dürfen, was ich verlieren muß? Jeder Augenblick, der entflieht, nimmt etwas von mir weg und gibt ihm etwas. O wäre es doch umgekehrt! Wenn sich doch das Bild veränderte und ich immer bliebe, wie ich jetzt bin. Warum haben Sie es gemalt? Es wird mich einmal höhnen – schrecklich höhnen!« Heiße Tränen traten ihm in die Augen; er zog seine Hand weg, warf sich auf den Diwan und vergrub sein Antlitz in den Kissen, als bete er.

»Das ist Ihr Werk, Harry«, sagte der Maler bitter.

Lord Henry zuckte die Achseln. »Das ist der wahre Dorian Gray – weiter nichts.«

»Das ist er nicht.«

»Wenn er es nicht ist, was habe ich damit zu schaffen?«

»Sie hätten weggehen sollen, als ich Sie darum bat«, murmelte er.

»Ich blieb, weil Sie mich darum baten«, antwortete Lord Henry.

»Harry, ich kann nicht mit meinen beiden besten Freunden auf einmal Streit bekommen, aber ihr beide habt es fertiggebracht, daß ich das beste Stück Arbeit, das ich je gemacht habe, hasse, und ich werde es vernichten. Es ist am Ende nur Leinwand und Farbe. Ich will es nicht ins Leben von uns dreien schneiden lassen und es verderben.«

Dorian Gray hob sein goldenes Haupt aus dem Kissen und sah ihn mit bleichem Gesicht und tränenfeuchten Augen an, als er auf den flachen Maltisch zuging, der unter dem hohen, verhangenen Fenster stand. Was wollte er dort? Seine Finger wühlten unter dem Wust von Zinntuben und trockenen Pinseln und suchten nach etwas. Ja, sie suchten nach dem langen Palettemesser, mit seiner dünnen Klinge aus geschmeidigem Stahl. Endlich hatte er es gefunden. Er wollte die Leinwand zerschlitzen.

Mit einem erstickten Schluchzen flog der Jüngling vom Sofa empor, sprang auf Hallward zu, rang ihm das Messer aus der Hand und schleuderte es ins äußerste Ende des Ateliers. »Tun Sie es nicht, Basil, tun Sie es nicht!« schrie er. »Es wäre Mord!«

»Ich freue mich, daß Sie meine Arbeit schließlich doch schätzen, Dorian«, sagte der Maler kühl, als er sich von seinem Erstaunen erholt hatte. »Ich hätte nie gedacht, daß Sie es täten.«

»Schätzen? Ich bin verliebt in das Bild, Basil. Es ist ein Teil von mir selbst. Das fühle ich.«

»Schön, sobald Sie trocken sind, werden Sie gefirnißt, gerahmt und in Ihre Wohnung geschickt. Dann können Sie mit sich anfangen, was Ihnen beliebt.« Er schritt quer durch den Raum und klingelte um Tee. »Sie nehmen doch Tee, Dorian? Und Sie auch, Harry? Oder verschmähen Sie so einfache Genüsse?«

»Ich bete einfache Genüsse an«, sagte Lord Henry. »Sie sind die letzte Zuflucht komplizierter Menschen. Aber Szenen liebe ich nicht, außer auf der Bühne. Was für tolle Burschen seid ihr doch beide! Wer war es doch, der den Menschen als ein vernünftiges Tier definiert hat. Das war eine der voreiligsten Definitionen. Der Mensch ist vielerlei, aber vernünftig ist er nicht. Übrigens kann man froh darüber sein: trotzdem wünschte ich, ihr Leutchen zanktet euch nicht über das Bild. Sie täten viel besser daran, es mir zu geben, Basil. Dieser dumme Bub braucht es eigentlich gar nicht, ich aber sehr.«

»Wenn Sie es jemand anders geben als mir, Basil, verzeih ich es Ihnen nie!« rief Dorian Gray; »und ich erlaube niemand, mich einen dummen Bub zu nennen.«

»Sie wissen, daß das Bild Ihnen gehört, Dorian. Ich schenkte es Ihnen, noch bevor es gemalt war.«

»Und Sie wissen, Mr. Gray, daß Sie ein wenig dumm waren und daß Sie in Wirklichkeit nichts dagegen haben, an Ihre große Jugend erinnert zu werden.«

»Heute morgen hätte ich sehr viel dagegen gehabt, Lord Henry.«

»Ja, heute morgen! Seitdem haben Sie gelebt!«

Es klopfte an die Tür, und der Diener kam mit einem besetzten Teebrett herein und stellte es auf einen kleinen japanischen Tisch nieder. Es gab ein Klappern von Löffeln und Tassen, und in dem gekerbten, georgischen Teekessel summte es. Zwei kugelige Porzellanschüsseln wurden von einem Groom hereingebracht. Dorian Gray ging hin und schenkte den Tee ein. Die zwei Männer schlenderten langsam zum Tisch und sahen nach, was unter den Deckeln war.

»Wir wollen heute abend ins Theater gehen«, sagte Lord Henry. »Irgendwo ist sicherlich was los. Ich habe zwar versprochen, bei White zu speisen, aber es ist nur ein alter Freund, ich kann ihm also telegraphieren, daß ich krank bin oder daß ich wegen einer späteren Verabredung nicht hinkommen kann. Ich würde das für eine reizende Entschuldigung halten: es läge eine überraschende Unschuld darin.«

»Es ist so lästig, sich den Frack anzuziehen«, murrte Hallward. »Und wenn man ihn anhat, sieht man so greulich aus.«

»Ja«, antwortete Lord Henry träumerisch, »die Kleidung des neunzehnten Jahrhunderts ist abscheulich. Sie ist so düster, so niederdrückend. Die Sünde ist noch das einzig Farbige im modernen Leben.«

»Sie sollten solche Dinge wirklich nicht vor Dorian sagen, Harry.«

»Vor welchem Dorian? Vor dem, der uns den Tee einschenkt, oder vor dem auf dem Bilde?«

»Vor keinem von beiden.«

»Ich möchte gerne mit Ihnen ins Theater gehen, Lord Henry«, sagte der Jüngling.

»Dann kommen Sie doch; und Sie werden auch mitkommen, Basil, nicht wahr?«

»Ich kann nicht, wirklich. Ich möchte lieber nicht. Ich habe noch eine Masse zu tun.«

»Nun, dann müssen wir beide allein gehn, Mr. Gray.«

»Ich freue mich riesig.«

Der Maler biß sich auf die Lippe und trat, mit der Tasse in der Hand, vor das Bild. »Ich bleibe bei dem wirklichen Dorian hier«, sagte er traurig.

»Ist das der wirkliche Dorian?« rief das Original des Porträts und stakte neben ihn hin. »Bin ich wirklich so?«

»Ja; genau so sind Sie.«

»Wie herrlich, Basil!«

»Wenigstens sehen Sie jetzt so aus. Aber es wird sich nie verändern«, seufzte Hallward. »Das ist etwas.«

»Was doch die Leute um die Treue für Aufhebens machen!« rief Lord Henry aus. »Dabei ist sie selbst in der Liebe eine rein psychologische Frage. Mit unserm Willen hat sie gar nichts zu schaffen. Junge Leute möchten gerne treu sein und sind es nicht; alte möchten gern untreu sein und können es nicht: das ist alles, was man darüber sagen kann.«

»Gehen Sie heute abend nicht ins Theater, Dorian«, sagte Hallward. »Bleiben Sie und essen Sie mit mir.«

»Ich kann nicht, Basil.«

»Warum?«

»Weil ich Lord Henry Wotton versprochen habe, mit ihm zu gehen.«

»Er wird Sie nicht mehr darum lieben, daß Sie Ihre Versprechungen halten. Seine eignen bricht er immer. Ich bitte Sie, nicht zu gehen.«

Dorian Gray schüttelte lachend den Kopf.

»Ich bitte Sie recht sehr.«

Der junge Mann zögerte und sah zu Lord Henry hinüber, der die beiden vom Teetisch aus mit einem vergnügten Lächeln beobachtete.

»Ich muß gehen, Basil«, antwortete er.

»Nun gut«, sagte Hallward, ging zum Tisch hinüber und setzte seine Tasse aufs Brett. »Es ist schon recht spät, und da Sie sich noch umziehen müssen, haben Sie keine Zeit zu verlieren. Adieu, Harry. Adieu, Dorian. Besuchen Sie mich bald. Kommen Sie morgen.«

»Bestimmt.«

»Aber Sie vergessen es nicht?«

»Nein, natürlich nicht«, rief Dorian.

»Und . . . Harry!«

»Ja, Basil?«

»Erinnern Sie sich an das, was ich Ihnen sagte, als wir diesen Vormittag im Garten saßen.«

»Ich habe es vergessen.«

»Ich vertraue Ihnen.«

»Ich wünschte, ich könnte mir selbst vertrauen«, sagte Lord Henry lachend. »Kommen Sie, Mr. Gray, mein Wagen wartet draußen, und ich kann Sie an Ihrer Wohnung absetzen. Adieu, Basil. Es war ein sehr interessanter Nachmittag.«

Als die Türe sich hinter ihnen geschlossen hatte, warf sich der Maler in sein Sofa, und ein schmerzlicher Zug trat in sein Gesicht.

DRITTES KAPITEL

Um halb eins am nächsten Tage schlenderte Lord Henry Wotton von Curzon Street nach dem Albany hinüber, um seinem Onkel einen Besuch zu machen. Lord Fermor war ein wenn auch etwas rauhbeiniger, fröhlicher alter Junggeselle, den die Außenwelt einen Egoisten nannte, weil sie keinen besonderen Nutzen aus ihm ziehen konnte, der aber von der Gesellschaft für freigebig gehalten wurde, weil er die Leute, die ihn amüsierten, fütterte. Sein Vater war Gesandter in Madrid gewesen, als Isabella noch jung war und man noch nichts von Prim wußte, hatte sich jedoch vom diplomatischen Dienst in einem launischen Augenblick zurückgezogen, weil er sich ärgerte, daß man ihm nicht den Gesandtenposten in Paris angeboten hatte, zu dem er sich durch seine Geburt, durch seinen Gleichmut, durch das gute Englisch seiner Depeschen und durch seine maßlose Vergnügungssucht vollauf legitimiert geglaubt hatte. Der Sohn, der seines Vaters Sekretär gewesen war, hatte zugleich mit seinem Chef den Abschied genommen, was man damals für etwas töricht hielt, und als er ein paar Monate später das Erbe antrat, richtete er sich auf das ernste Studium der großen aristokratischen Kunst des absoluten Nichtstuns. Er besaß zwei große Häuser in der Stadt, zog aber vor, als Garçon zu wohnen, weil das weniger Unruhe mit sich brachte und er meistens in seinem Klub speiste. Er beschäftigte sich etwas mit dem Betrieb seiner Kohlengruben in den Midlandgrafschaften, wobei er den Makel der industriellen Betätigung mit dem Hinweis von sich ablenkte, daß der einzige Vorteil, Kohlengruben zu besitzen, der sei, daß es einem Gentleman die Möglichkeit verschaffe, nach vornehmem Brauch auf seinem Herde Holz zu brennen. Politisch war er ein Tory, ausgenommen, wenn die Torys am Ruder waren, für diese Zeit schimpfte er sie eine Bande von Radikalen. Er war ein Held für seinen Kammerdiener, der ihn drangsalierte, und ein Schrecken für die meisten seiner Verwandten, die er seinerseits drangsalierte. Nur England konnte ihn hervorgebracht haben, und er sagte stets, das Land käme auf den Hund.

Seine Grundsätze waren veraltet, aber für seine Vorurteile ließ sich doch Erkleckliches sagen.

Als Lord Henry ins Zimmer trat, fand er seinen Onkel in einem rauhen Jagdrock, mit einer mäßigen Zigarre, knurrend über der Times sitzen. »Nun, Harry«, sagte der alte Herr, »was bringt dich so früh heraus? Ich dachte, ihr Dandys stündet nie vor zwei Uhr auf und würdet nie vor fünf Uhr sichtbar.«

»Reine Familienliebe, sei versichert, Onkel George. Ich möchte etwas von dir haben.«

»Wohl Geld«, sagte Lord Fermor und zog ein saures Gesicht. »Na, setz dich und sag mir alles darüber. Diese jungen Leute von heute bilden sich ein, Geld sei alles.«

»Ja«, murmelte Lord Henry, indem er die Blume in seinem Knopfloch feststeckte; »und wenn sie älter werden, wissen sie es. Aber ich brauche kein Geld. Bloß Leute, die ihre Rechnungen bezahlen, brauchen Geld, Onkel George, und ich bezahle meine nie. Kredit ist das Vermögen eines jüngeren Sohns, und man kann recht hübsch davon leben. Außerdem kaufe ich immer bei Dartmoors Lieferanten, und infolgedessen drängen sie mich nie. Was ich brauche, ist eine Auskunft; keine Auskunft natürlich, die auf einen Nutzen aus ist, sondern eine ohne jeden Zweck.«

»Nun, was in einem englischen Blaubuch steht, das kann ich dir alles sagen, Harry, wenn auch diese Burschen heutzutag eine Masse Unsinn zusammenschreiben. Als ich noch Diplomat war, standen die Dinge viel besser. Aber ich höre, man muß jetzt eine Prüfung machen, um zugelassen zu werden. Was kann man da noch erwarten? Prüfungen sind der reine Humbug vom Anfang bis zum Ende. Wenn ein Mensch ein Gentleman ist, weiß er genug, und wenn er kein Gentleman ist, so mag er noch so viel wissen, es macht ihn nicht besser.«

»Mr. Dorian Gray hat nichts mit Blaubüchern zu schaffen«, sagte Lord Henry nachlässig.

»Mr. Dorian Gray? Wer ist das?« fragte Lord Fermor, indem er seine buschigen weißen Augenbrauen zusammenzog.

»Das gerade möchte ich gerne von dir erfahren, Onkel George. Oder besser gesagt, wer er ist, das weiß ich. Er ist der Enkel des verstorbenen Lord Kelso. Seine Mutter war eine Devereux – Lady Margaret Devereux. Ich möchte, daß du mir etwas von seiner Mutter erzähltest. Wie war sie? Wen heiratete sie? Du hast zu deiner Zeit fast jedermann gekannt, also magst du sie ebenfalls gekannt haben. Ich habe im Augenblick ein sehr großes Interesse an Mr. Gray. Ich habe ihn gerade erst kennengelernt.«

»Kelsos Enkel, Kelsos Enkel!« wiederholte der alte Herr, ». . . Kelsos Enkel! . . . Natürlich . . . ich kannte seine Mutter genau. Ich glaub, ich war auf ihrer Taufe. Sie war ein außerordentlich schönes Mädchen, die Margaret Devereux, und machte alle Leute toll, als sie mit einem blutarmen jungen Burschen, der nicht einmal einen Namen hatte, davonging, einem Subalternoffizier bei einem Infanterieregiment oder so was Ähnliches. Gewiß, ich erinnere mich der ganzen Sache, als wäre sie gestern geschehen. Der arme Bursche wurde bei einem Duell in Spa umgebracht, nur ein paar Monate nach der Hochzeit. Man hörte eine häßliche Geschichte darüber. Die Leute erzählten, Kelso hätte so einen schuftigen Abenteurer, einen belgischen Kerl, gemietet, seinen Schwiegersohn öffentlich zu beleidigen, er hätte ihn dafür bezahlt, jawohl bezahlt, und dieser Kerl hätte seinen Mann abgestochen wie eine Taube. Die Geschichte wurde vertuscht, aber, na, Kelso mußte im Klub eine Zeitlang sein Kotelett allein essen. Er brachte seine Tochter wieder zurück, hat man mir erzählt, aber sie hat nie wieder mit ihm gesprochen. Ja, ja, das war eine schlimme Sache. Das Mädchen starb dann auch, kaum ein Jahr später. Also einen Sohn hat sie zurückgelassen, so? Das hatte ich vergessen gehabt. Was für ein Junge ist es denn? Wenn er seiner Mutter ähnlich sieht, muß er ein hübscher Bursche sein.«

»Er ist sehr hübsch«, stimmte Lord Henry bei.

»Ich hoffe, er wird in gute Hände kommen«, fuhr der alte Mann fort. »Es muß ein Haufen Geld auf ihn warten, wenn Kelso ordentlich für ihn gesorgt hat. Seine Mutter hatte auch Geld. Der ganze Selbysche Besitz fiel ihr durch ihren Großvater zu. Ihr Großvater haßte Kelso, hielt ihn für einen niedrigen Hund. Was er auch war. Kam er da mal nach Madrid, als ich dort war. Na, ich schämte mich mit ihm. Die Königin pflegte mich nach dem englischen adligen Herrn zu fragen, der immer mit den Kutschern um ihr Fahrgeld stritt. Sie machten eine ganze Geschichte daraus. Ich wagte mich einen ganzen Monat lang nicht bei Hof zu zeigen. Hoffentlich hat er seinen Enkel besser behandelt als die Kutscher.«

»Das weiß ich nicht«, erwiderte Lord Henry. »Ich vermute, der Junge wird ganz gut daran sein. Er ist noch nicht mündig. Selby hat er, das weiß ich. Er erzählte es mir. Und . . . seine Mutter war also sehr schön?«

»Margaret Devereux war eins der schönsten Geschöpfe, die ich je gesehen habe, Harry. Was sie in aller Welt zu dem trieb, was sie getan hat, das konnte ich nicht verstehen. Sie hätte jeden heiraten können, den sie haben wollte. Carlington war wahnsinnig auf sie versessen. Je nun, sie war romantisch. Alle Frauen dieser Familie waren das. Die Männer waren traurige Kerle, aber na! Die Frauen waren wunderbar. Carlington lag auf den Knien vor ihr. Hat's mir selber erzählt. Sie lachte ihn aus, und da war in London damals kein einziges Mädchen, das nicht hinter ihm her gewesen wäre. Übrigens bei der Gelegenheit, Harry, da wir von übeln Heiraten reden, was ist das für ein Schwindel, den mir dein Vater von Dartmoor erzählt, er wolle eine Amerikanerin heiraten? Sind die englischen Mädel nicht gut genug für ihn?«

»Es ist eben jetzt Mode, Amerikanerinnen zu heiraten, Onkel.«

»Ich halte englische Frauen gegen die ganze Welt, Henry«, sagte Lord Fermor und schlug mit der Faust auf den Tisch.

»Die Wetten stehn auf die Amerikanerinnen.«

»Sie halten nicht aus, hab' ich gehört«, murrte der Onkel.

»Ein langes Rennen erschöpft sie, aber beim Steeplechase sind sie kapital. Sie nehmen die Dinge im Fluge. Ich glaube nicht, daß Dartmoor eine Chance hat.«

»Wie ist denn ihre Familie?« brummte der alte Herr. »Hat sie überhaupt eine?«

Lord Henry schüttelte den Kopf. »Amerikanische Mädchen verstehn sich ebenso gut darauf, ihre Eltern zu verbergen, wie englische Frauen darauf, ihre Vergangenheit zu verbergen«, sagte er und stand auf, um wegzugehen.

»Also Schweinepacker, vermutlich?«

»Hoffentlich, Onkel George, in Dartmoors Interesse. Man sagte mir, Schweinepacken sei nach der Politik in Amerika der einträglichste Beruf.«

»Ist sie hübsch?«

»Sie benimmt sich so, als wäre sie schön. Das tun die meisten Amerikanerinnen. Es ist das Geheimnis ihres Reizes.«

»Warum können diese Amerikanerinnen nicht bei sich zu Hause bleiben? Sie erzählen uns immer, bei ihnen sei das Paradies für Frauen.«

»Das ist es auch. Das ist auch der Grund, weshalb sie, wie Eva, so riesig darauf versessen sind, da herauszukommen«, sagte Lord Henry, »Adieu, Onkel George. Ich komme zu spät zum Lunch, wenn ich noch länger bleibe. Ich danke dir für die Auskunft, die ich haben wollte. Ich möchte immer gern alles von meinen neuen Freunden wissen und nichts von meinen alten.«

»Wohin gehst du zum Lunch, Harry?«

»Zu Tante Agatha. Ich habe mich und Mr. Gray dort angesagt. Es ist ihr neuester Protegé.«

»Hm! Sag deiner Tante Agatha, Harry, sie soll mich nie mehr mit ihrem Wohltätigkeitskram quälen. Ich hab' es satt. Das gute Frauenzimmer glaubt wirklich, ich hätte nichts weiter zu tun, als für ihre albernen Schrullen Schecks auszuschreiben.«

»Schön, Onkel George, ich will es ihr sagen, es wird aber gar nichts nützen. Wohltätigkeitsfanatiker verlieren jegliches Gefühl für Menschlichkeit. Das ist ihr hervorstechender Charakterzug.«

Der alte Herr knurrte zustimmend und klingelte nach dem Diener. Lord Henry ging unter den niedrigen Arkarden zur Burlington Street und lenkte dann seine Schritte in die Richtung von Berkeley Square.

Das also war die Geschichte von Dorian Grays Eltern. War sie ihm auch nur im Umriß erzählt worden, sie hatte ihn durch die Suggestion einer seltsamen, fast modernen Romantik erschüttert. Eine schöne Frau, die alles für eine wahnsinnige Leidenschaft aufs Spiel setzte. Ein paar wilde Wochen des Glücks, jäh abgeschnitten durch ein abscheuliches, heimtückisches Verbrechen. Monate stummen Todeskampfes und dann ein Kind, in Schmerzen geboren. Die Mutter vom Tod hinweggerafft, der Knabe der Einsamkeit und der Tyrannei eines alten lieblosen Mannes überlassen. Ja, es war ein interessanter Hintergrund. Er gab dem jungen Mann Relief, machte ihn gleichsam vollkommener. Hinter jedem auserlesenen Ding in der Welt stand etwas Tragisches. Welten müssen im Aufruhr sein, damit die kleinste Blume blühen kann ... Und wie entzückend war er am Abend vorher gewesen, als er mit erregten Augen, die Lippen vor erschrockener Freude geöffnet im Klub ihm gegenüber saß und die roten Lampenschirme das erwachende Wunder seines Gesichts in einen reicheren Ton getaucht hatten. Mit ihm sprechen war wie auf einer köstlichen Geige spielen. Er gab jedem Druck und jedem Erzittern des Bogens nach. Es lag etwas Schreckliches, in Bann Schlagendes darin, seinen Einfluß zu erproben. Keine andre Tätigkeit kam dem gleich. Seine Seele in eine anmutige Form zu gießen und sie darin einen Augenblick verweilen lassen; seine eignen Gedanken im Echo zurückzubekommen, bereichert um all die Melodien von Leidenschaft und Jugend; sein Temperament in ein anderes versenken, als wäre es ein feinstes Fluidum oder ein seltsamer Duft: es lag eine wahre Lust darin, vielleicht die allerbefriedigendste Lust, die uns in einer so beschränkten und gewöhnlichen Zeit wie der unsern übriggelassen ist, in einer Zeit, die in ihren Genüssen so grob materiell und in ihren Begierden so ordinär gemein ist ... Er war auch ein wunderbarer Typus, dieser Jüngling, den er durch einen so sonderbaren Zufall in

Basils Atelier kennengelernt hatte, oder er konnte jedenfalls in einen wunderbaren Typus geformt werden. Sein war die Anmut und die weiße Reinheit der Jünglingschaft, und eine Schönheit, wie sie die alten griechischen Marmorbilder uns bewahrt haben. Nichts gab es, was man nicht aus ihm machen konnte. Man konnte einen Titanen oder ein Spielzeug aus ihm machen. Wie traurig, daß eine solche Schönheit dazu bestimmt war zu verwelken!... Und Basil? Wie interessant war er doch in psychologischer Beziehung! Der neue künstlerische Stil, die frische Art, das Leben anzuschauen, die ihm auf das seltsamste schon durch die bloße sichtbare Gegenwart eines Menschen suggeriert wurde, der von alledem nichts wußte; der geheime Geist, der im dunklen Waldland haust und ungesehn auf offne Felder schreitet und sich plötzlich enthüllt, dryadengleich und furchtlos, weil in der Seele, die nach ihm begehrte, jener wunderbare Blick erwacht war, der allein das Wunderbare offenbarte; die bloßen Gestalten und Linien der Dinge werden dann plötzlich feiner und gewinnen eine Art von symbolischem Wert, als wären sie selbst nur Urbilder einer andern und vollkommeneren Form, deren Schatten sie in die Wirklichkeit übertrugen: wie seltsam war dies alles! Er erinnerte sich an ähnliches in der Geschichte. War es nicht Plato, jener Künstler des Denkens, der es zuerst durchleuchtet hatte? War es nicht Buonarotti, der es in den farbigen Marmor einer Sonettenfolge gemeißelt? Aber in unserm eignen Jahrhundert war es etwas Fremdes... Ja; er wollte versuchen, Dorian Gray das zu sein, was der Jüngling, ohne es zu wissen, dem Maler war, der das wundervolle Bildnis geschaffen. Er wollte versuchen, ihn zu beherrschen – er hatte es in der Tat schon zur Hälfte getan. Er wollte diesen wunderbaren Geist zu seinem eignen machen. Es lag etwas Faszinierendes in diesem Sproß von Liebe und Tod.

Plötzlich blieb er stehen und sah an den Häusern hinauf. Er entdeckte, daß er am Haus seiner Tante bereits vorbeigegangen war, und kehrte, über sich selbst lächelnd, um. Als er in die etwas düstere Halle eintrat, sagte ihm der Diener, sie seien schon zu Tisch gegangen. Er gab einem Lakai Hut und Stock und ging in den Speisesaal.

»Spät wie immer, Harry«, rief seine Tante kopfschüttelnd.

Er erfand eine leichte Entschuldigung, setzte sich auf den nächsten Platz neben sie und sah sich um, wer noch da war. Dorian verbeugte sich scheu vom Ende des Tisches zu ihm her, und ein freudiges Rot stahl sich dabei in seine Wangen. Gegenüber saß die Herzogin von Harley, eine Dame von bewunderungswürdig gutem Charakter und gutem Temperament, die jeder gern mochte, der sie kannte, und die jene umfänglichen architektonischen Verhältnisse aufwies, die bei Frauen, die nicht Herzoginnen sind, von zeitgenössischen Geschichtsschreibern als Beleibtheit beschrieben werden. Nächstdem saß zu ihrer Rechten Sir Thomas Burdon, ein radikales Parlamentsmitglied, der seinem Parteihaupt zwar im öffentlichen Leben folgte, im privaten aber den besten Köchen, in der Gemäßheit einer weisen und wohlbekannten Regel mit den Torys speiste, aber mit den Liberalen geistig übereinstimmte. Den Platz zu ihrer Linken nahm Mr. Erskine of Treadley ein, ein alter Herr von beträchtlichem Reiz und vieler Kultur, der allerdings der schlechten Gewohnheit verfallen war zu schweigen, da er, wie einmal Lady Agatha erklärte, was er zu sagen habe, schon vor seinem dreißigsten Lebensjahr alles gesagt hatte. Seine eigne Nachbarin war Mrs. Vandeleur, eine der ältesten Freundinnen seiner Tante, eine vollendete Heilige unter den Frauen, aber eine so schreckliche Schlumpe, daß man bei ihrem Anblick stets an ein schlecht gebundenes Gebetbuch denken mußte. Zum Glück für ihn saß auf ihrer andern Seite Lord Faudel, eine höchst intelligente Mittelmäßigkeit in mittlern Jahren, so kahl wie eine ministerielle Erklärung im Haus der Gemeinen, mit dem sie sich in jener intensiv ernsten Weise unterhielt, die, wie er einmal selbst bemerkte, der einzig unverzeihliche Fehler ist, in den alle wahrhaft guten Menschen verfallen und den keiner von ihnen je ganz vermied.

»Wir reden über den armen Dartmoor, Lord Henry«, rief die Herzogin, indem sie ihm über den Tisch herüber vergnügt zunickte. »Glauben Sie wirklich, er werde diese berückende junge Person heiraten?«

»Ich glaube, sie hat es sich fest vorgenommen, sich ihm zu erklären, Herzogin.«

»Wie schrecklich!« rief Lady Agatha aus. »Es sollte wirklich jemand etwas dagegen tun.«

»Ich hörte von einer ganz ausgezeichneten Quelle, daß ihr Vater in Amerika einen Schnittwarenladen hat«, sagte Sir Thomas Burdon mit hochnäsiger Miene.

»Mein Onkel vermutete schon eine Schweinepackerei, Sir Thomas.«

»Schnittwaren! Was sind amerikanische Schnittwaren?« fragte die Herzogin, ihre großen Hände verwundert erhebend und das Wort betonend.

»Amerikanische Romane«, antwortete Lord Henry und nahm sich eine Wachtel.

Die Herzogin machte ein verdutztes Gesicht.

»Achten Sie nicht auf das, was er sagt, meine Liebe«, flüsterte Lady Agatha. »Er meint nie, was er sagt.«

»Als Amerika entdeckt wurde«, sagte der radikale Abgeordnete und fing an, einige langweilige Tatsachen von sich zu geben. Wie alle Leute, die bestrebt sind, einen Gegenstand zu erschöpfen, erschöpfte er seine Zuhörer. Die Herzogin seufzte und gebrauchte ihr Vorrecht, unterbrechen zu dürfen. »Ich wünschte zu Gott, es wäre überhaupt nie entdeckt worden!« rief sie aus. »Wahrhaftig, unsere Mädchen haben heutzutage gar keine Aussicht mehr. Das ist höchst unschön.«

»Vielleicht ist im Grunde Amerika überhaupt nie entdeckt worden«, sagte Mr. Erskine; »ich für meinen Teil möchte sagen, es ist bloß aufgefunden worden.«

»Oh! Aber ich habe Proben von seinen Bewohnerinnen gesehn!« antwortete die Herzogin zerstreut. »Ich muß gestehn, die meisten von ihnen sind ausnehmend hübsch. Und dann ziehn sie sich auch sehr gut an. Sie besorgen sich alle ihre Kleider in Paris. Ich wollte, ich könnte mir das auch leisten.«

»Man sagt: wenn gute Amerikaner sterben, gehn sie nach Paris«, gluckste Sir Thomas, der eine große Garderobe abgelegter Witze besaß.

»Wirklich! Und wohin gehn schlechte Amerikaner, wenn sie sterben?« fragte die Herzogin.

»Sie gehen nach Amerika«, murmelte Lord Henry.

Sir Thomas runzelte die Stirn. »Ich fürchte, Ihr Neffe ist sehr voreingenommen gegen dies große Land«, sagte er zu Lady Agatha. »Ich habe es ganz bereist, in Eisenbahnwagen, die mir die Direktoren zur Verfügung stellten, die in solchen Fällen außerordentlich liebenswürdig sind. Ich versichere Ihnen, daß eine solche Reise höchst erzieherisch wirkt.«

»Aber müssen wir wirklich Chicago sehen, um uns zu erziehen?« fragte Mr. Erskine mit klagender Stimme. »Ich fühle mich der Reise nicht gewachsen.«

Sir Thomas winkte mit der Hand. »Mr. Erskine of Treadley hat die Welt auf seinen Bücherregalen. Wir Männer der Praxis wollen die Dinge sehn, nicht darüber lesen. Die Amerikaner sind ein außerordentlich interessantes Volk. Sie sind absolute Vernunftmenschen. Ich halte das für ihren hervorstechendsten Charakterzug. Ja, Mr. Erskine, ein absolut von der Vernunft gelenktes Volk. Ich versichere Ihnen, es gibt bei den Amerikanern keinen Unsinn.«

»Wie schrecklich!« rief Lord Henry. »Ich kann rohe Gewalt vertragen, aber rohe Vernunft ist mir ganz unausstehlich. Es hängt etwas Unvornehmes an ihrem Gebrauch. Sie rangiert tief unter dem Geist!«

»Ich verstehe Sie nicht«, sagte Sir Thomas, indem er etwas rot wurde.

»Ich verstehe, Lord Henry«, murmelte Mr. Erskine lächelnd.

»Paradoxe sind ja an sich ganz schön ...«, nahm der Baronet wieder auf.

»War das paradox?« fragte Mr. Erskine. »Ich habe es nicht dafür gehalten. Vielleicht war's paradox. Nun, der Weg des Paradoxen ist der Weg der Wahrheit. Um die Wirklichkeit zu erkennen, müssen wir sie auf dem Seile tanzen sehn. Wenn die Wahrheiten zu Akrobaten werden, so können wir sie beurteilen.«

»Um Himmels willen!« sagte Tante Agatha. »Was ihr Männer doch disputiert! Ich verstehe bestimmt nie ein Wort von dem, worüber Sie reden. O Harry, mit dir bin ich ganz böse. Warum versuchst du, unsern netten Mr. Dorian Gray vom East End abzubringen? Ich versichere dir, er wäre ganz unschätzbar für uns. Die Leute würden sein Spiel überaus lieben.«

»Ich will aber, daß er für mich spielt«, rief Lord Henry lächelnd, sah am Tisch hinunter und fing als Antwort einen glänzenden Blick auf.

»Aber Sie sind in Whitechapel so unglücklich«, sagte Lady Agatha weiter.

»Ich kann mit allem Mitgefühl haben, nur nicht mit dem Leiden«, sagte Lord Henry achselzuckend. »Damit kann ich kein Mitgefühl haben. Es ist zu häßlich, zu schrecklich, zu niederdrückend. In dem modernen Mitgefühl mit dem Schmerz liegt etwas furchtbar Krankhaftes. Man sollte mit der Farbe, mit der Schönheit, mit der Freude am Leben Mitgefühl haben. Je weniger über das Traurige im Leben gesagt wird, um so besser.«

»Und doch, das East End ist ein sehr wichtiges Problem«, bemerkte Sir Thomas mit ernstem Kopfschütteln.

»Sicher«, antwortete der junge Lord. »Es ist das Problem der Sklaverei, und wir versuchen es dadurch zu lösen, daß wir die Sklaven amüsieren.«

Der Politiker sah ihn mit einem strengen Blick an. »Welche Änderung schlagen Sie also vor?« fragte er.

Lord Henry lachte. »Ich wünsche gar nicht, daß sich in England etwas ändert, ausgenommen das Wetter«, antwortete er. »Ich begnüge mich vollständig mit philosophischer Betrachtung. Da aber das neunzehnte Jahrhundert an seinen übermäßigen Ausgaben an Mitgefühl bankrott gegangen ist, möchte ich vorschlagen, daß man die Wissenschaft angeht, die Dinge wieder in Ordnung zu bringen. Der Vorteil der Gefühle liegt darin, daß sie uns auf Abwege führen, und der Vorteil der Wissenschaft darin, daß sie mit Gefühlen nichts zu tun hat.«

»Aber es liegt eine so schwere Verantwortung auf uns«, warf Mrs. Vandeleur schüchtern ein.

»Eine so furchtbar schwere«, sagte Lady Agatha.

Lord Henry sah zu Mr. Erskine hinüber.

»Die Menschheit nimmt sich viel zu ernst, das ist die innerste Sünde der Welt. Hätte der Höhlenmensch das Lachen gekannt, hätte die Geschichte einen andern Weg genommen.«

»Sie geben mir wirklich einen sehr großen Trost«, zwitscherte die Herzogin. »Ich habe bisher stets ein Schuldgefühl gehabt, wenn ich Ihre liebe Tante besuchte, denn ich habe nicht das geringste Interesse am East End. In Zukunft werde ich ihr in die Augen sehen können, ohne zu erröten.«

»Erröten steht einem sehr gut, Herzogin«, bemerkte Lord Henry.

»Nur wenn man jung ist«, antwortete sie. »Wenn eine alte Frau wie ich rot wird, dann ist es ein sehr schlechtes Zeichen. Ach! Lord Henry, ich möchte, Sie könnten mir sagen, wie man wieder jung wird.«

Er dachte einen Augenblick nach. »Können Sie sich an irgendeinen Fehler erinnern, den Sie in Ihren jungen Tagen begangen haben, Herzogin?« fragte er und blickte sie fest über den Tisch hinüber an.

»An sehr viele, fürchte ich«, rief sie aus.

»Dann begehen Sie sie von neuem«, sagte er ernst. »Um seine Jugend zurückzubekommen, braucht man nur seine Torheiten zu wiederholen.«

»Eine entzückende Theorie!« rief sie aus. »Ich muß sie in Wirklichkeit umsetzen.«

»Eine gefährliche Theorie!« kam es von Sir Thomas' dünnen Lippen. Lady Agatha schüttelte den Kopf, es amüsierte sie aber doch. Mr. Erskine horchte auf.

»Ja«, fuhr Lord Henry fort, »das ist eins der großen Geheimnisse des Lebens. Heutzutage sterben die meisten Leute an einer Art schleichendem Common sense, und erst wenn es zu spät ist, entdecken sie, daß das einzige, was wir nie bereuen, unsere Sünden sind.«

Ein Lachen lief um die Tafel.

Er spielte mit dem Gedanken und wurde übermütig; er warf ihn in die Luft und drehte ihn um; er ließ ihn irisieren in Farben der Phantasie und beflügelte ihn mit Paradoxen. Weiterhin erhob sich der Preis der Torheit zu einer Philosophie, und die Philosophie selbst wurde jung und gab sich der tollen Musik des Genusses hin, sie trug, diese Vision stieg auf, ihr vom Wein beflecktes Gewand und ihren Efeukranz, tanzte wie eine Bacchantin über die Hügel des Lebens und höhnte den plumpen Silen, weil er nüchtern war. Fakta flohen vor ihr wie das erschreckte Wild des Waldes. Ihre weißen Füße stampften in die große Kelter, an der der weise Omar saß, bis der siedende Saft der Trauben in Wogen purpurnen Schaums ihr um die nackten Glieder sprang oder in rotem Gischt über die schwarzen, triefenden, hängenden Wände des Fasses rann. Es war eine ganz außerordentliche Improvisation. Er fühlte, daß die Augen Dorian Grays an ihm hingen, und das Bewußtsein, daß unter seinen Zuhörern einer saß, dessen Gemüt er zu bezaubern wünschte, schien seinem Witz Schärfe und seiner Einbildungskraft Farbe zu verleihen. Er war glänzend, phantastisch, zügellos. Er reizte seine Zuhörer, ganz aus sich herauszugehn, und sie folgten lachend seiner Rattenfängerpfeife. Dorian Gray wandte seinen Blick nicht von ihm, sondern saß wie unter einem Bann da, während ein Lächeln ums andere über seine Lippen huschte und ein immer tieferes Staunen in seinen dunkeln Augen aufglomm.

Zuletzt betrat im Gewand der Gegenwart die Wirklichkeit das Zimmer in Gestalt eines Dieners, der der Herzogin meldete, daß ihr Wagen warte. Sie rang ihre Hände in komischer Verzweiflung. »Wie ärgerlich!« rief sie aus. »Ich muß fort. Ich muß meinen Gatten im Klub abholen und ihn zu irgendeiner albernen Sitzung bei Willis begleiten, wo er präsidieren soll. Wenn ich zu spät komme, ist er sicher wütend, und ich könnte in dem Hut, den ich aufhabe, keine Szene haben. Er ist zu gebrechlich. Ein rauhes Wort würde ihn ruinieren. Nein, ich muß fort, liebe Agatha. Adieu, Lord Henry, Sie sind ganz entzückend und demoralisieren schrecklich. Ich weiß gar nicht, was ich über Ihre Ansichten sagen soll. Sie müssen einmal abends zu uns kommen und mit uns speisen. Dienstag? Sind Sie Dienstag frei?«

»Für Sie würde ich jedem andern absagen, Herzogin«, sagte Lord Henry, sich verbeugend

»Oh das ist sehr nett und sehr unrecht von Ihnen«, rief sie aus, »denken Sie aber daran und kommen Sie«, und rauschte aus dem Zimmer, begleitet von Lady Agatha und den übrigen Damen.

Als Lord Henry sich wieder gesetzt hatte, kam Mr. Erskine herüber, rückte sich einen Stuhl nahe zu ihm hin und legte die Hand auf seinen Arm.

»Sie reden besser als Bücher«, sagte er, »warum schreiben Sie keins?«

»Ich lese Bücher viel zu gerne, Mr. Erskine, als daß mir darum zu tun wäre, welche zu schreiben. Gewiß möchte ich gerne einen Roman schreiben, einen Roman, der so köstlich wäre wie ein persischer Teppich und so unwirklich. Aber es gibt in England kein literarisches Publikum, ausgenommen für Zeitungen, Elementarbücher und Konversationslexika. Von allen Völkern der Welt haben die Engländer am wenigsten Sinn für die Schönheit der Literatur.«

»Ich fürchte, Sie haben recht«, antwortete Mr. Erskine. »Ich selbst habe meinen literarischen Ehrgeiz gehabt, aber ich habe ihn nun schon lange aufgegeben. Und nun, mein lieber junger Freund, wenn Sie mir erlauben wollen, Sie so zu nennen, darf ich Sie fragen, ob Sie wirklich all das glauben, was Sie uns bei Tisch gesagt haben?«

»Ich habe ganz vergessen, was ich gesagt habe«, sagte Lord Henry lächelnd. »War es sehr schlimm?«

»In der Tat, sehr schlimm. Ich halte Sie wirklich für einen höchst gefährlichen Menschen, und wenn unserer guten Herzogin etwas zustößt, so werden Sie uns allen als der gelten, der in erster Linie dafür verantwortlich ist. Aber ich möchte mich gerne einmal mit Ihnen über das Leben unterhalten. Die Generation, mit der ich geboren bin, war recht langweilig. Wenn Sie einmal Londons müde sind, kommen Sie doch nach Treadley und setzen Sie mir bei einem herrlichen Burgunder, den zu besitzen ich glücklich genug bin, Ihre Philosophie des Genusses auseinander.«

»Ich werde mich sehr freuen. Ein Besuch in Treadley bedeutet eine große Auszeichnung. Es hat einen vollkommenen Wirt und eine vollkommene Bibliothek.«

»Sie werden sie ganz vollkommen machen«, antwortete der alte Herr mit einer höflichen Verbeugung. »Und jetzt muß ich Ihrer ausgezeichneten Tante adieu sagen. Ich muß ins Athenäum. Es ist die Stunde, wo wir dort schlafen.«

»Sie alle, Mr. Erskine?«

»Vierzig von uns in vierzig Fauteuils. Wir üben uns für eine englische Akademie.«

Lord Henry lachte und stand auf. »Ich gehe in den Park«, rief er aus. Als er durch die Tür schritt, berührte ihn Dorian Gray am Arm. »Erlauben Sie mir mitzukommen«, flüsterte er.

»Ich dachte, Sie hätten Basil Hallward versprochen, ihn zu besuchen«, antwortete Lord Henry.

»Ich möchte lieber mit Ihnen kommen. Ja, ich fühle, ich muß mit Ihnen kommen. Erlauben Sie es doch. Und Sie müssen mir versprechen, mit mir die ganze Zeit zu reden. Niemand kann so wundervoll reden wie Sie.«

»Oh! Ich habe für heute genug geredet«, sagte Lord Henry lächelnd. »Jetzt tut mir not, das Leben anzusehn. Sie können mitkommen und es mit mir betrachten, wenn Sie wollen.«

VIERTES KAPITEL

Einen Monat später saß Dorian Gray eines Nachmittags zurückgelehnt in einem luxuriösen Sessel der kleinen Bibliothek in Lord Henrys Haus in Mayfair. Es war in seiner Art ein sehr hübscher Raum, mit seiner hochhinaufgehenden Wandtäfelung aus olivenfarbiger Eiche, seinem gelbgetönten Fries, seiner stuckierten Decke und seinem ziegelfarbenen Teppich, auf dem seidne persische Decken mit langen Fransen verstreut lagen. Auf einem schlanken Tischchen aus Atlasholz stand eine Statuette von Clodion, und daneben lag eine Ausgabe der Cent Nouvelles in einem Einband von Clovis Eve für Margarete von Navarra, im Schmuck der goldnen Gänseblümchen, die sich die Königin zu ihrem Zeichen gewählt hatte. Auf dem Kaminsims standen ein paar große blaue Chinavasen mit bunten Tulpen darin, und durch die kleinen bleigefaßten Scheiben des Fensters drang das aprikosenfarbene Licht eines Londoner Sommertags.

Lord Henry war noch nicht nach Hause gekommen. Er kam prinzipiell zu spät, da sein Grundsatz war, daß Pünktlichkeit einem die Zeit stehle. Der junge Mann sah etwas verdrießlich aus, als er achtlos die Seiten einer kostbar illustrierten Ausgabe der »Manon Lescaut« umblätterte, die er in einem der Fächer gefunden hatte. Das abgemessene, eintönige Ticken einer Louis-XIV.-Uhr machte ihn nervös. Ein- oder zweimal dachte er daran wegzugehen.

Endlich hörte er draußen einen Schritt, und die Tür öffnete sich. »Wie spät Sie kommen, Harry!« flüsterte er.

»Leider ist es nicht Harry, Mr. Gray«, antwortete eine scharfe Stimme.

Er sah sich schnell um und sprang auf die Füße. »Ich bitte um Entschuldigung, ich glaubte –«

»Sie dachten, es sei mein Mann. Es ist nur seine Frau. Sie müssen mir erlauben, mich selbst vorzustellen. Ich kenne Sie nach Ihren Fotografien ganz gut. Ich glaube, mein Mann besitzt siebzehn.«

»Nicht siebzehn, Lady Henry.«

»Nun, dann achtzehn. Und dann habe ich Sie neulich abends in der Oper mit ihm gesehen.« Sie lachte nervös, während sie sprach, und betrachtete ihn mit ihren schwimmenden Vergißmeinnichtaugen. Sie war eine merkwürdige Frau, ihre Kleider sahen immer aus, als seien sie in einem Wutanfall entworfen und in einem Sturm angezogen worden. In der Regel war sie in jemand verliebt, und da ihre Leidenschaft nie erwidert wurde, hatte sie alle ihre Illusionen bewahrt. Sie versuchte, malerisch auszusehen, aber sie brachte es nur zu einem unsaubern Eindruck. Sie hieß Viktoria und hatte eine Leidenschaft, zur Kirche zu gehen.

»Das war im ›Lohengrin‹, glaube ich, Lady Henry?«

»Ja; es war in dem köstlichen ›Lohengrin‹. Ich liebe Wagners Musik mehr als die irgendeines andern. Sie ist so laut, daß man die ganze Zeit reden kann, ohne daß die andern Leute hören, was man sagt. Das ist ein großer Vorteil. Meinen Sie nicht auch, Mr. Gray?«

Von ihren dünnen Lippen kam wieder das nervöse abgebrochene Lachen, und ihre Finger begannen mit einem langen Papiermesser aus Schildpatt zu spielen.

Dorian lächelte und schüttelte den Kopf: »Ich fürchte, das ist meine Meinung nicht, Lady Henry. Ich rede nie während der Musik – wenigstens nicht während guter Musik. Wenn man schlechte Musik hört, ist man verpflichtet, sie im Gespräch zu übertäuben.«

»Ah! Das ist einer von Harrys Gedanken, nicht wahr, Mr. Gray? Ich bekomme Harrys Ansichten immer von seinen Freunden zu hören. Das ist die einzige Art, auf die sie zu meiner Kenntnis gelangen. Aber Sie müssen nicht glauben, daß ich gute Musik nicht liebe. Ich bete sie an, aber ich fürchte mich davor. Es macht mich zu romantisch. Ich habe für Klavierspielen einfach geschwärmt – zeitweise für zwei auf einmal, behauptet Harry. Ich weiß nicht, was das mit ihnen auf sich hat. Vielleicht kommt es daher, daß sie Ausländer sind. Das sind sie doch alle, nicht wahr? Sogar die in England geboren sind, werden nach einiger Zeit Ausländer, nicht wahr? Es ist so klug von ihnen und bedeutet eine solche Auszeichnung für die Kunst. Sie macht einen doch ganz kosmopolitisch, nicht wahr? Sie sind nie auf einer meiner Gesellschaften gewesen, nicht wahr, Mr. Gray? Sie müssen kommen, Orchideen kann ich mir nicht leisten, aber in der Anschaffung von Ausländern scheu ich keinen Aufwand. Sie machen einem die Räume so pittoresk. Aber hier ist Harry! Harry, ich sah herein nach dir, um dich etwas zu fragen – ich habe vergessen, was –, und traf Mr. Gray hier. Wir haben so reizend miteinander über Musik geplaudert. Unsere Ansichten sind ganz dieselben. Nein, ich glaube, unsere Ansichten sind ganz verschieden. Aber er war entzückend. Ich freue mich so sehr, ihn getroffen zu haben.«

»Das ist ja reizend, meine Liebe, ganz reizend«, sagte Lord Henry, wobei er seine dunkeln, geschwungenen Augenbrauen in die Höhe zog und beide mit einem vergnügten Lächeln ansah. »Es tut mir so leid, daß ich mich verspätet habe, Dorian. Ich ging nach Wardour Street, um mir ein Stück alten Brokats anzusehen, und mußte stundenlang darum handeln. Heutzutage kennen die Leute den Preis von jeder Sache und von nichts den Wert.«

»Ich fürchte, ich muß gehen«, rief Lady Henry aus, ein verlegnes Schweigen mit ihrem törichten, plötzlichen Lachen unterbrechend. »Ich habe versprochen, mit der Herzogin auszufahren. Adieu, Mr. Gray. Adieu, Harry. Du wirst vermutlich auswärts speisen. Ich ebenfalls. Vielleicht sehe ich dich bei Lady Thornbury.«

»Wahrscheinlich, meine Liebe«, sagte Lord Henry und schloß die Tür hinter ihr, als sie wie ein Paradiesvogel, der die ganze Nacht im Regen draußen gewesen, aus dem Raume hüpfte, einen feinen Geruch von Frangipani zurücklassend. Dann zündete er sich eine Zigarette an und warf sich aufs Sofa.

»Heiraten Sie nie eine Frau mit strohgelbem Haar, Dorian«, sagte er nach einigen Zügen.

»Warum nicht, Harry?«

»Weil sie so sentimental sind.«

»Aber ich liebe sentimentale Leute.«

»Heiraten Sie überhaupt nie, Dorian. Männer heiraten, weil sie müde sind; Frauen, weil sie neugierig sind: beide werden enttäuscht.«

»Ich glaube nicht, daß ich heiraten werde, Harry. Ich bin zu sehr verliebt. Das ist einer Ihrer Aphorismen. Ich übersetze ihn in die Wirklichkeit, wie ich es mit allem tue, was Sie sagen.«

»In wen sind Sie verliebt?« fragte Lord Henry nach einer Pause.

»In eine Schauspielerin«, sagte Dorian Gray errötend.

Lord Henry zuckte die Achseln. »Das nenne ich etwas gewöhnlich debütieren.«

»Sie würden nicht so reden, wenn Sie sie sähen, Harry.«

»Wer ist sie?«

»Sie heißt Sibyl Vane.«

»Nie von ihr gehört.«

»Niemand hat von ihr gehört. Man wird jedoch einmal von ihr hören. Sie ist ein Genie.«

»Mein lieber Junge, es gibt keine Frau, die ein Genie ist. Frauen sind ein dekoratives Geschlecht. Sie haben nie irgend etwas zu sagen, aber sie sagen es entzückend. Frauen bedeuten den Triumph der Materie über den Geist, gerade wie Männer den Triumph des Geistes über die Moral bedeuten.«

»Harry, wie können Sie so reden?«

»Mein lieber Dorian, es hat seine absolute Richtigkeit. Ich beschäftige mich gerade mit der Analyse von Frauen, ich sollte es also wissen. Der Gegenstand ist gar nicht so verwickelt, wie ich vorher glaubte. Ich finde, daß es letzten Endes nur zwei Arten von Frauen gibt, die geschminkten und die ungeschminkten. Die natürlichen Frauen sind sehr nützlich. Wenn Sie nötig haben, in einen respektabeln Ruf zu kommen, brauchen Sie nur eine zu Tisch zu führen. Die andern sind sehr entzückend. Sie begehen freilich einen Fehler. Sie malen sich, um sich ein junges Aussehen zu geben. Unsere Großmütter schminkten sich, um zu verführen und glänzend zu plaudern. Rouge und Geist traten stets gemeinschaftlich auf. Das ist jetzt alles vorbei. Solange eine Frau zehn Jahre jünger auszusehn vermag als ihre eigne Tochter, ist sie vollkommen befriedigt. Was aber das Gespräch anlangt, so gibt es nur fünf Frauen in London, mit denen zu reden der Mühe wert ist, und zwei davon kann man in anständiger Gesellschaft nicht zulassen. Einerlei aber, erzählen Sie mir etwas von Ihrem Genie. Seit wann kennen Sie sie?«

»Ach! Harry, Ihre Ansichten erschrecken mich.«

»Seien Sie unbesorgt darüber. Seit wann kennen Sie sie?«

»Seit ungefähr drei Wochen.«

»Und wo sind Sie ihr über den Weg gelaufen?«

»Ich will es Ihnen erzählen, Harry, aber Sie dürfen nicht gefühllos darüber reden. Es würde übrigens gar nie geschehen sein, wenn ich Sie nicht kennengelernt hätte. Sie erfüllten mich mit einer wilden Begierde, alles vom Leben zu erfahren. Noch viele Tage lang, nachdem ich mit Ihnen beisammen gewesen, schien etwas in meinen Adern zu zucken. Wenn ich im Park herumsaß oder Piccadilly hinunterschlenderte, pflegte ich einem jeden, der an mir vorbeikam, ins Gesicht zu sehn, und fragte mich mit einer tollen Neugierde, was für eine Art von Leben er führe. Einige darunter faszinierten mich. Andere erfüllten mich mit Schauder. Es war ein auserlesenes Gift in der Luft; ich hatte eine Leidenschaft nach Erlebnissen ... Nun, eines Abends sieben Uhr entschloß ich mich, auf die Suche nach einem Abenteuer zu gehn. Ich fühlte, daß dieses graue, ungeheure London, in dem wir leben, mit seinen Myriaden von Menschen, seinen schmutzigen Sündern und seinen glänzenden Sünden, wie Sie es einmal gesagt haben, irgend etwas für mich in Bereitschaft haben müsse. Ich stellte mir tausenderlei Dinge vor. Schon die Gefahr gab ein Gefühl des Entzückens. Ich erinnerte mich an das, was Sie mir an jenem wundervollen Abend gesagt hatten, als wir zum erstenmal gespeist hatten, daß das wahre Geheimnis des Lebens im Suchen nach der Schönheit läge. Ich weiß nicht, was ich erwartete, aber ich ging fort und wanderte nach dem Osten, wo ich bald meinen Weg in einem Wirrsal von rußigen Straßen und schwarzen, kahlen Plätzen verlor. Gegen halb acht Uhr kam ich an einem lächerlich kleinen Theater vorbei, vor dem große flakkernde Gasflammen brannten und prahlerische Theaterzettel hingen. Ein gräßlicher Jude in dem erstaunlichsten Rock, den ich je in meinem Leben gesehen habe, stand am Eingang und rauchte eine gemeine Zigarre. Er hatte schmierige Ringellocken, und mitten auf seinem beschmutzten Hemd glitzerte ein riesiger Diamant. ›Eine Loge, Mylord?‹ sagte er, als er mich sah, und zog mit einer Miene großartiger Unterwürfigkeit den Hut ab. Er hatte etwas an sich, Harry, das mich amüsierte. Er war ein solches Monstrum. Sie werden mich auslachen, das weiß ich, aber ich ging wirklich hinein und bezahlte eine ganze Guinea für eine Proszeniumsloge. Ich kann mir bis heute noch nicht erklären, warum ich es getan habe; und doch, mein lieber Harry – hätte ich es nicht getan, es nicht getan, ich hätte den größten Roman meines Lebens versäumt. Ich sehe, Sie lachen. Das ist häßlich von Ihnen!«

»Ich lache nicht, Dorian; wenigstens nicht über Sie. Aber Sie sollten nicht sagen: der größte Roman Ihres Lebens. Sie sollten sagen: der erste Roman Ihres Lebens. Sie werden immer geliebt werden und Sie werden immer die Liebe lieben. Eine Grande passion ist das Vorrecht der Leute, die nichts zu tun haben. Das ist das einzige, wozu die müßigen Klassen eines Landes gut sind. Haben Sie keine Angst. Es liegen erlesene Dinge für Sie bereit. Dies ist erst der Anfang.«

»Halten Sie meine Natur für so seicht?« rief Dorian Gray gekränkt.

»Nein; ich halte Ihre Natur für so tief.«

»Wie meinen Sie das?«

»Mein lieber Junge, die Menschen, die nur einmal in ihrem Leben lieben, sind in Wirklichkeit die Oberflächlichen. Was sie ihre Hingebung und ihre Treue nennen, nenne ich entweder die Schlafsucht der Gewohnheit oder ihren Mangel an Einbildungskraft. Treue bedeutet im Gefühlsleben dasselbe wie Konsequenz im geistigen – einfach das Bekenntnis eines Mangels. Treue! Ich muß das einmal analysieren. Die Leidenschaft am Eigentum gehört dazu. Es gehören viele Dinge dazu, die wir wegwerfen würden, wenn wir nicht fürchteten, andere möchten sie aufheben. Aber ich möchte Sie nicht unterbrechen. Erzählen Sie doch weiter.«

»Also ich fand mich in einer schauerlichen kleinen Privatloge, und ein gemeiner Theatervorhang starrte mir entgegen. Ich schaute hinter der Portiere hervor und schaute das Haus an. Es war ein hohles Geprunke, lauter Kupidos und Füllhörner wie ein Hochzeitskuchen dritter Klasse. Galerie und Parterre waren leidlich besetzt, aber die zwei Reihen elender Sperrsitze vorn waren ganz leer, und auf den Plätzen, die sie vermutlich Balkon nennen, saß kaum ein Mensch. Weiber gingen mit Orangen und Gingerbier herum, und man konsumierte eine schreckliche Menge Nüsse.«

»Das muß genau so gewesen sein wie zu den Glanzzeiten des englischen Dramas.«

»Genau so, möchte ich meinen, und sehr niederdrückend. Ich begann mich schon zu fragen, was ich nur da tun sollte, als mein Blick auf den Theaterzettel fiel. Was meinen Sie wohl, daß gespielt wurde, Harry?«

»Ich vermute ›Der Idiotenknabe oder Stumm aber unschuldig‹. Unsere Väter liebten diese Art Stücke, glaube ich. Je länger ich lebe, Dorian, um so tiefer fühle ich, daß alles, was für unsere Väter gut genug war, für uns nicht gut genug ist. In der Kunst wie in der Politik ›les grandpères ont toujours tort‹.«

»Das Stück war gut genug für uns, Harry. Es war ›Romeo und Julia‹. Ich muß zugeben, ich war etwas ärgerlich über die Aussicht, Shakespeare in einem so elenden Loch von Theater aufgeführt zu sehen. Und doch fühlte ich mich irgendwie interessiert. Jedenfalls beschloß ich, den ersten Akt abzuwarten. Es war ein schreckliches Orchester da, dirigiert von einem jungen Hebräer, der vor einem verstimmten Klavier saß; es trieb mich beinahe hinaus, aber endlich ging der Vorhang in die Höhe, und das Spiel begann. Romeo war ein feister, älterer Herr, mit geschwärzten Augenbrauen, einer heisern Tragödenstimme und einer Gestalt wie ein Bierfaß. Mercutio war fast ebenso schlimm. Er wurde vom Komiker gespielt, der Witze eigner Erfindung hineinstreute und mit dem Parterre auf überaus freundlichem Fuß stand. Sie waren beide ebenso grotesk wie die Szenerie, und die sah aus, als käme sie aus einer Tagelöhnersbudike. Aber Julia! Harry, stellen Sie sich ein Mädchen vor, kaum siebzehn Jahre alt, mit einem kleinen, blumengleichen Gesicht, einem schmalen, griechischen Kopf, umrahmt von Flechten dunkelbraunen Haars, mit Augen gleich veilchenblauen Brunnen der Leidenschaft, mit Lippen gleich Rosenblättern. Sie war das Entzückendste, was ich je gesehen habe. Sie haben einmal zu mir gesagt, daß Pathos Sie unberührt ließe, aber daß Schönheit, bloße Schönheit Ihre Augen mit Tränen füllen könnte. Ich sage Ihnen, Harry, ich konnte dieses Mädchen kaum sehen, so umschleiert waren meine Augen von Tränen. Und ihre Stimme – nie habe ich eine solche Stimme gehört. Zuerst war sie sehr leise, mit tiefen schmelzenden Tönen, die einem einzeln ins Ohr zu dringen schienen. Dann wurde sie ein wenig lauter und klang wie eine Flöte oder eine ferne Oboe. In der Gartenszene hatte sie all die lebende Verzücktheit, die man hört, bevor der Tag anbricht, wenn die Nachtigallen schlagen. Dann gab es Augenblicke, später, in denen sie die wilde Leidenschaft von Geigen hatte. Sie wissen, wie eine Stimme einen erschüttern kann. Ihre Stimme und die Stimme von Sibyl Vane sind die beiden, die ich nie vergessen werde. Wenn ich meine Augen schließe, hör ich sie, und jede von beiden sagt etwas anderes. Ich weiß nicht, welcher ich folgen soll. Warum sollte ich sie nicht lieben? Harry, ich liebe sie. Sie bedeutet mir alles in meinem Leben. Abend für Abend gehe ich hin, um sie spielen zu sehn. Einen Abend ist sie Rosalinde und am nächsten Imogen. Ich sah sie im Düster einer italienischen Gruft sterben, wie sie das Gift von des Geliebten Lippen saugte. Ich folgte ihr, wie sie durch den Ardenner Wald wanderte, verkleidet als hübscher Knabe in Hose und Wams und schmuckem Barett. Sie ist wahnsinnig gewesen und ist vor einen schuldigen König hingetreten und gab ihm Rauten zu tragen und bittere Kräuter zu schmecken. Sie war unschuldig, und die schwarzen Hände der Eifersucht preßten ihren einem Stengel im Schilf gleichenden Hals zusammen. Ich habe sie in jedem Zeitalter und in jedem Kleid gesehn. Gewöhnliche Frauen wenden sich nie an unsre Einbildungskraft. Sie sind auf ihr Jahrhundert beschränkt. Kein Zauber kann sie je verwandeln. Man kennt ihren Sinn so leicht wie ihre Hüte. Man kann sie immer finden. In keiner von ihnen steckt irgendein Geheimnis. Sie reiten morgens in den Park und schwatzen des Nachmittags in den Teegesellschaften, sie haben ihr stereotypes Lächeln und ihre eleganten Manieren. Sie sind ganz durchsichtig. Aber eine Schauspielerin! Wie anders ist eine Schauspielerin! Harry! Warum sagten Sie mir nicht, daß das einzige Wesen, das geliebt zu werden verdient, eine Schauspielerin ist?«

»Weil ich so viele von ihnen geliebt habe, Dorian.«

»O ja, schauerliche Wesen mit gefärbtem Haar und gemalten Gesichtern.«

»Schmähen Sie mir nicht auf gefärbtes Haar und gemalte Gesichter. Es liegt ein außerordentlicher Reiz auf ihnen, zuweilen«, sagte Lord Henry.

»Ich wünschte jetzt, ich hätte Ihnen nichts von Sibyl Vane erzählt.«

»Sie hätten es mir ja doch erzählen müssen, Dorian. Ihr ganzes Leben lang werden Sie mir immer alles erzählen, was Sie tun.«

»Ja, Harry, ich glaube, das ist wahr. Ich kann nicht dawider, ich muß Ihnen alles erzählen. Sie haben eine seltsame Macht über mich. Wenn ich je ein Verbrechen beginge, ich würde zu Ihnen kommen und es Ihnen beichten. Sie würden mich verstehen.«

»Menschen wie Sie – die eigenwilligen Sonnenstrahlen des Lebens – begehen keine Verbrechen, Dorian. Aber ich danke Ihnen doch sehr für die Freundlichkeit. Und jetzt sagen Sie mir – geben Sie mir die Streichhölzer, seien Sie so lieb: danke schön –, wie sind Ihre wirklichen Beziehungen zu Sibyl Vane?«

Dorian Gray sprang auf seine Füße mit geröteten Wangen und brennenden Augen. »Harry! Sibyl Vane ist heilig!«

»Nur die heiligen Dinge sind es wert, daß man nach ihnen greift, Dorian«, sagte Lord Henry mit einem seltsamen pathetischen Ton in der Stimme. »Aber warum sollten Sie sich darüber ärgern? Ich vermute, sie wird Ihnen eines Tages gehören. Wenn man liebt, beginnt man immer damit, sich selbst zu betrügen, und endet immer damit, daß man andere betrügt. Das nennt die Welt einen Roman. Sie kennen sie doch wohl vermutlich?«

»Natürlich kenne ich sie. Gleich an jenem ersten Abend, den ich im Theater war, kam der scheußliche alte Jude nach der Vorstellung in die Loge und bot mir an, mich hinter die Bühne zu führen und mich ihr vorzustellen. Ich war wütend über ihn und sagte ihm, Julia sei seit Hunderten von Jahren tot, und ihr Leichnam läge in einer Marmorgruft in Verona. Nach dem baren Ausdruck des Erstaunens, den sein Gesicht zeigte, glaube ich, daß er unter dem Eindruck stand, ich hätte zu viel Champagner oder so zu mir genommen.«

»Das wundert mich nicht!«

»Dann fragte er mich, ob ich für irgendeine Zeitung schriebe. Ich sagte ihm, daß ich nicht einmal eine lese. Das schien ihn schrecklich zu enttäuschen, und er vertraute mir an, alle Theaterkritiker hätten sich gegen ihn verschworen, und jeder einzelne von ihnen sei käuflich.«

»Ich würde mich wundern, wenn er nicht ganz recht darin hätte.

Auf der andern Seite aber, wenn man nach ihrem Aussehen urteilt, können sie zumeist gar nicht teuer sein.«

»Nun, er schien zu glauben, sie gingen über seine Mittel«, lachte Dorian. »Inzwischen war es soweit, daß die Lichter im Theater gelöscht wurden, und ich mußte gehen. Er verlangte noch, daß ich einige Zigarren probiere, die er sehr empfahl. Ich lehnte ab. Am nächsten Abend ging ich natürlich wieder hin. Als er mich sah, machte er eine tiefe Verbeugung und versicherte, ich sei ein freigebiger Beschützer der Kunst. Er war ein höchst widerwärtiger Kerl, obgleich er eine außerordentliche Leidenschaft für Shakespeare hatte. Er sagte mir einmal, mit einer stolzen Miene, seine fünf Bankrotte verdanke er ausschließlich dem ›Barden‹, wie er ihn fortwährend nannte. Er schien zu glauben, daß das ein Verdienst sei.«

»Es ist ein Verdienst, mein lieber Dorian – ein großes Verdienst. Die meisten Leute werden bankrott, weil sie sich zu sehr in die Prosa des Lebens verstrickt haben. Sich mit Poesie ruiniert zu haben ist eine Ehre. Aber wann haben Sie Miß Sibyl Vane zum erstenmal gesprochen?«

»Am dritten Abend. Sie hatte die Rosalinde gespielt. Ich konnte nicht anders, ich mußte hinter die Bühne. Ich hatte ihr ein paar Blumen zugeworfen, und sie hatte zu mir hingesehen; wenigstens bildete ich mir das ein. Der alte Jude war beharrlich. Er schien es sich in den Kopf gesetzt zu haben, mich hinterzuführen, so gab ich also nach. Es war merkwürdig, daß mich nicht danach verlangte, sie kennenzulernen, nicht wahr?«

»Nein; das glaube ich nicht.«

»Warum nicht, mein lieber Harry?«

»Das will ich Ihnen ein andermal sagen. Jetzt möchte ich gern etwas von dem Mädchen wissen.«

»Sibyl? Oh, sie war so scheu und so zart. Sie hat etwas von einem Kinde. Ihre Augen öffneten sich weit in einem köstlichen Staunen, als ich ihr sagte, was ich über ihr Spiel dachte, und sie schien sich ihrer eignen Macht gar nicht bewußt zu sein. Ich glaube, wir waren beide etwas erregt. Der alte Jude stand grinsend an der Tür des verstaubten Ankleideraums und hielt gedrechselte Reden an uns beide, während wir uns wie Kinder ansahen. Er bestand darauf, mich ›My Lord‹ zu nennen, so daß ich Sibyl versichern mußte, ich sei gar nichts dergleichen. Sie sagte ganz einfach zu mir: ›Sie sehen mehr aus wie ein Prinz. Ich muß Sie den Märchenprinzen nennen.‹«

»Auf mein Wort, Dorian, Miß Sibyl versteht es, Komplimente zu machen.«

»Sie verstehen sie nicht, Harry. Sie hielt mich bloß für eine Gestalt in einem Stück. Sie weiß nichts vom Leben. Sie lebt bei ihrer Mutter, einer verbrauchten, müden Frau, die am ersten Abend in einer Art von hochrotem Toilettenmantel die Lady Capulet gespielt hatte und den Eindruck macht, als hätte sie einmal bessere Tage gesehen.«

»Ich kenne das, so auszusehn. Es drückt mich nieder«, murmelte Lord Henry, seine Ringe betrachtend.

»Der Jude wollte mir ihre Geschichte erzählen, aber ich sagte, sie interessiere mich nicht.«

»Sie haben ganz recht getan. Um die Tragödien von andern ist es immer etwas unendlich Niedriges.«

»Sibyl ist das einzige, woran mir liegt. Was geht es mich an, woher sie kam? Von ihrem kleinen Kopf bis zu ihrem kleinen Fuß ist sie vollkommen göttlich. Jeden Abend meines Lebens gehe ich hin, um sie spielen zu sehen, und jeden Abend ist sie wunderbarer.«

»Das ist wohl auch der Grund, weshalb Sie jetzt nie mit mir speisen. Ich dachte mir, daß Sie irgendeinen seltsamen Roman erleben. Es ist auch richtig einer; aber er ist nicht ganz das, was ich erwartete.«

»Mein lieber Harry, wir sind jeden Tag entweder zum Frühstück oder zum Abendessen zusammen, und ich bin mehrere Male mit Ihnen in der Oper gewesen«, sagte Dorian und öffnete verwundert seine blauen Augen.

»Sie kommen aber immer schrecklich spät.«

»Ja, ich kann aber nicht anders, ich muß Sibyl spielen sehen«, rief er aus, »und wenn es nur für einen einzigen Akt ist. Mich hungert nach ihrer Gegenwart; und wenn ich an die wunderbare Seele denke, die in diesem kleinen elfenbeinenen Körper eingeschlossen ist, bin ich von Ehrfurcht erfüllt.«

»Sie können heute abend mit mir essen, Dorian, nicht wahr?«

Er schüttelte den Kopf. »Heute abend ist sie Imogen«, antwortete er, »und morgen abend ist sie Julia.«

»Und wann ist sie Sibyl Vane?«

»Nie.«

»Da wünsche ich Ihnen Glück.«

»Wie schrecklich Sie sind! Alle großen Heroinen der Welt sind in ihr vereinigt. Sie ist mehr als ein Wesen. Sie lachen, aber ich sage Ihnen, sie ist ein Genie. Ich liebe sie und ich muß es erreichen, daß sie mich liebt. Sie kennen alle Geheimnisse des Lebens, Sie müssen mir sagen, wie ich Sibyl Vane bezaubern muß, damit sie mich liebt!

Ich will Romeo eifersüchtig machen. Ich will, daß die toten Liebhaber der Welt unser Lachen hören und traurig werden. Ich will, daß ein Hauch unserer Leidenschaft ihren Staub wieder zum Bewußtsein aufruft und ihre Asche zu Schmerzen auferweckt. Mein Gott, Harry, wie bete ich sie an!« Er ging im Zimmer auf und nieder, während er so sprach. Rote hektische Flecken brannten auf seinen Wangen. Er war furchtbar erregt.

Lord Harry beobachtete ihn mit einem feinen Genuß. Wie anders war er jetzt als jener scheue, erschrockene Knabe, den er in Basil Hallwards Atelier kennengelernt! Sein Wesen hatte sich entfaltet wie eine Blume, hatte Blüten bekommen mit scharlachnen Flammen. Aus ihrem geheimen Versteck war seine Seele geschlüpft, und die Begierde hatte sich unterwegs zu ihr gesellt.

»Und was soll nun geschehen?« sagte Lord Henry schließlich.

»Ich will, daß Sie und Basil an einem Abend mit mir kommen und sie spielen sehn. Ich habe nicht die leiseste Angst in betreff der Wirkung. Sie werden bestimmt ihr Genie anerkennen. Dann müssen wir sie aus den Händen des Juden befreien. Sie ist noch drei Jahre an ihn gebunden oder wenigstens noch zwei Jahre und acht Monate, von heute ab. Ich werde ihm natürlich etwas zahlen müssen. Wenn das alles in Ordnung ist, nehme ich ein Theater im Westend und lasse sie dort richtig auftreten. Sie wird die Welt ebenso toll machen wie mich.«

»Das ist kaum möglich, mein lieber Junge!«

»Ja, sie wird es. Sie hat nicht bloß Kunst, konzentrierten Kunstinstinkt, sondern sie hat auch Persönlichkeit; und Sie haben mir oft gesagt, Persönlichkeiten, nicht Prinzipien bringen die Welt vorwärts.«

»Schön, an welchem Abend werden wir also gehen?«

»Lassen Sie mich sehn. Heute ist Dienstag. Wollen wir morgen annehmen. Morgen spielt sie Julia.«

»Abgemacht. Um acht Uhr im Bristol; und ich werde Basil mitbringen.«

»Nicht um acht Uhr, Harry, bitte. Halb sieben. Wir müssen dasein, bevor der Vorhang aufgeht. Sie müssen sie im ersten Akt sehen, wo sie Romeo begegnet.«

»Halb sieben! Was für eine Tageszeit! Das wäre ja wie zum Tee zu Abend essen oder einen englischen Roman lesen. Es muß mindestens sieben sein. Kein anständiger Mensch speist vor sieben. Werden Sie Basil inzwischen sehen? Oder soll ich ihm schreiben?«

»Der liebe Basil! Ich habe ihn eine ganze Woche lang nicht zu

Gesicht bekommen. Es ist eigentlich etwas häßlich von mir, da er mir mein Porträt in einem höchst wunderbaren Rahmen, den er eigens dafür gezeichnet hat, geschickt hat, und obwohl ich etwas eifersüchtig auf das Bild bin, da es um einen ganzen Monat jünger ist als ich, muß ich doch sagen, daß es mich entzückt. Vielleicht sollten Sie ihm besser schreiben. Ich möchte ihn nicht allein sehen. Er sagt mir Dinge, die mich ärgern. Er gibt mir gute Lehren.«

Lord Henry lächelte. »Die Menschen sind höchst geneigt, gerade was sie selber am nötigsten brauchten, wegzugeben. Ich nenne das die Tiefe der Freigebigkeit.«

»Oh, Basil ist der beste Mensch, aber er scheint mir doch ein klein wenig Philister. Seit ich Sie kenne, Harry, habe ich das entdeckt.«

»Mein lieber Junge, Basil gießt alles, was bezaubernd an ihm ist, in sein Werk. Die Folge davon ist, daß er fürs Leben nichts übrig hat, außer seine Vorurteile, seine Grundsätze und seinen guten Menschenverstand. Alle Künstler, die ich kennengelernt habe, die persönlich entzücken, sind schlechte Künstler. Gute Künstler leben nur in dem, was sie schaffen, und sind infolgedessen als Personen vollständig uninteressant. Ein großer Dichter, ein wirklich großer Dichter, ist das unpoetischste Wesen von der Welt. Aber geringere Dichter faszinieren unbedingt. Je schlechter ihre Reime sind, um so pittoresker sehen sie aus. Die bloße Tatsache, ein Buch mit mittelmäßigen Sonetten veröffentlicht zu haben, macht jemand unwiderstehlich. Er lebt die Poesie, die er nicht schreiben kann. Die andern schreiben die Poesie, die sie nicht zu leben wagen.«

»Ich frage mich, ob das wirklich so ist, Harry?« sagte Dorian Gray, indem er aus einem großen goldgefaßten Flakon, das auf dem Tisch stand, etwas Parfüm auf sein Taschentuch goß. »Es wird wohl sein, wenn Sie es sagen. Und jetzt muß ich fort. Imogen wartet auf mich. Vergessen Sie nicht auf morgen. Adieu.«

Als er den Raum verlassen hatte, sanken Lord Henrys schwere Augenlider herab, und er begann nachzudenken. Gewiß hatten wenige Menschen ihn so sehr interessiert wie Dorian Gray, und dennoch verursachte ihm die wahnsinnige Anbetung, die der Jüngling jemand anders entgegenbrachte, nicht die leiseste Kränkung oder Eifersucht. Er war angenehm davon berührt. Der junge Mann wurde ihm dadurch ein um so interessanteres Objekt. Die Methoden der Naturwissenschaft hatten immer größten Einfluß auf ihn gehabt, nur die gewöhnlichen Gegenstände dieser Wissenschaft waren ihm alltäglich und bedeutungslos erschienen. Daher hatte er damit begonnen, sich selbst zu vivisezieren, wie er damit endete, andere zu vivisezieren. Das menschliche Leben – es erschien ihm als das einzige, was einer Untersuchung wert war. Im Vergleich damit hatte nichts sonst irgendwelche Bedeutung. Allerdings, wenn man das Leben in seinem merkwürdigen Schmelztiegel von Schmerz und Lust beobachtete, konnte man keine Glasmaske über dem Gesicht tragen, noch die schwefligen Dämpfe abhalten, das Gehirn zu zerstören und die Phantasie mit ungeheuerlichen Einbildungen, mißgeschaffnen Träumen zu verwirren. Es gab so feine Gifte, daß man an ihnen erkrankt sein mußte, wenn man ihre Eigenschaften erkennen wollte. Es gab so seltsame Krankheiten, daß man sie durchmachen mußte, wenn man ihre Natur begreifen wollte. Und doch, welch großen Lohn erhielt man dafür! Wie wunderbar wurde einem die ganze Welt! Die merkwürdig harte Logik der Leidenschaft und das von Gefühlen bunt bewegte Leben des Geistes zu beobachten – zu sehn, wo sie sich begegnen und wo sie auseinandergehen, an welchem Punkt Harmonie sie einte und an welchem andern Disharmonie sie trennte – welch Entzücken lag doch darin! Was lag daran, wie hoch der Preis war? Man kann für eine Empfindung nie genug zahlen.

Er war sich bewußt – und der Gedanke legte einen Glanz der Freude über seine braunen achatenen Augen –, daß er durch gewisse Worte, melodische Worte, die er melodisch gesprochen, Dorian Grays Seele diesem weißen Mädchen zugelenkt und sich in Ehrfurcht vor ihr hatte beugen lassen. In hohem Maße war der Jüngling seine eigene Schöpfung. Er hatte ihn vorzeitig reifen lassen. Dies war etwas. Gewöhnliche Menschen warteten, bis ihnen das Leben seine Geheimnisse aufschloß, aber den wenigen, den Auserlesenen, wurden die Geheimnisse des Daseins enthüllt, bevor der Schleier weggezogen war. Manchmal war dies die Wirkung der Kunst und besonders der Literatur, die ja unmittelbar mit den Leidenschaften und dem Geiste zu tun haben. Dann und wann jedoch tritt eine vielfältige Persönlichkeit auf den Plan und in das Amt der Kunst, sie war auf ihre Weise schon ein leibhaftiges Kunstwerk, da auch das Leben seine vollendeten Meisterwerke hat, genau wie die Poesie, die Bildhauerei, die Malerei.

Ja, der Jüngling war vor der Zeit gereift. Er sammelte schon die Ernte in die Scheuer, dieweil es noch Frühling war. Der Puls und die Leidenschaft der Jugend waren in ihm, aber er war schon seiner selbst bewußt. Es war genußreich, ihn zu beobachten. Mit seinem schönen Antlitz und seiner schönen Seele war er ein bewundernswertes Wesen. Es lag nichts daran, wie es alles endete oder enden sollte. Er war wie eine jener anmutigen Gestalten in einem festlichen Aufzug oder in einem Schauspiel, deren Freuden von uns so weit entfernt scheinen, aber deren Leid unser Gefühl für Schönheit aufwühlt, und deren Wunden wie rote Rosen sind.

Seele und Leib, Leib und Seele – wie geheimnisvoll sind sie doch! Es gibt Animalisches in der Seele, und der Körper hat seine Augenblicke der Geistigkeit. Die Sinne können sich verfeinern und der Intellekt kann sinken. Wer kann sagen, wo die fleischlichen Triebe aufhören oder wo die seelischen Triebe beginnen? Wie oberflächlich sind die willkürlichen Definitionen der landläufigen Psychologen! Und doch, wie schwierig ist es, zwischen den Ansprüchen der verschiedenen Schulen zu entscheiden! Ist die Seele ein Schatten, wohnend im Haus der Sünde? Oder ist der Körper in Wirklichkeit in die Seele eingeschlossen, wie Giordano Bruno dachte? Die Trennung von Geist und Stoff ist ein Geheimnis, und die Vereinigung von Geist und Stoff ist ebenfalls ein Geheimnis.

Er begann darüber nachzusinnen, ob wir je aus der Psychologie eine so absolute Wissenschaft machen können, daß uns jede kleinste Quelle des Lebens dadurch offenbart würde. So wie es jetzt lag, verstanden wir nie uns selbst und verstanden selten die andern. Die Erfahrung hat keinerlei ethischen Wert. Sie war nur ein Name, den die Menschen ihren Irrtümern verliehen. Die Moralisten betrachteten sie in der Regel als eine Art Warnung, sie beanspruchten für sie eine gewisse ethische Wirksamkeit in der Bildung des Charakters, priesen sie als ein Mittel, das uns lehrte, was wir befolgen und was wir vermeiden sollten. Aber es lag keine treibende Kraft in der Erfahrung. Sie war ebensowenig eine wirkende Ursache wie das Gewissen. Alles, was sie in Wahrheit bewies, war, daß unsere Zukunft ebenso sein würde wie unsere Vergangenheit, und daß wir die Sünde, die wir einmal begangen und mit Ekel begangen, noch viele Male begehen würden und mit Freude begehen würden.

Es war ihm klar, daß die experimentelle Methode die einzige war, durch die man zu einer wissenschaftlichen Analyse der Leidenschaften gelangen könne; und sicherlich war Dorian Gray ein recht für ihn geschaffenes Objekt, das reiche und fruchtbare Ergebnisse zu versprechen schien. Seine plötzliche wahnsinnige Liebe für Sibyl Vane war eine psychologische Erscheinung von nicht geringem Interesse. Zweifellos war Neugierde dabei sehr mit ihm Spiel, Neugierde und die Lust an neuen Erfahrungen; dennoch war es keine einfache, sondern vielmehr eine recht komplizierte Leidenschaft. Was in ihr von den rein sinnlichen Trieben des Knabenalters war, das hatte die Arbeit der Phantasie umgeformt und in etwas verwandelt, was dem Jüngling selbst vom Sinnlichen entfernt schien und aus diesem Grunde nur um so gefährlicher war. Gerade die Leidenschaften, über deren Ursprung wir uns selbst täuschen, üben die stärkste Herrschaft über uns aus. Unsere schwächsten Triebe sind die, deren wir uns bewußt sind. Das kommt oft vor, daß wir mit anderen zu experimentieren glauben, und in Wahrheit tun wir es nur mit uns selbst.

Während Lord Henry noch über diesen Dingen träumend dasaß, wurde an die Türe geklopft, sein Diener trat ein und erinnerte ihn, daß es Zeit sei, sich zum Dinner umzukleiden. Er stand auf und blickte auf die Straße hinab. Der Sonnenuntergang hatte die oberen Fenster der gegenüberliegenden Häuser in scharlachnes Gold getaucht. Die Scheiben glühten wie Platten erhitzten Metalls. Der Himmel darüber war wie eine welke Rose. Er dachte an das junge lodernde Leben seines Freundes und fragte sich, wie all das enden würde.

Als er etwa um halb eins wieder nach Hause kam, fand er ein Telegramm auf dem Tisch in der Halle liegen. Er öffnete es und sah, daß es von Dorian Gray war. Es sollte ihm mitteilen, daß er sich mit Sibyl Vane verlobt habe.

FÜNFTES KAPITEL

»Mutter, Mutter, ich bin so glücklich!« flüsterte das Mädchen und barg ihr Gesicht an der Brust des verwelkten, müde blickenden Weibes, das, den Rücken dem grell eindringenden Licht zugekehrt, in dem einzigen Lehnstuhl saß, den ihr schmutziges Wohnzimmer enthielt. »Ich bin so glücklich!« wiederholte sie. »Und du sollst auch glücklich sein!«

Mrs. Vane fuhr zusammen und legte ihre dünnen, wismutweißen Hände auf den Kopf ihrer Tochter. »Glücklich!« sagte sie gleichsam im Widerhall. »Ich bin nur glücklich, Sibyl, wenn ich dich spielen sehe. Mr. Isaacs ist sehr gut gegen uns gewesen, und wir sind ihm Geld schuldig.«

Das Mädchen sah auf und schmollte. »Geld, Mutter?« rief sie aus. »Was liegt an Geld? Liebe ist mehr als Geld.«

»Mr. Isaacs hat uns fünfzig Pfund Vorschuß gegeben, daß wir unsere Schulden zahlen und für James eine ordentliche Ausrüstung kaufen können. Das darfst du nicht vergessen, Sibyl. Fünfzig Pfund ist sehr viel Geld. Mr. Isaacs hat sich sehr anständig gezeigt.«

»Er ist kein Gentleman, Mutter, und ich hasse die Art, wie er mit mir spricht«, sagte das Mädchen, stand auf und ging zum Fenster hinüber.

»Ich wüßte nicht, wie wir ohne ihn auskommen sollten«, antwortete die alte Frau klagend.

Sibyl schüttelte den Kopf und lachte. »Wir brauchen ihn nicht mehr, Mutter. Der Märchenprinz regiert jetzt für uns das Leben.« Dann unterbrach sie sich. Eine Blutwelle schoß rot in ihr empor und färbte ihre Wangen dunkel. Schnelle Atemzüge drangen aus den Blumenkelchen ihrer Lippen. Sie zitterten. Ein Südwind der Leidenschaft wehte über sie und bewegte die zierlichen Falten ihres Kleides. »Ich liebe ihn«, sagte sie einfach.

»Törichtes Kind! Törichtes Kind!« flog ihr als Antwort wie von einem Papagei entgegen.

Die Bewegungen krummer, mit falschen Ringen besteckter Finger machten die Worte nur noch grotesker.

Das Mädchen lachte wieder. Die Freude eines Vogels im Käfig lag in ihrer Stimme. Ihre Augen fingen die Melodie auf und strahlten sie zurück. Dann schlossen sie sich einen Augenblick, als wollten sie ein Geheimnis verbergen. Als sie sich öffneten, schienen die Schleier eines Traumes darüber weggezogen.

Dünnlippige Weisheit sprach zu ihr aus dem abgenutzten Stuhl, mahnte zur Klugheit, redete aus jenem Buche der Feigheit, dessen Autor mit der Überschrift »Gesunder Menschenverstand« irreführt. Sie hörte nicht zu. In ihrem Gefängnis der Leidenschaft war sie frei. Ihr Prinz, der Märchenprinz, war bei ihr. Sie hatte die Erinnerung beschworen, ihn vor ihr erstehen zu lassen. Sie hatte ihre Seele auf die Suche nach ihm gesandt, und diese hatte ihn ihr heimgebracht.

Sein Kuß brannte wieder auf ihrem Mund. Ihre Augenlider waren warm von seinem Atem.

Dann änderte die Weisheit ihre Methode und sprach von Erkundigung und Nachforschung. Dieser junge Mann konnte reich sein. War er es, sollte man an eine Heirat denken. An der Muschel ihres Ohres brachen sich die Wellen weltlicher Schlauheit. Die Pfeile der List schossen an ihr vorbei. Sie sah, wie sich die dünnen Lippen bewegten, und lächelte.

Plötzlich fühlte sie das Bedürfnis zu sprechen. Der leere, tote Wortreichtum der Frau verwirrte sie. »Mutter, Mutter«, rief sie aus, »warum liebt er mich so sehr? Ich weiß, warum ich ihn liebe. Ich liebe ihn, weil er ist, wie die Liebe selbst sein muß. Aber was findet er an mir? Ich bin seiner nicht wert, und doch – warum es so ist – das kann ich nicht sagen – wenn ich mich auch so tief unter ihm fühle, niedrig fühle ich mich nicht. Ich bin stolz, schrecklich stolz. Mutter, hast du meinen Vater so geliebt, wie ich den Märchenprinzen liebe?«

Die alte Frau wurde bleich unter dem groben Puder, der ihre Wangen färbte, und ihre trocknen Lippen zuckten in schmerzlichem Krampf. Sibyl lief hin zu ihr, schlang ihre Arme um ihren Hals und küßte sie. »Verzeih mir, Mutter. Ich weiß, es schmerzt dich, von unserm Vater zu reden. Aber es schmerzt dich nur, weil du ihn so sehr geliebt hast. Sieh nicht so traurig aus. Ich bin heute so glücklich, wie du vor zwanzig Jahren warst. Ach! Laß mich immer glücklich sein!«

»Mein Kind, du bist viel zu jung, um an Liebe zu denken. Und dann, was weißt du von dem jungen Mann? Du weißt nicht einmal seinen Namen. Die ganze Sache ist höchst ungehörig, und ich muß wirklich sagen, jetzt, wo James nach Australien geht und ich an so viel zu denken habe, solltest du einsichtiger sein. Immerhin, wie ich schon vorhin sagte, wenn er reich ist . . .«

»Ach! Mutter, Mutter, laß mich glücklich sein!«

Mrs. Vane blickte sie an und schloß sie mit einer jener falschen theatralischen Gesten, die dem Schauspieler so oft zur zweiten Natur werden, in die Arme. In diesem Augenblick öffnete sich die Tür, und ein junger Bursche mit wirrem, braunem Haar kam ins Zimmer. Er war von untersetzter Gestalt, und seine Hände und Füße waren groß, und er war etwas schwerfällig in seinen Bewegungen. Er war nicht so fein gebaut wie seine Schwester. Schwerlich hätte man die nahe Verwandtschaft, die zwischen den beiden bestand, erraten können. Mrs. Vane heftete ihre Augen auf ihn und verstärkte ihr Lächeln. Im Geiste erhob sie ihren Sohn zur Würde eines zuschauenden Publikums. Sie war überzeugt, daß es ein interessantes lebendes Bild war.

»Du könntest ein paar von deinen Küssen für mich aufheben, Sibyl«, sagte der Bursch mit einem gutmütigen Knurren.

»Oh, du magst aber doch nicht geküßt werden, Jim«, rief sie. »Du bist ein greulicher, alter Bär.« Und lief durchs Zimmer und umarmte ihn.

James Vane sah zärtlich in das Gesicht seiner Schwester. »Ich möchte dich zu einem Spaziergang mit mir abholen, Sibyl. Ich glaube nicht, daß ich dieses schreckliche London je wiedersehe. Es liegt mir auch gar nichts daran.«

»Mein Sohn, sage nicht so schreckliche Dinge«, flüsterte Mrs. Vane, indem sie mit einem Seufzer ein flittriges Theaterkostüm aufnahm und daran zu flicken begann. Sie fühlte eine kleine Enttäuschung, weil er sich nicht der Gruppe angeschlossen hatte. Es hätte die malerische Wirkung der Szene bedeutend verstärkt.

»Warum nicht, Mutter? Ich meine es wirklich so.«

»Du kränkst mich, mein Sohn. Ich habe das Vertrauen, daß du von Australien als reicher Mann zurückkommen wirst. Ich glaube, es gibt in den Kolonien keinerlei Gesellschaft oder nichts, was ich Gesellschaft nennen würde; wenn du also dein Glück gemacht hast, mußt du zurückkommen und dir in London Geltung verschaffen.«

»Gesellschaft!« murrte der junge Mann. »Davon will ich gar nichts wissen. Ich möchte einiges Geld verdienen, damit ich dich und Sibyl vom Theater wegnehmen kann. Ich hasse es.«

»O Jim!« sagte Sibyl lachend. »Wie bös von dir! Aber du willst wirklich mit mir einen Spaziergang machen? Das wird hübsch! Ich fürchtete schon, daß du ein paar von deinen Freunden adieu sagen wolltest – Tom Hardy, der dir die gräßliche Pfeife geschenkt hat, oder Ned Langton, der Witze über dich macht, weil du sie rauchst. Es ist sehr lieb von dir, daß du mir deinen letzten Nachmittag widmest. Wohin sollen wir gehen? Wollen wir in den Park gehen?«

»Ich seh' zu schäbig aus«, antwortete er stirnrunzelnd. »Nur elegantes Gelichter geht in den Park.«

»Unsinn, Jim«, flüsterte sie und streichelte ihm über den Ärmel.

Er zögerte einen Augenblick. »Na gut«, sagte er schließlich, »aber brauch nicht zu lang mit dem Umziehen.«

Sie tanzte zur Tür hinaus. Man konnte sie singen hören, wie sie die Treppe hinaufsprang. Ihre kleinen Füße trippelten oben.

Er ging zwei- oder dreimal im Zimmer auf und nieder; dann wandte er sich zu der stillen Gestalt im Stuhle. »Mutter, sind meine Sachen fertig?« fragte er.

»Ganz fertig, James«, antwortete sie, ohne die Augen von ihrer Arbeit zu erheben. Schon seit ein paar Monaten hatte sie sich unbehaglich gefühlt, wenn sie mit ihrem rauhen, ernsten Sohn allein war. Ihr oberflächliches, verhohlenes Wesen wurde beunruhigt, wenn ihre Augen sich trafen. Sie fragte sich oft, ob er etwas argwöhne. Das Schweigen, das entstand, da er keine weitere Bemerkung machte, wurde ihr unerträglich. Sie begann zu klagen. Frauen verteidigen sich, indem sie angreifen, gerade wie sie durch plötzliches und jähes Nachgeben angreifen. »Ich hoffe, James, daß dich dein Seefahrerleben befriedigen wird«, sagte sie. »Du mußt stets bedenken, daß es deine eigne Wahl war. Du hättest in ein Anwaltsbüro eintreten können. Anwälte sind ein sehr achtbarer Stand, und auf dem Lande werden sie oft zu den besten Familien eingeladen.«

»Ich hasse Büros und ich hasse Schreiber«, antwortete er. »Aber du hast ganz recht. Ich habe mir mein Leben gewählt. Alles, was ich sage, ist: gib auf Sibyl acht. Laß ihr ja kein Leids geschehn. Mutter, du mußt über sie wachen.«

»James, du redest aber wirklich sehr merkwürdig daher. Natürlich wache ich über Sibyl.«

»Ich höre, ein junger Herr kommt jeden Abend ins Theater und geht hinter die Bühne, um mit ihr zu sprechen. Ist das wahr? Was ist es damit?«

»Du redest über Dinge, die du nicht verstehst, James. In unserm Beruf sind wir daran gewöhnt, eine Menge höchst dankenswerter Aufmerksamkeiten zu erhalten. Ich selbst habe seinerzeit viele Buketts bekommen. Das war damals, als man vom Spielen wirklich etwas verstand. Und Sibyl – ich weiß im Augenblick nicht, ob ihre Neigung ernst ist oder nicht. Es ist aber kein Zweifel daran, daß der junge Mann, um den es sich handelt, ein vollkommener

Gentleman ist. Er ist stets sehr höflich gegen mich. Außerdem sieht er ganz so aus, als wäre er reich, und die Blumen, die er schickt, sind köstlich.«

»Aber seinen Namen weißt du nicht«, sagte der junge Mann scharf.

»Nein«, antwortete seine Mutter mit ruhiger Miene. »Er hat seinen wirklichen Namen noch nicht offenbart. Das ist ganz romantisch von ihm. Er gehört wahrscheinlich zur Aristokratie.«

James Vane biß sich auf die Lippen. »Gib auf Sibyl acht, Mutter«, schrie er, »gib acht auf sie.«

»Mein Sohn, du betrübst mich recht sehr. Sibyl steht fortwährend unter meiner besonderen Obhut. Natürlich, wenn dieser junge Herr wohlhabend ist, sehe ich keinen Grund, warum sie keine Verbindung mit ihm eingehen sollte. Ich bin sicher, er gehört zur Aristokratie. Er sieht ganz so aus, das muß ich sagen. Es könnte eine glänzende Heirat für Sibyl sein. Sie wären ein entzückendes Paar. Seine Schönheit ist wirklich ganz außerordentlich; jedermann bemerkt sie.«

Der junge Mann murrte etwas in sich hinein und trommelte mit seinen rauhen Fingern gegen die Fensterscheibe. Er hatte sich gerade umgedreht, um etwas zu sagen, als die Tür aufging und Sibyl rasch hereinkam.

»Wie ernst seid ihr beide!« rief sie aus. »Was gibt es denn?«

»Nichts«, antwortete er. »Man muß wohl manchmal ernst sein. Adieu, Mutter; ich will um fünf Uhr essen. Alles ist gepackt bis auf die Hemden, du brauchst dich also um nichts zu sorgen.«

»Adieu, mein Sohn«, antwortete sie mit einer Verbeugung von übertriebener Würde.

Sie war außerordentlich gekränkt über den Ton, den er ihr gegenüber angeschlagen hatte, und in seinem Blick lag etwas, das ihr bange machte.

»Gib mir einen Kuß, Mutter«, sagte das Mädchen. Ihre blumengleichen Lippen berührten die verwelkten Wangen und wärmten deren Frost.

»Mein Kind! Mein Kind!« rief Mrs. Vane aus und blickte zur Decke hinauf, als schwebte ihrer Einbildung eine Galerie vor.

»Komm, Sibyl«, sagte der Bruder ungeduldig. Er haßte das affektierte Wesen seiner Mutter.

Sie gingen hinaus in den schimmernden, windbewegten Sonnenschein und schlenderten die traurige Euston Road hinunter. Die Leute sahen verwundert auf den mürrischen, schwerfälligen jungen Burschen, der in seinen groben, schlecht sitzenden Kleidern von einem so anmutigen, zart aussehenden Mädchen begleitet daherkam. Er sah aus wie ein Gemüsegärtner, der eine Rose in der Hand trug.

Jim runzelte von Zeit zu Zeit die Stirn, wenn er den forschenden Blick eines Fremden auffing. Er hatte jene Abneigung dagegen, angestarrt zu werden, die geniale Menschen spät im Leben bekommen und die Durchschnittsmenschen nie verläßt. Sibyl dagegen wußte nichts von der Wirkung, die sie hervorbrachte. Ihre Liebe zitterte im Lachen auf ihren Lippen. Sie dachte an den Märchenprinzen, und um besser an ihn denken zu können, sprach sie nicht von ihm, sondern plauderte in einem von dem Schiff, in dem Jim fortsegeln sollte, von dem Gold, das er sicher finden würde, von der wunderbaren Erbin, deren Leben er vor den schändlichen, rotblusigen Buschräubern retten würde. Denn er sollte kein Matrose bleiben, auch kein Superkargo, oder was er sonst zunächst werden sollte. O nein! Das Dasein eines Seemanns war schrecklich. Man braucht sich nur vorzustellen, wie er in ein schreckliches Schiff eingepfercht ist, auf das die rauhen, buckligen Wellen immer einzustürmen suchen, während ein schwarzer Wind die Masten niederfegt und die Segel in lange kreischende Streifen zerreißt. Er sollte das Schiff in Melbourne verlassen, dem Kapitän höflich adieu sagen und sofort auf die Goldfelder gehn. Bevor noch eine Woche um war, sollte er auf einen ungeheuern Klumpen reinen Goldes stoßen, auf den größten Goldklumpen, der je entdeckt worden, und sollte ihn in einem von sechs berittenen Polizisten bewachten Wagen zur Küste bringen. Die Buschräuber sollten sie dreimal überfallen und sollten unter kolossalem Gemetzel zurückgeschlagen werden. Oder, nein. Er sollte überhaupt nicht auf die Goldfelder gehen. Das sind schreckliche Gegenden, wo die Leute sich betrinken, einander in den Kneipen totschießen und häßliche Dinge sagen. Er sollte ein tüchtiger Schafzüchter werden, und eines Abends, wenn er nach Hause ritte, sollte er der schönen Erbin begegnen, die von einem Räuber auf einem schwarzen Pferde entführt würde, und sollte ihm nachsetzen und sie befreien. Natürlich würde sie sich in ihn verlieben und er in sie, und sie würden sich heiraten, und er würde nach Hause kommen und in einem riesig großen Hause in London leben. Ja, da warteten entzückende Dinge auf ihn. Aber er müsse auch sehr brav sein und dürfe nie die Geduld verlieren und nie sein Geld vergeuden. Sie sei nur ein Jahr älter als er, aber sie kenne soviel mehr vom Leben. Er müsse ihr auch ganz gewiß mit jeder Post schreiben und jede Nacht vor dem Schlafengehen beten. Gott sei sehr gut und würde über ihn wachen.

Sie würde auch für ihn beten, und er würde in ein paar Jahren ganz reich und glücklich wieder heimkommen.

Der junge Mann hörte ihr verdrossen zu und gab keine Antwort. Das Herz tat ihm weh, daß er aus der Heimat sollte.

Aber es war nicht das allein, was ihn düster und mürrisch machte. So unerfahren er auch war, besaß er doch ein starkes Gefühl für die Gefahr, die in Sibyls Stellung lag. Dieser junge Dandy, der ihr den Hof machte, konnte nichts Gutes für sie im Schilde führen. Es war ein Gentleman, und er haßte ihn dafür, haßte ihn aus einem seltsamen Rachegefühl, das er sich nicht deuten konnte, das ihn aber eben deshalb um so mehr beherrschte. Er kannte auch die Flachheit und die Eitelkeit seiner Mutter, und sah darin eine unendliche Gefahr für Sibyl und Sibyls Glück. Zuerst lieben Kinder ihre Eltern: wenn sie älter werden, urteilen sie über sie; manchmal vergeben sie ihnen auch.

Seine Mutter! Es lag etwas wie eine Last auf seiner Seele, was er sie fragen wollte, etwas, worüber er lange schweigsame Monate gebrütet hatte. Ein zufälliges Wort, das er im Theater gehört, ein geflüstertes Gespötte, das eines Abend, als er am Bühneneingang wartete, an sein Ohr gedrungen, hatte eine Kette von gräßlichen Gedanken in ihm entfesselt. Er erinnerte sich daran, als wäre der Hieb einer Reitpeitsche über sein Gesicht gegangen. Seine Augenbrauen kniffen sich zu einer tiefen Furche zusammen, und von einem Schmerzenskrampf erfaßt, biß er sich in die Unterlippe.

»Du hörst ja nicht ein Wort, was ich sage, Jim!« rief Sibyl aus, »und ich mache die entzückendsten Pläne für deine Zukunft. Sag doch etwas!«

»Was soll ich dir sagen?«

»Oh! Daß du ein guter Bruder sein und uns nicht vergessen wirst«, antwortete sie und lächelte ihn an.

Er zuckte die Achseln. »Es ist eher wahrscheinlich, daß du mich vergißt, als daß ich dich vergesse, Sibyl.«

Sie errötete. »Wie meinst du, Jim?« fragte sie.

»Du hast einen neuen Freund, höre ich. Wer ist er? Warum hast du mir nicht von ihm erzählt? Er meint es nicht gut mit dir.«

»Hör auf, Jim!« rief sie. »Du darfst nichts gegen ihn sagen. Ich liebe ihn.«

»Was! Du weißt nicht einmal seinen Namen«, erwiderte der Bursche. »Wer ist er? Ich habe ein Recht, es zu wissen.«

»Er heißt der Märchenprinz. Ist der Name nicht schön? O du törichter Mensch, du solltest ihn nie vergessen. Wenn du ihn nur ein einziges Mal sähest, müßtest du ihn für den herrlichsten Menschen von der Welt halten. Du wirst ihn aber einmal kennenlernen, wenn du von Australien zurückkommst. Du wirst ihn so gern haben. Jeder hat ihn gern, und ich ... liebe ihn. Ich wollte, du könntest heut abend ins Theater kommen. Er wird hinkommen, und ich soll die Julia spielen. Oh, wie ich sie spielen werde! Denk nur, Jim, lieben und die Julia spielen! Wissen, daß er da sitzt! Zu seiner Freude spielen! Ich fürchte, ich werde meine Kollegen erschrecken, erschrecken oder sie bezaubern. Lieben, das ist über sich selbst hinaussteigen. Dieser gräßliche Mr. Isaacs wird seinen Zechbrüdern an der Bar zuschreien, ich sei ein ›Genie‹. Er hat mich als Dogma gepredigt; heut abend wird er mich als eine Offenbarung verkündigen. Ich fühle es. Und das ist alles sein Werk, das seine, des Märchenprinzen, meines wunderbaren Geliebten, dieses Gottes der Musen. Aber ich bin ein armes Ding neben ihm. Was liegt daran? Schleicht die Armut zur Tür herein, fliegt die Liebe zum Fenster hinaus. Unsere Sprichwörter sollten neu geschrieben werden. Sie sind im Winter gemacht, und jetzt ist es Sommer; und ich glaube, Frühling für mich, ein Tag von Blumen unter blauem Himmel.«

»Er ist ein vornehmer Herr«, sagte der junge Mann finster.

»Ein Prinz!« rief sie mit melodischer Stimme. »Was willst du mehr?«

»Er wird dich umgarnen.«

»Mich schaudert bei dem Gedanken, frei zu sein.«

»Du solltest vor ihm auf deiner Hut sein.«

»Ihn sehen, heißt ihn anbeten, ihn kennen, heißt ihm vertrauen.«

»Sibyl, er hat dich wahnsinnig gemacht.«

Sie lachte und nahm seinen Arm. »Du lieber, alter Jim, du redest, als wärst du hundert Jahre alt. Einmal aber wirst du selbst lieben. Dann wirst du wissen, was das ist. Guck nicht so verdrossen drein. Du solltest dich aber freuen, wenn du daran denkst, daß du mich, wenn du auch fort mußt, glücklicher zurückläßt, als ich je gewesen bin. Das Leben war hart für uns beide, schrecklich hart und schwer. Aber das wird jetzt anders sein. Du gehst in eine neue Welt, und ich habe eine neue gefunden. Hier sind zwei Stühle; wir wollen uns setzen und die eleganten Leute vorbeigehn sehn.«

Sie setzten sich mitten in einen Haufen von Zuschauern. Die Tulpenbeete längs der Fahrbahn flammten wie zuckende Feuerringe. Ein weißer Dunst, eine zitternde Wolke von Irisstaub hing in der heißen Luft. Die hellfarbigen Sonnenschirme tanzten auf und nieder wie riesige Schmetterlinge.

Sie brachte ihren Bruder dazu, daß er von sich selbst redete, von seinen Hoffnungen und seinen Aussichten. Er sprach langsam und mit Anstrengung. Sie tauschten gegenseitig Worte aus, wie bei einem Spiel die Spieler in ihren Parts abwechseln. Sibyl fühlte sich bedrückt. Sie konnte ihre Freude nicht mitteilen. Ein leises Lächeln, das sich um seinen finstern Mund kräuselte, war alles, was sie ihm als Echo abgewinnen konnte. Nach einiger Zeit wurde sie ganz still. Plötzlich sah sie einen Schimmer von goldenem Haar und lachende Lippen, in einem offenen Wagen fuhr mit zwei Damen Dorian Gray vorbei.

Sie sprang auf die Füße. »Da ist er!« rief sie aus.

»Wer?« fragte Jim Vane.

»Der Märchenprinz«, antwortete sie und blickte der Viktoria nach.

Er sprang auf und faßte sie rauh am Arm.

»Zeig ihn mir. Welcher ist es? Sag ihn mir, ich muß ihn sehen!« schrie er; aber in diesem Augenblick flog der Vierspänner des Herzogs von Berwick dazwischen, und als die Aussicht wieder frei war, war der Wagen schon aus dem Park hinausgefahren.

»Er ist fort«, murmelte Sibyl traurig. »Ich möchte, du hättest ihn gesehen.«

»Ich wünschte es auch, denn so wahr ein Gott im Himmel ist, wenn er dir je etwas antut, bring' ich ihn um.«

Sie sah ihn entsetzt an. Er wiederholte seine Worte. Sie durchschnitten die Luft wie ein Dolch. Die Umstehenden begannen herzugaffen. Eine Dame, die nebenbei stand, kicherte.

»Komm fort, Jim; komm fort«, flüsterte sie. Er folgte ihr nach wie ein Hund, als sie die Menge durchschritt. Er war befriedigt, daß er es gesagt hatte.

Als sie die Achillesstatue erreicht hatten, wandte sie sich um. In ihren Augen lag Mitleid, das auf ihren Lippen zu einem Lachen wurde. Sie nickte ihm zu. »Du bist verrückt, Jim; ganz und gar verrückt; ein ungezogener Bub und weiter nichts. Wie kannst du so etwas Entsetzliches sagen? Du weißt gar nicht, was du redest. Du bist einfach unfreundlich und eifersüchtig. Oh, ich wollte, du verliebtest dich. Liebe macht die Menschen gut, und was du gesagt hast, war schlecht.«

»Ich bin sechzehn Jahre alt«, antwortete er, »und ich weiß, woran ich bin. Die Mutter ist kein Schutz für dich. Sie versteht es nicht, wie sie für dich zu sorgen hat. Ich wünschte jetzt, daß ich überhaupt nicht nach Australien ginge. Ich habe große Lust, die ganze Sache wieder aufzugeben. Ich täte es, wenn meine Heuer nicht schon unterschrieben wäre.«

»Sei nicht so ernsthaft, Jim. Du bist wie einer von den Helden aus den dummen Melodramen, in denen die Mutter so gern gespielt hat. Ich will mich nicht mit dir streiten. Ich habe ihn gesehen, und ihn nur sehen ist vollkommenes Glück. Wir wollen uns nicht zanken. Ich bin überzeugt, du wirst nie jemand, den ich liebe, etwas antun, nicht wahr?«

»Wohl nicht, solange du ihn liebst«, war die finstre Antwort.

»Ich werde ihn immer lieben!« rief sie.

»Und er?«

»Auch immer!«

»Er täte gut daran.«

Sie schrak vor ihm zurück. Dann lachte sie und legte die Hand auf seinen Arm. Er war ja nur ein Knabe.

Am Triumphbogen stiegen sie auf einen Omnibus, der sie bis dicht zu ihrem ärmlichen Haus in der Euston Road fuhr. Es war fünf Uhr vorüber, und Sibyl mußte sich noch ein paar Stunden hinlegen, bevor sie auftrat. Jim bestand darauf, daß sie es tun sollte. Er sagte, er möchte lieber von ihr Abschied nehmen, wenn die Mutter nicht dabei wäre. Sie würde sicher eine Szene machen, und er haßte Szenen in jeder Form.

In Sibyls Zimmer nahmen sie Abschied. Im Herzen des jungen Mannes herrschte Eifersucht und ein stolzer, mörderischer Haß gegen den Fremden, der, wie ihm schien, zwischen sie getreten war. Als sich jedoch ihre Arme um seinen Hals schlangen und ihre Finger durch sein Haar strichen, wurde er weich und küßte sie mit wirklicher Liebe. Als er hinunterging, standen Tränen in seinen Augen.

Seine Mutter wartete unten auf ihn. Sie murrte über seine Unpünktlichkeit, als er eintrat. Er gab keine Antwort, sondern setzte sich vor sein mageres Mahl. Die Fliegen summten um den Tisch und krochen über das fleckige Tischtuch. Durch das Rasseln der Omnibusse und das Klappern der Cabs konnte er das Dröhnen vernehmen, das jede Minute verschlang, die ihm noch blieb.

Nach einer Weile stieß er seinen Teller weg und stützte den Kopf in die Hände. Er fühlte, daß er ein Recht habe, es zu wissen. Wenn es sich so verhielt, wie er argwöhnte, hätte er es schon längst erfahren sollen. Bleischwer vor Furcht beobachtete ihn die Mutter. Worte tropften mechanisch von ihren Lippen. In ihren Fingern zerdrückte sie ein zerrissenes Spitzentuch. Als die Uhr sechs schlug, stand er auf und ging zur Tür. Dann wandte er sich um und sah sie an. Ihre Blicke begegneten sich. In ihren Augen las er ein inständiges Flehen um Mitleid. Es brachte ihn außer sich.

»Mutter, ich habe dich etwas zu fragen«, sagte er. Ihre Augen irrten im Zimmer herum. Sie gab keine Antwort. »Sag mir die Wahrheit. Ich habe ein Recht, es zu wissen. Warst du mit meinem Vater verheiratet?«

Sie stieß einen tiefen Seufzer aus. Es war ein Seufzer der Erleichterung. Der schreckliche Augenblick, der Augenblick, vor dem sie sich seit Wochen und Monaten Tag und Nacht gefürchtet hatte, war endlich gekommen, und doch fühlte sie sich nicht erschreckt. Es war gewissermaßen sogar eine Enttäuschung für sie. Die rohe Geradheit der Frage verlangte eine gerade Antwort. Die Situation war nicht in allmählicher Steigerung herbeigeführt worden. Es war gemein. Sie erinnerte sich an eine schlechte Probe.

»Nein«, antwortete sie, verwundert über die brutale Einfachheit des Lebens.

»Dann war mein Vater ein Schuft!« schrie der junge Mann, die Faust ballend.

Sie schüttelte den Kopf. »Ich wußte, daß er nicht frei war. Wir haben uns sehr geliebt. Wenn er am Leben geblieben wäre, hätte er für uns gesorgt. Sprich nicht gegen ihn, mein Sohn. Er war dein Vater und ein vornehmer Mann. Er hatte wirklich hohe Verbindungen.«

Ein Fluch kam von seinen Lippen. »Wegen mir liegt mir nichts dran«, rief er aus; »aber laß Sibyl nicht ... Es ist ein vornehmer Mann, der sie liebt, nicht wahr? Oder er sagt es wenigstens. Und hat auch hohe Verbindungen vermutlich.«

Einen Augenblick kam ein schlimmes Gefühl der Demütigung über die alte Frau. Ihr Kopf sank herab. Mit zitternden Händen wischte sie sich die Augen. »Sibyl hat eine Mutter«, flüsterte sie, »ich hatte keine.«

Der junge Bursche war ergriffen. Er ging zu ihr hin, beugte sich nieder und küßte sie. »Es tut mir leid, wenn ich dich dadurch gekränkt habe, daß ich nach meinem Vater fragte«, sagte er, »aber ich konnte nicht anders. Ich muß nun fort. Leb wohl. Vergiß nicht, daß du jetzt nur noch ein Kind hast, um das du sorgen mußt, und glaube mir, wenn dieser Mann an meiner Schwester ein Unrecht tut, bring' ich heraus, wer er ist, und ich spür' ihn auf und bring' ihn um wie einen Hund. Das schwör' ich!«

Die übertriebene Wut der Drohung, die wahnsinnigen, melodramatischen Worte, das alles erschien ihr als ein bewegteres Leben. Diese Atmosphäre war ihr vertraut. Sie atmete nun freier, und zum erstenmal seit vielen Monaten bewunderte sie ihren Sohn. Sie hätte gern die Szene auf derselben Höhe der Gefühle fortgesetzt, aber er schnitt sie kurz ab. Man mußte die Koffer hinunterbringen und für Decken sorgen. Der Lodginghausbesorger rannte herein und heraus. Mit dem Kutscher galt es über den Preis einig werden. Der Augenblick verlor sich in gewöhnlichen Einzelheiten. Mit einem erneuten Gefühl der Enttäuschung wehte sie mit dem zerrissenen Spitzentaschentuch aus dem Fenster, als ihr Sohn wegfuhr. Sie war sich bewußt, daß eine große Gelegenheit versäumt worden sei. Sie tröstete sich damit, daß sie Sibyl sagte, wie trostlos ihr Leben nun sein würde, jetzt, wo sie nur ein einziges Kind habe, für das sie sorgen müsse. Sie erinnerte sich des Satzes. Er hatte ihr gefallen. Von der Drohung sagte sie nichts. Sie war lebendig und dramatisch zum Ausdruck gekommen. Sie hatte das Gefühl, daß sie einmal alle darüber lachen würden.

SECHSTES KAPITEL

»Sie haben die Neuigkeit wohl schon gehört, Basil?« sagte Lord Henry an jenem Abend, als Hallward in das kleine private Zimmer im Bristol-Hotel trat, wo für drei zum Dinner gedeckt war.

»Nein, Harry«, antwortete der Künstler, indem er Hut und Überrock dem gebückten Kellner gab. »Was gibt es? Hoffentlich nichts Politisches? Das interessiert mich nicht. Im Abgeordnetenhaus gibt es kaum eine einzige Person, die 's Malen verdiente; wenn auch viele davon recht gut brauchen könnten, etwas gesäubert zu werden.«

»Dorian Gray ist verlobt«, sagte Lord Henry und sah den Maler dabei aufmerksam an.

Hallward schrak zurück und runzelte die Stirn. »Dorian verlobt!« rief er aus. »Unmöglich!«

»Es ist vollständig wahr.«

»Mit wem?«

»Mit einer kleinen Schauspielerin oder so.«

»Das kann ich nicht glauben. Dazu ist Dorian doch viel zu vernünftig.«

»Dorian ist viel zu weise, um nicht hin und wieder törichte Streiche zu begehen, mein lieber Basil.«

»Heiraten ist schwerlich eine Sache, die man hin und wieder tun kann, Harry.«

»Außer in Amerika«, erwiderte Lord Henry nachlässig. »Aber ich sagte ja nicht, er sei verheiratet. Ich sagte nur, er sei verlobt. Dazwischen ist ein großer Unterschied. Ich erinnere mich ganz deutlich, daß ich verheiratet bin, aber ich erinnere mich nicht im geringsten daran, daß ich je verlobt war. Ich neige fast zum Glauben, daß ich nie verlobt war.«

»Aber bedenken Sie doch Dorians Geburt, seine Stellung, sein Vermögen. Es wäre doch unsinnig von ihm, so tief unter sich zu heiraten.«

»Wenn Sie wollen, daß er das Mädchen sicher heiratet, so sagen Sie ihm das, Basil. Dann tut er es sicher. Wenn ein Mann etwas ganz Dummes tut, geschieht es immer aus den edelsten Motiven.«

»Ich hoffe, das Mädchen ist gut, Harry. Ich möchte Dorian nicht an irgendein gemeines Geschöpf gebunden sehen, das seinen Charakter herabzieht und seinen Geist verdirbt.«

»Oh, sie ist mehr als gut – sie ist schön«, murmelte Lord Henry, indem er aus dem Glase schlürfte, in dem bitterer Orangensaft mit Wermut gemischt war. »Dorian sagt, sie sei schön; und in Dingen solcher Art hat er selten unrecht. Ihr Bild von ihm hat sein Urteil über die äußere Erscheinung von andern Menschen geschärft. Diese ausgezeichnete Wirkung hat es gehabt, unter andern. Wir sollen sie heut abend sehn, wenn unser Junge nicht auf seine Verabredung vergißt.«

»Ist das Ihr Ernst?«

»Vollkommener Ernst, Basil. Ich wäre unglücklich, wenn ich je in meinem Leben ernster sein müßte als in diesem Augenblick.«

»Aber billigen Sie es denn, Harry?« fragte der Maler, während er im Zimmer auf und ab ging und sich auf die Lippen biß. »Sie können es unmöglich billigen. Es ist eine törichte Verblendung.«

»Ich billige nie etwas und mißbillige nie etwas. Das ist eine sinnlose Haltung dem Leben gegenüber. Wir sind nicht in die Welt geschickt, unsere moralischen Vorurteile spazierenzuführen. Ich kümmere mich nie um das, was die gewöhnlichen Leute sagen, und mische mich nie in das, was die entzückenden Leute tun. Wenn mich eine Persönlichkeit fesselt, ist jegliche Ausdrucksform, die sie sich wählt, für mich eine vollkommene Freude. Dorian Gray verliebt sich in ein schönes Mädchen, das die Julia spielt, und will sie heiraten. Sie wissen, ich bin kein Verfechter der Ehe. Der wirkliche Nachteil der Ehe ist der, daß man durch sie selbstlos wird. Und selbstlose Menschen sind farblos. Sie ermangeln der Individualität. Allerdings gibt es gewisse Temperamente, die durch die Ehe kompliziert werden. Sie bewahren ihren Egoismus und gewinnen viele andre Ichs hinzu. Sie sind gezwungen, mehr als ein Leben zu führen. Sie gewinnen also eine höhere Organisation, und höher organisiert sein, ist, wie ich meinen sollte, das Ziel des menschlichen Lebens. Übrigens aber, jedes Experiment ist wertvoll, und was man auch gegen die Ehe sagen kann, sie ist sicher ein Experiment. Ich hoffe also, Dorian Gray macht dieses Mädchen zu seiner Frau, betet sie leidenschaftlich sechs Monate lang an und wird dann plötzlich von einer andern bezaubert. Das zu beobachten wäre eine herrliche Sache.«

»Sie glauben kein einziges Wort von alledem, Harry; das wissen

Sie selbst. Wenn Dorian Grays Leben zerstört würde, wäre niemand trauriger als Sie. Sie sind viel besser, als Sie sich stellen.«

Lord Henry lachte. »Der Grund, weshalb wir so gut voneinander denken, ist einfach der, daß wir alle für uns selber fürchten. Die Basis des Optimismus ist schiere Furcht. Wir halten uns für hochherzig, weil wir unserm Nachbarn den Besitz solcher Tugenden zuschreiben, die uns wahrscheinlich vorteilhaft sein werden. Wir rühmen den Bankier, damit wir unser Konto überschreiten können, und finden an einem Räuber gute Eigenschaften, weil wir hoffen, daß er unsre Taschen verschonen wird. Ich meine wirklich alles, was ich gesagt habe. Ich hege die größte Verachtung für den Optimismus. Und was das zerstörte Leben anlangt: kein Leben ist zerstört, außer dem, dessen Wachstum gehemmt ist. Wenn man einen Charakter verderben will, braucht man ihn nur bessern zu wollen. Und die Heirat – die wäre natürlich töricht; aber es gibt andere und interessantere Bande zwischen Mann und Frau. Zu diesen rede ich gewißlich zu. Sie haben den Reiz, fashionable zu sein. Aber da ist Dorian selbst. Er wird Ihnen mehr sagen können als ich.«

»Mein lieber Harry, mein lieber Basil, ihr müßt mir beide Glück wünschen!« sagte der Jüngling, indem er den Abendmantel mit den atlasgefütterten Flügeln abwarf und den beiden Freunden die Hände schüttelte. »Ich bin niemals so glücklich gewesen. Natürlich ist es plötzlich gekommen: alle wirklich entzückenden Dinge kommen plötzlich. Und doch scheint es das einzige gewesen zu sein, nach dem ich mich mein ganzes Leben hindurch gesehnt habe.« Er war vor Aufregung und Freude errötet und sah außerordentlich hübsch aus.

»Ich hoffe, Sie werden immer sehr glücklich sein«, sagte Hallward, »aber ich verzeih es Ihnen nicht ganz, daß Sie mich Ihre Verlobung nicht haben wissen lassen. Harry haben Sie es mitgeteilt.«

»Und ich verzeih Ihnen nicht, daß Sie zu spät zum Dinner kommen«, fiel Lord Henry ein, legte seine Hand auf die Schulter des jungen Mannes und lächelte dabei. »Kommen Sie, wir wollen uns setzen und sehn, was der neue Chef fertigbringt, und dann sollen Sie uns erzählen, wie das alles kam.«

»Da ist wirklich nicht viel zu erzählen«, rief Dorian, als sie an dem kleinen runden Tisch Platz genommen hatten. »Was geschah, war einfach dies: Als ich Sie gestern abend verlassen hatte, Harry, zog ich mich an, aß etwas in dem kleinen italienischen Restaurant in Rupert Street, mit dem Sie mich bekannt gemacht, und ging um acht Uhr ins Theater. Sibyl spielte die Rosalinde. Natürlich war die

Szenerie greulich und der Orlando albern. Aber Sibyl! Sie hätten sie sehen sollen! Als sie in ihren Knabenkleidern auftrat, war sie ganz wunderbar. Sie hatte ein moosgrünes Samtwams an mit zimtfarbnen Ärmeln, eine dünne, braune, kreuzweis geschnürte Hose, ein zierliches, grünes Mützchen, in dem eine Falkenfeder stak, von einem Juwel gehalten, und trug einen dunkelrotgefütterten Mantel. Sie war mir niemals schöner erschienen. Sie hatte eine köstliche Anmut, wie jenes Tanagrafigürchen, das Sie in Ihrem Atelier haben, Basil. Ihr Haar umrahmte ihr Gesicht wie dunkle Blätter eine blasse Rose. Und ihr Spiel – nun, Sie werden sie ja heute abend sehen. Sie ist eine geborene Künstlerin. Ich saß ganz verzaubert in der schäbigen Loge. Ich vergaß, daß ich in London war und im neunzehnten Jahrhundert. Ich war mit meiner Liebe weit weg in einem Wald, den Menschenaugen niemals erblickt. Nach der Vorstellung ging ich hinter die Szene und redete mit ihr. Als wir nebeneinander saßen, trat plötzlich in ihre Augen ein Ausdruck, den ich nie vorher gesehen. Meine Lippen bewegten sich ihr zu. Wir küßten uns. Ich kann euch nicht beschreiben, was ich in diesem Augenblick empfand. Mir schien, als hätte sich mein ganzes Leben auf diesen einen vollkommenen Augenblick rosenfarbener Freude zusammengezogen. Sie zitterte am ganzen Körper und bebte wie eine weiße Narzisse. Dann warf sie sich auf die Knie und küßte mir die Hände. Ich fühle, daß ich euch all das nicht sagen sollte, aber ich kann nicht anders. Natürlich ist unsere Verlobung ein tiefes Geheimnis. Sie hat es nicht einmal ihrer Mutter gesagt. Ich weiß nicht, was mein Vormund dazu sagen wird. Lord Radley wird sicher wütend sein. Das ist mir gleich. In weniger als einem Jahr werde ich mündig, und dann kann ich tun, was ich will. Ich habe recht daran getan, Basil, nicht wahr, meine Liebe aus der Poesie zu holen und meine Frau in Shakespeares Spielen zu finden? Lippen, die Shakespeare reden gelehrt hat, haben mir ihr Geheimnis ins Ohr geflüstert. Die Arme Rosalindes haben mich umschlungen, und Julia hat mir den Mund geküßt.«

»Ja, Dorian, ich glaube, Sie hatten recht«, sagte Hallward langsam.

»Haben Sie sie heute schon gesehn?« fragte Lord Henry.

Dorian Gray schüttelte den Kopf. »Ich ließ sie im Ardenner Wald und werde sie in einem Garten in Verona wiederfinden.«

Lord Henry schlürfte seinen Champagner in einer nachdenklichen Weise. »In welchem Augenblick erwähnten Sie das Wort Heirat, Dorian? Und was antwortete sie darauf? Vielleicht haben Sie das alles vergessen?«

»Mein lieber Harry, ich habe es nicht als Geschäft behandelt und habe ihr keinen förmlichen Antrag gemacht. Ich sagte ihr, daß ich sie liebe, und sie sagte, sie sei nicht wert, mein Weib zu sein. Nicht wert! Da mir doch die ganze Welt nichts ist, wenn ich sie mit ihr vergleiche.«

»Die Frauen sind wunderbar praktisch«, murmelte Lord Henry, »viel praktischer als wir. In Situationen solcher Art vergessen wir oft, etwas übers Heiraten zu sagen, und sie erinnern uns stets daran.«

Hallward legte ihm die Hand auf den Arm. »Nicht doch, Harry. Sie haben Dorian verletzt. Er ist nicht wie andere Männer. Er würde nie jemand unglücklich machen. Sein Wesen ist zu zart dafür.«

Lord Henry sah über den Tisch herüber. »Dorian fühlt sich nie verletzt«, antwortete er. »Ich fragte aus dem besten Grund, der überhaupt möglich ist, aus dem einzigen Grund wahrhaftig, der es entschuldigt, daß man eine Frage stellt – aus bloßer Neugierde. Ich habe eine Theorie, daß es immer die Frauen sind, die uns einen Antrag machen, und nicht wir den Frauen. Mit Ausnahme natürlich des Mittelstandes. Aber der ist ja nicht modern.«

Dorian Gray lachte und schüttelte den Kopf. »Sie sind unverbesserlich, Harry; aber es macht mir nichts aus. Man kann Ihnen unmöglich böse sein. Wenn Sie Sibyl Vane sehen, werden Sie fühlen, daß der Mann, der ihr ein Leid zufügen könnte, ein Tier sein müßte, ein herzloses Tier. Ich kann es nicht begreifen, wie jemand ein von ihm geliebtes Wesen schänden kann. Ich liebe Sibyl Vane. Ich möchte sie auf einen goldenen Sockel erheben und die Welt in Anbetung vor dem Weibe sehn, das mir gehört. Was ist Ehe? Ein unwiderrufliches Gelübde. Sie spotten deshalb darüber. Ach! Spotten Sie nicht.

Es ist ein unwiderrufliches Gelübde, das ich ablegen will. Ihr Vertrauen macht mich treu, ihr Glaube macht mich gut. Wenn ich bei ihr bin, bereue ich alles, was Sie mich gelehrt haben. Ich werde ein anderer als der, den Sie mich kennen gelehrt haben. Ich bin verwandelt, und die bloße Berührung von Sibyl Vanes Hand läßt mich Sie vergessen und alle Ihre falschen, bestrickenden, vergiftenden, entzückenden Theorien.«

»Und das sind . . .?« fragte Lord Henry, indem er sich etwas Salat nahm.

»Oh, Ihre Theorien über das Leben, Ihre Theorien über die Liebe, Ihre Theorien über den Genuß. Überhaupt alle Ihre Theorien, Harry.«

»Der Genuß ist das einzige, das einer Theorie wert ist«, antwortete er mit seiner langsamen, melodischen Stimme. »Aber ich fürchte, ich kann meine Theorie gar nicht für meine eigne ausgeben. Sie gehört der Natur, nicht mir. Genuß ist der Prüfstein der Natur, ihr Zeichen der Billigung. Wenn wir glücklich sind, sind wir immer gut, aber wenn wir gut sind, sind wir nicht immer glücklich.«

»Ach! Aber was verstehen Sie unter gut?« rief Basil Hallward.

»Ja«, wiederholte Dorian, indem er sich in seinem Stuhl zurücklehnte und über die schweren Blüten purpurner Schwertlilien, die in der Mitte des Tisches standen, zu Lord Henry hinüberblickte, »was verstehen Sie unter gut, Harry?«

»Gut sein heißt, mit sich selbst in Einklang sein«, erwiderte er, den dünnen Stengel seines Glases mit seinen blassen, feingliedrigen Fingern berührend. »Gezwungen zu sein, mit andern übereinzustimmen, das heißt Dissonanz. Das eigene Leben, darauf kommt es an. Was das Leben unserer Nachbarn anlangt, nun, wenn man ein Schelm oder Puritaner sein will, dann braucht man sich bloß mit seinen moralischen Ansichten vor ihnen aufzublähen, aber es betrifft einen gar nicht. Außerdem hat der Individualismus wirklich das höhere Ziel. Die moderne Sittlichkeit besteht darin, daß man die Maßstäbe seiner Zeit annimmt. Ich bin der Meinung, daß jeder kultivierte Mensch, der die Maßstäbe seiner Zeit annimmt, damit so etwas wie die gröbste Immoralität begeht.«

»Aber bestimmt, Harry, wenn man nur für sich selbst lebt, hat man da nicht einen schrecklichen Preis dafür zu bezahlen?« warf der Maler ein.

»Ja, wir müssen heute alles überteuer bezahlen. Ich glaube, die wahre Tragödie der Armut ist die, daß sie keinen andern Ausweg hat als Selbstverleugnung. Schöne Sünden, wie alle schönen Dinge, sind das Vorrecht der Reichen.«

»Man muß in anderer Münze zahlen als mit Geld.«

»In welcher Art Münze, Basil?«

»Oh! Ich meine, mit Gewissensbissen, mit Schmerzen, mit ... nun, mit dem Gefühl der Erniedrigung.«

Lord Henry zuckte die Achseln. »Mein lieber Freund, mittelalterliche Kunst ist entzückend, aber mittelalterliche Gefühle sind unmodern. In Gedichten kann man sie gebrauchen, natürlich. Aber die einzigen Dinge, die man in Gedichten verwerten kann, sind solche, die in Wirklichkeit außer Gebrauch gesetzt sind. Glauben Sie mir, kein kultivierter Mensch bedauert je einen Genuß, und kein unkultivierter Mensch weiß je, was Genuß ist.«

»Ich weiß, was Genuß ist«, rief Dorian Gray. »Jemand anbeten ist Genuß.«

»Das ist sicherlich besser, als angebetet zu werden«, antwortete Henry, während er mit einigen Früchten spielte. »Angebetet zu werden, ist etwas Ärgerliches. Die Frauen behandeln uns genau so, wie die Menschheit ihre Götter behandelt. Sie beten uns an und drangsalieren uns immer, etwas für sie zu tun.«

»Ich würde sagen, alles, was sie von uns verlangen, haben sie uns erst gegeben«, murmelte der Jüngling ernst. »Sie schaffen die Liebe in uns. Sie haben ein Recht, sie zurückzuverlangen.«

»Das ist vollkommen wahr, Dorian«, rief Hallward aus.

»Niemals ist etwas vollkommen wahr«, sagte Lord Henry.

»Das ist es«, unterbrach Dorian. »Sie müssen zugeben, Harry, daß die Männer von den Frauen das wahre Gold ihres Lebens erhalten.«

»Vielleicht«, seufzte er, »aber unfehlbar verlangen sie es dann in sehr kleiner Münze wieder zurück. Das ist die Plage dabei. Ein witziger Franzose drückt es irgendwo so aus: Die Frauen flößen uns das Verlangen ein, Meisterwerke zu schaffen, und verhindern uns immer, sie auszuführen.«

»Harry, Sie sind schrecklich! Ich weiß gar nicht, warum ich Sie so gern habe.«

»Sie werden mich immer gern haben, Dorian«, antwortete er. »Wollt ihr Kaffee haben, ihr Leute? Kellner, bringen Sie Kaffee, fine Champagne und Zigaretten. Nein, keine Zigaretten, bitte; ich habe selbst welche. Basil, ich kann Ihnen nicht erlauben, daß Sie Zigarren rauchen. Sie müssen eine Zigarette nehmen. Die Zigarette ist der vollendete Ausdruck eines vollkommenen Genusses. Sie ist exquisit und läßt uns unbefriedigt. Was kann man mehr verlangen? Ja, Dorian, Sie werden mich immer recht gern haben. Ich bin für Sie die Verkörperung aller Sünden, die zu begehen Sie nie den Mut gehabt haben.«

»Was für Unsinn Sie reden, Harry!« rief der junge Mann, indem er sich an einem feuerspeienden Silberdrachen, den der Kellner auf den Tisch gestellt hatte, die Zigarette anzündete. »Wir wollen nun ins Theater gehen. Wenn Sibyl auftritt, werdet ihr ein neues Lebensideal bekommen. Sie wird euch etwas offenbaren, das ihr noch nicht gekannt habt.«

»Ich habe alles gekannt«, sagte Lord Henry mit einem müden Blick in den Augen, »aber auf eine neue Emotion bin ich immer gespannt. Ich fürchte allerdings, daß es derlei nicht mehr gibt, wenigstens für mich nicht. Aber vielleicht wird mich Ihr wunderbares Mädchen erschüttern. Ich liebe die Schauspielkunst. Sie ist so viel wirklicher als das Leben. Wir wollen gehen. Dorian, Sie kommen mit mir. Es tut mir so leid, Basil, aber in meinem Coupé ist nur Platz für zwei. Sie müssen in einem Hansom kommen.«

Sie standen auf, zogen ihre Überröcke an und tranken ihren Kaffee stehend. Der Maler war schweigsam und in Gedanken. Ein düsteres Gefühl lag auf ihm. Diese Heirat war ihm unerträglich, und doch schien sie ihm viel besser zu sein als vieles andre, das hätte geschehen können. Nach einigen Minuten gingen sie alle hinunter. Er fuhr allein fort, wie verabredet war, und beobachtete die glänzenden Lichter des kleinen Coupés vor ihm. Das seltsame Gefühl eines Verlustes kam über ihn. Er fühlte, daß ihm Dorian Gray nie mehr das sein würde, was er ihm gewesen war. Das Leben war zwischen sie getreten . . . Vor seinen Augen wurde es dunkel, und die vollen schimmernden Straßen schwammen vor seinem Blick. Als der Wagen am Theater vorfuhr, schien es ihm, als sei er viele Jahre älter geworden.

SIEBENTES KAPITEL

Aus irgendeinem Grunde war das Haus an diesem Abend dicht gefüllt, und der dicke jüdische Direktor, der ihnen an der Tür entgegenkam, strahlte von einem Ohr zum andern von einem öligen, ruhelosen Lächeln. Er geleitete sie mit einer würdevollen Demut zu ihrer Loge, indem er seine fetten, beringten Hände bewegte und in den höchsten Tönen schwatzte. Dorian Gray empfand ihn mehr als je widerwärtig. Es war ihm zumute, als sei er gekommen, um Miranda zu erblicken, und Caliban sei ihm entgegengekommen. Lord Henry dagegen hatte Gefallen an ihm. Wenigstens behauptete er es und bestand darauf, ihm die Hand zu schütteln und ihm zu versichern, daß er stolz darauf sei, einen Mann kennenzulernen, der ein wirkliches Genie entdeckt habe und über einen Dichter bankrott geworden sei. Hallward unterhielt sich damit, die Gesichter im Parterre zu beobachten. Die Hitze war furchtbar drückend, und der große Kronleuchter flammte wie eine ungeheure Dahlie mit Blättern aus gelbem Feuer. Die jungen Leute auf der Galerie hatten ihre Röcke und Westen ausgezogen und über die Brüstung gehängt. Sie sprachen miteinander durchs ganze Theater und teilten ihre Orangen mit den aufgedonnerten Mädchen, die neben ihnen saßen. Ein paar Weiber lachten im Parterre. Ihre Stimmen waren schauerlich grell und mißtönig. Von der Bar her hörte man, wie Flaschen entkorkt wurden.

»Was für ein Ort, seine Göttin zu finden!« sagte Lord Henry.

»Ja!« antwortete Dorian Gray. »Hier habe ich sie gefunden, und sie ist göttlich über allem, was lebt. Wenn sie spielt, werden Sie alles vergessen. Diese gemeinen, rohen Leute mit ihren groben Gesichtern und brutalen Gebärden werden ganz anders, wenn sie auf der Bühne ist. Sie sitzen stumm da und beobachten sie. Sie weinen und lachen, wie sie es will. Sie läßt sie tönen wie eine Geige. Sie macht sie geistiger, und man fühlt dann, daß sie vom selben Fleisch und Blut sind wie wir selber.«

»Vom selben Fleisch und Blut wie wir selber! Oh! Ich hoffe

nicht!« rief Lord Henry aus, der durch sein Opernglas das Publikum auf der Galerie musterte.

»Hören Sie nicht auf ihn, Dorian«, sagte der Maler. »Ich verstehe, was Sie sagen wollen, und ich glaube an dieses Mädchen. Wen Sie lieben, der muß wunderbar sein, und ein Mädchen, das so wirkt, wie Sie sagen, muß fein und vornehm sein. Seine Zeit geistiger zu machen – das ist der Mühe wert. Wenn das Mädchen denen eine Seele geben kann, die bisher seelenlos gelebt, wenn sie in Menschen, deren Leben schmutzig und häßlich war, den Sinn für Schönheit erwecken kann, wenn sie sie ihrer Selbstsucht entreißen, wenn sie ihnen Tränen leihen kann für Leiden, die nicht ihre eignen sind, dann ist sie Ihrer Anbetung wert, dann ist sie der Anbetung der ganzen Welt wert. Diese Heirat ist ganz recht. Ich habe es zuerst nicht geglaubt, aber jetzt gebe ich es zu. Die Götter haben Sibyl Vane für Sie geschaffen. Ohne sie wären Sie unvollständig gewesen.«

»Danke, Basil«, antwortete Dorian Gray und drückte ihm die Hand. »Ich wußte, daß Sie mich verstehen würden. Harry ist so zynisch, er erschreckt mich. Aber da fängt das Orchester an. Es ist fürchterlich, aber es dauert nur fünf Minuten. Dann geht der Vorhang auf, und Sie werden das Mädchen sehen, dem ich mein ganzes Leben schenken will, dem ich alles gewidmet, was gut in mir ist.«

Eine Viertelstunde später betrat Sibyl Vane unter einem außerordentlichen Beifallssturm die Bühne. Ja, sie war wirklich schön anzusehen – als eins der entzückendsten Wesen, dachte Lord Henry, das er je gesehen. Es war etwas von einem Reh in ihrer scheuen Anmut und in ihren erschrockenen Augen. Ein leichtes Erröten, wie der Schatten einer Rose in einem silbernen Spiegel, trat auf ihre Wangen, als sie in das volle begeisterte Haus blickte. Sie trat ein paar Schritte zurück, und ihre Lippen schienen zu zittern. Basil Hallward sprang auf und begann zu applaudieren. Bewegungslos und wie in einem Traum saß Dorian Gray da und sah sie an. Lord Henry starrte durch sein Glas und flüsterte: »Entzückend! Entzückend!«

Die Szene war die Halle in Capulets Haus, und Romeo in seinem Pilgermantel war mit Mercutio und seinen andern Freunden hereingekommen. Die Musik spielte so gut sie konnte ein paar Takte, und der Tanz begann. In dem Haufen plumper, schäbig angezogener Schauspieler bewegte sich Sibyl Vane wie ein Wesen aus einer schöneren Welt. Ihr Körper schwebte, wie eine Blume auf dem Wasser schwimmt. Die Linien ihres Halses waren die Linien einer weißen Lilie. Ihre Hände schienen aus kühlem Elfenbein zu sein.

Aber sie war seltsam gleichmütig. Sie verriet kein Zeichen der Freude, während ihre Augen auf Romeo ruhten. Die wenigen Worte, die sie zu sprechen hatte –

»Nein, Pilger, lege nichts der Hand zu schulden
Für ihren sittsam andachtsvollen Gruß;
Der Heil'gen Rechte darf Berührung dulden,
Und Hand in Hand ist frommer Waller Kuß«

mit dem kurzen Dialog, der folgt, sprach sie ganz gekünstelt. Die Stimme war herrlich, aber der Ton war ganz falsch. Er war in der Farbe vergriffen. Er nahm dem Verse alles Leben. Er machte die Leidenschaft unwahr.

Dorian Gray wurde bleich, als er sie beobachtete. Er war verwirrt und bang. Keiner seiner Freunde wagte etwas zu ihm zu sagen. Sie schien ihnen vollkommen talentlos zu sein. Sie waren furchtbar enttäuscht. Aber sie empfanden, daß der große Prüfstein für jede Julia die Balkonszene im zweiten Akte sei. Diese warteten sie ab. Versagte sie hier, dann war nichts an ihr.

Sie sah entzückend aus, als sie ins Mondlicht heraustrat. Das konnte man nicht leugnen. Aber das Theatralische ihres Spiels war unerträglich und wurde weiterhin immer schlimmer. Ihr Gebärdenspiel wurde lächerlich gekünstelt. Sie machte alles überpathetisch, was sie zu sagen hatte. Die herrliche Stelle:

»Du weißt, die Nacht verschleiert mein Gesicht,
Sonst färbte Mädchenröte meine Wangen
Um das, was du vorhin mich sagen hörtest«

deklamierte sie mit der schmerzlichen Genauigkeit eines Schulmädchens, das bei einem mittelmäßigen Professor der Redekunst Unterricht im Vortrag bekommen hat. Als sie sich über den Balkon neigte und an die wundervollen Verse kam:

»Obwohl ich dein mich freue,
Freu ich mich nicht des Bundes dieser Nacht.
Er ist zu rasch, zu unbedacht, zu plötzlich;
Gleich allzusehr dem Blitz, der nicht mehr ist,
Noch eh man sagen kann: es blitzt. – Schlaf süß!
Des Sommers warmer Hauch kann diese Knospe
Der Liebe wohl zur schönen Blum' entfalten
Bis wir das nächste Mal uns wiedersehn«

sprach sie die Worte, als bärgen sie keinen Sinn für sie. Es war nicht Aufregung. Sie schien vielmehr, weit entfernt, nervös zu sein, ganz besonnen. Es war einfach schlechtes Theater. Es war ein vollkommenes Mißlingen.

Selbst das gewöhnliche, ungebildete Publikum im Parterre und auf der Galerie verlor das Interesse am Stück. Sie wurden unruhig und fingen an, laut zu sprechen und zu zischen. Der jüdische Direktor, der hinten im Balkon stand, stampfte mit den Füßen und fluchte vor Wut. Der einzige Mensch im Theater, der unberührt blieb, war das Mädchen selbst.

Als der zweite Akt zu Ende war, brach ein Sturm von Zischen los, und Lord Henry stand von seinem Stuhl auf und zog seinen Überrock an. »Sie ist wunderschön, Dorian«, sagte er, »aber sie kann nicht spielen. Wir wollen gehn.«

»Ich will das Stück bis zu Ende sehen«, antwortete der junge Mann mit einer harten, bitteren Stimme. »Es tut mir schrecklich leid, daß ich Ihnen einen Abend geraubt habe, Harry. Ich muß mich bei Ihnen beiden entschuldigen.«

»Mein lieber Dorian, ich denke, Miß Vane war krank«, unterbrach ihn Hallward. »Wir wollen ein andermal wiederkommen.«

»Ich wollte, sie wäre krank«, erwiderte er. »Aber mir kommt sie nur gefühllos und kalt vor. Sie hat sich ganz verändert. Gestern abend war sie eine große Künstlerin. Heute ist sie nur eine gewöhnliche, mittelmäßige Schauspielerin.«

»Sprechen Sie nicht so über jemand, den Sie lieben, Dorian. Die Liebe ist ein viel Wunderbareres als die Kunst.«

»Es sind beides nur Formen der Nachahmung«, bemerkte Lord Henry. »Aber wir wollen doch gehen. Dorian, Sie dürfen nicht länger hier bleiben. Es schadet einem in der Moral, schlecht spielen sehn. Außerdem denke ich nicht, daß Sie es von Ihrer Frau verlangen werden, daß sie spielt. Was liegt also daran, wenn sie die Julia wie eine Holzpuppe spielt? Sie ist wirklich wunderschön, und wenn sie vom Leben so wenig weiß wie vom Theaterspielen, wird sie eine prächtige Erfahrung abgeben. Es gibt nur zwei Arten von Menschen, die wirklich bezaubern – solche, die alles wissen, und solche, die gar nichts wissen. Um Himmels willen, mein lieber Junge, machen Sie kein so tragisches Gesicht! Das Geheimnis, jung zu bleiben, ist einfach, sich nie Gefühlen hinzugeben, die einem schlecht bekommen. Gehn Sie mit Basil und mir in den Klub. Wir wollen Zigaretten rauchen und auf die Schönheit von Sibyl Vane trinken. Sie ist schön. Was können Sie mehr wollen?«

»Gehen Sie fort, Harry«, rief der Jüngling. »Ich will allein sein.

Basil, Sie müssen gehen. Ach, könnt ihr denn nicht sehn, daß mir das Herz bricht?« Heiße Tränen traten in seine Augen. Seine Lippen bebten, er stürzte ganz zurück in den hintersten Raum der Loge, lehnte sich an die Wand und verbarg das Gesicht in den Händen.

»Kommen Sie, Basil«, sagte Lord Henry mit einer seltsamen Weichheit in der Stimme; und die beiden jungen Männer gingen zusammen hinaus.

Ein paar Augenblicke später flammten die Rampenlichter auf, und der Vorhang hob sich zum dritten Akt. Dorian Gray ging auf seinen Platz zurück. Er sah bleich, stolz und gleichgültig aus. Das Spiel schleppte sich weiter und schien nie zu enden. Die Hälfte des Publikums ging fort, in schweren Stiefeln stampfend und lachend. Die ganze Sache war ein Fiasko. Der letzte Akt wurde vor fast leeren Bänken gespielt. Das Fallen des Vorhangs begleitete Kichern und Gemurre.

Sobald es aus, stürzte Dorian Gray hinter die Szene in die Garderobe. Das Mädchen stand allein da, mit einem Glanz des Triumphes auf ihrem Antlitz. Ihre Augen strahlten in einem wundersamen Feuer. Es schwebte ein Glanz um sie. Ihre halbgeöffneten Lippen lächelten über ein Geheimnis, das ihnen allein zu eigen war.

Als er eintrat, blickte sie ihn an, und ein Ausdruck unendlicher Freude kam über sie. »Wie schlecht ich heut abend gespielt habe, Dorian!« rief sie aus.

»Schrecklich!« antwortete er und blickte sie voll Bestürzung an, »schrecklich! Es war furchtbar. Bist du krank? Du hast keine Ahnung, wie es war. Du hast keine Ahnung, was ich gelitten habe.«

Das Mädchen lächelte. »Dorian«, antwortete sie und verweilte im Aussprechen seines Namens mit einer langgedehnten Melodie in der Stimme, als sei er den roten Blüten ihres Mundes süßer denn Honig. »Dorian, du hättest begreifen sollen. Aber jetzt begreifst du, nicht wahr?«

»Was begreifen?« fragte er zornig.

»Warum ich heut abend so schlecht war. Warum ich immer so schlecht sein werde. Warum ich nie mehr gut spielen werde.«

Er zuckte die Achseln. »Du bist wohl krank? Wenn du krank bist, solltest du nicht spielen. Du machst dich ja lächerlich. Meine Freunde waren höchst unangenehm berührt und ich auch.«

Sie schien nicht auf ihn zu hören. Sie war ganz verwandelt vor Freude. Eine Ekstase des Glücks beherrschte sie.

»Dorian, Dorian«, rief sie aus, »bevor ich dich kannte, war Spielen die einzige Wirklichkeit in meinem Leben. Nur im Theater lebte ich. Ich glaubte, das sei alles Wahrheit. An einem Abend war ich Rosalinde und Portia am andern. Beatricens Freude war meine Freude und Cordelias Leiden waren meine Leiden. Ich glaubte an alles. Die gewöhnlichen Menschen, mit denen ich spielte, schienen mir Götter. Die bemalten Prospekte waren meine Welt. Ich kannte nichts als Schatten und nahm sie für wirklich. Du kamst, o mein schöner Geliebter, und befreitest meine Seele aus der Gefangenschaft. Du lehrtest mich, was die Wirklichkeit ist. Heut abend durchschaute ich zum erstenmal in meinem Leben die Hohlheit, den Trug und die Albernheit des leeren Gepränges, in dem ich immer gespielt habe. Heut abend kam mir zum erstenmal zu Bewußtsein, daß der Romeo häßlich und alt und geschminkt ist, daß das Mondlicht im Garten falsch, die Szenerie gewöhnlich ist und daß die Worte, die ich zu sprechen hatte, nicht wirklich sind, nicht meine Worte sind, nicht solche sind, die ich zu sagen wünschte. Du hast mir etwas Höheres gebracht, etwas, von dem die Kunst nur ein Widerschein ist. Du hast mich begreifen lassen, was die Liebe wirklich ist. Geliebter! Mein Geliebter! Du Märchenprinz! Du Prinz meines Lebens! Ich bin des Schattenlebens satt. Du bist mir mehr, als alle Kunst sein kann. Was habe ich mit den Puppen eines Spiels zu schaffen? Als ich heut abend auftrat, begriff ich nicht, wie all das von mir gewichen war. Ich glaubte, ich würde wundervoll sein, und fand, daß mir nichts gelang. Plötzlich dämmerte es in meiner Seele, was das alles bedeute. Dies zu erkennen, war etwas Wundersames für mich. Ich hörte sie zischen und lächelte. Was konnten sie von einer Liebe wie der unsern wissen? Nimm mich mit, Dorian, nimm mich mit dir, wo wir ganz allein sein können. Ich hasse die Bühne. Ich könnte eine Leidenschaft spielen, die ich nicht fühle, aber eine, die wie Feuer in mir brennt, kann ich nicht spielen. Ach, Dorian, Dorian, jetzt begreifst du, was das bedeutet? Selbst wenn ich es könnte, wäre es Entweihung für mich zu spielen, während ich liebe. Du hast mir die Augen geöffnet.«

Er warf sich auf das Sofa nieder und wendete sein Gesicht weg. »Du hast meine Liebe getötet«, murmelte er.

Sie sah ihn staunend an und lachte. Er gab keine Antwort. Sie trat zu ihm hin und strich ihm mit ihren kleinen Fingern durchs Haar. Sie kniete nieder und preßte seine Hände auf ihre Lippen. Er zog sie weg, und ein Schauder durchlief ihn.

Dann sprang er auf und ging zur Tür. »Ja«, rief er aus, »du hast meine Liebe getötet. Sonst erregtest du meine Phantasie. Jetzt erregst du nicht einmal meine Neugierde. Du bringst einfach keine Wirkung mehr hervor. Ich liebte dich, weil du ein wundersames Wesen warst, weil du Genie und Geist hattest, weil du den Träumen großer Dichter Wirklichkeit und den Schatten der Kunst Form und Gestalt gabst. Dies hast du alles von dir geworfen. Leer und dumm bist du. Mein Gott! Wie wahnsinnig war ich, daß ich dich liebte! Was für ein Narr war ich! Jetzt bist du mir nichts. Ich will dich nie mehr sehen. Ich will nie mehr an dich denken. Ich will nie mehr deinen Namen aussprechen. Du weißt nicht, was du mir einmal warst. Ja, einmal . . . Oh, ich kann es nicht ertragen, daran zu denken! Ich wollte, meine Augen hätten dich nie erblickt! Du hast den Roman meines Lebens vernichtet! Wie wenig kannst du von Liebe wissen, wenn du sagst, sie zerstöre deine Kunst! Ohne deine Kunst bist du nichts. Ich hätte aus dir eine Berühmtheit gemacht, etwas Glänzendes, Großes. Die Welt hätte dich angebetet, und du hättest meinen Namen getragen. Was bist du jetzt? Eine Schauspielerin dritten Ranges mit einem hübschen Gesicht.«

Das Mädchen wurde bleich und zitterte. Sie faltete die Hände ineinander, und ihre Stimme schien ihr in der Kehle zu ersticken. »Das ist nicht dein Ernst, Dorian!« flüsterte sie. »Du spielst.«

»Spielen? Das überlaß ich dir. Du kannst es ja so gut«, erwiderte er bitter.

Sie erhob sich von ihren Knien und ging, mit einem jammervollen Ausdruck des Schmerzes auf ihrem Antlitz, zu ihm hin. Sie legte die Hand auf seinen Arm und sah ihm in die Augen. Er stieß sie zurück. »Berühre mich nicht!« schrie er.

Ein dumpfer Klagelaut entrang sich ihr; sie warf sich ihm zu Füßen und lag da wie eine zertretene Blüte. »Dorian, Dorian, verlaß mich nicht!« wimmerte sie. »Es tut mir so weh, daß ich nicht gut spielte. Ich dachte immer nur an dich. Aber ich will es versuchen – wirklich, ich will es versuchen. Sie kam so plötzlich über mich, meine Liebe zu dir. Ich glaube, ich hätte sie nie gekannt, wenn du mich nicht geküßt hättest – wenn wir uns nicht geküßt hätten. Küsse mich wieder, Geliebter. Geh nicht fort von mir. Mein Bruder . . . nein; das tut nichts. Er meinte es nicht so. Er scherzte nur . . . Aber du! Oh, kannst du mir für heut abend vergeben? Ich will das äußerste tun und versuchen, mich zu verbessern. Sei nicht grausam gegen mich, weil ich dich mehr liebe als irgend etwas auf der Welt. Es ist ja doch nur ein einziges Mal, daß ich dir nicht gefallen habe. Aber du hast ganz recht, Dorian. Ich hätte mich mehr als Künstlerin zeigen sollen. Es war eine Torheit. Und doch konnte ich nicht anders. Ach, verlaß mich nicht, verlaß mich nicht.« Ein krampfhaftes, leidenschaftliches Weinen erschütterte sie. Sie kauerte am Boden wie ein wundes Tier, und Dorian Gray sah mit seinen schönen Augen auf sie herab, und seine feingeschnittenen Lippen kräuselten sich in herber Verachtung. Um die Gefühle von Menschen, die man zu lieben aufgehört hat, ist immer etwas Lächerliches. Sibyl Vane kam ihm übertrieben melodramatisch vor. Ihr Weinen und Schluchzen belästigte ihn.

»Ich gehe«, sagte er schließlich mit seiner ruhigen, klaren Stimme. »Ich möchte dir nicht weh tun, aber ich kann dich nicht wiedersehen. Du hast mich enttäuscht.«

Sie weinte still und gab keine Antwort, kroch aber näher an ihn heran. Ihre kleinen Hände tasteten ins Ungewisse, und es schien, als suchten sie nach ihm. Er wandte sich um und verließ das Zimmer. In wenigen Augenblicken lag das Theater hinter ihm.

Wohin er ging, wußte er kaum. Er erinnerte sich, durch trüb beleuchtete Gassen gewandert zu sein, unter engen, geschwärzten Torwegen hindurch und an übel aussehenden Häusern vorbei. Weiber mit heisern Stimmen und rohem Gelächter riefen hinter ihm her. Trunkenbolde waren vorbeigetaumelt und hatten wie Riesenaffen mit sich selbst geschwatzt. Auf den Türpfosten hatte er groteske Kinder hocken sehn und aus düstern Höfen Geschrei und Flüche gehört.

Als der Morgen heraufdämmerte, fand er sich dicht bei Covent Garden. Die Dunkelheit schwand, und von mattem Feuer gerötet, höhlte sich der Himmel zu einer vollendeten Perle aus. Mächtige Wagen, mit nickenden Lilien gefüllt, rumpelten langsam die blanke, leere Straße hinab. Die Luft war schwer vom Duft der Blumen, und ihre Schönheit schien ihm eine Linderung für seinen Schmerz zu bringen. Er ging weiter auf den Markt und sah den Männern zu, die ihre Wagen entluden. Ein Kärrner in einem weißen Kittel bot ihm Kirschen an. Er dankte ihm, wunderte sich, warum er kein Geld dafür nehmen wollte, und begann sie zerstreut zu essen. Sie waren um Mitternacht gepflückt worden, und die Kühle des Mondes war in sie hineingedrungen. Burschen in langer Reihe, die Körbe mit streifigen Tulpen, mit gelben und roten Rosen trugen, zogen vor ihm vorbei, indem sie ihren Weg durch die ungeheuren jadegrünen Gemüsestapel suchten. Unter der Halle mit ihren grauen, von der Sonne gebleichten Säulen lungerte ein Trupp von schmutzigen, barhäuptigen Mädchen, die warteten, bis die Versteigerung vorbei war. Andere drängten sich um die auf- und zugehenden Türen des Kaffeehauses auf dem Platze. Die schweren Wagenpferde rutschten und stampften auf den rauhen

Steinen, ihre Glocken und Geschirre schüttelnd. Ein paar Fuhrmänner lagen schlafend auf einem Haufen von Säcken. Mit irisfarbenen Hälsen und nelkenroten Füßen liefen die Tauben umher und pickten Körner auf.

Nach einer Weile rief er einen Hansom an und fuhr nach Hause. Ein paar Augenblicke blieb er auf der Schwelle stehen und sah ringsum auf den stillen Square mit seinen weißen dichtgeschlossenen Fenstern und grellen Läden. Der Himmel war jetzt ein reiner Opal, und die Dächer der Häuser glitzerten dagegen wie Silber. Aus einem Schornstein gegenüber stieg ein dünnes Gesträhn Rauchs in die Höhe. Es kräuselte sich wie ein violettes Band durch die perlmutterfarbene Luft.

In der großen, goldenen, venezianischen Lampe, der Beute von der Barke irgendeines Dogen, die von der Decke der großen eichengetäfelten Eingangshalle herabhing, brannten noch in drei flackernden Flammen Lichter: sie sahen aus wie dünne blaue, flammige Blätter, von einem weißen Rande Feuers umrahmt. Er drehte sie aus, warf seinen Hut und seinen Mantel auf den Tisch und ging durch die Bibliothek auf die Tür seines Schlafzimmers zu, eines großen achteckigen Raumes zu ebner Erde, den er eben in seinem neuerwachten Gefühl für Luxus für sich hatte ausstatten und mit merkwürdigen Renaissancegobelins behängen lassen, die man in einer unbenutzten Dachkammer in Selby Royal verstapelt gefunden hatte. Als er den Türgriff drehen wollte, fiel sein Auge auf das Bildnis, das Basil Hallward von ihm gemalt hatte. Er schrak erstaunt zurück. Dann ging er mit bestürztem Gesicht in sein Zimmer. Als er die Blume aus seinem Knopfloch genommen hatte, schien er zu zögern. Schließlich ging er zurück, trat vor das Bild und prüfte es. In dem trüben, gedämpften Licht, das durch die cremefarbenen Seidenvorhänge hereindrang, schien ihm, als sei das Gesicht ein wenig verändert. Der Ausdruck war anders. Man hätte sagen können, ein grausamer Zug lag um den Mund. Es war höchst seltsam.

Er drehte sich um, trat ans Fenster und zog den Vorhang weg. Der helle Morgen flutete durch den Raum und jagte die phantastischen Schatten in dunkle Winkel, wo sie schaudernd liegenblieben. Aber der seltsame Ausdruck, den er auf dem Gesicht des Bildes bemerkt hatte, schien zu bleiben, ja noch verstärkt zu sein. Das heiße, zitternde Sonnenlicht zeigte ihm die grausamen Linien um den Mund so klar, als sähe er nach einer abscheulichen Tat in einen Spiegel.

Er fuhr zusammen und nahm vom Tisch einen ovalen Spiegel,

den elfenbeinerne Liebesgötter hielten, eines der vielen Geschenke Lord Henrys, und blickte hastig in seine blanken Tiefen. Aber seine roten Lippen waren von keiner solchen Linie verzerrt. Was sollte das bedeuten?

Er rieb sich die Augen, trat dicht vor das Bild und untersuchte es von neuem. Es waren keinerlei Zeichen einer Änderung vorhanden, wenn er die Malerei überprüfte, und doch war kein Zweifel, daß sich der ganze Ausdruck verändert hatte. Es war keine Einbildung von ihm. Die Sache war furchtbar klar.

Er warf sich in einen Stuhl und begann nachzudenken. Plötzlich zuckte ein Erinnern in ihm auf, was er in Basil Hallwards Atelier an dem Tag, an dem das Bild beendigt wurde, gesagt hatte. Ja, er erinnerte sich deutlich. Er hatte einen tollen Wunsch ausgesprochen, er selbst solle jung bleiben und das Porträt altern; seine eigene Schönheit solle unverwelklich bleiben und das Antlitz auf der Leinwand die Last seiner Leidenschaften und seiner Sünden tragen; das gemalte Bild solle von den Linien des Leidens und Denkens durchfurcht werden und er die feine Blüte und Schönheit, die ihm eben von sich aufgegangen, behalten. War es denn möglich, daß sein Wunsch in Erfüllung gegangen? Dergleichen war doch unmöglich. Nur daran zu denken schien ungeheuerlich. Und doch, da stand das Bild vor ihm, mit dem Zug der Grausamkeit um den Mund.

Grausamkeit! War er grausam gewesen? Es war des Mädchens Schuld, nicht die seine. Er hatte von ihr als einer großen Künstlerin geträumt, hatte ihr seine Liebe gegeben, weil er sie für groß gehalten hatte. Dann hatte sie ihn enttäuscht. Sie war flach und wertlos gewesen. Und doch, ein Gefühl unendlicher Reue überkam ihn, als er daran dachte, wie sie zu seinen Füßen gelegen, schluchzend wie ein kleines Kind. Er erinnerte sich auch, mit welcher Gefühllosigkeit er sie beobachtet hatte. Warum war er so geschaffen? Warum war ihm eine solche Seele gegeben? Aber auch er hatte gelitten. Während der drei schrecklichen Stunden, die das Stück gedauert, hatte er Jahrhunderte von Schmerzen, Ewigkeiten voller Qual durchlebt. Sein Leben war gewiß das ihre wert. Wenn er sie für ein Leben lang verwundet hatte, sie hatte ihn für einen Augenblick vernichtet. Außerdem sind die Frauen besser instand gesetzt, Leiden zu ertragen als Männer. Sie lebten von ihren Gefühlen. Sie dachten nur an ihre Gefühle. Wenn sie sich einen Geliebten nahmen, geschah es nur, um jemand zu haben, mit dem sie Szenen aufführen können. Lord Henry hatte ihm das gesagt, und Lord Henry kannte die Frauen. Warum sollte er sich um Sibyl Vane beunruhigen? Sie war ihm jetzt nichts mehr.

Aber das Bild? Was sollte er dazu sagen? Es barg das Geheimnis seines Lebens und erzählte seine Geschichte. Es hatte ihn gelehrt, seine eigne Schönheit zu lieben. Wollte es ihn lehren, seine eigne Seele zu verabscheuen? Würde er es je wieder ansehn?

Nein; es war nur eine Täuschung der verwirrten Sinne. Die furchtbare Nacht, die er durchlebt, hatte ihre Gespenster zurückgelassen. Es war plötzlich jener dünne, scharlachne Fleck, der die Menschen wahnsinnig macht, auf sein Gehirn gefallen. Das Bild war nicht anders geworden. Es war Wahnsinn, dies zu denken.

Und doch blickte es ihn an, mit der Verstörung in dem schönen Gesicht und dem grausamen Lächeln. Das helle Haar leuchtete im Morgensonnenlicht. Die blauen Augen begegneten den seinen. Ein Gefühl unbegrenzten Mitleids, nicht mit sich, sondern mit dem gemalten Abbild von sich, überkam ihn. Schon hatte es sich verändert und würde sich noch mehr verändern. Sein Gold wird zum Grau verwelken. Seine roten und weißen Rosen würden sterben. Für jede Sünde, die er beginge, würde ein Fleck entstehn und die Schönheit trüben. Aber er wollte nicht sündigen. Das Bildnis, verwandelt oder nicht, sollte für ihn das sichtbare Zeichen des Gewissens sein. Er wollte der Versuchung widerstehen. Er wollte Lord Henry nicht wiedersehen – oder doch auf jeden Fall nicht mehr auf jene klugen, verderblichen Theorien hören, die in Basil Hallwards Garten zum erstenmal in ihm das leidenschaftliche Verlangen nach dem Unmöglichen aufgewühlt. Er wollte zu Sibyl Vane zurückkehren, es wiedergutmachen, sie heiraten und versuchen, sie wieder zu lieben. Ja, es war seine Pflicht, das zu tun. Sie mußte mehr gelitten haben als er. Das arme Kind! Er war selbstsüchtig und grausam gegen sie gewesen. Der Zauber, den sie auf ihn ausgeübt hatte, würde wiederkehren. Sie würden glücklich zusammen sein. Sein Leben mit ihr würde schön und rein werden.

Er stand von seinem Stuhl auf und stellte einen großen Schirm gerade vor das Bild, und ihm schauderte, als er es anblickte. »Wie schrecklich!« murmelte er vor sich hin, schritt zur Glastür hinüber und öffnete sie. Er trat auf den Rasen hinunter und holte tief Atem. Die frische Morgenluft schien all die düstern Empfindungen zu verscheuchen. Er dachte nur an Sibyl. Ein leiser Schimmer seiner Liebe kam ihm zurück. Er wiederholte ihren Namen wieder und wieder. Es war, als ob die Vögel, die in dem taufeuchten Garten sangen, den Blumen von ihr erzählten.

ACHTES KAPITEL

Es war spät nach Mittag, als er erwachte. Sein Diener war mehrmals auf den Fußspitzen in das Zimmer geschlichen, um zu sehn, ob er sich rühre, und hatte sich gewundert, weshalb sein junger Herr so lange schlafe. Endlich klingelte es, und Viktor ging behutsam mit einer Tasse Tee und einem Stoß Briefe auf einer kleinen Platte aus altem Sèvresporzellan herein und zog die olivfarbenen Atlasvorhänge mit ihrer schimmerndblauen Fütterung zurück, die vor den drei großen Fenstern hingen.

»Der gnädige Herr hat heute morgen gut geschlafen«, sagte er lächelnd.

»Wieviel Uhr ist es, Viktor?« fragte Dorian Gray, noch halb schlaftrunken.

»Ein Viertel nach eins, gnädiger Herr.«

Wie spät es war! Er setzte sich auf, trank Tee und ging die Briefe durch. Einer von ihnen kam von Lord Henry und war am Morgen von einem Boten gebracht worden. Er zögerte einen Augenblick, und legte ihn dann beiseite. Die andern öffnete er gleichgültig. Sie enthielten die gewöhnliche Post von Karten, Dinnereinladungen, Billetts zu privaten Veranstaltungen, Programme für Wohltätigkeitskonzerte und dergleichen, womit eben der junge Mann aus der Gesellschaft jeden Morgen überschüttet wird. Dann kam eine sehr gewichtige Rechnung für ein Toiletteservice Louis XV. aus getriebenem Silber, die er noch nicht den Mut gehabt, seinem Vormund zu schicken, der ein höchst altmodischer Herr war und nicht begriff, daß wir in einer Zeit leben, in der die unnötigen Dinge uns einzig nötig sind; und dann eine Reihe verschiedener, sehr höflich abgefaßter Mitteilungen von Wucherern aus Jermyn Street, die sich erboten, jede beliebige Summe in jedem Augenblick und zu den mäßigsten Zinsen vorzustrecken.

Nach etwa zehn Minuten stand er auf, zog einen kostbaren Morgenanzug aus seidengestickter Kaschmirwolle an und ging in das onyxgepflasterte Badezimmer. Das kühle Wasser erfrischte ihn nach dem langen Schlafe. Es war, als habe er alles vergessen, was er durchgemacht hatte. Ein- oder zweimal durchdrang ihn ein dumpfes Gefühl, daß er an irgendeiner seltsamen Tragödie teilgenommen, aber dies lag in der Unwirklichkeit eines Traumes.

Sobald er angekleidet war, ging er in das Bibliothekszimmer und setzte sich zu einem leichten französischen Frühstück nieder, das auf einem kleinen runden Tisch nahe beim Fenster für ihn gedeckt war. Es war ein herrlicher Tag. Die warme Luft schien von Wohlgerüchen erfüllt. Eine Biene flog herein und summte um die drachenblaue Schale, die mit schwefelgelben Rosen darin vor ihm stand. Er fühlte sich vollkommen glücklich.

Plötzlich fiel sein Blick auf den Wandschirm, den er vor das Bild gestellt hatte, und er zuckte zusammen.

»Ist es dem gnädigen Herrn zu kalt?« fragte der Diener, während er eine Omelette auf den Tisch stellte. »Soll ich das Fenster schließen?«

Dorian schüttelte den Kopf. »Mir ist nicht kalt«, murmelte er.

War alles wahr? Hatte sich das Bild wirklich verändert? Oder war es bloß seine eigne Phantasie gewesen, die ihm ein böses Aussehen vorgegaukelt, wo ein freudiges vorhanden war? Eine bemalte Leinwand konnte sich doch nicht verändern! Es war absurd. Man würde es einmal als eine Geschichte Basil erzählen können. Er würde darüber lächeln.

Und doch, wie lebendig stand das Ganze noch vor seiner Erinnerung! Erst im trüben Zwielicht und dann im hellen Morgenschein hatte er den grausamen Zug um die verzerrten Lippen gesehen. Er fürchtete sich förmlich davor, daß sein Diener wieder hinausging. Er wußte, sobald er allein sei, würde er das Bild betrachten müssen. Er fürchtete die Gewißheit. Als Kaffee und Zigaretten gebracht waren und der Diener sich zum Gehen wandte, empfand er den heftigen Wunsch, ihm zu sagen, er solle bleiben. Als sich die Tür hinter ihm geschlossen hatte, rief er ihn zurück. Der Diener stand da und wartete auf seine Befehle. Dorian sah ihn einen Augenblick an. »Ich bin für niemand zu Hause, Viktor«, sagte er mit einem Seufzer. Der Mann verneigte sich und ging hinaus.

Hierauf erhob sich Dorian vom Tische, zündete eine Zigarette an und warf sich auf ein üppig mit Kissen beladenes Sofa, das dem Wandschirm gegenüberstand. Es war ein alter Wandschirm aus vergoldetem spanischen Leder, in das ein etwas blumiges Louis-XIV.-Muster gepreßt und geschnitten war. Er betrachtete ihn neugierig und fragte sich, ob er wohl schon je vorher das Geheimnis eines Menschenlebens verborgen hatte.

Sollte er ihn überhaupt wegschieben? Warum ihn nicht einfach dastehen lassen? Was nützte die Gewißheit? War die Sache wahr, so war es furchtbar. War sie nicht wahr, weshalb sollte er sich dann darüber beunruhigen? Aber wie, wenn durch das Schicksal oder einen Zufall, fürchterlicher als der Tod, andere Augen als die seinen es erspähten und die schreckliche Verwandlung sahen? Was sollte er tun, wenn Basil Hallward kam und sein eigenes Bild zu sehen verlangte? Basil würde es sicherlich tun. Nein; die Sache mußte untersucht werden, und zwar sogleich. Alles andre war besser als dieser fürchterliche Zustand des Zweifels.

Er stand auf und verschloß beide Türen. Er wollte wenigstens allein sein, wenn er die Maske seiner Schande betrachtete. Dann zog er den Schirm weg und sah sich selbst von Angesicht zu Angesicht. Es war vollständig wahr. Das Bild hatte sich verändert.

Er erinnerte sich später oft und jedesmal mit nicht geringer Verwunderung, wie er zuerst das Bild mit einem Gefühl von fast wissenschaftlichem Interesse betrachtet hatte. Daß eine solche Veränderung stattgefunden haben sollte, war ihm unglaublich. Und doch war es eine Tatsache. Gab es irgendeine geheime Verwandtschaft zwischen den chemischen Atomen, die auf der Leinwand Form und Farbe bildeten, und der Seele, die in ihm lebte? Konnte es sein, daß sie in Wirklichkeit zeigten, was eine Seele dachte? – Daß sie zur Wahrheit machten, was diese träumte? Oder gab es noch eine andre, schrecklichere Ursache? Er schauderte und fürchtete sich, ging zu dem Lager zurück, legte sich dort nieder und sah das Bild mit einem kranken Entsetzen an.

Eine Wirkung jedoch, das fühlte er, hatte es für ihn gehabt. Es hatte ihm zum Bewußtsein gebracht, wie ungerecht, wie grausam er gegen Sibyl Vane gewesen war. Es war noch nicht zu spät, um alles wiedergutzumachen. Sie konnte noch sein Weib werden. Seine unwahre und selbstsüchtige Liebe würde einer höheren Kraft weichen, würde sich in eine edlere Leidenschaft umbilden, und das Bild, das Basil Hallward von ihm gemalt, sollte sein Führer durchs Leben und sollte ihm das sein, was Heiligkeit für die einen, Gewissen für die andern, Furcht vor Gott für uns alle ist. Es gab Opiate für Gewissensbisse, Gifte, die das moralische Gefühl einschläfern konnten. Aber hier war ein sichtbares Symbol der Erniedrigung durch die Sünde. Hier war ein immer gegenwärtiges Zeichen des Verderbens, das Menschen über ihre Seele bringen.

Es schlug drei Uhr, dann vier Uhr, und die halben Stunden schlugen doppelt an, aber Dorian Gray rührte sich nicht. Er suchte die scharlachnen Fäden des Lebens zu fassen und zu einem Muster zu weben; seinen Weg durch das blutige Labyrinth der Leidenschaft zu finden, durch das er wanderte. Er wußte nicht, was er tun, noch was er denken sollte. Endlich ging er an den Tisch und schrieb einen leidenschaftlichen Brief an das Mädchen, das er geliebt hatte, flehte sie an, ihm zu vergeben, und beschuldigte sich des Wahnsinns. Er bedeckte Seite um Seite mit heftigen Worten der Klage und noch heftigeren des Schmerzes. Es gibt eine Ausschweifung der Selbstanklage. Wenn wir uns selbst tadeln, so fühlen wir, daß niemand anders sonst das Recht hat, uns zu tadeln. Die Beichte, nicht der Priester gibt Absolution. Als Dorian den Brief beendet hatte, fühlte er, daß ihm verziehen worden sei.

Plötzlich pochte es an die Tür, und er hörte draußen Lord Henrys Stimme: »Mein lieber Junge, ich muß Sie sehen. Lassen Sie mich gleich herein. Ich darf es nicht zugeben, daß Sie sich so einschließen.«

Er gab zuerst keine Antwort und blieb ganz still. Das Pochen dauerte aber fort und wurde stärker. Ja, es war besser, Lord Henry hereinzulassen und ihm zu erklären, daß er ein neues Leben beginne, mit ihm zu streiten, wenn streiten notwendig wurde, sich von ihm zu trennen, wenn Trennung unvermeidlich war. Er sprang auf, zog eilig den Schirm vor das Bild und entriegelte die Tür.

»Es tut mir alles so leid, Dorian«, sagte Lord Henry, als er eintrat. »Aber Sie dürfen nicht zuviel daran denken.«

»Meinen Sie an Sibyl Vane?« fragte der Jüngling.

»Ja, natürlich«, erwiderte Lord Henry, indem er in einen Stuhl sank und langsam seine gelben Handschuhe auszog. »Es ist schrecklich, von der einen Seite aus betrachtet; aber es ist ja nicht Ihre Schuld. Sagen Sie mir, gingen Sie hinter die Szene, sahen Sie sie, als das Stück aus war?«

»Ja.«

»Ich war dessen sicher. Haben Sie ihr Vorwürfe gemacht?«

»Ich war brutal, Harry – absolut brutal. Aber jetzt ist es alles in Ordnung. Um nichts tut es mir leid, was auch geschehen ist. Es hat mich gelehrt, mich selbst besser zu kennen.«

»Ach, Dorian, ich bin so froh, daß Sie es auf diese Weise nehmen! Ich fürchtete, ich würde Sie in Gewissensbisse versunken finden und sich das schöne lockige Haar raufend.«

»Das habe ich alles durchgemacht«, sagte Dorian und schüttelte lächelnd den Kopf. »Jetzt bin ich ganz glücklich. Ich weiß vor allem, was Gewissen ist. Es ist nicht das, was Sie mir gesagt haben. Es ist das Göttlichste in uns. Spotten Sie nie mehr darüber, Harry, wenigstens nicht vor mir. Ich will jetzt gut sein. Ich kann den Gedanken nicht ertragen, daß meine Seele häßlich ist.«

»Das nenne ich die prachtvollste künstlerische Grundlage für die Moral, Dorian! Ich wünsche Ihnen Glück dazu. Aber wie werden Sie anfangen?«

»Indem ich Sibyl Vane heirate.«

»Sibyl Vane heiraten!« schrie Lord Henry, indem er aufstand und ihn in höchster Betroffenheit ansah. »Aber mein lieber Dorian –«

»Ja, Harry, ich weiß, was Sie sagen wollen. Irgend etwas Häßliches über die Ehe. Sagen Sie es nicht. Sagen Sie mir nie wieder solche Dinge. Vor zwei Tagen bat ich Sibyl Vane, meine Frau zu werden. Ich werde mein Wort nicht brechen. Sie soll meine Frau werden.«

»Ihre Frau! Dorian! . . . Haben Sie meinen Brief nicht bekommen? Ich schrieb Ihnen heute morgen und schickte das Billett durch meinen eignen Diener her.«

»Ihren Brief? O ja, ich erinnere mich. Ich habe ihn noch nicht gelesen, Harry. Ich fürchtete, es könnte etwas drinstehn, was mir nicht gefiele. Sie zerstückeln das Leben mit Ihren Aphorismen.«

»Dann wissen Sie also nichts?«

»Was meinen Sie?«

Lord Henry ging durch das Zimmer, setzte sich zu Dorian Gray, nahm seine beiden Hände und hielt sie fest. »Dorian«, sagte er, »mein Brief – erschrecken Sie nicht – sollte Ihnen sagen, daß Sibyl Vane tot ist.«

Ein Schrei des Schmerzes brach von den Lippen des Jünglings, er sprang auf und riß seine Hände von Lord Henry weg. »Tot! Sibyl tot! Es ist nicht wahr. Es ist eine furchtbare Lüge! Wie können Sie das sagen?«

»Es ist wahr, Dorian«, sagte Lord Henry ernst. »Es steht in allen Morgenblättern. Ich schrieb Ihnen und bat Sie, niemand zu empfangen, bevor ich käme. Es wird natürlich eine Untersuchung geben, und Sie dürfen nicht hineinverwickelt werden. Dinge solcher Art machen in Paris einen Mann zur Berühmtheit der Gesellschaft. Hier in London aber haben die Menschen zu viel Vorurteile. Hier darf man nie mit einem Skandal debütieren. Das muß man sich aufsparen, damit man noch auf seine alten Tage interessant ist. Ich nehme an, im Theater kennt man Ihren Namen nicht? Ist das der Fall, so ist es gut. Hat irgend jemand Sie in ihre Garderobe gehn sehn? Das ist ein wichtiger Punkt.«

Dorian antwortete zuerst nicht. Er war vor Schrecken gelähmt. Endlich stammelte er mit erstickter Stimme: »Harry, eine Untersuchung, haben Sie gesagt? Was meinten Sie damit? Hat sich Sibyl –?

O Harry, ich kann es nicht ertragen! Aber seien Sie kurz. Sagen Sie mir sogleich alles.«

»Ich zweifle nicht daran, daß es kein Unfall war, Dorian, wenn es auch der Öffentlichkeit so mitgeteilt werden muß. Es scheint, sie hat ungefähr um halb eins herum das Theater mit ihrer Mutter verlassen und dann gesagt, sie habe oben etwas vergessen. Man wartete einige Zeit auf sie, aber sie kam nicht wieder herunter. Schließlich fand man sie tot auf dem Boden ihres Ankleidezimmers. Sie hatte irgend etwas versehentlich geschluckt, irgend etwas Gräßliches, was beim Theater gebraucht wird. Ich weiß nicht, was es war, aber es war entweder Blausäure oder Bleiweiß darin. Ich möchte glauben, es war Blausäure, denn sie scheint augenblicklich tot gewesen zu sein.«

»Harry, Harry, es ist furchtbar!« schrie der Jüngling.

»Ja; es ist natürlich sehr tragisch, aber Sie müssen achtgeben, daß Sie nicht hineinverwickelt werden. Dem ›Standard‹ entnahm ich, daß sie siebzehn Jahre alt war. Ich hätte sie eher für jünger gehalten. Sie sah so kindlich aus und schien so wenig vom Theaterspielen zu verstehen.

Dorian, Sie dürfen diese Sache nicht auf Ihr Herz drücken lassen. Sie müssen mitkommen und mit mir speisen, und nachher wollen wir in die Oper gehn. Die Patti tritt heut abend auf, und alle Welt wird dasein. Sie können mit in die Loge meiner Schwester. Sie bringt ein paar hübsche Frauen mit.«

»Ich habe also Sibyl Vane gemordet«, sagte Dorian Gray, halb zu sich selbst, »sie so sicher gemordet, als hätte ich ihr den kleinen Hals mit einem Messer abgeschnitten. Und dennoch blühen die Rosen darum nicht weniger schön denn vorher. Die Vögel singen noch genauso voll Glück in meinem Garten. Und heut abend soll ich mit Ihnen speisen und dann in die Oper gehn und hernach vermutlich irgendwo soupieren. Wie merkwürdig dramatisch das Leben ist! Wenn ich all das in einem Buch gelesen hätte, Harry, ich glaube, ich hätte darüber geweint. Nun aber, da es wirklich geschehen und mir geschehen ist, scheint es mir viel zu wunderbar, als daß ich Tränen darüber finden könnte. Hier ist der erste leidenschaftliche Liebesbrief, den ich in meinem Leben geschrieben habe. Seltsam, daß mein erster leidenschaftlicher Liebesbrief an ein totes Mädchen gerichtet ist. Ich möchte wissen ob sie noch fühlen können, diese weißen, schweigenden Menschen, die wir die Toten nennen? Sibyl! Kann sie fühlen oder wissen oder zuhören? Ach, Harry, wie habe ich sie doch geliebt! Jetzt scheint es mir Jahre zurückzuliegen. Sie war mir alles. Dann kam diese furchtbare

Nacht – war es wirklich erst gestern nacht? –, als sie so schlecht spielte und mir fast das Herz brach. Sie erklärte mir alles. Es war furchtbar rührend. Aber es brachte nicht den geringsten Eindruck auf mich hervor. Ich hielt sie für seicht. Plötzlich geschah etwas, das mich entsetzte. Ich kann Ihnen nicht sagen, was es war, aber es war furchtbar. Ich sagte mir, ich wollte wieder zu ihr zurück. Ich fühlte, daß ich unrecht getan hatte. Und jetzt ist sie tot. Mein Gott! Mein Gott! Harry, was soll ich tun? Sie kennen die Gefahr nicht, in der ich schwebe, und es gibt nichts, was mich aufrechterhalten kann. Sie hätte mich gehalten. Sie hatte kein Recht, sich zu töten. Es war selbstsüchtig von ihr.«

»Mein lieber Dorian«, antwortete Lord Henry, indem er eine Zigarette aus dem Etui nahm und ein bronzenes Streichholzbüchschen hervorzog, »auf eine einzige Art kann eine Frau einen Mann bessern: sie quält ihn so durch und durch, daß er jegliches Interesse am Leben verliert. Hätten Sie dieses Mädchen geheiratet, Sie wären unglücklich geworden. Natürlich hätten Sie sie freundlich behandelt. Gegen Menschen, die einem ganz gleichgültig sind, kann man immer gütig sein. Aber sie hätte bald herausgefunden, daß Sie ihr vollständig gleichgültig gegenüberstehen. Und wenn eine Frau das an ihrem Gatten merkt, wird sie entweder furchtbar schlampig, oder sie verlegt sich auf höchst elegante Hüte, die der Gatte einer andern Frau zu bezahlen hat. Über den gesellschaftlichen Mißgriff sage ich nichts, er wäre schauderhaft gewesen, natürlich hätte ich ihn nie zugegeben, aber ich versichere Ihnen, der ganzen Geschichte wäre in jedem Fall ein absolutes Mißlingen beschert gewesen.«

»Das glaube ich beinahe auch«, murmelte der junge Mann, während er mit furchtbar blassem Antlitz im Zimmer auf und ab ging. »Aber ich dachte, es sei meine Pflicht. Es ist nicht meine Schuld, daß diese schreckliche Tragödie mich verhindert hat, das Rechte zu tun. Ich erinnere mich, daß Sie einmal sagten, um gute Vorsätze schwebe ein Verhängnis – sie würden immer zu spät gefaßt. Bei den meinen ist es gewiß so.«

»Gute Vorsätze sind nutzlose Versuche, in wissenschaftliche Gesetze einzugreifen. Ihr Ursprung ist die reine Eitelkeit. Ihr Resultat ist absolut Null. Hin und wieder verschaffen sie uns den Luxus jener unfruchtbaren Aufwallungen, die für die Schwachen einen gewissen Reiz haben. Das ist alles, was man für sie vorbringen kann. Es sind weiter nichts als Schecks, die man auf eine Bank zieht, wo man kein Konto hat.«

»Harry«, rief Dorian Gray, während er herüberging und sich

neben ihn setzte, »wie kommt das, daß ich diese Tragödie nicht so empfinden kann, wie ich möchte? Ich kann mich doch nicht für herzlos halten. Oder sind Sie der Meinung?«

»Sie haben während der letzten vierzehn Tage zu viel Torheiten begangen, um ein Recht auf diesen Ehrentitel zu haben, Dorian«, antwortete Lord Henry mit seinem milden melancholischen Lächeln.

Der Jüngling runzelte die Stirne. »Mir gefällt diese Erklärung nicht, Harry«, entgegnete er, »aber ich bin froh, daß Sie mich nicht für herzlos halten. Ich bin es auch nicht. Das weiß ich. Und doch muß ich zugeben, daß dieses Geschehnis mich nicht so ergreift, wie es sollte. Es scheint mir nur ein wunderbarer Schluß eines wunderbaren Stücks zu sein. Es hat all die schreckliche Schönheit einer griechischen Tragödie, in der ich eine große Rolle gespielt habe, aber selbst nicht verletzt worden bin.«

»Es ist eine interessante Frage«, sagte Lord Henry, dem es einen erlesenen Genuß bereitete, mit dem uneingestandenen Egoismus des jungen Mannes zu spielen, »eine außerordentlich interessante Frage. Ich denke, die wahre Erklärung ist diese: Es kommt oft vor, daß die wirklichen Tragödien des Lebens in einer so unkünstlerischen Form verlaufen, daß sie uns durch ihre rohe Gewalt, durch ihre absolute Zusammenhanglosigkeit, durch ihre absurde Sinnlosigkeit und durch ihren vollständigen Mangel an Stil verletzen. Sie berühren uns, wie uns die Gemeinheit berührt. Sie verleihen uns den Eindruck nackter, brutaler Macht, und wir empören uns dagegen. Bisweilen aber wird unser Leben von einer Tragödie gekreuzt, die künstlerische Schönheitselemente enthält. Sind diese Schönheitselemente echter Natur, so wendet sich das Ganze ausschließlich an unsern Sinn für dramatische Wirkung. Plötzlich entdecken wir, daß wir nicht mehr die Darsteller, sondern die Zuschauer des Stückes sind. Oder vielmehr, wir sind beides. Wir beobachten uns selbst, und das reine Wunder des Schauspiels bezaubert uns. Im vorliegenden Fall: was ist wirklich geschehen? Es hat sich jemand aus Liebe zu Ihnen getötet. Ich wollte, mir wäre je eine solche Erfahrung geworden. Ich wäre für den ganzen Rest meines Lebens in die Liebe verliebt gewesen. Die Leute, die mich angebetet haben – es waren ja nicht sehr viele, aber immerhin einige –, haben immer darauf bestanden weiterzuleben, lang nachdem ich aufgehört, mich um sie zu kümmern, lang nachdem ich auch ihnen gleichgültig geworden war. Sie sind dick und langweilig geworden, und wenn ich mit ihnen zusammentreffe, schwelgen sie sofort in Erinnerungen. Was doch die Frauen für ein schreckliches Gedächtnis haben! Es ist fürchterlich! Und welch unerhörten geistigen Stillstand bezeugt es! Man sollte die Farbe des Lebens schlürfen, aber sich niemals an Details erinnern. Details sind immer gewöhnlich.«

»Ich muß Mohn in meinen Garten säen«, seufzte Dorian.

»Das ist durchaus nicht notwendig«, erwiderte sein Freund. »Das Leben trägt stets Mohnblumen in den Händen. Natürlich, hie und da hält es mit etwas an. Ich trug einmal eine ganze Saison hindurch nichts als Veilchen, als eine Art künstlerischer Trauer für einen Roman, der nicht sterben sollte. Schließlich aber starb er doch. Ich weiß nicht mehr, was ihn umgebracht hat. Ich glaube aber, es war ihr Vorschlag, die ganze Welt für mich zu opfern. Das ist immer ein schrecklicher Augenblick. Es erfüllt einen mit den Schrecken der Ewigkeit. Nun – können Sie es glauben? – Vor einer Woche saß ich bei Lady Hampshire bei Tische neben der betreffenden Dame, und sie bestand darauf, alles einmal zu rekapitulieren, die Vergangenheit aufzuwühlen und in der Zukunft herumzustöbern. Ich hatte meinen Roman in einem Asphodelengrab bestattet. Sie zerrte ihn wieder heraus und versicherte mir, ich habe ihr Leben zerstört. Ich muß dabei feststellen, daß sie einen kolossalen Appetit entwickelte, so daß mir Reue gar nicht ankam. Aber welchen Mangel an Takt ließ sie erkennen! Der einzige Reiz der Vergangenheit liegt darin, daß es eben die Vergangenheit ist. Aber die Frauen wissen nie, wann der Vorhang gefallen ist. Sie verlangen immer einen sechsten Akt, und gerade, wenn das Interesse am Stück ganz und gar verschwunden ist, schlagen sie vor weiterzuspielen. Wenn man ihnen ihren Willen ließe, so hätte jede Komödie ihren tragischen Schluß, und jede Tragödie würde in einer Farce gipfeln. Sie sind prächtige Kunstwerke, aber sie haben keinerlei Sinn für die Kunst. Sie sind glücklicher als ich. Ich versichere Ihnen, Dorian, nicht eine der Frauen, die ich gekannt habe, hätte für mich getan, was Sibyl Vane für Sie getan hat. Gewöhnliche Frauen trösten sich stets. Einige von ihnen tun's, indem sie sich auf sentimentale Farben werfen. Trauen Sie nie einer Frau, die Mauve trägt, wie alt sie auch sein mag, und nie einer Frau über fünfunddreißig, die auf Rosabänder versessen ist. Das besagt immer, daß sie eine Vergangenheit haben. Andere finden einen starken Trost darin, daß sie plötzlich die guten Eigenschaften ihrer Gatten entdecken. Sie prahlen einem von ihrem ehelichen Glück vor, als wäre das die brennendste der Sünden. Andere wieder tröstet die Religion. Ihre Mysterien haben alle den Reiz eines Flirts, sagte mir einmal eine Frau; und ich kann es recht gut begreifen. Außerdem macht nichts so eitel, als wenn man gesagt bekommt, man sei ein Sünder. Das Gewissen macht Egoisten aus uns allen. Ja; es gibt wirklich kein Ende der Tröstungen, die den Frauen im modernen Leben winken. Und die wichtigste habe ich noch gar nicht genannt.«

»Welche ist das, Harry?« sagte der junge Mann zerstreut.

»Nun, die nächstliegende. Einer andern Frau ihren Bewunderer nehmen, wenn man den eigenen verliert. In der guten Gesellschaft ist dies das beständige Vergnügungsmittel der Frauen. Aber wirklich, Dorian, wie anders als alle andern Frauen, mit denen man zusammenkommt, muß Sibyl Vane gewesen sein! In ihrem Tod liegt für mich etwas überaus Schönes. Ich freue mich, in einem Jahrhundert zu leben, in dem solche Wunder geschehen. Sie lassen einen an die Wirklichkeit der Dinge glauben, mit denen wir sonst spielen, wie Romantik, Leidenschaft und Liebe.«

»Ich war furchtbar grausam gegen sie. Sie vergessen das.«

»Ich fürchte, die Frauen schätzen Grausamkeit, ganz brutale Grausamkeit mehr als irgend etwas anderes. Sie haben wundervoll einfache Instinkte. Wir haben sie emanzipiert, aber dennoch bleiben sie Sklavinnen, die am Blick ihrer Herren hängen. Sie lieben es, beherrscht zu werden. Ich bin überzeugt, daß Sie großartig waren. Ich habe Sie nie wirklich und wahrhaftig zornig gesehen, aber ich kann mir vorstellen, wie schön Sie aussehen. Und schließlich, Sie sagten mir vorgestern etwas, das mir damals rein phantastisch erschien, aber jetzt sehe ich, daß es ganz wahr war und daß es der Schlüssel zu allem ist.«

»Was war das, Harry?«

»Sie sagten mir, Sibyl Vane stelle Ihnen alle Heldinnen der Poesie vor – an einem Abend sei sie Desdemona und am andern Ophelia; wenn sie als Julia sterbe, erwache sie wieder zum Leben als Imogen.«

»Jetzt wird sie nie wieder zum Leben erwachen«, murmelte der Jüngling und barg sein Gesicht in den Händen.

»Nein, sie wird nie wieder zum Leben erwachen. Sie hat ihre letzte Rolle gespielt. Aber Sie müssen an diesen einsamen Tod im schäbigen Ankleideraum denken wie an ein seltsam schauriges Fragment einer Tragödie aus der Zeit König Jakobs, wie an eine wunderbare Szene von Webster, Ford oder Cyril Tourneur. Das Mädchen hat nie wirklich gelebt, und ebenso ist sie nie wirklich gestorben. Für Sie wenigstens war sie stets ein Traum, ein Phantom, das durch Shakespeares Stücke flatterte und sie lieblicher machte durch ihre Gegenwart, eine Flöte, durch die Shakespeares Musik reicher und freudenvoller ertönte. In dem Augenblick, da sie das wirkliche Leben berührte, zerstörte sie es und es zerstörte sie, und darum schied sie hinweg. Trauern Sie um Ophelia, wenn Sie wollen. Streun Sie Asche auf Ihr Haupt, weil Cordelia erwürgt ward. Fluchen Sie dem Himmel, weil Brabantios Tochter starb. Aber verschwenden Sie Ihre Tränen nicht um Sibyl Vane. Sie war weniger wirklich als jene.«

Es entstand ein Schweigen. Der Abend dunkelte im Zimmer. Still, auf silbernen Füßen glitten die Schatten vom Garten herein. An den Dingen blichen mählich die Farben.

Nach einer Weile sah Dorian Gray auf. »Sie haben mich mir selber klargemacht, Harry«, murmelte er, wie mit einem Seufzer der Erleichterung. »Ich fühlte alles, was Sie mir gesagt haben, aber irgendwie fürchtete ich mich davor und konnte es mir nicht ausdeuten. Wie gut Sie mich kennen! Aber wir wollen nicht noch einmal reden von dem, was geschehen ist. Es war eine wundersame Erfahrung. Das ist alles. Ich möchte wissen, ob das Leben noch etwas so Wunderbares für mich in Bereitschaft hat.«

»Das Leben hält Ihnen alles in Bereitschaft, Dorian. Es gibt nichts, das Sie mit Ihrer außerordentlichen Schönheit nicht tun könnten.«

»Aber wenn ich hager und alt und runzlig würde, Harry? Was dann?«

»Ja, dann«, sagte Lord Henry, indem er aufstand, um wegzugehen, »dann, mein lieber Dorian, würden Sie um Ihre Siege kämpfen müssen. Jetzt bringt man sie Ihnen entgegen. Nein, Sie müssen bei Ihrer Schönheit bleiben. Wir leben in einer Zeit, die zu viel liest, als daß sie weise wäre, und die zu viel denkt, als daß sie schön wäre. Wir können Sie nicht entbehren. Und jetzt sollten Sie sich doch wohl anziehen und in den Klub fahren. Wir sind sowieso etwas spät daran.«

»Ich glaube, ich treffe Sie wieder in der Oper, Harry. Ich fühle mich noch zu müde, um etwas zu essen. Welche Nummer hat die Loge Ihrer Schwester?«

»Siebenundzwanzig, glaube ich. Sie ist im ersten Rang. Sie finden ihren Namen an der Tür. Aber es tut mir leid, daß Sie nicht mit essen kommen wollen.«

»Ich fühle mich nicht wohl genug dafür«, sagte Dorian zerstreut. »Aber ich bin Ihnen durchaus dankbar für alles, was Sie mir gesagt haben. Sie sind wahrlich mein bester Freund. Niemals hat mich jemand so verstanden wie Sie.«

»Wir stehn erst am Anfang unserer Freundschaft, Dorian«, antwortete Lord Henry und schüttelte ihm die Hand. »Adieu. Ich hoffe Sie vor ½10 Uhr zu sehen. Vergessen Sie nicht: die Patti singt.«

Als er die Tür hinter sich schloß, klingelte Dorian Gray, und ein paar Minuten später kam Viktor mit den Lampen und ließ die Vorhänge herunter. Er wartete ungeduldig, daß er wieder ginge. Der Mann schien sich zu allem eine unendliche Zeit zu nehmen.

Sobald der Diener hinaus war, stürzte er zu dem Schirm und zog ihn zurück. Nein; das Bild hatte sich nicht weiter verändert. Es hatte die Nachricht von Sibyl Vanes Tod erhalten, bevor er selbst davon gewußt hatte. Ihm wurden die Vorgänge des Lebens offenbar, wie sie sich ereigneten. Der böse Grausamkeitszug, der die feinen Linien des Mundes verzerrte, war zweifellos im Augenblick erschienen, als das Mädchen das Gift getrunken hatte. Oder zeigte es sich gegen die Wirkungen gleichgültig? Nahm es bloß von dem Kenntnis, was in der Seele vorging? Er fragte sich darum und hoffte, eines Tages mit seinen eignen Augen die Verwandlung vorgehen zu sehen, und schauderte, indem er es hoffte.

Die arme Sibyl! Was für ein Roman war's doch im ganzen! Sie hatte oft den Tod auf der Bühne gespielt! Nun hatte der Tod sie selbst berührt und mit sich weggenommen. Wie mochte sie jene schreckliche letzte Szene gespielt haben? Hatte sie ihm geflucht, als sie starb? Nein; sie war aus Liebe für ihn gestorben, und Liebe sollte nun stets ein Heiligtum für ihn sein. Sie hatte für alles gebüßt, indem sie das Opfer ihres Lebens brachte. Er wollte nicht mehr daran denken, was er um ihretwillen in jener furchtbaren Nacht im Theater hatte durchmachen müssen. Wenn er an sie dachte, sollte sie als eine wundersam tragische Gestalt erscheinen, die auf die Bühne der Welt geschickt war, um die höchste Wirklichkeit der Liebe zu zeigen. Eine wundersam tragische Gestalt? Tränen kamen in seine Augen, als er sich ihres Kinderblicks und ihrer lieblichen, phantasieerfüllten Art und ihrer scheuen zitternden Anmut erinnerte. Er wischte sie hastig weg und blickte wieder auf das Bild.

Er fühlte, daß in der Tat der Augenblick gekommen war zu wählen. Oder war seine Wahl bereits getroffen? Ja, das Leben selbst hatte für ihn entschieden – das Leben und seine eigene unendliche Neugier um das Leben. Ewige Jugend, unermeßliche Leidenschaft, auserlesene und geheimnisvolle Genüsse, wilde Freuden und wildere Sünden – dies alles sollte er haben. Das Bild aber hatte die Last seiner Schande zu tragen: das war es.

Ein Gefühl des Schmerzes durchzog ihn, als er an die Entweihung dachte, die dem schönen Antlitz auf der Leinwand vorbehalten war. Einmal hatte er in knabenhaftem Gespött auf Narkissos die gemalten Lippen geküßt, die ihn jetzt so grausam anlächelten.

Morgen um Morgen war er vor dem Bild gesessen, im Anstaunen der Schönheit, fast in das Bild verliebt, wie ihm zuzeiten schien. Sollte es sich nun verändern mit jeder Laune, der er nachgab? Sollte es ein scheußliches und ekelhaftes Ding werden, das in einen verschlossenen Raum weggesperrt gehört, das ferngehalten werden muß vom Licht der Sonne, die so oft das wallende Wunder seines Haars noch goldener hatte aufglühen lassen? Wie schlimm das war!

Einen Augenblick dachte er daran, er wolle beten, daß die schreckliche Beziehung, die zwischen ihm und dem Bild bestand, aufhören möge. Die Verwandlung war die Antwort, als er darum gebetet hatte; vielleicht, wenn er darum betete, mochte es wieder unverändert bleiben. Und dennoch – wer, der etwas vom Leben verstand, würde die Möglichkeit, ewig jung zu bleiben, darangeben, möchte die Möglichkeit noch so phantastisch oder mochte sie mit noch so verhängnisvollen Konsequenzen beladen sein? Außerdem, stand es wirklich in seiner Macht? War es wirklich jene Bitte gewesen, die die Umwandlung hervorgerufen? Konnte es nicht für das alles irgendeine seltsame wissenschaftliche Ursache geben?

Wenn der Gedanke einen lebenden Organismus beeinflussen konnte, konnte er da nicht auch auf tote und unorganische Dinge seinen Einfluß ausüben? Ja, konnten nicht ohne Gedanken oder bewußte Wünsche Dinge, die ganz außerhalb von uns selbst sind, im Einklang mit unsern Launen und Leidenschaften erzittern, Atom zu Atom in geheimer Liebe oder seltsamer Verwandtschaft sprechen? Doch war am Ende die Ursache bedeutungslos. Er wollte nie wieder durch Gebet eine schreckliche Macht versuchen. Wenn das Bildnis sich wandeln mußte, so sollte es sich wandeln. Das war es. Warum sich allzutief hineinversenken wollen?

Denn es mußte ein wahrer Genuß darin liegen, das zu beobachten. Er würde fähig sein, seinem Geist auf seine versteckten Spuren zu folgen. Das Bild würde ihm der zauberhafteste Spiegel sein. So wie es ihm seinen Körper offenbart hatte, würde es ihm seine Seele offenbaren. Und wenn der Winter darüber kam, dann würde er noch immer an der Schwelle stehen, wo der Frühling in den Sommer hinüberzittert. Wenn das Blut aus dem Antlitz floh und eine kreidebleiche Maske mit bleiernen Augen zurückließ, dann würde er noch den Glanz des jungen Lebens bewahren. Keine einzige Blüte seiner Schönheit sollte welken. Kein einziger Pulsschlag seines Lebens je matter werden. Wie die Götter der Griechen würde er stark, behend und fröhlich sein. Was lag daran, was mit dem gemalten Bildnis auf der Leinwand geschah? Er selbst würde sicher sein. Darauf kam alles an.

Er zog den Schirm wieder an seinen vorigen Platz vor das Bild, lächelnd, indem er es tat, und ging in sein Schlafzimmer, wo der Diener schon auf ihn wartete. Eine Stunde später war er in der Oper, und Lord Henry lehnte sich über seinen Stuhl.

NEUNTES KAPITEL

Als er am nächsten Morgen beim Frühstück saß, wurde Basil Hallward hereingeführt.

»Ich bin so froh, daß ich Sie getroffen habe, Dorian«, sagte er ernst. »Ich war gestern abend hier und man sagte mir, Sie seien in der Oper. Ich wußte natürlich, daß das unmöglich war. Aber ich wollte, Sie hätten ein Wort zurückgelassen, wohin Sie in Wirklichkeit gegangen waren. Ich habe einen schrecklichen Abend verbracht und fürchtete halb, eine Tragödie würde der andern folgen. Ich denke, Sie hätten nach mir telegraphieren können, als Sie die Mitteilung bekamen. Ich las es ganz zufällig in einer Abendausgabe vom Globe, die mir im Klub in die Hände fiel. Ich ging sofort hierher und war unglücklich, als ich Sie nicht antraf. Ich kann Ihnen nicht sagen, wie mir die ganze Sache das Herz abdrückt. Ich weiß, was Sie leiden müssen. Aber wo waren Sie? Sind Sie hinaus und haben des Mädchens Mutter aufgesucht? Einen Augenblick dachte ich daran, Ihnen dorthin zu folgen. Die Adresse stand in der Zeitung. Irgendwo in Euston Road, nicht wahr? Ich fürchtete jedoch, aufdringlich zu sein bei einem Schmerz, den ich nicht lindern konnte. Arme Frau! In was für einem Zustand muß sie sein! Und noch dazu ihr einziges Kind! Was hat sie zu all dem gesagt?«

»Mein lieber Basil, wie soll ich es wissen?« murmelte Dorian Gray, dabei nippte er etwas blaßgelben Wein aus einem köstlichen goldgeränderten Kelch venezianischen Glases, und sah arg gelangweilt aus. »Ich war in der Oper. Sie hätten hinkommen sollen. Ich habe Lady Gwendolen, Harrys Schwester, kennengelernt. Wir waren in ihrer Loge. Sie ist ganz reizend; und die Patti hat göttlich gesungen. Reden Sie nicht von schrecklichen Dingen. Wenn man über etwas nicht spricht, ist es nie geschehen. Nur indem man sie ausdrückt, wie Harry sagt, verleiht man den Dingen Wirklichkeit. Ich möchte erwähnen, daß sie nicht das einzige Kind der Frau war. Es ist noch ein Sohn da, ein Junge. Er ist Matrose oder so etwas. Und jetzt erzählen Sie mir etwas von sich und sagen mir, was Sie malen.«

»Sie gingen in die Oper?« sagte Hallward sehr langsam und mit einem verhaltenen Ton des Schmerzes in seiner Stimme. »Sie gingen in die Oper, während Sibyl Vane tot in irgendeiner schmutzigen Mietwohnung dalag? Sie können mir von andern Frauen erzählen, daß sie reizend sind und daß die Patti göttlich singt, während das Mädchen, das Sie geliebt haben, noch nicht einmal die Ruhe des ewigen Schlafs im Grab gefunden hat? Warten denn keine Schrecken, Mann, auf ihren kleinen Leichnam?«

»Halten Sie ein, Basil! Ich will das nicht hören!« schrie Dorian und sprang auf die Füße. »Sie dürfen nicht zu mir darüber sprechen. Was geschehen ist, ist geschehen. Was vergangen ist, ist vergangen.«

»Nennen Sie gestern die Vergangenheit?«

»Was hat die tatsächlich verstrichene Zeit damit zu schaffen? Nur flaches Volk braucht Jahre, um ein Gefühl loszuwerden. Ein Mensch, der Herr über sich selbst ist, kann einem Leid so rasch ein Ende machen, wie eine neue Lust erfinden. Ich will nicht der Spielball meiner Gefühle sein. Ich will sie benutzen, sie genießen und sie beherrschen.«

»Dorian, das ist schrecklich! Irgend etwas hat Sie von Grund aus verändert. Sie haben noch genau das Aussehen dieses wunderschönen jungen Menschen, der Tag um Tag in mein Atelier kam, um für sein Bild zu sitzen. Aber damals waren Sie einfach natürlich und herzlich. Sie waren das unverdorbenste Wesen auf der ganzen Welt. Was jetzt über Sie gekommen ist, das weiß ich nicht. Sie reden, als hätten Sie kein Herz, kein Mitleid. Das ist alles der Einfluß von Harry. Das sehe ich.«

Der junge Mann errötete über und über, ging zum Fenster hinüber, sah einige Augenblicke auf den grünen, flimmernden, sonnenbestrahlten Garten hinaus. »Ich verdanke Harry sehr, sehr viel, Basil«, sagte er endlich, »mehr, als ich Ihnen verdanke. Sie haben mich nur gelehrt, eitel zu sein.«

»Nun, ich bin gestraft genug dafür, Dorian – oder werde es eines Tages werden.«

»Ich weiß nicht, was Sie meinen, Basil«, rief er aus, indem er sich umwandte. »Ich weiß nicht, was Sie wollen. Was wollen Sie?«

»Ich will den Dorian Gray, den ich gemalt habe«, sagte der Künstler traurig.

»Basil«, sagte der Jüngling, ging hin zu ihm und legte ihm die Hand auf die Schulter, »Sie sind zu spät gekommen. Gestern, als ich hörte, daß Sibyl Vane sich getötet hat –«

»Sich getötet! Um Gottes willen! Ist das ganz sicher?« rief Hallward aus, indem er mit einem Ausdruck des Entsetzens zu ihm aufsah.

»Mein lieber Basil! Sie glauben doch sicher nicht, daß es ein gewöhnlicher Unfall war? Natürlich hat sie sich getötet.«

Der ältere Mann vergrub sein Gesicht in den Händen. »Wie schrecklich«, flüsterte er, und ein Schauder durchrann ihn.

»Nein«, sagte Dorian Gray, »es ist nichts Schreckliches darum. Es ist eine der großen romantischen Tragödien der Zeit. In der Regel führen Schauspieler das alltäglichste Leben. Sie sind gute Gatten oder treue Frauen oder sonst etwas Langweiliges. Sie wissen, was ich meine – Mittelstandstugend und was es dergleichen alles gibt. Wie anders war Sibyl! Sie lebte ihre schönste Tragödie. Sie war immer eine Heldin. An dem letzten Abend, an dem sie spielte, an dem Abend, an dem Sie sie gesehen haben, spielte sie schlecht, weil sie die Wirklichkeit der Liebe erkannt hatte. Als sie ihre Unwirklichkeit kennenlernte, starb sie, so wie Julia daran gestorben wäre. Sie trat wieder zurück in das Reich der Kunst. Es schwebt etwas von einer Märtyrerin um sie. Ihr Tod hat all die pathetische Nutzlosigkeit des Martyriums, all diese verschwendete Schönheit. Doch, wie ich schon sagte, Sie dürfen nicht glauben, ich hätte nicht gelitten. Wenn Sie gestern in einem bestimmten Augenblick gekommen wären, ungefähr um halb sechs vielleicht oder um dreiviertel sechs, so hätten Sie mich in Tränen gefunden. Selbst Harry, der hier war, der mir die Nachricht brachte, hatte wirklich keine Vorstellung davon, was ich durchzumachen hatte. Ich litt unendlich. Dann ging es vorbei. Ich kann eine Empfindung nicht wiederholen. Niemand kann es, außer sentimentale Menschen. Und Sie sind furchtbar ungerecht, Basil. Sie kommen her, um mich zu trösten. Das ist reizend von Ihnen. Sie finden mich getröstet und sind wütend. Das sieht einem mitleidigen Menschen ganz ähnlich! Sie erinnern mich an eine Geschichte, die mir Harry von einem gewissen Philanthropen erzählte, der zwanzig Jahre seines Lebens damit verbrachte, irgendein Unrecht wieder abzuschaffen oder ein ungerechtes Gesetz wieder abzuändern – ich weiß nicht mehr genau, was es war. Schließlich hatte er Erfolg, und nichts konnte größer sein als seine Enttäuschung. Er hatte absolut nichts mehr zu tun, starb fast vor Langeweile und wurde ein unerschütterlicher Menschenfeind. Und außerdem, mein lieber, alter Basil, wollen Sie mich wirklich trösten, so lehren Sie mich lieber das Geschehene zu vergessen oder es vom rein künstlerischen Standpunkt aus anzusehn. War es nicht Gautier, der über die ›Consolation des Arts‹ geschrieben hat? Ich erinnere mich, daß ich einmal in Ihrem

Atelier ein kleines, in Pergament gebundenes Buch fand und darin auf dies entzückende Wort stieß. Nun, ich bin nicht wie jener junge Mann, von dem Sie mir erzählten, als wir zusammen nach Marlow fuhren, und der zu sagen pflegte, gelber Atlas könne ihn für alles Elend des Lebens trösten. Ich liebe schöne Dinge, die man berühren und in die Hand nehmen kann, alte Brokate, grüne Bronzen, Lackarbeiten, Elfenbeinschnitzereien, eine kostbare Umgebung, Luxus, Prunk, alles dies vermag einem viel zu geben. Aber das künstlerische Temperament, das sie erzeugen oder auf jeden Fall offenbaren, ist mir noch wertvoller. Der Zuschauer seines eigenen Lebens werden, wie Harry sagt, das ist der Weg, den Leiden des Lebens zu entrinnen. Ich weiß, Sie sind überrascht, daß ich so zu Ihnen rede. Sie haben noch nicht bemerkt, wie ich mich entwickelt habe. Ich war ein Schulknabe, als Sie mit mir bekannt wurden. Jetzt bin ich ein Mann. Ich habe neue Leidenschaften, neue Gedanken, neue Ideen. Ich bin anders, aber Sie müssen mich darum nicht weniger lieben. Ich bin verwandelt, aber Sie müssen immer mein Freund bleiben. Natürlich habe ich Harry sehr gern. Aber ich weiß, daß Sie besser sind als er. Sie sind nicht stärker – Sie haben zu viel Angst vorm Leben –, aber Sie sind besser. Und wie glücklich waren wir zusammen! Verlassen Sie mich nicht, Basil, und zanken Sie sich nicht mit mir. Ich bin, was ich bin. Darüber ist nichts weiter zu sagen.«

Der Maler fühlte sich merkwürdig bewegt. Der junge Mann war ihm unendlich wert, und seine Persönlichkeit war der Wendepunkt für seine Kunst gewesen. Er konnte den Gedanken nicht ertragen, ihm noch mehr Vorwürfe zu machen. Schließlich war seine Gleichgültigkeit wahrscheinlich bloß eine Laune, die vorübergehen würde. Es war so viel Gutes, so viel Edles in ihm.

»Gut, Dorian«, sagte er endlich mit einem traurigen Lächeln, »ich will von heut an nie mehr mit Ihnen über diese schreckliche Sache reden. Ich hoffe nur, Ihr Name wird nicht in Verbindung damit erwähnt. Die Untersuchung soll heute nachmittag stattfinden. Sind Sie vorgeladen worden?«

Dorian schüttelte den Kopf, und ein ärgerlicher Ausdruck ging über sein Gesicht bei dieser Erwähnung. Etwas so Rohes und Gemeines lag in all diesen Dingen. »Sie kennen meinen Namen nicht«, antwortete er.

»Aber sie kannte ihn doch?«

»Nur meinen Vornamen, und ich bin sicher, daß sie den gegen niemand erwähnt hat. Sie sagte mir einmal, sie wären alle sehr neugierig zu erfahren, wer ich bin, und daß sie unweigerlich zur

Antwort bekämen, ich hieße der Märchenprinz. Es war hübsch von ihr. Sie müssen mir eine Zeichnung von Sibyl machen, Basil. Ich möchte etwas mehr von ihr haben als die Erinnerung an ein paar Küsse und ein paar abgerissene pathetische Worte.«

»Ich will versuchen, etwas zu machen, Dorian, wenn es Ihnen eine Freude ist. Aber Sie müssen wieder zu mir kommen und mir sitzen. Ich kann ohne Sie nicht weiterkommen.«

Dorian schrak zurück. »Ich kann Ihnen nie wieder sitzen, Basil. Das ist unmöglich!« rief er aus.

Der Maler starrte ihn an und rief: »Was für ein Unsinn, mein lieber Junge! Wollen Sie damit sagen, daß Ihnen mein Bild nicht gefällt? Wo ist es? Warum haben Sie den Schirm davorgeschoben? Lassen Sie mich's ansehen. Es ist das beste, was ich gemacht habe. Nehmen Sie den Schirm fort, Dorian. Es ist einfach schmählich von Ihrem Diener, daß er mein Werk so versteckt. Ich fühlte gleich, wie ich eintrat, daß der Raum ganz verändert aussah.«

»Mein Diener hat nichts damit zu tun, Basil. Sie bilden sich doch nicht ein, daß ich ihn mein Zimmer für mich ordnen lasse? Höchstens stellt er manchmal für mich Blumen herein. Nein; ich habe es selbst getan. Das Licht war zu stark für das Bild.«

»Zu stark? Sicherlich nicht, mein lieber Junge! Es hat einen wunderbaren Platz. Lassen Sie mich sehen.« Und Hallward schritt in die Ecke des Zimmers.

Ein Schrei des Schreckens brach von den Lippen Dorian Grays, und er sprang zwischen den Maler und den Schirm. »Basil«, sagte er mit ganz bleichem Gesicht, »Sie dürfen es nicht sehen. Ich will es nicht.«

»Mein eignes Werk nicht sehen? Das ist Ihr Ernst nicht. Warum sollte ich es nicht sehen?« rief Hallward lachend aus.

»Wenn Sie versuchen, es anzusehen, Basil, auf mein Ehrenwort, so rede ich nicht mehr mit Ihnen, solange ich lebe. Ich spreche in vollem Ernst. Ich gebe Ihnen keine Erklärung und Sie sollen keine von mir verlangen. Bedenken Sie jedoch: wenn Sie diesen Schirm berühren, dann ist alles zwischen uns vorbei.«

Hallward war wie vom Donner getroffen. Er sah Dorian Gray voll Entsetzen an. So hatte er ihn nie vorher gesehen. Der Jüngling war jetzt vor Wut bleich, seine Hände waren geballt, und die Pupillen seiner Augen waren wie blaue Fensterscheiben. Er zitterte am ganzen Leibe.

»Dorian!«

»Sagen Sie nichts!«

»Aber was ist denn nur? Natürlich brauche ich es nicht anzusehn, wenn Sie nicht wollen«, sagte er ziemlich kühl, wandte sich um und ging zum Fenster hinüber. »Aber wahrhaftig, es erscheint reichlich verrückt, daß ich mein eignes Werk nicht sehn soll, zumal da ich es im Herbst in Paris ausstellen will. Ich werde es wahrscheinlich vorher noch einmal firnissen müssen, so daß ich es doch eines Tages sehen muß, und warum denn nicht heute?«

»Es ausstellen! Sie wollen es ausstellen?« rief Dorian Gray aus, und ein seltsames Angstgefühl überlief ihn. Sollte der Welt sein Geheimnis gezeigt werden? Sollten die Leute das Mysterium seines Lebens begaffen? Das war unmöglich. Irgend etwas – er wußte noch nicht, was – mußte sogleich getan werden.

»Ja, ich denke nicht, daß Sie etwas dagegen haben. Georges Petit will meine besten Bilder für eine Sonderausstellung in der Rue de Sèze zusammenbringen, die in der ersten Oktoberwoche eröffnet werden soll. Das Bild wird nur einen Monat weg sein. Ich sollte meinen, so lange können Sie es leicht entbehren. Sie werden ohnedies sicherlich verreist sein. Und wenn Sie es immer hinter einen Schirm verstecken, kann Ihnen doch nicht viel daran gelegen sein.«

Dorian Gray fuhr sich mit der Hand über die Stirn. Es standen Schweißtropfen darauf. Er fühlte, daß er am Rande einer furchtbaren Gefahr stehe. »Vor einem Monat sagten Sie, daß Sie es nie ausstellen würden«, rief er. »Warum haben Sie sich anders entschlossen? Ihr Leute gebt euch das Ansehen, als seiet ihr konsequent und habt genausoviel Launen wie andere. Der einzige Unterschied ist, daß Ihre Launen recht sinnlos sind. Sie können nicht vergessen haben, daß Sie mir die feierlichste Versicherung gaben, nichts in der Welt könne Sie bewegen, das Bild auf irgendeine Ausstellung zu schicken. Harry haben Sie ganz dasselbe gesagt.« Er hielt plötzlich inne, und seine Augen glühten auf. Er erinnerte sich, daß Lord Henry ihm einmal halb ernst und halb lachend gesagt hatte: »Wenn Sie einmal eine merkwürdige Viertelstunde erleben wollen, so veranlassen Sie Basil, daß er Ihnen erzählt, warum er Ihr Bild nicht ausstellen will. Mir sagte er, warum er es nicht will, und es war für mich eine Offenbarung.« Ja, vielleicht hatte auch Basil sein Geheimnis. Er wollte ihn auf die Probe stellen und fragen.

»Basil«, sagte er, trat ganz dicht an ihn heran und sah ihm gerade ins Gesicht, »wir haben beide ein Geheimnis. Lassen Sie mich das Ihre wissen, und ich werde Ihnen das meine sagen. Was war der Grund für Ihre Weigerung, mein Bild auszustellen?«

Den Maler durchrüttelte ein Schauder trotz seines Sträubens. »Dorian, wenn ich Ihnen das sagte, Sie würden mich wahrscheinlich weniger gern haben als jetzt, und sicherlich würden Sie über mich lachen. Ich würde keins von beiden ertragen können. Wenn Sie wünschen, daß ich Ihr Porträt nie wieder ansehe, ich bin's zufrieden. Sie selbst kann ich ja immer ansehn. Wenn Sie wünschen, daß das beste Werk, das ich je geschaffen habe, vor der Welt verborgen bleiben soll, ich gebe mich zufrieden. Ihre Freundschaft ist mir teurer als irgendwelche Berühmtheit oder Anerkennung.«

Dorian Gray war beharrlich. »Nein, Basil, Sie müssen es mir sagen. Ich denke, ich habe ein Recht darauf, es zu wissen.« Der Schrecken in ihm war verflogen, und Neugierde war an dessen Stelle getreten. Er war entschlossen, Basil Hallwards Geheimnis herauszuspüren.

»Wir wollen uns setzen, Dorian«, sagte der Maler verstörten Blicks. »Wir wollen uns setzen; und beantworten Sie mir nur eine Frage. Haben Sie an dem Bild irgend etwas Merkwürdiges bemerkt? – Etwas, das Ihnen zuerst wahrscheinlich nicht auffiel, das sich Ihnen jedoch plötzlich enthüllte?«

»Basil?« schrie der Jüngling, packte die Lehnen seines Stuhls mit zitternden Händen und starrte ihn mit wilden, entsetzten Augen an.

»Ich sehe, Sie haben es bemerkt. Sagen Sie nichts. Warten Sie und hören Sie, was ich zu sagen habe. Dorian, von dem Augenblick an, da ich mit Ihnen bekannt wurde, hat Ihre Persönlichkeit den außerordentlichsten Einfluß auf mich geübt. Ich wurde beherrscht von Ihnen; Seele, Gehirn, meine ganze Kraft standen unter Ihrer Macht. Sie wurden für mich die sichtbare Verkörperung jenes nie gesehenen Ideals, dessen Gedächtnis auf uns Künstler fällt wie ein erlesener Traum. Ich betete Sie an. Ich wurde eifersüchtig auf jeden, mit dem Sie redeten. Ich wollte Sie für mich ganz allein haben. Ich war nur glücklich, wenn ich bei Ihnen war. Waren Sie fern von mir, so waren Sie doch noch gegenwärtig in meiner Kunst... Natürlich hab' ich Sie nie etwas davon wissen lassen. Es wäre unmöglich gewesen. Sie würden es nicht verstanden haben. Verstand ich es doch selbst kaum. Ich wußte nur, daß ich Auge in Auge die Vollkommenheit gesehen hatte und daß die Welt meinen Augen ein Wunder geworden war – ein zu großes Wunder vielleicht, denn in solch wahnsinniger Anbetung liegt eine Gefahr, die Gefahr, Sie zu verlieren nicht weniger als Sie zu behalten... Woche um Woche verstrich, und ich ging immer mehr und mehr in Ihnen auf. Dann kam eine neue Entwicklung. Ich hatte Sie als Paris in zierlicher Rüstung gezeichnet und als Adonis im Jägerrock mit glänzendem Eberspeer. Gekrönt mit schweren Lotosblüten hatten

Sie auf dem Bug der Barke Hadrians gesessen, schweifenden Blicks über den grünen trüben Nil hin. Sie beugten sich über den stillen Teich in einem Walde Griechenlands und sahen in des Wassers schweigendem Silberspiegel das Wunder Ihres eigenen Antlitzes. Und alles war gewesen, wie Kunst sein soll, unbewußt, ideal und fern. Eines Tages beschloß ich, manchmal denk ich, es war ein verhängnisvoller Tag, ein wundervolles Bildnis von Ihnen zu malen, so wie Sie wirklich sind, nicht im Gewande toter Zeiten, sondern in Ihrem eignen Kleid und in Ihrer eignen Zeit. War es nun der Realismus der Methode oder das reine Wunder Ihrer Persönlichkeit, die so unmittelbar vor mir lag, unverschleiert, von keinem Nebel verhüllt, ich kann es nicht sagen. Aber ich weiß, daß mir bei der Arbeit jedes Fleckchen Farbe mein Geheimnis zu offenbaren schien. Ich fürchtete, andere möchten meine Vergötterung erkennen. Ich fühlte, Dorian, daß ich zuviel gesagt, daß ich zuviel von mir hineingelegt habe. Zu dieser Zeit war's, daß ich den Entschluß faßte, niemals die Ausstellung des Bildes zu gestatten. Sie waren etwas ärgerlich darüber; aber damals hatten Sie gar keinen Begriff davon, was es für mich bedeutete. Harry, dem ich davon redete, lachte mich aus. Aber das focht mich nicht an. Als das Bild fertig war und ich allein vor ihm saß, fühlte ich, daß ich recht hatte... Nun, ein paar Tage später kam es aus meinem Atelier fort, und sobald ich von dem unerträglichen Druck seiner Gegenwart frei war, schien es mir, daß es närrisch von mir war, mir einzubilden, ich hätte etwas darin gesehen, mehr als daß Sie überaus schön sind und daß ich malen könne. Selbst jetzt stehe ich unter dem Gefühl, daß es ein Irrtum ist zu meinen, die Leidenschaft, die man beim Schaffen spüre, käme in dem Werk, das man schafft, tatsächlich zum Ausdruck. Die Kunst ist immer weit abstrakter, als wir uns einbilden. Form und Farbe erzählen uns von Form und Farbe – sonst nichts. Es scheint mir oft, daß die Kunst den Künstler weit mehr verbirgt, als daß sie ihn offenbart. So beschloß ich denn, als ich jenes Anerbieten aus Paris erhielt, Ihr Porträt zum Hauptwerk in meiner Ausstellung zu machen. Es kam mir niemals der Gedanke, daß Sie es nicht zugeben würden. Ich sehe jetzt, daß Sie recht haben. Das Bild kann nicht ausgestellt werden. Sie dürfen mir nicht böse sein, Dorian, um dessentwillen, was ich Ihnen gesagt habe. Wie ich einmal zu Harry sagte, Sie sind geschaffen, angebetet zu werden.«

Dorian Gray holte tief Atem. Die Farbe kehrte in seine Wangen zurück, und ein Lächeln spielte um seine Lippen. Die Gefahr war vorüber. Für den Augenblick war er sicher. Doch drängte sich ihm das Gefühl eines unendlichen Mitleids mit dem Maler auf, der ihm eben diese seltsame Beichte abgelegt hatte, und er fragte sich, ob er selbst je so von der Persönlichkeit eines Freundes beherrscht werden könne. Lord Henry hatte den Reiz, sehr gefährlich zu sein. Aber das war alles. Er war zu klug und zu zynisch, als daß man ihn wirklich liebhaben konnte. Würde es je einen Menschen geben, der ihm eine seltsame Vergötterung einflößen könnte? Gehörte dies zu den Dingen, die ihm das Leben noch in Bereitschaft hielt?

»Es ist mir unfaßlich«, sagte Hallward, »daß Sie dies in dem Porträt gesehen haben, Dorian. Haben Sie es wirklich gesehen?«

»Ich habe etwas darin gesehen«, antwortete er, »etwas, das mir sehr seltsam erschien.«

»Nun, und jetzt erlauben Sie mir gewiß, daß ich es betrachte?«

Dorian schüttelte den Kopf. »Das dürfen Sie nicht von mir verlangen, Basil. Ich kann es unmöglich zugeben, daß Sie sich das Bild anschauen.«

»Aber später einmal doch gewiß?«

»Niemals.«

»Gut, . . . vielleicht haben Sie recht. Und jetzt adieu, Dorian. Sie sind der einzige Mensch in meinem Leben gewesen, der wirklich einen Einfluß auf meine Kunst gehabt hat. Was ich nur je Gutes geschaffen habe, verdanke ich Ihnen. Ach, Sie haben keinen Begriff davon, was es mich kostet, daß ich Ihnen all das sage, was ich Ihnen gesagt habe.«

»Mein lieber Basil«, sagte Dorian, »was haben Sie mir denn gesagt? Doch nur, daß Sie die Empfindung hatten, mich zu sehr bewundert zu haben. Das ist nicht einmal ein Kompliment.«

»Es sollte auch kein Kompliment sein. Es war ein Bekenntnis. Jetzt, da ich es abgelegt habe, scheint etwas von mir abgefallen zu sein. Vielleicht sollte man niemals seine Verehrung in Worte fassen.«

»Ihr Bekenntnis hat mich enttäuscht.«

»Wieso? Was haben Sie erwartet, Dorian? Sie haben doch sonst nichts in dem Bild gesehen, nicht wahr? Sonst war doch nichts zu sehen?«

»Nein; sonst war nichts zu sehen. Warum fragen Sie? Aber Sie dürfen nicht von Verehrung reden. Das ist töricht. Wir beide sind Freunde, Basil, und wir müssen es immer bleiben.«

»Jetzt ist es ja Harry geworden«, sagte der Maler traurig.

»Oh, Harry!« rief der Jüngling mit einem leichten Lachen. »Harry verbringt seine Tage damit, das Unglaubliche zu sagen, und seine Abende damit, das Unwahrscheinliche zu tun. Das ist genau das Leben, das ich gern führen möchte. Aber ich glaube doch nicht, daß ich zu Harry gehn würde, wenn ich in Sorge wäre. Ich würde eher zu Ihnen gehen, Basil.«

»Sie wollen mir wieder sitzen?«

»Unmöglich!«

»Sie zerstören mein künstlerisches Leben, wenn Sie es verweigern, Dorian. Noch niemand traf auf zwei Ideale. Wenige nur auf eins.«

»Ich kann es Ihnen nicht erklären, Basil, aber ich darf Ihnen nie wieder sitzen. Ein Porträt hat etwas Verhängnisvolles. Es hat sein eigenes Leben. Ich werde zum Tee zu Ihnen kommen. Das wird ebenso hübsch sein.«

»Mehr für Sie, fürchte ich«, murmelte Hallward bekümmert. »Und nun adieu. Es tut mir leid, daß Sie mich das Bild nicht noch einmal sehn lassen wollen. Aber da kann man nichts machen. Ihr Gefühl dabei verstehe ich vollkommen.«

Nachdem er das Zimmer verlassen, lächelte Dorian bei sich. Der arme Basil! Wie wenig wußte er von dem wahren Grund! Und wie seltsam war es: anstatt gezwungen zu werden, sein eignes Geheimnis zu offenbaren, war es ihm fast durch einen Zufall gelungen, seinem Freunde seins zu entreißen! Wieviel erklärte ihm jenes seltsame Bekenntnis! Die tollen Eifersuchtsanfälle des Malers, seine wilde Verehrung, seine übertriebenen Lobeshymnen, sein seltsames Verstummen wieder – alles dies verstand es jetzt und es tat ihm weh. Eine Freundschaft, die so von Romantik gefärbt war, schien ihm etwas Tragisches zu haben.

Er seufzte und klingelte. Das Bild mußte um jeden Preis versteckt werden. Er konnte sich der Gefahr einer Entdeckung nicht noch einmal aussetzen. Es war wahnsinnig von ihm gewesen, ein solches, und wenn auch nur für eine Stunde, in einem Raum zu lassen, zu dem jeder seiner Freunde Zutritt hatte.

ZEHNTES KAPITEL

Als der Diener eintrat, sah er ihn fest an und fragte sich, ob er daran gedacht habe, hinter den Schirm zu lugen. Der Mann sah ganz gleichmütig aus und wartete auf seine Befehle. Dorian zündete eine Zigarette an, ging zum Spiegel hinüber und blickte hinein. Er konnte das Gegenbild von Viktors Gesicht genau sehen. Es war eine bewegungslose Maske der Servilität. Er hatte nichts zu befürchten von dieser Seite. Er hielt es jedoch für das Beste, auf seiner Hut zu sein.

Mit sehr langsamen Worten trug er ihm dann auf, er solle der Haushälterin sagen, daß er sie zu sprechen wünsche, und dann solle er zu dem Rahmenmacher gehn und verlangen, daß sogleich zwei Leute hergeschickt würden. Es schien ihm, daß der Mann beim Verlassen des Zimmers seine Augen in die Richtung des Schirmes gehn ließ. Oder war es nur Einbildung von ihm?

Nach einigen Augenblicken hastete Mrs. Leaf in ihrem schwarzseidnen Kleid, mit altmodischen Zwirnhandschuhen auf den runzligen Händen, in die Bibliothek. Er bat sie um den Schlüssel zum Schulzimmer.

»Das alte Schulzimmer, Mr. Dorian?« rief sie aus. »Ach, das ist voller Staub. Ich muß es erst herrichten und aufräumen lassen, ehe Sie hineingehen. In dem Zustand, in dem es ist, können Sie es nicht sehen, gnädiger Herr. Wirklich nicht!«

»Ich will es nicht aufgeräumt haben, Frau Leaf. Ich will nur den Schlüssel.«

»O gnädiger Herr, Sie werden sich voller Spinnweben machen, wenn Sie hineingehen. Es ist ja seit fünf Jahren nicht aufgemacht worden, seit der alte Lord gestorben ist.«

Bei der Erwähnung seines Großvaters fuhr er zusammen. Die Erinnerungen, die er an ihn hatte, waren widerwärtig. »Das macht nichts«, entgegnete er. »Ich will das Zimmer nur sehen – weiter nichts. Geben Sie mir den Schlüssel.«

»Hier ist also der Schlüssel, gnädiger Herr«, sagte die alte Dame, indem sie mit zitternden, unsicheren Händen ihren Schlüsselbund durchmusterte. »Hier ist der Schlüssel. Ich werde ihn augenblicklich vom Bund herunter haben. Aber Sie werden doch nicht daran denken, da oben zu wohnen, gnädiger Herr, und hier haben Sie es so gemütlich?«

»Nein, nein«, rief er ungeduldig. »Ich danke Ihnen. Es ist schon gut.«

Sie zögerte noch einige Augenblicke und schwätzte über etlichen Kleinkram im Haushalt. Er seufzte und sagte ihr, sie solle alles nach ihrem Gutdünken erledigen. In Lächeln aufgelöst, verließ sie das Zimmer.

Als sich die Tür geschlossen hatte, steckte Dorian den Schlüssel in die Tasche und blickte sich im Zimmer um. Sein Auge fiel auf eine große purpurne Atlasdecke, die schwere Goldstickereien trug, ein prachtvolles Stück venezianischer Arbeit vom Ende des siebzehnten Jahrhunderts, das sein Großvater in einem Kloster bei Bologna gefunden hatte. Ja, damit ließ sich das schreckliche Ding einhüllen. Oft vielleicht hatte sie als Bahrtuch für Tote gedient. Jetzt sollte sie etwas verbergen, das eine eigene Art Verwesung in sich trug, ärger als die Verwesung des Todes selbst – etwas, das Schrecken gebären mußte und doch nie sterben konnte. Was die Würmer für den Leichnam sind, das würden seine Sünden für das gemalte Bild auf der Leinwand sein. Sie würden seine Schönheit zerstören und seine Anmut wegfressen. Sie würden es schänden und zur Schmach machen. Und doch würde es weiterleben. Immer würde es am Leben bleiben.

Er schauderte, und einen Augenblick lang bedauerte er, daß er Basil nicht den wahren Grund gesagt, warum er das Bild verborgen zu halten wünschte. Basil hätte ihm helfen können, Lord Henrys Einfluß zu widerstehen und den noch vergiftenderen Kräften, die von seinem eigenen Temperament herwirkten. Die Liebe, die Basil für ihn trug – denn es war wirklich Liebe –, enthielt nichts, was nicht edel und geistig war. Es war nicht jene bloß physische Bewunderung der Schönheit, die aus den Sinnen geboren ist und die stirbt, wenn die Sinne müde werden. Es war Liebe, wie Michelangelo sie gekannt hatte und Montaigne und Winckelmann und Shakespeare selbst. Ja, Basil hätte ihn retten können. Aber jetzt war es zu spät. Die Vergangenheit konnte man stets vernichten. Reue, Verleugnung, Vergessen vermochten das. Aber der Zukunft war nicht zu entrinnen. Es lagen Leidenschaften in ihm, die schrecklich zum Ausbruch kommen, Träume, die den Schatten ihres Bösen zur Wirklichkeit bringen mochten.

Er nahm das purpurgoldene Gewebe von dem Diwan und ging,

es in seinen Händen tragend, hinter den Schirm. War das Antlitz auf der Leinwand nun häßlicher als zuvor? Es schien ihm unverändert, und doch, sein Ekel davor war nur noch verstärkt. Das goldene Haar, die blauen Augen, die rosenroten Lippen, das alles war da. Bloß der Ausdruck war verändert. Dieser war furchtbar in seiner Grausamkeit. Verglichen mit dem, was ihm an Tadel und Mahnung daraus entgegensah – wie schal waren dagegen Basils Vorwürfe in betreff Sibyl Vanes gewesen! –, wie schal und von wie geringem Belang! Seine eigene Seele sah ihn aus der Leinwand an und rief ihn zum Gerichte. Ein Ausdruck des Schmerzes flog über sein Antlitz, und er warf das kostbare Tuch über das Bild. Währenddessen klopfte es an die Tür. Er trat hinter dem Schirm hervor, als sein Diener eintrat.

»Die Leute sind da, gnädiger Herr.«

Er fühlte, daß der Mann sogleich entfernt werden mußte. Er durfte nicht wissen, wohin das Bild gebracht werden sollte. Etwas Listiges lag in ihm, und er hatte nachdenkliche, verräterische Augen. Dorian setzte sich an den Schreibtisch und kritzelte ein Billett an Lord Henry, worin er ihn bat, ihm etwas zum Lesen zu schicken, und ihn daran erinnerte, daß sie sich am Abend um ein Viertel nach acht treffen wollten.

»Warten Sie auf Antwort«, sagte er, ihm den Brief hinreichend, »und führen Sie die Leute herein.«

Nach zwei oder drei Minuten klopfte es wieder, und Mr. Hubbard selbst, der berühmte Rahmenmacher von South Andley Street, trat mit einem etwas ungeschliffen aussehenden jungen Gehilfen herein. Mr. Hubbard war ein blühender, rotbärtiger, kleiner Mann, dessen Bewunderung für die Kunst beträchtlich vermindert worden war durch die eingewurzelte Zahlungsunfähigkeit der meisten Künstler, mit denen er zu tun hatte. In der Regel verließ er nie seinen Laden. Er wartete, daß die Leute zu ihm kämen. Bei Dorian Gray machte er jedoch stets eine Ausnahme. Es war etwas an Dorain, das jedermann entzückte. Es war eine Freude, ihn nur zu sehen.

»Was kann ich für Sie tun, Mr. Gray?« sagte er und rieb seine fetten, sommersprossigen Hände. »Ich dachte, ich wollte mir selbst die Ehre geben, persönlich herüberzukommen. Ich habe gerade ein Prachtstück von einem Rahmen bekommen. Bei einer Versteigerung ergattert. Ein alter Florentiner. Kam aus Fonthill, glaub' ich. Wunderbar geeignet für ein religiöses Bild, Mr. Gray.«

»Es tut mir leid, daß Sie sich selbst die Mühe gegeben haben herzukommen, Mr. Hubbard. Sicher werde ich einmal vorbeikommen und mir den Rahmen ansehen – wenn ich auch augenblicklich kein Interesse für religiöse Kunst habe –, aber heute möchte ich nur, daß mir ein Bild nach dem Boden hinaufgebracht wird. Es ist ziemlich schwer, und darum dachte ich, Sie zu bitten, mir von ein paar Ihrer Leute helfen zu lassen.«

»Macht gar keine Mühe, Mr. Gray. Ich bin entzückt über jeden Dienst, den ich Ihnen leisten kann. Wo ist das Kunstwerk?«

»Hier«, erwiderte Dorian und schob den Schirm beiseite. »Können Sie es fortbringen mit der Decke zusammen, grad so wie es ist? Ich möchte nicht, daß es auf dem Weg hinauf beschädigt wird.«

»Das wird nicht schwierig sein«, sagte der aufgeräumte Rahmenmacher und begann, unterstützt von seinem Gehilfen, das Bild von den langen Messingketten loszumachen, an denen es aufgehängt war. »Und jetzt, Mr. Gray, wohin sollen wir es tragen?«

»Ich will Ihnen den Weg zeigen, Mr. Hubbard, wenn Sie so freundlich sein wollen, mir zu folgen. Oder vielleicht gehen Sie besser voran. Es tut mir leid, aber wir müssen ganz hinauf in den Giebel. Wir wollen die Haupttreppe hinauf, die ist breiter.«

Er hielt ihnen die Tür auf, und sie traten in die Halle hinaus und begannen den Aufstieg. Der großartige Charakter des Rahmens hatte das Bild sehr umfangreich gemacht, und dann und wann legte Dorian mit Hand an, um zu helfen, trotz der untertänigen Proteste Mr. Hubbards, der die instinktive Abneigung des echten Handwerkers dagegen hatte, einen Gentleman etwas Nützliches tun zu sehen.

»Eine ordentliche Last heißt das tragen«, stöhnte der kleine Mann, als sie auf dem Boden angelangt waren. Und er trocknete seine glänzende Stirne ab.

»Ich bin besorgt, daß es etwas schwer ist«, murmelte Dorian, als er die Tür aufschloß, die in den Raum führte, der das seltsame Geheimnis seines Lebens bewahren und seine Seele vor den Augen der Menschen verbergen sollte.

Länger als vier Jahre hatte er das Gemach nicht betreten – in Wahrheit nicht, seit er es zuerst als Spielzimmer benutzt hatte, solange er ein Kind war, und dann als Studierzimmer, als er etwas älter war. Es war ein großer Raum von guten Verhältnissen, den der verstorbene Lord Kelso eigens für den Gebrauch des kleinen Enkels hatte herrichten lassen, den er wegen seiner sonderbaren Ähnlichkeit mit seiner Mutter und noch aus andern Gründen immer gehaßt hatte und von sich fernzuhalten wünschte. Es schien Dorian, als sei das Gemach nur wenig verändert. Da war der mächtige italienische Cassone mit seinen phantastisch bemalten Füllungen und dem verblichnen Gold seiner Skulpturen, in dem er sich als Knabe so oft versteckt hatte. Da der aus poliertem Holz gefestigte Bücherschrank, angefüllt mit seinen Schulbüchern voller Eselsohren. An der Wand dahinter hing derselbe zerrissene flämische Gobelin, auf dem verblichen ein König und eine Königin Schach in einem Garten spielten, während eine Schar von Falkenieren vorbeiritt, die auf ihren Panzerhandschuhen bekappte Vögel trugen. Wie gut erinnerte er sich an alles! Jeder Moment seiner einsamen Kindheit kam ihm ins Gedächtnis, wie er um sich sah. Er gedachte der fleckenlosen Reinheit seines Knabenalters, und es erschien ihm furchtbar, daß hier das schicksalsschwere Bild verborgen werden sollte. Wie wenig hatte er in jenen verschwundenen Tagen an all das gedacht, was auf ihn wartete!

Aber es gab keinen andern Raum im Hause, der vor spähenden Augen so sicher war wie dieser. Er hatte den Schlüssel, und niemand sonst konnte hinein. Unter seiner purpurnen Decke konnte das auf die Leinwand gemalte Gesicht tierisch, gedunsen, schmutzig werden. Was lag daran? Niemand konnte es sehen. Er selbst wollte es nicht sehen. Warum sollte er die gräßliche Verwüstung seiner Seele beobachten? Er behielt seine Tugend – das war genug. Und außerdem – konnte nicht sein Charakter wieder besser werden? Es gab keinen Grund dafür, daß die Zukunft so voller Schändlichkeiten sein sollte. Eine Liebe mochte in sein Leben treten und ihn läutern und ihn vor jenen Sünden bewahren, die sich bereits in Geist und Fleisch zu rühren schienen – jene seltsamen, nie gemalten Sünden, denen dies innerlichste Geheimnis Feinheit und Reiz verlieh. Vielleicht würde eines Tages der grausame Blick von dem scharlachnen fühlenden Mund verschwunden sein, und dann konnte er der Welt Basil Hallwards Meisterwerk zeigen.

Nein, das war unmöglich. Stunde um Stunde, Woche um Woche wurde das Bild auf der Leinwand älter. Es mochte der Häßlichkeit der Sünde entgehen, aber die Häßlichkeiten des Alters waren ihm vorherbestimmt: Die Wangen würden hohl und schlapp werden. Gelbe Krähenfüße würden um die ermattenden Augen kriechen und ihnen ein schauerliches Aussehen geben. Das Haar würde seinen Glanz verlieren, der Mund würde klaffen oder herunterfallen, unförmlich und blöde, wie er bei alten Leuten wird. Dann mochte ein zusammengeschrumpfter Hals, kalte, blaugeäderte Hände, ein verkrümmter Körper zum Vorschein kommen, wie er sich's bei seinem Großvater erinnerte, der in seiner Jugend so streng gegen ihn gewesen war. Das Bild mußte verborgen werden. Da war nichts anderes zu tun.

»Bitte, Mr. Hubbard, bringen Sie es herein«, sagte er müde und wandte sich um. »Es tut mir leid, daß ich Sie so lange warten ließ. Ich habe an etwas anderes gedacht.«

»Bin immer froh, mal auszuruhen, Mr. Gray«, antwortete der Rahmenmacher, der noch immer nach Atem schnappte. »Wo sollen wir es hinstellen?«

»Oh, irgendwohin. Hierher: das wird gehen. Ich brauche es nicht aufgehangen. Lehnen Sie's nur gegen die Wand. Danke.«

»Darf man das Kunstwerk betrachten?«

Dorian schrak zusammen. »Es würde Sie nicht interessieren, Mr. Hubbard«, sagte er und blickte den Mann fest an. Er fühlte sich imstande, auf ihn loszustürzen und ihn zu Boden zu werfen, wenn er es wagen sollte, die prunkhafte Decke zu lüften, die das Geheimnis seines Lebens verbarg. »Ich will Sie jetzt nicht länger in Anspruch nehmen. Ich bin Ihnen sehr verbunden, daß Sie so freundlich waren herzukommen.«

»Nicht die Ursache, nicht die Ursache, Mr. Gray. Steh immer zu Diensten, wenn ich Ihnen was besorgen kann.« Und Mr. Hubbard stampfte die Treppe hinunter, gefolgt von dem Gehilfen, der nach Dorian mit einem Ausdruck scheuer Verwunderung in seinem rauhen, häßlichen Gesicht zurückblickte. Er hatte nie einen so schönen Menschen gesehen.

Als das Geräusch ihrer Tritte verklungen war, schloß Dorian die Tür zu und steckte den Schlüssel in seine Tasche. Er fühlte sich jetzt sicher. Nie würde jemand das schreckliche Ding sehen. Außer dem seinen würde kein Auge mehr seine Schmach erblicken.

Als er wieder in die Bibliothek kam, sah er, daß es gerade fünf Uhr vorbei war und daß der Tee bereits hereingestellt war. Auf einem kleinen Tisch von dunklem wohlriechendem, reich mit Perlmutter inkrustiertem Holz, einem Geschenk von Lady Radley, der Gemahlin seines Vormunds – eine hübsche Kranke von Beruf, die den letzten Winter in Kairo verlebt hatte, lag ein Billett von Lord Henry und daneben ein in gelbes Papier gebundenes Buch mit leicht abgenutzter Broschur und beschmutzten Decken. Ein Exemplar der St. James Gazette, Nachmittagsausgabe, lag auf dem Teebrett. Offenbar war Viktor zurückgekehrt. Er fragte sich, ob er den Leuten in der Halle begegnet war, als sie das Haus verließen, und ob er sie ausgeforscht, was sie getan hatten. Er würde sicherlich das Bild vermissen – hatte es zweifellos bereits vermißt, während er den Teetisch herrichtete. Der Schirm war nicht wieder zurückgestellt und an der Wand ein freier Fleck sichtbar. Vielleicht würde er ihn einmal nachts ertappen, wie er die Treppen hinaufschlich und mit Gewalt die Tür zu dem Zimmer zu öffnen versuchte. Es war schrecklich, im eignen Haus einen Spion zu haben. Er hatte von reichen Leuten gehört, die ihr ganzes Leben hindurch die Erpressungen irgendeines Dieners zu dulden hatten, der einen Brief gelesen, ein Gespräch erlauscht, einen Zettel mit einer Adresse erwischt oder unter einem Kissen eine welke Blume oder einen Fetzen verknitterter Spitze gefunden hatte.

Er seufzte, goß sich etwas Tee ein und öffnete Lord Henrys Billett. Es besagte bloß, daß er ihm die Abendzeitung schicke und ein Buch, das ihn interessieren würde, und daß er um ¼9 Uhr im Klub sein würde. Er öffnete lässig die St. James' und sah sie durch. Ein roter Strich auf der fünften Seite zog seinen Blick an. Er machte auf die folgende Notiz aufmerksam:

»LEICHENBESCHAU EINER SCHAUSPIELERIN.
Heute morgen wurde in der Bell Tavern, Hoxton Road, von Mr. Danby, dem Distriktskoroner, über die Leiche von Sibyl Vane, einer jungen Schauspielerin, die zuletzt am Royal Theatre, Holborn, engagiert war, eine Untersuchung abgehalten. Es wurde auf Tod durch einen Unglücksfall erkannt. Reges Mitleid erweckte die Mutter der Verstorbenen, die während ihrer Vernehmung und während der von Dr. Birrel, der den eingetretenen Tod an der Verstorbenen festgestellt hatte, sehr ergriffen war.«

Er runzelte die Stirn, zerriß das Blatt, ging durchs Zimmer und warf die Stücke fort. Wie häßlich das alles war! Und welch schauerliche Wirklichkeit den Dingen die Häßlichkeit verlieh! Er ärgerte sich etwas, daß ihm Lord Henry den Bericht geschickt hatte. Und es war sicherlich töricht von ihm, daß er ihn rot angestrichen hatte. Viktor konnte es gelesen haben. Der Mann verstand mehr als genug englisch dazu.

Vielleicht hatte er es gelesen und schon angefangen, seinen Verdacht zu hegen. Und doch, was lag daran? Was hatte Dorian Gray mit Sibyl Vanes Tod zu tun? Da war nichts zu fürchten. Dorian Gray hatte sie nicht ermordet.

Sein Blick fiel auf das gelbe Buch, das ihm Lord Henry geschickt hatte. Er war begierig zu wissen, was es war. Er trat an den kleinen perlfarbenen achteckigen Ständer, der ihm stets wie ein Erzeugnis gewisser seltsamer ägyptischer Bienen vorkam, die ihr Werk in Silber schufen, nahm den Band zur Hand, warf sich in einen Lehnstuhl und begann darin zu blättern. Nach einigen Minuten war er ganz davon gefesselt. Es war das merkwürdigste Buch, das er je gelesen hatte. Es schien ihm, als zögen in köstlichen Gewändern, zum süßen Ton von Flöten die Sünden der Welt als stummer Aufzug an ihm vorbei. Dinge, von denen er stumpf geträumt, wurden ihm plötzlich zur Wirklichkeit geschaffen. Dinge, von denen er nie geträumt, wurden ihm langsam offenbar.

Es war ein Roman ohne Handlung; nur einen Charakter enthielt er und war eigentlich eine psychologische Studie über einen bestimmten jungen Pariser, der sein Leben über dem Versuch verbrachte, im neunzehnten Jahrhundert alle Leidenschaften und Wandlungen des Denkens in Wirklichkeit zu erleben, die jedem Jahrhundert mit Ausnahme des eigenen angehört hatten; und so in sich selbst gleichsam die verschiedenartigen Stimmungen, die der Weltgeist je durchlaufen, zusammenzufassen, wobei er jene Verzichtleistungen, die die Menschen unweise Tugend benannten, um ihrer Künstlichkeit willen ebenso liebte wie jene natürlichen Empörungen, die von weisen Leuten jetzt noch Sünde genannt werden.

Geschrieben war es in jenem seltsamen reich ausgeschmückten Stil, der die Werke einiger der feinsten Künstler der französischen Symbolistenschule auszeichnet: lebendig und dunkel zugleich, voll Argot und Archaismen, von technischen Ausdrücken und sorgfältigen Umschreibungen. Es enthielt Vergleiche, unglaublich wie Orchideen und auch so zart in der Farbe. Das Leben der Sinne wurde mit Begriffen mystischer Philosophie beschrieben. Bisweilen wußte man kaum, ob man die geistigen Ekstasen eines mittelalterlichen Heiligen oder die krankhaften Bekenntnisse eines modernen Sünders las. Es war ein Buch voll Gift.

Ein schwerer Weihrauchduft schien um seine Seiten zu schweben und das Hirn zu verwirren. Schon der Fall der Sätze, die feine Eintönigkeit ihrer Musik, so erfüllt sie war von komplizierten Wiederholungen und kunstreich wiederkehrenden Bewegungen, erzeugten in dem Geist des Jünglings, wie er von Kapitel zu Kapitel vorrückte, eine Art Träumerei, eine Krankheit des Träumens, die ihn das Sinken des Tags und das Heranschleichen der Schatten nicht wahrnehmen ließen.

Wolkenlos und nur von einem einsamen Sterne blitzend, glühte ein kupfergrüner Himmel durch die Fenster herein. Bei seinem erblassenden Licht las er weiter, bis er nichts mehr sehen konnte. Erst dann, nachdem ihn sein Diener mehrere Male an die späte Stunde erinnert hatte, stand er auf, ging ins Nebenzimmer, legte das Buch auf den kleinen Florentiner Tisch, der immer an seinem Bett stand, und begann sich zum Dinner anzukleiden.

Es war fast neun Uhr, als er im Klub ankam, wo er Lord Henry im Lesezimmer antraf, allein und sehr gelangweilt dasitzend.

»Es tut mir so leid, Harry«, rief er aus, »aber es ist in der Tat ganz und gar Ihre Schuld. Ich bin von dem Buch, das Sie mir geschickt haben, so gefesselt gewesen, daß ich nicht merkte, wie die Zeit verstrich.«

»Ja, ich dachte mir, daß es Ihnen gefallen möchte«, erwiderte sein Freund, indem er vom Stuhl aufstand.

»Ich habe nicht gesagt, daß es mir gefällt. Ich sagte, es hat mich gefesselt. Das ist ein großer Unterschied.«

»Ach, Sie haben das entdeckt?« murmelte Lord Henry. Und sie gingen in den Speisesaal.

ELFTES KAPITEL

Jahrelang konnte sich Dorian Gray von dem Eindruck dieses Buches nicht freimachen. Oder vielleicht wäre es richtiger zu sagen, daß er niemals versuchte, sich davon zu befreien. Er ließ sich von Paris nicht weniger als neun Luxusausgaben der ersten Auflage kommen und ließ sie in verschiedene Farben binden, so daß sie seinen verschiedenen Launen und den wechselnden Einfällen eines Charakters entsprachen, über den er, wie ihm schien, zuweilen die Herrschaft vollständig verloren hatte. Der Held, der wundervolle junge Pariser, in dem das romantische und das wissenschaftliche Element auf so seltsame Weise verschmolzen waren, wurde ihm zu einer Art vorausgeschauter Idealfigur seiner selbst. In der Tat schien es ihm, als enthielte das ganze Buch die Geschichte seines Lebens, aufgezeichnet, bevor er es selbst noch gelebt hatte.

In einer Beziehung jedoch war er glücklicher als der phantastische Held des Romans. Er kannte nie – nie hatte er ja auch eine Ursache dazu gehabt – jene etwas groteske Furcht vor Spiegeln, polierten Metallflächen und unbewegtem Wasser, die den jungen Pariser so früh im Leben überkam und die durch den jähen Verfall einer Schönheit verursacht war, die anscheinend vorher außerordentlich gewesen war.

Mit einer fast grausamen Lust – und vielleicht liegt in fast jeder Lust, wie sicherlich in jedem Genuß, ein Stück Grausamkeit – pflegte er den zweiten Teil des Buches zu lesen, mit seinem wirklich tragischen, wenn auch etwas übertriebenen Bericht der Leiden und Verzweiflungen eines Menschen, der in sich selbst verloren hatte, was er an andern und in der Welt am höchsten einschätzte.

Denn die wunderbare Schönheit, die Basil Hallward und noch viele andere so gefesselt hatte, schien ihn nie zu verlassen. Selbst jene, die die häßlichsten Dinge über ihn gehört hatten – und es schlichen von Zeit zu Zeit seltsame Gerüchte über seine Lebensweise durch London und wurden zum Gespräch in den Klubs –, konnten nichts Unehrenhaftes von ihm glauben, wenn sie ihn sahen. Er sah immer aus wie jemand, der sich unbefleckt von der

Welt erhalten hat. Männer, die gemein daherredeten, wurden still, wenn Dorian Gray ins Zimmer trat. Es lag etwas in der Reinheit seines Gesichts, das ihnen einen Tadel erteilte. Schon seine Gegenwart schien die Erinnerung an die Unschuld, die sie beschmutzt hatten, in ihnen wieder wachzurufen. Man wunderte sich, wie ein so reizender und anmutiger Mensch wie er der Befleckung durch eine Zeit hatte entrinnen können, die zugleich schmutzig und sinnlich war.

Oft, wenn er von einer jener geheimnisvollen und langen Abwesenheiten heimkam, die so merkwürdige Vermutungen unter seinen Freunden oder jenen, die sich dafür hielten, hervorriefen, schlich er hinauf in das verschlossene Gemach, öffnete die Tür mit dem Schlüssel, der ihn nun nie mehr verließ, stellte sich mit einem Spiegel vor das Porträt, das Basil Hallward von ihm gemalt hatte, und sah bald auf das schändliche alternde Gesicht auf der Leinwand und bald auf das schöne junge Antlitz, das ihm aus der glatten Spiegelfläche entgegenlächelte. Gerade die Grellheit des Kontrastes pflegte seinen Genuß zu erhöhen. Er verliebte sich mehr und mehr in seine eigne Schönheit, er interessierte sich mehr und mehr an der Verderbnis seiner eignen Seele. Mit peinlicher Aufmerksamkeit und manchmal mit einem ungeheuerlichen und schrecklichen Entzücken beobachtete er die häßlichen Linien, die die runzlige Stirn durchfurchten oder um den stark sinnlichen Mund herumkrochen, indem er sich zuweilen fragte, welches wohl die schrecklicheren seien, die Zeichen der Sünde oder die Zeichen des Alters. Er pflegte seine weißen Hände neben die rohen, geschwollenen auf dem Bild zu legen und lächelte. Er höhnte den verunstalteten Körper und die welkenden Glieder.

Dann gab es wohl auch Augenblicke, in Nächten, wenn er schlaflos in seinem von einem köstlichen Duft erfüllten Zimmer oder in dem schmutzigen Raum der kleinen berüchtigten Kneipe bei den Docks lag, die er unter einem angenommenen Namen und verkleidet häufig zu besuchen pflegte, daß er an das Verderben dachte, das er über seine Seele gebracht hatte, mit einem Mitleid, das um so schärfer stach, weil es ganz selbstsüchtig war. Aber Augenblicke wie diese waren selten. Jene Neugierde am Leben, die Lord Henry zuerst in ihm aufgeregt, als sie im Garten ihres Freundes zusammensaßen, schien mit der Befriedigung nur noch zu wachsen. Je mehr er wußte, um so mehr wollte er wissen. Er empfand ein wildes Hungergefühl, das um so gieriger wurde, je mehr er es stillte.

Doch war er durchaus nicht unbedacht, wenigstens nicht in

seinen Beziehungen zur Gesellschaft. Ein- oder zweimal in jedem Monat während des Winters öffnete er sein schönes Haus für die Welt und sorgte, daß die berühmtesten Musiker des Tages seine Gäste mit den Wundern ihrer Kunst erfreuten. Seine kleinen Dinners, bei deren Zurichtung Lord Henry ihm stets behilflich war, waren ebensosehr wegen der sorgfältigen Auswahl und Sitzordnung der Eingeladenen berühmt, als wegen des erlesenen Geschmacks, der sich in der Tafeldekoration mit ihren feinen symphonischen Anordnungen exotischer Blumen, gestickter Tücher und alten Gold- und Silbergeschirrs kundgab. In der Tat gab es viele, besonders unter den jungen Leuten, die in Dorian Gray die wahre Verkörperung eines Typus sahen oder zu sehen glaubten, von dem sie oft in Eton oder Oxford geträumt hatten, einen Typus, der etwas von der wirklichen Kultur des Gelehrten mit der ganzen Anmut, Vornehmheit und den vollkommenen Manieren eines Weltmanns zu verschmelzen hatte. Ihnen erschien er als einer aus der Schar jener, die Dante als solche geschildert, die »sich vollkommen zu machen suchten durch die Anbetung der Schönheit«. Wie Gautier war er einer von denen, für die »die sichtbare Welt existierte«.

Und sicherlich war für ihn das Leben die erste, die größte Kunst, und alle übrigen Künste schienen ihm nur eine Vorbereitung dafür zu sein. Natürlich schlugen die Mode, durch die das wirklich Phantastische für einen Augenblick Allgemeingut wird, und der Dandyismus, der in seiner Art ein Versuch ist, die absolute Modernität der Schönheit zu bezeugen, ihren Zauber um ihn. Seine Art, sich zu kleiden, und die besonderen Stile, die er von Zeit zu Zeit annahm, übten einen ausgesprochenen Einfluß auf die Eleganz der Mayfairbälle und in den Fenstern des Pall-Mall-Klubs, die ihn in allem, was er tat, kopierten und den zufallsgeschaffenen Reiz seiner anmutvollen und ihm gleichwohl nur halb ernsthaften Exzentrizitäten zu wiederholen suchten.

Während er aber nur zu bereit war, die Stellung, die ihm fast unmittelbar nach seiner Mündigsprechung angeboten wurde, anzunehmen, und in der Tat einen feinen Genuß in dem Gedanken empfand, für das London seiner Zeit wirklich das zu werden, was für das kaiserliche Rom Neros einmal der Verfasser des »Satyrikon« gewesen, wünschte er doch im Innersten seines Herzens etwas mehr zu sein als ein bloßer »arbiter elegantiarum«, den man über das Tragen eines Schmuckstückes, über das Knüpfen einer Krawatte oder der Haltung eines Stockes befragte. Er suchte ein neues Lebensschema auszuarbeiten, das seine vernünftige Philosophie und seine geordneten Prinzipien haben, dem in der Vergeistigung der Sinne sein höchstes Ziel gesteckt sein sollte.

Die Verehrung der Sinne ist oft und mit vielem Recht gescholten worden, da die Menschen instinktiv ein natürliches Angstgefühl vor den Leidenschaften und Empfindungen haben, die ihnen stärker erscheinen als sie selbst und die sie mit den weniger hoch organisierten Daseinsformen zu teilen sich bewußt sind. Doch schien es Dorian Gray, daß die wahre Natur der Sinne nie verstanden worden sei und daß sie nur darum wild und tierisch geblieben seien, weil die Welt immer nur darauf aus war, sie durch Unterdrückung zu brechen oder sie durch Schmerzen abzutöten, anstatt bestrebt zu sein, sie zu den Elementen einer neuen Vergeistigung zu machen, deren herrschender Charakterzug ein edler Sinn für die Schönheit sein sollte. Wenn er auf den Zug des Menschen durch die Geschichte zurücksah, ergriff ihn ein mächtiges Gefühl des Verlustes. So viel war geopfert worden! Und zu so kleinem Zweck! Es hatte wahnsinnige, willkürliche Entsagungen, ungeheuerliche Formen der Selbstpeinigung und Selbstverleugnung gegeben, deren Ursprung die Furcht und deren Ergebnis eine unendlich viel schrecklichere Erniedrigung war als jene eingebildete Erniedrigung, vor der sich die Menschen in ihrer Unwissenheit flüchten wollten, während die Natur in ihrer prachtvollen Ironie den Anachoreten in die Wüste jagt, um mit ihren Kreaturen zu weiden und dem Einsiedler die Tiere des Feldes zu seinen Gefährten gibt. Ja, es mußte, wie Lord Henry prophezeit hatte, ein neuer Hedonismus kommen, der das Leben neu schaffen und es vor jenem strengen, häßlichen Puritanertum retten sollte, das in unseren Tagen seine sonderbare Auferstehung erlebt. Sicherlich sollte auch dem Verstand sein Gottesdienst darin werden, aber niemals sollte eine Theorie oder ein System angenommen werden, das in sich das Opfer auf irgendeine Art leidenschaftlichen Erlebens schloß. Vielmehr sollte das Ziel dieses Hedonismus die Erfahrung selbst sein und nicht die Früchte der Erfahrung, mochten sie nun süß oder bitter sein. Von dem Asketismus, der die Sinne abtötet, sowie von der gemeinen Verworfenheit, die sie abstumpft, sollte er nichts enthalten. Aber er sollte die Menschen lehren, sich auf die großen Augenblicke eines Lebens zu konzentrieren, das selbst nur ein Augenblick ist.

Es gibt wohl nur wenige unter uns, die nicht manchmal, bevor es dämmert, erwacht sind, entweder nach einer jener traumlosen Nächte, die uns fast den Tod lieben lassen, oder nach einer jener Nächte des Schreckens und der mißgeschaffenen Lust, wenn durch die Kammern des Gehirns Phantome flattern, die schrecklicher sind als die Wirklichkeit selbst und erfüllt von jenem pulsenden Leben, das in allem Grotesken lauert und das der gotischen Kunst ihre ewige Lebenskraft verleiht, wie denn auch diese Kunst, so möchte man meinen, besonders die Kunst jener ist, deren Seelen von der Krankheit des Träumens getrübt sind. Mählich schleichen bleiche Finger durch die Vorhänge und sie scheinen zu zittern. In schwarzen phantastischen Formen kriechen trübe Schatten in die Winkel des Zimmers und kauern dort nieder. Draußen rascheln die Vögel im Laub, oder man hört den Schritt von Menschen, die an die Arbeit gehen, oder das Seufzen und Stöhnen des Windes, der von den Hügeln niederfährt und um das schweigende Haus wandert, als fürchte er, die Schläfer zu erwecken, und müsse doch den Schlaf aus seiner purpurnen Höhle hervorrufen. Schleier um Schleier von dünner dunkler Gaze hebt sich, und allmählich werden den Dingen ihre Formen und Farben wiedergegeben, und wir sehen, wie der dämmernde Morgen der Welt wieder ihre alte Gestalt verleiht. Die blassen Spiegel bekommen wieder ihre Kraft zurück, den Abglanz des Lebens zu geben. Die flammenlosen Kerzen stehen, wo wir sie ließen, und neben ihnen liegt das halbaufgeschnittene Buch, in dem wir gelesen, oder die auf Draht gebundene Blume, die wir auf dem Ball getragen, oder der Brief, den zu lesen wir uns gefürchtet oder den wir zu oft gelesen haben. Nichts scheint uns verändert. Aus den unwirklichen Schatten der Nacht steigt das wirkliche Leben, das wir gekannt haben, wieder hervor. Wir müssen es wieder aufnehmen, wo wir es abgebrochen hatten, und es beschleicht uns ein schreckliches Gefühl für die Notwendigkeit, in demselben ermüdenden Kreise stereotyper Gewohnheiten die Kräfte weiter zu verbrauchen, oder vielleicht eine wilde Sehnsucht, unsere Augen möchten sich eines Morgens auf eine Welt öffnen, die in der Dunkelheit zu unserer Lust neu geschaffen worden sei, eine Welt, in der die Dinge neue Farben und Formen hätten, verändert wären oder andere Geheimnisse bürgen, eine Welt, in der die Vergangenheit wenig oder gar keinen Raum einnehmen dürfte oder doch wenigstens in keiner bewußten Form von Verpflichtung oder Reue weiterlebte, da doch selbst die Erinnerung an die Freude ihre Bitterkeit hat, das Gedächtnis an den Genuß seinen Schmerz.

Die Erschaffung solcher Welten schien Dorian Gray der eigentliche Inhalt des Lebens zu sein oder wenigstens zu seinen eigentlichen Inhalten zu gehören; und in seinem Suchen nach Sensationen, die zugleich neu und köstlich sein und jenes Element des Sonderbaren besitzen sollten, das der Romantik so wesentlich ist, pflegte er häufig in gewisse Denkweisen hineinzuschlüpfen, von denen er wußte, daß sie tatsächlich seiner Natur fremd waren, gab sich ihren feinen Einflüssen hin und ließ sie dann, wenn er gleichsam ihre Farbe aufgesogen und seine intellektuelle Neugierde befriedigt hatte, mit jener sonderbaren Gleichgültigkeit wieder fallen, die mit einer wirklichen Glut des Temperaments nicht unvereinbar und in der Tat nach der Ansicht gewisser moderner Psychologen oft eine Bedingung für sie ist.

Einmal ging das Gerücht, er wolle den römisch-katholischen Glauben annehmen, und gewiß besaß das katholische Ritual stets eine große Anziehungskraft für ihn. Das tägliche Opfer, wahrlich erhabener als alle Opfer der antiken Welt, regte ihn ebensosehr durch seine stolze Verachtung der Sinnenfälligkeit wie durch die primitive Einfachheit seines Elements und das ewige Pathos der menschlichen Tragödie auf, die es zu symbolisieren suchte. Er liebte es, auf dem kalten Marmorpflaster niederzuknien und den Priester zu beobachten, wie er in seiner steifen, blumenbestickten Stola langsam und mit weißen Händen den Vorhang des Tabernakels auf die Seite zog oder die edelsteingeschmückte, laternenförmige Monstranz mit jener bleichen Hostie in die Höhe hob, die bisweilen, wie man fast denken möchte, wirklich das Panis coelestis, das Brot der Engel, ist, oder in die Gewänder der Passion Christi gekleidet, die Hostie in den Kelch brach und um seiner Sünden willen sich die Brust schlug. Die rauchenden Weihrauchfässer, die ernste Knaben in Spitzen und Scharlach durch die Luft schwangen, großen vergoldeten Blumen gleich, übten eine tiefe Bezauberung auf ihn aus. Wenn er die Kirche verließ, pflegte er staunend die schwarzen Beichtstühle anzusehen und sehnte sich, im dunkeln Schatten eines solchen zu sitzen und den Männern und Frauen zu lauschen, die durch das abgegriffene Gitter die wahre Geschichte ihres Lebens erzählten.

Aber er verfiel nie dem Irrtum, seine geistige Entwicklung durch irgendeine förmliche Annahme eines Bekenntnisses oder eines Systems zu hemmen, oder ein Haus, in dem man leben konnte, mit einer Herberge zu verwechseln, die nur für den Aufenthalt einer Nacht taugt oder auch nur für ein paar Stunden, wenn in einer Nacht keine Sterne leuchten und der Mond sich verbirgt. Die Mystik mit ihrer wunderbaren Macht, uns gewöhnliche Dinge seltsam zu machen, und der geheime Antinomismus, der sie stets zu begleiten scheint, fesselten ihn eine Saison lang; eine andere wieder neigte er sich den materialistischen Lehren der deutschen darwinistischen Bewegung zu und fand einen merkwürdigen Genuß daran, die Gedanken und Leidenschaften der Männer auf irgendeine perlgroße Zelle im Gehirn zurückzuleiten oder auf irgendeinen weißen Nerv im Körper, wobei er seine Freude hatte, sich die absolute Abhängigkeit des Geistes von gewissen physischen Bedingungen abzustellen, mochten sie nun krankhaft oder gesund, normal oder verkrüppelt sein. Doch wie schon vorher von ihm gesagt wurde, keine Theorie des Lebens schien ihm von irgendwelcher Bedeutung im Vergleich mit dem Leben selbst. Er war sich klar bewußt, wie unfruchtbar alle geistige Spekulation ist, wenn sie von Handlung und Experiment getrennt gehalten ist. Er wußte, daß die Sinne nicht weniger als die Seele ihre geistigen Geheimnisse zu offenbaren haben.

Und so widmete er sich jetzt dem Studium der Gerüche und den Geheimnissen ihrer Herstellung, destillierte schwerduftende Öle und verbrannte riechenden Gummi aus dem Osten. Er erkannte, daß es keine Stimmung des Geistes gab, die nicht ihr Gegenspiel im Leben der Sinne hatte, und verlegte sich darauf, ihre wahre gegenseitige Beziehung zu entdecken, und er fragte sich, was im Weihrauch den Menschen in mystische Fremdheit versetze, warum das Ambra die Leidenschaft aufwühle, warum der Veilchenduft die Erinnerung an gestorbene Romane erwecke, der Moschus das Gehirn verwirre, der Tschampack die Phantasie beflecke; und häufig versuchte er, eine tatsächliche Psychologie der Gerüche auszuarbeiten und die verschiedentlichen Wirkungen süß schmeckender Wurzeln, stark riechender pollenbeladener Blüten, aromatischen Balsams, dunkler, wohlriechender Hölzer zu bestimmen: der Narde, die krank macht, der Hovenie, die wahnsinnig macht, und der Aloe, die imstande sein soll, aus der Seele die Schwermut zu vertreiben.

Zu einer andern Zeit widmete er sich ganz der Musik und pflegte in einem langen, mit einer Gittertäfelung versehenen Raum, dessen Decke rotgolden und dessen Wände mit einem olivgrünen Lack bemalt waren, seltsame Konzerte zu geben, bei denen tolle Zigeunermädchen eine wilde Musik aus kleinen Zithern lockten, oder ernste Tunesier in gelben Schals die gespannten Saiten ungeheurer Lauten zupften, während grinsende Neger mit einförmigem Takt auf kupferne Trommeln schlugen und schlanke, turbanbedeckte Inder, auf scharlachroten Matten kauernd, durch lange Rohr- oder Messingpfeifen bliesen und große Brillenschlangen und furchtbare Hornvipern bezauberten oder zu bezaubern schienen. Die grellen Intervalle und schrillen Mißtöne barbarischer Musik reizten ihn zuzeiten, wenn Schuberts Anmut, Chopins süße Melancholie und sogar die mächtigen Harmonien Beethovens unbeachtet an sein Ohr tönten. Aus allen Teilen der Welt sammelte er die merkwürdigsten Instrumente, die sich finden ließen, in den Gräbern toter Völker oder unter den wenigen wilden Stämmen, die die Berührung mit westlicher Kultur überdauert haben, und liebte es, sie zu berühren und zu versuchen. Er besaß das geheimnisvolle Juruparis der Rio-Negro-Indianer, das die Frauen nicht anblicken und das sogar Jünglinge erst dann sehen dürfen, wenn sie sich einem Fasten und Geißeln unterworfen haben, und die irdenen Knarren der Peruaner, die den schrillen Ton des Vogelschreis haben, und Flöten aus Menschenknochen, wie sie Alphonso de Ovalle in Chile hörte, und die klingenden grünen Jaspissteine, die bei Cuzco gefunden werden und einen Ton von seltsamer Lieblichkeit hervorbringen. Er hatte bemalte Kürbisse mit Kieselsteinen gefüllt, die rasselten, wenn sie geschüttelt wurden; die lange Zinke der Mexikaner, durch die man nicht bläst, sondern durch die man die Luft einzieht; die rauhe Ture der Amazonasstämme, die von den Wachen geblasen wird, die den ganzen Tag auf hohen Bäumen sitzen, und die, wie man sagt, auf eine Entfernung von drei Meilen gehört werden kann; das Jeponaztli, das zwei zitternde Zungen aus Holz hat und das man mit Stöcken schlägt, die mit Kautschuk bestrichen sind, das aus dem milchigen Saft von Pflanzen gewonnen wird; die Yotl-Glocken der Azteken, die in Büscheln hängen wie Weintrauben, und eine mächtige zylindrische Trommel, bespannt mit den Häuten großer Schlangen, gleich der, die Bernal Diaz sah, als er mit Cortez in den mexikanischen Tempel trat und von deren wehklagendem Ton er uns eine so lebhafte Beschreibung hinterlassen hat. Der phantastische Charakter dieser Instrumente bezauberte ihn, und er empfand einen merkwürdigen Genuß in dem Gedanken, daß die Kunst, wie die Natur, ihre Ungeheuer hat, Dinge von tierischer Form und mit gräßlichen Stimmen. Nach einiger Zeit jedoch wurde er ihrer müde und saß wieder in seiner Loge in der Oper, entweder allein oder mit Lord Henry, hörte mit verzückter Lust den »Tannhäuser« und erkannte in dem Vorspiel dieses großen Kunstwerks eine Darstellung der Tragödie seiner eigenen Seele.

Ein anderes Mal warf er sich auf das Studium der Edelsteine und erschien bei einem Kostümball als Anne de Joyeuse, Admiral von Frankreich, in einem Kleid, das mit fünfhundertsechzig Perlen bedeckt war. Diese Neigung hielt ihn jahrelang gefesselt, ja man kann vielleicht sagen, daß sie ihn nie verlassen hat. Er verbrachte oft einen ganzen Tag damit, die verschiedenen Steine, die er gesammelt hatte, aus ihren Schachteln herauszunehmen und wieder in sie zurückzulegen: den olivgrünen Chrysoberyll, der bei Lampenlicht rot wird, den Cymophan mit seinen drahtförmigen Silberlinien, den pistazienfarbenen Peridot, rosenrote und weingelbe Topase, Karfunkelsteine in feurigem Scharlach mit zitternden vierstrahligen Sternen, flammenrote Zimtsteine, orangene und violette Spinelle und Amethyste mit ihren wechselnden Lagen von Rubin und Saphir. Er liebte das rote Gold des Sonnensteins, des Mondsteins perlfarbene Weiße und den gebrochenen Regenbogen des milchigen Opals. Aus Amsterdam verschaffte er sich drei Smaragde von außerordentlicher Größe und reichster Farbe und besaß einen Türkis de la vieille roche, um den ihn alle Kenner beneideten.

Er entdeckte auch wunderbare Geschichten, die sich an Juwelen knüpften. In Alphonsos »Clericalis Disciplina« war eine Schlange erwähnt, die Augen aus wirklichen Hyazinthsteinen hatte, und in der romantischen Geschichte Alexanders hieß es von dem Eroberer von Emathia, er habe im Jordantal Schlangen gefunden, »mit Ringen aus wirklichen Smaragden, die ihnen auf dem Rücken wuchsen«. Philostratus erzählt, daß im Gehirn des Drachens ein Edelstein war, und das Ungeheuer konnte, indem es »dem Anblicke goldener Lettern und eines scharlachroten Kleides ausgesetzt« wurde, in einen magischen Schlaf versetzt und getötet werden. Nach der Ansicht des großen Alchimisten Pierre de Boniface machte der Diamant unsichtbar und der indische Achat beredt. Der Karneol beschwichtigte den Zorn, der Hyazinth rief den Schlaf herbei, und der Amethyst trieb den Weindunst weg. Der Granat verscheuchte Dämonen, und der Hydropicus nahm dem Mond seine Farbe. Der Selenit nahm mit dem Monde ab und zu, und der Melokeus, der die Diebe entdeckt, erwies sich nur im Blute junger Ziegen angreifbar. Leonardus Camillus hat einen weißen Stein gesehen, der aus dem Gehirn einer eben getöteten Kröte genommen worden und der ein sicheres Mittel gegen Gift war. Der Bezoar, der im Herzen des arabischen Hirsches gefunden wurde, war ein Zauber, der von der Pest heilen konnte. In den Nestern arabischer Vögel lag der Aspilat, der nach Demokrit seinen Träger vor jeder Feuersgefahr schützt.

Der König von Ceilan ritt durch seine Hauptstadt mit einem großen Rubin in der Hand, als zur Feier seiner Krönung. Die Tore zum Palaste Johannes des Priesters waren »aus Karneol gebildet, in den das Horn der Hornviper hineingeschnitten war, so daß niemand imstande war, Gift hineinzubringen«. Über dem Giebel waren »zwei goldene Äpfel mit zwei Karfunkelsteinen«, so daß das Gold am Tage glänzen konnte und die Karfunkelsteine in der Nacht. In Lodges seltsamem Roman »Eine amerikanische Perle« stand, daß man im Schlafzimmer der Königin alle keuschen Frauen der Welt, in Silber getrieben, sehen konnte, wie sie »in schöne Spiegel aus Chrysolit, Karfunkelsteinen, Saphiren und grünen Smaragden blickten«. Marco Polo hatte gesehen, wie die Bewohner von Zipangu rosenfarbene Perlen in den Mund der Toten steckten. Ein Seeungeheuer war in die Perle verliebt, die der Taucher dem König Perozes brachte, hatte den Dieb erschlagen und trauerte sieben Monate über den Verlust der Perle. Als die Hunnen den König in die große Grube lockten, warf er sie fort – so erzählt Prokop –, und sie wurde nie wiedergefunden, obwohl der Kaiser Anastasius fünfhundert Goldstücke dafür bot. Der König von Malabar hatte einmal einem Venezianer einen Rosenkranz aus dreihundertvier Perlen gezeigt, eine Perle für jeden Götzen, den er verehrte.

Als der Herzog von Valentinois, der Sohn Alexanders VI., Ludwig XII. von Frankreich besuchte, war sein Pferd nach Brantôme mit goldenen Blättern bedeckt, und sein Barett trug doppelte Reihen von Rubinen, die einen starken Schein ausstrahlten. Karl von England war in Steigbügeln geritten, die mit vierhunderteinundzwanzig Diamanten besetzt waren. Richard II. hatte einen Stock, dessen Wert man auf dreißigtausend Mark schätzte – er war mit Balasrubinen bedeckt. Hall beschrieb Heinrich VIII., reitend auf seinem Weg zum Tower vor seiner Krönung, er trug »ein Wams mit Goldauflagen, dessen Brust bestickt war mit Diamanten und andern reichen Steinen und um den Hals ein großes Gehänge aus schweren Rubinen«. Die Günstlinge Jakobs I. trugen als Ohrringe Smaragde, in Goldfiligran gefaßt. Eduard II. gab dem Piers Gaveston eine Rüstung aus rotem Gold, mit Hyazinthsteinen eingelegt, eine Halsberge aus goldenen Rosen, denen Türkise eingefügt waren, und eine mit Perlen übersäte Sturmhaube. Heinrich II. trug juwelenbesetzte Handschuhe, die bis zu den Ellbogen reichten, und hatte einen Fausthandschuh für die Falkenbeize, auf den zwölf Rubine und zweiundfünfzig große Perlen genäht waren. Der Herzogshut Karls des Kühnen, des letzten Burgunder-Herzogs seines Geschlechts, war mit birnenförmigen Perlen behangen und mit Saphiren bestreut.

Wie erlesen war einst das Leben gewesen! Wie herrlich in seinem Prunk und Schmuck! Auch nur zu lesen von dem verschwenderischen Reichtum der Toten war schon wundervoll.

Dann wandte er seine Aufmerksamkeit den Stickereien zu und

den Gobelins, die in den kalten Räumen der nördlichen Völker Europas die Stellen von Fresken einnehmen. Als er sich in diesen Gegenstand vertiefte – und er besaß stets eine außerordentliche Fähigkeit, in dem, womit er sich augenblicklich beschäftigte, völlig aufzugehen –, war er fast von Trauer ergriffen, wenn er an das Verderben dachte, das die Zeit schönen und wunderbaren Dingen bereitete. Er wenigstens war dem entronnen. Ein Sommer um den andern kam und ging, und die gelben Narzissen blühten und welkten viele Male, und Nächte voll Schrecken wiederholten die Geschichte ihrer Schmach, er aber blieb unverändert. Kein Winter zerstörte sein Antlitz oder befleckte seine blütengleiche Schöne. Wie anders war es mit materiellen Dingen! Wohin waren die entschwunden? Wo war das große krokusfarbene Gewand, auf dem die Götter gegen die Giganten kämpften, das von braunen Mädchen zur Freude Athenas gewirkt worden war? Wo das gewaltige Velarium, das Nero über das Kolosseum in Rom hatte breiten lassen, jenes titanische Purpursegel, auf dem der Sternenhimmel dargestellt war und Apoll einen Wagen lenkend, den weiße Hengste mit goldenen Zügeln zogen? Er sehnte sich, die seltsamen Tischdecken zu sehen, die für den Sonnenpriester gewebt und auf denen alle Leckerbissen und Speisen ausgebreitet waren, die zu einem Fest verlangt werden können; oder das Bahrtuch von König Chilperich mit seinen dreihundert goldenen Bienen; die phantastischen Gewänder, die die Entrüstung des Bischofs von Pontus erregten und auf denen »Löwen, Panther, Bären, Hunde, Wälder, Felsen, Jäger« abgebildet waren, »kurz alles, was ein Maler der Natur nachschildern kann«, und den Rock, den einst Karl von Orleans getragen, auf dessen Ärmel die Verse eines Liedes gestickt waren, das begann: »Madame, je suis tout joyeux«, während die Musiknoten zu den Worten in goldenen Fäden eingewirkt waren und jeder Notenkopf – viereckig, in der Form jener Zeit – aus vier Perlen gebildet war. Er las von dem Gemach, das man im Palast von Reims für den Gebrauch der Königin Johanna von Burgund eingerichtet hatte und das ausgeschmückt war mit »dreizehnhunderteinundzwanzig Papageien, in Stickerei gearbeitet, in die das königliche Wappen hineingewirkt war, und mit fünfhunderteinundsechzig Schmetterlingen, deren Flügel auf ähnliche Weise mit den Wappen der Königin geziert waren, das Ganze in Gold ausgeführt«. Katharina von Medici hatte sich ein Trauerbett aus schwarzem Samt machen lassen, über das Mondsicheln und Sonnenscheiben gestreut waren. Seine Vorhänge waren aus Damast mit Blattgewinden und Girlanden, auf einem gold und silbernen Grund, die Ränder mit Perlenstickereien umsäumt, und es stand in einem Zimmer, um das sich die Wahlsprüche der Königin in schwarzem Samt ausgeschnitten auf Silbertuch herumzogen. Ludwig XIV. hatte in seinem Gemach goldgestickte, fünfzehn Fuß hohe Karyatiden. Das Prunkbett Sobieskys, des Königs von Polen, war aus Smyrna-Goldbrokat, und mit Türkisen waren Verse aus dem Koran hineingestickt. Die Pfosten waren aus vergoldetem Silber und mit Medaillons aus Email und Edelsteinen verschwenderisch beladen. Es war eine Beute aus dem türkischen Lager bei der Belagerung von Wien, und unter dem zitternden Gold seines Baldachins hatte die Fahne Muhammeds gestanden.

So suchte er ein ganzes Jahr die kostbarsten Beispiele zu sammeln, die er an Webereien und Stickereien auftreiben konnte, er erwarb zarte Musselins aus Delhi, zierlich bestickt mit goldenen Palmblättern und benäht mit irisierenden Käferflügeln; Gaze aus Dakka, die wegen ihrer Transparenz im Orient »gewebte Luft«, »rinnendes Wasser« und »Abendtau« genannt wird; seltsam gemusterte Stoffe aus Java; köstliche gelbe chinesische Gehänge; Bücher in Einbänden aus lohfarbenem Atlas oder hellblauer Seide, in die Lilienblüten, Vögel und Bilder hineingewirkt waren; Schleier aus Spitzen aux points aus Ungarn; sizilianische Brokate und steife spanische Samte; georgische Arbeit mit ihren goldenen Ecken und japanische Foukousas mit ihrem grünlichen Goldton und ihren fabelhaft gefiederten Vögeln.

Eine besondere Leidenschaft hatte er auch für kirchliche Gewänder, wie für alles, was mit dem gottesdienstlichen Kult verknüpft war. In den langen Kästen aus Zedernholz, die die westliche Galerie seines Hauses entlang standen, hatte er viele seltene und schöne Beispiele dessen angehäuft, was wirklich die Gewandung der Braut Christi ist, die sich in Purpur und Edelsteine und feines Linnen hüllen muß, damit sie den bleichen, ausgezehrten Leib verberge, der von dem Leiden geschlagen ist, nach dem sie langt, und verwundet ist von selbstgeschaffnem Schmerze. Er besaß einen prunkvollen Chorrock aus karminroter Seide und goldgesticktem Damast, geziert mit einem wiederkehrenden Muster aus goldenen Granatäpfeln, in sechsblättrige, stilisierte Blütenkelche gestellt, neben dem beiderseits das Fruchtzapfenmotiv in Sonnenperlen hineingewirkt war. Die Stolen waren in Felder geteilt mit Darstellungen aus dem Leben der Heiligen Jungfrau, und die Krönung der Jungfrau war in farbiger Seide auf der Kappe abgeschildert. Es war dies eine italienische Arbeit aus dem fünfzehnten Jahrhundert. Ein anderer Chorrock war aus grünem Samt, bestickt mit herzförmigen Lagen von Akanthusblättern, aus denen langstielige weiße Blüten hervorkamen, deren Details in Silberfäden und farbigen Kristallen ausgeführt waren. Die Schließe trug den Kopf eines Seraphs in reliefiertem Goldfiligran. Die Stolen waren in Rot und goldner Farbe auf buntblumiges Tuch gewoben und waren besternt mit Medaillons von vielen Heiligen und Märtyrern, unter denen der heilige Sebastian. Desgleichen besaß er Meßgewänder aus bernsteinfarbener Seide und blauer Seide und Goldbrokat, aus gelbem Seidendamast und Goldstoff, mit Darstellungen aus der Passion und der Kreuzigung Christi, bestickt mit Löwen und Pfauen und andern Symbolen; Dalmatiken aus weißem Atlas und rosa Seidendamast, verziert mit Tulpen und Rittersporn und Lilienblüten; Altardecken aus karminrotem Samt und blauem Linnen; und viele Meßdecken, Kelchhüllen und Schweißtücher. In den mystischen Diensten, zu denen solche Dinge verwandt wurden, lag etwas, das seine Einbildungskraft befeuerte.

Denn diese Schätze, wie überhaupt alles, was er in seinem schönen Hause sammelte, sollten ihm Mittel sein zum Vergessen, Wege, durch die er eine Weile der Furcht entgehen konnte, die ihm zuzeiten fast eine zu große Last für ihn dünkte. An der Wand des einsamen, verschlossenen Zimmers, in dem er so viele Zeit seiner Knabenjahre vollbracht hatte, hatte er mit eignen Händen das schreckliche Bild aufgehangen, dessen sich wandelnde Züge ihm die wahrhafte Erniedrigung seines Lebens zeigten, und davor hatte er als Vorhang die gold und purpurne Decke drapiert. Wochenlang ging er nicht fort, vergaß das gräßliche Bildwerk, spürte sein Herz wieder leicht, lebte in wunderbarer Freudigkeit und in leidenschaftlichem Vertieftsein in das bloße Dasein. Dann schlich er plötzlich nächtlicherweile aus dem Haus, ging in fürchterliche Orte bei Blue Gate Fields und blieb dort Tag um Tag, bis man ihn fortjagte. Bei seiner Rückkehr saß er dann vor dem Bild, bisweilen voll Ekel davor und vor sich selbst, ein andermal aber wieder erfüllt vom Stolz auf die eigne Individualität, der schon den halben Zauber der Sünde ausmacht, und lächelte wohl mit geheimer Freude über den mißgestalten Schatten, der die Last zu tragen hatte, die seine eigne hätte sein sollen.

Nach einigen Jahren konnte er es nicht ertragen, lange von England weg zu sein, und gab das Landhaus auf, das er in Trouville gemeinsam mit Lord Henry besessen, desgleichen auch das kleine Haus mit den weißen Mauern in Algier, wo sie mehr als einmal den Winter verbracht hatten. Er haßte es, von dem Bild getrennt zu sein, das ein solcher Teil seines Lebens war, und fürchtete auch, daß während seiner Abwesenheit jemand Zutritt zu dem Zimmer gewinnen könnte, trotz der trefflichen Riegel, mit denen er die Türe hatte versehen lassen.

Er war sich vollkommen bewußt, daß dieses ihnen nichts verraten würde. Zwar bewahrte das Bild unter all der Verderbnis und Häßlichkeit des Antlitzes noch die ausgeprägte Ähnlichkeit mit ihm selbst: aber was konnten sie daraus absehen? Er würde jeden auslachen, der es versuchte, ihn zu höhnen. Er hatte es ja nicht gemalt. Was ging es ihn an, wie gemein und schändlich es aussah? Ja selbst wenn er es ihnen erklärte – würden sie es glauben?

Dennoch hatte er Furcht. Manchmal, wenn er in seinem großen Haus in Nottinghamshire war und die eleganten jungen Leute seines Standes, die seine hauptsächliche Gesellschaft bildeten, bei sich eingeladen hatte und die Grafschaft durch den üppigen Luxus und den prunkhaften Glanz seiner Lebensweise in Erstaunen setzte, konnte er plötzlich seine Gäste verlassen und zurück nach London eilen, um zu sehn, ob die Tür noch unberührt war und das Bild noch dastand. Wie, wenn man's gestohlen hätte? Der bloße Gedanke daran ließ ihn vor kaltem Entsetzen erstarren. Sicherlich würde dann der Welt sein Geheimnis kund. Vielleicht argwöhnte sie es bereits.

Denn während er viele bezauberte, gab es nicht wenige, die ihm mißtrauten. Um ein Haar wäre er schwarz ballottiert worden, in einem Westendklub, zu dessen Mitgliedschaft ihn seine Geburt und soziale Stellung vollauf berechtigten, und man erzählte, bei einer gewissen Gelegenheit, als er von einem Freund in das Rauchzimmer des Churchill-Klubs mitgebracht wurde, seien der Herzog von Berwick und ein anderer Herr auf eine deutliche Weise aufgestanden und hinausgegangen. Sonderbare Geschichten liefen über ihn um, nachdem er sein fünfundzwanzigstes Jahr vollendet hatte. Man raunte sich zu, daß man ihn in einer gemeinen Kneipe im entlegensten Whitechapel mit fremden Matrosen sich habe herumtreiben sehen, und daß er mit Dieben und Falschmünzern verkehre und die Geheimnisse ihres Gewerbes kenne. Sein häufiges ungewöhnliches Verschwinden wurde notorisch, und wenn er dann wieder in der Gesellschaft auftauchte, flüsterte man einander in den Ecken Bemerkungen darüber zu oder ging mit spöttischem Lächeln an ihm vorbei oder sah ihn mit kalten, forschenden Augen an, als habe man bei sich beschlossen, sein Geheimnis zu entdecken.

Solchen Belästigungen und versuchten Beleidigungen schenkte er natürlich keine Beachtung, und für das Gefühl der meisten Leute war sein frankes, heiteres Wesen, sein reizendes knabenhaftes Lächeln und die unendliche Anmut jener wundervollen Jugend, die nie von ihm zu weichen schien, eine hinreichende Antwort auf die Verleumdungen, denn so bezeichnete man es, die über ihn in Umlauf gesetzt waren. Man bemerkte indessen, daß einige von denen, die am engsten mit ihm verkehrt hatten, ihn nach einer Weile zu meiden schienen. Frauen, die ihn leidenschaftlich geliebt hatten, die um seinetwillen jedem gesellschaftlichen Tadel getrotzt und die Konvention verachtet hatten, konnte man vor Scham oder vor Schrecken bleich werden sehn, wenn Dorian Gray ins Zimmer trat.

Doch diese Skandale, die man sich zuflüsterte, vergrößerten in den Augen vieler seinen seltsamen und gefährlichen Reiz. Sein großer Reichtum war ein gewisses Sicherheitsmoment. Die Gesellschaft, die kultivierte Gesellschaft wenigstens, ist nie gern bereit, etwas Nachteiliges von jenen zu glauben, die sowohl reich wie entzückend sind. Sie fühlt instinktiv, daß Manieren wichtiger sind als Moral, und nach ihrer Meinung ist die höchste Ehrbarkeit von geringerem Wert, als der Besitz eines guten Küchenchefs. Schließlich ist es ein sehr ärmlicher Trost, wenn einem erzählt wird, der Mann, bei dem es ein schlechtes Dinner oder einen traurigen Wein gegeben hat, sei unantastbar in seinem Privatleben. Selbst die grundlegenden Tugenden können nicht für lauwarme Entrees entschädigen, wie Lord Henry einmal gelegentlich einer Diskussion über den Gegenstand bemerkte; und es läßt sich zugunsten seiner Ansicht wahrscheinlich sehr viel vorbringen. Denn die Gesetze der guten Gesellschaft sind oder sollten die nämlichen sein wie die Gesetze der Kunst. Form ist für sie unbedingt wesentlich. Sie sollte die Würde einer Zeremonie haben, ebenso wie deren Unwirklichkeit, und sollte den unaufrichtigen Charakter eines romantischen Spiels mit dem Witz und der Schönheit verbinden, die uns solche Spiele genußreich machen. Ist Unaufrichtigkeit wirklich etwas so Schreckliches? Ich denke nicht. Sie ist nur eine Methode, durch die wir unsere Persönlichkeit vervielfältigen können.

Das war wenigstens Dorian Grays Meinung. Er pflegte sich über die flache Psychologie jener zu wundern, die das Subjekt in einem Menschen als etwas Einfaches, Beständiges, Verläßliches und in seinem Wesen Einheitliches auffassen. Für ihn war der Mensch ein Wesen mit tausenderlei Leben und tausend Empfindungen, ein zusammengesetztes, vielfältiges Geschöpf, das in sich seltsame Erbschaften des Denkens und der Leidenschaften trug, und dessen Fleisch sogar von den ungeheuerlichen Krankheiten der Toten befleckt war. Er liebte es, durch die kahle, kalte Bildergalerie auf seinem Landsitz zu schlendern und die verschiedenen Porträts derer zu betrachten, deren Blut in seinen Adern floß. Hier war es Philipp Herbert, den Francis Osborne in seinen »Memoiren über die Regierung der Königin Elisabeth und des Königs Jakob« als einen beschrieb, den der Hof wegen seines hübschen Gesichts, das ihm aber nicht lange blieb, verhätschelte. War es das Leben des jungen Herbert, das er manchmal führte? War irgendein seltsamer giftiger Keim von Körper zu Körper geschlichen, bis er seinen eigenen erreicht hatte? War es irgendein dumpfes Gefühl jener zerstörten Anmut, das ihn so plötzlich und fast ohne Grund in Basil Hallwards Atelier dazu bewogen hatte, die wahnsinnige Bitte auszusprechen, die sein Leben so verändert hatte? Dort stand, in goldgesticktem rotem Wams, in einem mit Edelsteinen besetzten Überrock, mit goldgefranster Krause und ebensolchem Überrock Sir Anthony Sherard, mit der silbern und schwarzen Rüstung zu seinen Füßen aufgerichtet. Was war dieses Erbe gewesen? Hatte ihm der Geliebte der Johanna von Neapel eine Hinterlassenschaft von Sünde und Schande vermacht? Waren seine eignen Handlungen nur die Träume, die der tote Mann nicht zu verwirklichen gewagt hatte? Hier lächelte von der verblaßten Leinwand Lady Elizabeth Deveraux in ihrer Gazehaube, ihrem perlenbesetzten Brusttuch und ihren roten Schlitzärmeln. In ihrer Rechten hielt sie eine Blume, und ihre linke Hand klammerte sich um ein emailliertes Halsband aus weißen und Damaszener Rosen. Auf einem Tisch ihr zur Seite lag eine Mandoline und ein Apfel. Auf ihren kleinen spitzen Schuhen saßen große grüne Rosetten. Er kannte ihr Leben und die seltsamen Geschichten, die man über ihre Liebhaber erzählte. Hatte er etwas von ihrem Temperament? Diese ovalen Augen mit den schweren Lidern schienen ihn neugierig anzublicken. Und George Willoughby mit seinem gepuderten Haar und seinen phantastischen Schönheitspflästerchen? Wie böse er aussah! Das Gesicht war verdrossen und geschwärzt, und die sinnlichen Lippen schienen vor Verachtung zuammengekniffen. Feine Spitzenmanschetten fielen über die magern gelben Hände, die mit Ringen so überladen waren. Er war ein Dandy des achtzehnten Jahrhunderts gewesen und in seiner Jugend der Freund von Lord Ferrars. Und der zweite Lord Beckenham, der Genosse des Prinzregenten in seiner wildesten Zeit und einer der Zeugen bei seiner geheimen Heirat mit Mrs. Fitzherbert? Wie stolz und hübsch war er mit seinen kastanienbraunen Locken und seiner herausfordernden Haltung! Was für Leidenschaften hatte er vererbt? Für die Welt war er ein übelberüchtigter Mann. Er hatte die Orgien in Carlton-House geleitet. Der Stern des Hosenbandordens glänzte auf seiner Brust. Neben ihm hing das Bild seiner Gemahlin, einer bleichen, dünnlippigen Dame in Schwarz. Auch ihr Blut wühlte in ihm. Wie seltsam schien das alles! Und seine Mutter mit ihrem Lady-Hamilton-Gesicht und ihren feuchten, weinbenetzten Lippen – er wußte, was er von ihr erworben hatte. Von ihr hatte er seine Schönheit und seine Leidenschaft für die Schönheit anderer. Sie lachte ihn an in ihrem losen Bacchantinnenkleide. Weinlaub war in ihrem Haar. Aus dem Becher, den sie hielt, schäumte es purpurn. Die Fleischtöne des Gemäldes waren verblaßt, aber die Augen waren noch wunderbar in ihrer Tiefe und in dem Glanz ihrer Farbe. Sie schienen ihm überallhin zu folgen, wohin er ging.

Doch hatte er ebenso Vorfahren in der Literatur wie in seinem eigenen Geschlecht, ja vielleicht standen ihm viele darunter näher an Typus und Temperament und besaßen gewiß einen Einfluß, der noch reiner bewußt wurde. Es gab Zeiten, in denen es Dorian Gray schien, als sei die ganze Geschichte bloß der Bericht seines eigenen Lebens, nicht wie er es wirkend und in seinem Um und Auf gelebt, sondern wie seine Phantasie es ihm erschaffen, wie es in seinem Gehirn und in seinen Leidenschaften gewesen war. Er fühlte, daß er sie alle gekannt hatte, diese seltsamen, schrecklichen Gestalten, die über die Bühne der Welt geschritten waren und der Sünde einen so wunderbaren Schein gegeben und dem Bösen einen solchen Reichtum an Reiz und Feinheit. Ihm schien, daß auf irgendeine geheimnisvolle Weise ihr Leben auch das seine gewesen sei.

Der Held des wunderbaren Romans, der einen solchen Einfluß auf sein Leben geübt, hatte dies wunderliche Spiel der Einbildung gleichfalls gekannt. Im siebenten Kapitel erzählt er, wie er mit Lorbeer gekrönt, damit ihn der Blitz nicht träfe, als Tiberius in einem Garten auf Capri gesessen und die schmachvollen Bücher von Elephantis gelesen, während Zwerge und Pfauen um ihn herumstolzierten und der Flötenbläser den Weihrauchschwinger verspottete; wie er als Caligula mit den grünröckigen Jockeys in ihren Ställen gezecht und mit einem Pferd, dessen Stirnband voller Edelsteine, aus einer elfenbeinenen Krippe gegessen; wie er als Domitian durch einen Korridor mit Marmorspiegeln gegangen und mit scheuen Falkenaugen rings nach dem Zücken des Dolches geschaut, der seine Tage enden sollte, krank an jener Langeweile, jenem schrecklichen *Taedium vitae,* das die befällt, denen das Leben nichts versagt; und wie er durch einen klaren Smaragd auf die blutigen Schlächtereien des Zirkus geblickt und dann in einen perlen- und purpurgeschmückten Wagen, den silberbeschlagene Maultiere zogen, durch die Granatapfelstraße zum goldenen Hause gefahren und gehört habe, wie die Leute Nero und Cäsar ausriefen, als er vorüberfuhr; und wie er sich als Elgabal das Gesicht geschminkt, unter Weibern die Spindel gedreht und von Karthago den Mond habe bringen lassen und ihn zu mystischer Ehe der Sonne vermählt.

Immer und immer wieder las Dorian dieses phantastische Kapitel und die beiden andern, die unmittelbar folgten, in denen wie auf seltsamen Gobelins oder auf kunstvoll gearbeiteten Emaillen die furchtbar schönen Gestalten jener dargestellt waren, die Laster und Blut und Trägheit zu Scheusalen oder Narren gemacht hatten: Filippo, der Herzog von Mailand, der sein Weib erschlagen und ihre Lippen mit einem scharlachroten Gift gefärbt hatte, damit ihr Geliebter von dem toten Wesen, wenn er es liebkoste, sich den Tod saugte; der Venezianer Pietro Barbi, bekannt als Paul II., der in seiner Eitelkeit den Titel Formosus annehmen wollte, und dessen Tiara im Wert von zweimal hunderttausend Gulden um den Preis einer schrecklichen Sünde erkauft war; Gian Maria Visconti, der mit Hunden auf lebende Menschen jagte, und dessen Leichnam von einer Dirne, die ihn geliebt hatte, mit Rosen bedeckt ward, der Borgia auf seinem weißen Roß, mit dem Brudermord neben ihm im Sattel und sein Mantel vom Blute Perottos befleckt; Pietro Riario, der junge Kardinal-Erzbischof von Florenz, das Kind und der Liebling Sixtus' IV., mit dessen Schönheit nur seine Lasterhaftigkeit wetteifern konnte, und der Leonora von Arragon in einem Zelt aus weißer und roter Seide empfing, das voll Nymphen und Kentauren war, und der einen Knaben in Gold hüllte, damit er beim Fest als Ganymed oder Hylas aufwarte; Ezzelino, dessen Schwermut nur durch den Anblick des Todes geheilt werden konnte, und der eine Leidenschaft für rotes Blut hatte wie andre Menschen für roten Wein – der Sohn des Teufels, wie er hieß, und ein solcher, der seinen Vater beim Würfeln betrogen hatte, als er mit ihm um seine eigne Seele spielte; Giambattista Cibo, der aus Hohn den Namen Innozenz annahm und in dessen erstarrte Adern ein jüdischer Doktor das Blut von drei Jünglingen einspritzte; Sigismondo Malatesta, der Geliebte der Isotta, der Herr von Rimini, dessen Bildnis in Rom verbrannt wurde als eines Feindes Gottes und der Menschen, der in einem Smaragdbecher der Ginevra d'Este Gift reichte und um eine schändliche Leidenschaft zu ehren, einen heidnischen Tempel erbaute, in dem die Christen Gottesdienst halten sollten; Karl VI., der seines Bruders Weib so toll liebte, daß ihn ein Aussätziger vor dem Wahnsinn warnte, der über ihn kommen würde, und der, als sein Geist krank und irr und fremd geworden war, nur durch sarazenische Karten beruhigt werden konnte, auf denen Liebe, Tod und Wahnsinn abgebildet waren; und in seiner geputzten Jacke, dem edelsteinbesetzten Barett und den akanthusgleichen Locken Grifonetto Baglioni, der Astorre mit seiner Braut erschlug und Simonetto mit seinem Pagen, und dessen Schönheit so groß war, daß, als er sterbend auf dem gelben Platze zu Perugia lag, jene, die ihn gehaßt hatten, weinen mußten, und daß Atalanta, die ihn verflucht hatte, ihn segnete.

In ihnen allen lebte ein schrecklicher Zauber. Er sah sie zur Nacht, und während des Tags verwirrten sie seine Einbildungskraft. Die Renaissance kannte seltsame Arten zu vergiften – durch einen Helm oder eine angezündete Fackel, durch einen gestickten Handschuh oder einen edelsteinbesetzten Fächer, durch ein vergoldetes Riechfläschchen oder eine Bernsteinkette. Dorian Gray war von einem Buch vergiftet worden. Es gab Augenblicke, in denen er die Sünde bloß als ein Mittel ansah, mit dem er seinen Begriff vom Schönen verwirklichen konnte.

ZWÖLFTES KAPITEL

Es war am 9. November, am Vorabend seines achtunddreißigsten Geburtstags, wie er sich später oft erinnerte.

Er ging gegen elf Uhr von Lord Henry, bei dem er gespeist hatte, nach Hause und war in einen schweren Pelz gehüllt, da die Nacht kalt und neblig war. An der Ecke von Grosvenor Square und South Andley Street ging im Nebel ein Mann an ihm vorbei, der sehr rasch ausschritt und den Kragen seines grauen Ulsters aufgeschlagen hatte. Er trug eine Reisetasche in der Hand. Dorian erkannte ihn. Es war Basil Hallward. Ein seltsames Gefühl der Furcht, für das er keinen Grund angeben konnte, überkam ihn. Er ließ nicht merken, daß er ihn erkannt, und ging in der Richtung seines eigenen Hauses rasch weiter.

Aber Hallward hatte ihn gesehen. Dorian hörte, wie er auf dem Fußsteig stehenblieb und ihm dann schnell nachging. Nach wenigen Augenblicken lag eine Hand auf seinem Arm.

»Dorian! Was für ein ungemeiner Glücksfall! Ich habe seit neun Uhr in Ihrer Bibliothek auf Sie gewartet. Schließlich hatte ich Mitleid mit Ihrem müden Diener und schickte ihn zu Bett, als er mich hinausließ. Ich fahre mit dem Nachtzuge nach Paris, und es lag mir ganz besonders daran, Sie noch vor meiner Abreise zu sehn. Ich erkannte Sie oder vielmehr Ihren Pelz, als Sie vorbeigingen. Aber ich war nicht ganz sicher. Haben Sie mich nicht erkannt?«

»Bei diesem Nebel, lieber Basil? Ich kann nicht einmal Grosvenor Square erkennen. Ich glaube, mein Haus ist hier irgendwo in der Nähe, aber ich bin dessen ganz und gar nicht sicher. Es tut mir leid, daß Sie verreisen, ich habe Sie ja eine Ewigkeit nicht mehr gesehen. Vermutlich werden Sie aber doch bald wieder zurückkommen?«

»Nein, ich bleibe sechs Monate von England fort. Ich will mir ein Atelier in Paris mieten und mich so lange einschließen, bis ich ein großes Bild fertiggemacht hab, das mir vorschwebt. Aber nicht über mich wünschte ich mit Ihnen zu reden. Da sind wir an Ihrer

Tür. Lassen Sie mich einen Augenblick mit hineinkommen. Ich habe Ihnen etwas zu sagen.«

»Es wird mir eine große Freude sein. Aber werden Sie auch Ihren Zug nicht versäumen?« sagte Dorian Gray lässig, während er die Treppe hinaufging und mit einem Schlüssel die Tür öffnete.

Das Lampenlicht drängte sich mit Mühe durch den Nebel, und Hallward sah auf seine Uhr. »Ich habe reichlich Zeit«, antwortete er. »Der Zug geht erst 12 Uhr 15, und es ist gerade 11. In der Tat, ich war gerade auf dem Wege zum Klub, um Sie zu suchen, als ich Sie traf. Sie sehen, mit Gepäck werde ich keinerlei Beschwerden haben, meine schweren Sachen habe ich vorausgeschickt. In dieser Handtasche ist alles, was ich mitnehme, und nach Victoria Station kann ich leicht in zwanzig Minuten kommen.«

Dorian sah ihn lächelnd an. »Für einen fashionablen Maler eine merkwürdige Art zu reisen! Mit Handtasche und Ulster! Kommen Sie herein, sonst dringt der Nebel ins Haus. Und denken Sie daran: über Ernsthaftes wird nicht gesprochen. Nichts ist heutzutage ernst. Sollte es wenigstens nicht sein.«

Hallward schüttelte den Kopf, während er eintrat, und folgte Dorian in die Bibliothek. Dort brannte in dem großen offenen Kamin ein helles Holzfeuer. Die Lampen waren angezündet, und ein offener holländischer, silberner Likörkasten stand mit ein paar Sodawasserflaschen und großen geschliffenen Gläsern auf einem kleinen eingelegten Tisch.

»Sie sehen, Ihr Diener hat mich ganz häuslich eingerichtet, Dorian. Er brachte mir alles, was ich brauchte, sogar Ihre besten Zigaretten mit Goldmundstück. Er ist ein sehr gastfreundliches Wesen. Ich mag ihn viel lieber als den Franzosen, den Sie früher hatten. Was ist übrigens aus dem Franzosen geworden?«

Dorian zuckte die Achseln. »Ich glaube, er heiratete die Kammerjungfer von Lady Radley und hat sie in Paris als englische Schneiderin etabliert. Ich höre, Anglomanie ist gegenwärtig sehr in Mode da drüben. Mutet recht einfältig an von den Franzosen, nicht wahr? Aber – wissen Sie – er war durchaus kein schlechter Diener. Ich mochte ihn nie leiden, aber ich hatte mich nie über was zu beklagen. Man bildet sich oft Dinge ein, die ganz verrückt sind. Er war mir wirklich sehr anhänglich und schien ganz traurig, als er fortging. Wollen Sie noch einen Brandy oder Soda? Oder möchten Sie Wein mit Selterswasser. Sicherlich ist welches im andern Zimmer.«

»Danke, ich nehme nichts mehr«, sagte der Maler, nahm Mütze und Mantel ab und warf sie über die Tasche, die er in die Ecke gestellt hatte. »Und jetzt, mein lieber Freund, möchte ich ernsthaft mit Ihnen sprechen. Machen Sie kein so böses Gesicht. Sie machen es mir nur noch viel schwerer.«

»Was soll das alles heißen?« rief Dorian auf seine heftige Art und warf sich aufs Sofa. »Ich hoffe, es handelt sich nicht um mich. Mich selber habe ich heute nacht satt. Ich wollte, ich wär' jemand anders.«

»Es handelt sich um Sie«, antwortete Hallward mit seiner tiefen, ernsten Stimme, »und ich muß es Ihnen sagen. Ich werde Sie nur eine halbe Stunde aufhalten.«

Dorian seufzte und zündete eine Zigarette an. »Eine halbe Stunde!« murmelte er.

»Das ist nicht viel von Ihnen verlangt, Dorian, und es geschieht vollständig zu Ihrem Heil, wenn ich spreche. Ich halte es für wichtig, daß Sie endlich erfahren, daß über Sie in London die schrecklichsten Dinge erzählt werden.«

»Ich wünsche nicht das mindeste davon zu wissen. Klatsch über andere Leute habe ich sehr gern, aber Klatsch über mich selber interessiert mich nicht. Es fehlt der Reiz der Neuheit.«

»Es muß Sie interessieren, Dorian. Jeder Gentleman ist an seinem guten Namen interessiert. Sie können nicht wünschen, daß die Leute von Ihnen als von etwas Gemeinem und Verworfnem reden. Natürlich, Sie haben Ihre Stellung, Ihren Reichtum und was sonst alles. Aber Stellung und Reichtum sind nicht alles. Geben Sie acht, ich glaube diesen Gerüchten durchaus nicht. Wenigstens kann ich es nicht glauben, wenn ich Sie sehe. Die Sünde ist etwas, das sich von selbst einem Menschen ins Gesicht schreibt. Sie läßt sich nicht verbergen. Es wird manchmal von geheimen Lastern geschwätzt. Dergleichen gibt es nicht. Wenn ein Elender ein Laster hat, zeigt es sich in den Linien seines Mundes, an seinen herabhängenden Augenlidern, sogar an der Form seiner Hände. Jemand – ich will seinen Namen nicht nennen, aber Sie kennen ihn – kam im vergangenen Jahr zu mir, um sich malen zu lassen. Ich hatte ihn vorher nie gesehen und hatte bis dahin nie etwas von ihm gehört; seitdem habe ich freilich eine Menge von ihm erfahren. Er bot eine außerordentliche Summe. Ich habe ihn abgewiesen. An der Form seiner Finger war etwas, das ich haßte. Jetzt weiß ich, daß ich ganz recht darin hatte, was ich mir über ihn dachte. Sein Leben ist fürchterlich. Aber von Ihnen, Dorian, mit Ihrem reinen, hellen, unschuldigen Gesicht, mit Ihrer wundersam sorglosen Jugend kann ich nichts Schlimmes glauben. Und doch, ich sehe Sie sehr selten, Sie kommen jetzt nie mehr in mein Atelier, und wenn ich Sie nicht sehe und all die gräßlichen Dinge höre, die man sich über Sie zuflüstert, dann weiß ich nicht, was ich sagen soll. Wie kommt es, Dorian, daß ein Mann wie der Herzog von Berwick ein Klubzimmer verläßt, wenn Sie eintreten? Warum wollen so viele vornehme Leute in London weder zu Ihnen kommen, noch Sie zu sich einladen. Sie waren früher mit Lord Stavely befreundet. Ich traf ihn vorige Woche bei einem Dinner. Ihr Name wurde im Gespräch erwähnt, in Verbindung mit den Miniaturen, die Sie für die Dudley-Ausstellung geliehen haben. Stavely kräuselte die Lippen und sagte: Sie möchten zwar einen höchst künstlerischen Geschmack haben, aber Sie seien ein Mann, den kein reines Mädchen kennen und mit dem keine ehrbare Frau im selben Zimmer sein dürfe. Ich erinnerte ihn daran, daß ich Ihr Freund sei, und fragte ihn, was er meine. Er sagte es mir. Er sagte es mir geradeheraus vor allen Leuten. Es war schrecklich! Warum ist Ihre Freundschaft jungen Leuten so verhängnisvoll? Da war der unglückliche Bursch bei der Garde, der Selbstmord beging. Sie waren sein nächster Freund. Da war Sir Henry Ashton, der England mit einem befleckten Namen verlassen mußte. Sie und er waren unzertrennlich. Was war es mit Adrian Singleton und seinem furchtbaren Ende? Was mit dem einzigen Sohn Lord Kents und seiner Zukunft? Ich begegnete seinem Vater gestern in St. James Street. Er schien gebrochen vor Scham und Kummer. Was mit dem jungen Herzog von Perth? Was für ein Leben führt er jetzt? Welcher Gentleman will noch mit ihm Verkehr haben?«

»Still, still, Basil. Sie reden über Dinge, von denen Sie nichts wissen«, sagte Dorian Gray, der sich auf die Lippen biß; ein Ton unendlicher Verachtung lag in seiner Stimme. »Sie fragen mich, warum Berwick ein Zimmer verläßt, wenn ich eintrete? Er tut es, weil ich alles aus seinem Leben kenne, nicht weil er etwas aus dem meinen weiß. Wie könnte bei dem Blut, das er in seinen Adern hat, seine Nachrede über mich rein sein? Sie fragen mich nach Henry Ashton und dem jungen Perth. Lehrte ich den einen seine Laster, den andern seine Ausschweifungen? Wenn Kents alberner Sohn sich seine Frau von der Straße holt, was geht mich das an? Wenn Adrian Singleton den Namen seines Freundes auf einen Wechsel schreibt, bin ich sein Hüter? Ich weiß, wie man in England schwätzt. Die Mittelklassen lassen ihre moralischen Vorurteile bei ihren plumpen Mahlzeiten an die Luft und flüstern über das, was sie die Verworfenheiten der Vornehmen nennen, um sich aufzuspielen und glauben zu machen, daß sie an der guten Gesellschaft Anteil haben und auf vertrautem Fuß mit den Leuten stehen, die sie verleumden. In diesem Land genügt es, daß ein Mann Vornehmheit und Witz hat, damit jede gemeine Zunge sich gegen ihn richtet. Und was für eine Art Leben führen diese Leute, die sich als Moraltrompeter aufspielen, selbst? Mein lieber Freund, Sie vergessen, daß wir im Heimatland der Heuchler sind.«

»Dorian«, rief Hallward aus, »darum handelt sich's nicht. England ist schlecht genug, das weiß ich, und mit der englischen Gesellschaft steht es ganz hoffnungslos. Gerade deshalb aber will ich, daß Sie rein sind. Das sind Sie nicht gewesen. Man hat ein Recht darauf, einen Mann nach der Wirkung zu beurteilen, die er auf seine Freunde übt. Die Ihren scheinen jedes Gefühl für Ehre, für Anständigkeit, für Reinheit zu verlieren. Sie haben sie mit einer wahnsinnigen Genußsucht angefüllt. Sie sind in die Tiefe gesunken. Sie haben sie dahin gebracht. Ja, Sie haben sie dahin gebracht, und doch können Sie lächeln, wie Sie jetzt lächeln. Und noch schlimmeres gibt es. Ich weiß, Sie und Harry sind unzertrennlich. Schon aus dem Grund, wenn aus keinem andern, hätten Sie den Namen seiner Schwester nicht zum Schimpfwort machen dürfen.«

»Nehmen Sie sich in acht, Basil. Sie gehen zu weit.«

»Ich muß reden, und Sie müssen zuhören. Sie sollen zuhören. Als Sie Lady Gwendolen kennenlernten, hatte sich nicht der mindeste Hauch eines Gerüchts je an sie gewagt. Gibt es jetzt eine einzige anständige Dame in London, die mit ihr im Park fahren würde? Ja, nicht einmal ihre Kinder dürfen bei ihr wohnen. Dann sagt man sich noch andres – Gerüchte, daß man Sie in der Morgendämmerung aus schrecklichen Häusern herausschleichen sah, daß Sie sich verkleidet in den schmutzigsten Höhlen von London herumtreiben. Ist das wahr? Kann das wahr sein? Als ich es zuerst hörte, lachte ich. Jetzt höre ich es, und es läßt mich erschauern. Was ist es mit dem Leben auf Ihrem Landsitz, das Sie dort führen? Dorian, Sie wissen nicht, was über Sie gesagt wird. Ich will nicht sagen, daß es nicht meine Absicht ist, Ihnen etwas vorzupredigen. Ich erinnere mich, daß Harry einmal sagte, jeder Mensch, der im nächsten Augenblick den Pfaffen spielen wolle, finge mit der Behauptung an, er wolle es nicht tun, und bräche dann gleich sein Wort. Ich will Ihnen eine Predigt halten. Ich möchte Sie ein Leben führen sehn, das Sie von der Welt geachtet macht. Ich will, daß Sie einen reinen Namen und einen klaren Ruf haben. Ich will, daß Sie sich von den fürchterlichen Menschen losmachen, mit denen Sie jetzt Verkehr haben. Zucken Sie nicht mit den Achseln so. Seien Sie nicht so gleichgültig. Sie haben einen wunderbaren Einfluß. Lassen Sie ihn zum Guten, nicht zum Bösen wirken. Man sagt, Sie verderben jeden Menschen, mit dem Sie vertraut werden, und es genüge schon, daß Sie ein Haus betreten, so rufen Sie eine Schande irgendwelcher Art mit hinein. Ich weiß nicht, ob das zutrifft oder nicht. Wie sollte ich es auch wissen? Aber man sagt es von Ihnen. Man erzählt mir Dinge, an denen ein Zweifel völlig unmöglich scheint. Lord Gloucester war einer meiner besten Freunde in Oxford. Er zeigte mir den Brief, den ihm seine Frau geschrieben hat, als sie allein in ihrer Villa in Mentone starb. Ihr Name war in die schrecklichste Beichte verwickelt, die ich je gelesen habe. Ich sagte ihm, es sei lächerlich – ich kenne Sie durch und durch, und Sie seien unfähig, dergleichen zu tun. Sie kennen? Ich frage mich, ob ich Sie kenne? Bevor ich darauf antworten kann, müßte ich Ihre Seele sehen.«

»Meine Seele sehen!« murmelte Dorian Gray; es riß ihn vom Sofa auf, und er wurde fast weiß vor Schrecken.

»Ja«, antwortete Hallward ernst, mit einem tiefschmerzlichen Ton in der Stimme – »Ihre Seele sehen. Aber nur Gott kann das.«

Ein bitteres Hohngelächter brach von den Lippen des Jüngeren. »Sie sollen sie selbst sehen, noch diese Nacht!« rief er aus und nahm eine Lampe vom Tisch. »Kommen Sie; es ist Ihrer eignen Hände Werk. Warum sollten Sie es nicht sehen? Sie können nachher aller Welt davon erzählen, wenn Sie wollen. Niemand würde Ihnen glauben. Und wenn man Ihnen glaubte, so würde man mich nur um so mehr lieben darum. Ich kenne die Zeit besser als Sie, obgleich Sie so langweilig darüber schwatzen. Kommen Sie und erfahren Sie es. Sie haben genug über Verderbnis geredet. Jetzt sollen Sie von Angesicht zu Angesicht sehen.«

Aus jedem Wort, das er sprach, klang ein wahnsinniger Stolz. Er stampfte in seiner knabenhaften, arroganten Art mit dem Fuß auf den Boden. Er empfand eine schreckliche Lust bei dem Gedanken, daß ein anderer sein Geheimnis teilen sollte, und daß der Maler des Porträts, das der Urheber aller seiner Schmach gewesen, für den Rest seines Lebens die Last der gräßlichen Erinnerung seiner Tat tragen werde.

»Ja«, fuhr er fort, indem er näher an ihn herantrat und ihm fest in die ernsten Augen sah, »ich werde Ihnen meine Seele zeigen. Sie sollen sehn, was, wie Sie glauben, allein Gott sehn kann.«

Hallward schrak zurück. »Das ist Blasphemie, Dorian!« rief er aus. »Sie dürfen solche Dinge nicht aussprechen. Es ist schauerlich und hat auch keinerlei Sinn.«

»Glauben Sie?« Er lachte wieder.

»Ich weiß es. Was ich Ihnen heut abend gesagt habe, habe ich zu

Ihrem Besten gesagt. Sie wissen, daß ich Ihnen immer ein treuer Freund war.«

»Rühren Sie mich nicht an. Sagen Sie fertig, was Sie zu sagen haben.«

Ein jäher Schmerz zuckte über das Gesicht des Malers. Er hielt einen Augenblick inne, und ein heftiges Mitgefühl überkam ihn. Welches Recht hatte er im Grunde, sich in Dorian Grays Leben zu mischen? Wenn er auch nur den zehnten Teil von dem getan hatte, was gerüchtweise über ihn umlief, was mußte er da gelitten haben! Dann richtete er sich auf, trat an den Kamin und stand da, den Blick gesenkt in die brennenden Scheite, mit ihrer schneeigen Asche und ihren zuckenden Flammenherzen.

»Ich warte, Basil«, sagte der junge Mann mit harter, klarer Stimme.

Er wandte sich um. »Was ich zu sagen habe, ist dies«, rief er. »Sie müssen mir eine Antwort auf diese fürchterlichen Anklagen geben, die gegen Sie erhoben werden. Wenn Sie mir sagen, daß sie von Anfang bis zu Ende durchaus unwahr sind, dann werde ich Ihnen glauben. Leugnen Sie sie ab, Dorian, leugnen Sie ab! Können Sie nicht sehen, was ich durchmache? Mein Gott! Sagen Sie mir nicht, daß Sie schlecht sind, verworfen und schändlich.«

Dorian Gray lächelte. Seine Lippen waren vor Verachtung gebogen. »Kommen Sie mit hinauf, Basil«, sagte er ruhig. »Ich führe ein Tagebuch meines Lebens von Tag zu Tag, und es verläßt niemals das Zimmer, in dem es geschrieben wird. Ich werde es Ihnen zeigen, wenn Sie mit mir kommen.«

»Ich komme mit Ihnen, Dorian, wenn Sie es wollen. Ich sehe, daß ich meinen Zug versäumt habe. Das hat nichts zu sagen. Ich kann morgen fahren. Aber verlangen Sie nicht, daß ich heute nacht noch irgendwas lese. Alles, was ich will, ist eine klare Antwort auf meine Frage.«

»Die soll Ihnen oben werden. Hier könnte ich sie Ihnen nicht geben. Sie werden nicht lange zu lesen haben.«

DREIZEHNTES KAPITEL

Er verließ das Zimmer und begann die Treppe hinaufzugehen, Basil Hallward folgte ihm dicht nach. Sie gingen leise, wie man es instinktiv bei Nacht tut. Die Lampe warf phantastische Schatten auf Wand und Treppe. Ein Wind machte sich auf und ließ einige von den Fenstern klappern.

Als sie den obersten Absatz erreichten, stellte Dorian die Lampe auf den Boden, nahm den Schlüssel heraus und drehte ihn im Schloß. »Sie bestehen darauf, es zu erfahren, Basil?« fragte er mit leiser Stimme.

»Ja.«

»Ich bin erfreut, Ihnen zu dienen«, antwortete er lächelnd. Dann fügte er ziemlich rauh hinzu: »Sie sind der einzige Mensch auf der Welt, der dazu berechtigt ist, alles über mich zu wissen. Sie haben mehr mit meinem Leben zu schaffen gehabt, als Sie glauben«, nahm dann die Lampe wieder auf, öffnete die Tür und ging hinein. Ein kalter Luftzug strich an ihnen vorbei, und das Licht zuckte einen Augenblick in einer düstern orangenen Flamme auf. Er schauderte. »Schließen Sie die Tür hinter sich«, flüsterte er, während er die Lampe auf den Tisch stellte.

Hallward sah verwirrt um sich. Das Zimmer sah aus, als sei es seit Jahren nicht bewohnt worden. Ein verblaßter flämischer Gobelin, ein verhangenes Bild, ein alter, italienischer Cassone und ein fast leerer Bücherschrank, das schien außer einem Stuhl und einem Tisch die ganze Einrichtung. Als Dorian Gray eine halb niedergebrannte Kerze, die auf dem Kaminsims stand, angezündet hatte, sah er, daß der ganze Raum mit Staub bedeckt und daß der Teppich durchlöchert war. Eine Maus lief wühlend hinter dem Wandgetäfel. Ein dumpfer, stickiger Geruch erfüllte alles.

»Sie glauben also, Gott allein kann die Seele sehen, Basil? Ziehn Sie jenen Vorhang weg und Sie werden die meine sehn.«

Die Stimme, die es sprach, war kalt und grausam.

»Sie sind wahnsinnig, Dorian, oder Sie spielen Komödie«, murmelte Hallward stirnrunzelnd.

»Sie wollen nicht? Dann muß ich es selbst tun«, sagte der junge Mann, riß den Vorhang von der Stange und schleuderte ihn zu Boden.

Ein Schrei des Entsetzens brach von den Lippen des Malers, als er im düstern Licht das scheußliche, grinsende Gesicht auf der Leinwand erblickte. In seinem Ausdruck lag etwas, das ihn mit Ekel und Abscheu erfüllte. Um Gottes willen! Es war Dorian Grays eignes Antlitz, das er sah! Das Schreckliche hatte, was es auch war, jene wundersame Schönheit noch nicht ganz zerstört. Noch lag etwas Gold auf dem schwindenden Haar und etwas Scharlachrot auf dem sinnlichen Mund. Die verquollenen Augen hatten noch etwas von ihrem köstlichen Blau behalten, die edlen Linien waren von den geschwungenen Nasenflügeln und dem schön gebildeten Hals noch nicht völlig verschwunden. Ja, es war Dorian selbst. Aber wer hatte es gemalt? Er vermeinte den Strich seines eignen Pinsels wiederzuerkennen, und der Rahmen war von ihm selbst entworfen. Der Gedanke war ungeheuerlich, und er jagte ihm Angst ein. Er ergriff die brennende Kerze und hielt sie vor das Bild. In der linken Ecke stand sein eigner Name in langen hellroten Lettern.

Es war eine elende Parodie, eine schändliche, gemeine Satire. Niemals hatte er das gemalt. Und doch, es war sein eignes Bild. Es ward ihm klar, und ihm war, als ob sich sein Blut in einem Augenblick in zähes Eis verwandelt hätte. Sein eignes Bild? Was bedeutete das? Warum hatte es sich verändert. Er wandte sich um und blickte Dorian Gray an mit den Augen eines kranken Menschen. Sein Mund zuckte, und seine trockne Zunge schien unfähig, einen Laut hervorbringen zu können. Er strich sich mit der Hand über die Stirn. Sie klebte von feuchtem Schweiß.

Der junge Mann lehnte am Kaminsims und beobachtete ihn mit jenem merkwürdigen Ausdruck, den man auf den Gesichtern von Leuten sieht, die vom Spiel eines großen Künstlers ganz in Anspruch genommen sind. Es lag weder wirklicher Schmerz, noch wirkliche Lust darin. Es war nur die Leidenschaft des Zuschauers und dazu vielleicht noch das Blitzen eines Triumphes in den Augen. Er hatte die Blume aus dem Knopfloch genommen und roch daran, oder er tat wenigstens so.

»Was bedeutet das?« rief Hallward schließlich. Seine eigne Stimme klang ihm schrill und seltsam in den Ohren.

»Vor langen Jahren, als ich noch ein Knabe war«, sagte Dorian Gray, während er die Blume in seiner Hand zerdrückte, »da haben Sie mich getroffen, mir geschmeichelt und mich gelehrt, auf meine

Schönheit eitel zu sein. Eines Tages stellten Sie mich einem Ihrer Freunde vor, der mir das Wunder der Jugend erklärte, und beendigten zugleich ein Bild von mir, das mir das Wunder das Schönheit offenbarte. In einem Augenblick des Wahnsinns, von dem ich auch heute noch nicht weiß, ob ich ihn bedauere oder nicht, sprach ich einen Wunsch aus, vielleicht würden Sie es ein Gebet nennen...«

»Ich erinnere mich! Oh, wie gut erinnere ich mich! Nein! Das ist unmöglich. Das Zimmer ist feucht. Die Leinwand angemodert. Die Farben, die ich benutzte, hatten irgendein elendes mineralisches Gift. Ich sage Ihnen, dergleichen ist unmöglich.«

»Ach, was ist unmöglich?« murmelte der junge Mann, ging zum Fenster und preßte seine Stirn gegen die kalte, nebelfeuchte Scheibe.

»Sie sagten mir, Sie hätten es zerstört.«
»Das war nicht wahr. Es hat mich zerstört.«
»Ich glaube nicht, daß es mein Bild ist.«
»Erkennen Sie nicht Ihr Ideal darin?« sagte Dorian bitter.
»Mein Ideal, wie Sie es nennen...«
»Wie Sie es nannten.«
»In jenem lag nichts Böses, nichts Schimpfliches. Sie waren mir ein Ideal, wie ich ihm nie wieder begegnen werde. Das ist das Gesicht eines Satyrs.«
»Es ist das Gesicht meiner Seele.«
»Jesus Christus! Was muß ich angebetet haben! Es hat die Augen eines Teufels.«
»Wir alle haben Himmel und Hölle in uns, Basil«, rief Dorian mit einer wilden Gebärde der Verzweiflung.

Hallward wandte sich wieder zu dem Bilde und starrte es an. »Mein Gott! Wenn es wahr ist«, rief er aus, »wenn Sie das aus Ihrem Leben gemacht haben, dann müssen Sie noch viel schlechter sein, als die glauben, die gegen Sie sprechen!« Er hielt das Licht hoch gegen die Leinwand und prüfte sie. Die Oberfläche schien ganz unberührt zu sein und so, wie er sie verlassen hatte. Von innen also wahrscheinlich war die Fäulnis und das Gräßliche gekommen. In einer seltsamen Beschleunigung des innern Lebens fraß der Aussatz der Sünde das Bild langsam weg. Die Verwesung eines Leichnams in einem feuchten Grab war so schauerlich.

Seine Hand zitterte, und die Kerze fiel aus dem Leuchter auf den Boden und lag flackernd da. Er trat mit dem Fuß darauf und löschte sie aus. Dann warf er sich in den morschen Stuhl, der am Tisch stand, und begrub sein Gesicht in den Händen.

»Großer Gott! Dorian, was für eine Lehre! Was für eine schreckliche Lehre!« Es kam keine Antwort, aber er konnte den jungen Mann am Fenster schluchzen hören. »Beten Sie, Dorian, beten Sie!« flüsterte er. »Was hat man uns in unsrer Kindheit gelehrt? ›Führe uns nicht in Versuchung. Vergib uns unsre Schuld. Nimm unser Unrecht ab von uns.‹ Laßt uns das zusammen sagen. Das Gebet Ihres Stolzes ist erhört worden. Das Gebet Ihrer Reue wird gleichfalls erhört werden. Ich habe Sie zu viel geliebt und angebetet. Nun bin ich dafür bestraft. Sie haben sich selbst zu viel angebetet. Wir sind beide bestraft.«

Dorian Gray wandte sich langsam um und sah ihn mit tränendunkeln Augen an. »Es ist zu spät, Basil«, stammelte er.

»Es ist nie zu spät, Dorian. Wir wollen niederknien und sehn, ob wir uns nicht an ein Gebet erinnern können. Steht nicht irgendwo ein Vers: ›Und wären deine Sünden wie Scharlach, ich will sie weiß machen wie Schnee‹ . . .«

»Diese Worte haben für mich keinen Sinn mehr.«

»Still! Sagen Sie das nicht. Sie haben genug Böses in Ihrem Leben getan. Mein Gott! Sehen Sie nicht, wie uns das fluchbeladne Ding anschielt?«

Dorian Gray blickte nach dem Bild, und plötzlich überkam ihn ein zügelloses Gefühl des Hasses gegen Basil Hallward, als sei er ihm von dem Bild auf der Leinwand eingegeben, als sei er ihm von diesen grinsenden Lippen ins Ohr geflüstert. Die wahnsinnige Leidenschaft eines gehetzten Tieres wühlte in ihm, und ein grimmiger Abscheu vor dem Mann, der da am Tische saß, ergriff ihn, ein größerer, als er je in seinem ganzen Leben vor etwas gefühlt. Er sah wild um sich. Oben auf dem bemalten Kasten, der ihm gegenüber stand, glitzerte etwas. Sein Blick fiel darauf. Er wußte, was es war. Ein Messer, das er vor einigen Tagen mit heraufgebracht hatte, um ein Stück Schnur abzuschneiden, und das er nicht wieder mitgenommen hatte. Er ging langsam darauf zu, an Hallward vorbei. Sobald er hinter ihm stand, ergriff er das Messer und wandte sich um. Hallward bewegte sich in seinem Stuhl, als ob er aufstehen wollte. Er stürzte auf ihn zu und bohrte ihm das Messer in die große Ader hinter dem Ohr, indem er den Kopf des Mannes auf den Tisch niederpreßte, immer und immer zustoßend.

Man hörte ein ersticktes Stöhnen und das fürchterliche Geräusch, wie ein Mann in seinem Blute erstickt. Dreimal fuhren die ausgestreckten Arme zuckend empor, fegten grotesk steiffingerige Hände in die Luft. Er stieß noch zweimal zu, aber der Mann rührte sich nicht mehr. Etwas begann auf den Boden zu tröpfeln.

Er wartete einen Augenblick, indem er den Kopf noch immer niedergedrückt hielt. Dann warf er das Messer auf den Tisch und horchte.

Er konnte nichts hören als das eintönige Tropfen auf den fadenscheinigen Teppich. Er öffnete die Tür und trat auf den Flur hinaus. Das Haus war vollständig ruhig. Niemand war wach. Über das Geländer gebeugt, stand er einige Sekunden da und starrte in den schwarzen brütenden Schacht voller Dunkelheit hinunter. Dann nahm er den Schlüssel heraus, trat wieder ins Zimmer und schloß sich ein.

Das Wesen saß noch immer in dem Stuhl, mit gesenktem Kopf über den Tisch geneigt, mit gekrümmtem Rücken und langen, phantastischen Armen. Wäre nicht der rote klaffende Riß im Nacken gewesen und die dunkle, zähe Lache, die sich langsam auf dem Tisch ausbreitete, man hätte meinen können, der Mann schlafe bloß.

Wie schnell war das alles geschehen! Er fühlte sich seltsam ruhig, ging zum Fenster, öffnete es und trat auf den Balkon hinaus. Der Wind hatte den Nebel weggeblasen, und der Himmel war wie der Schweif eines ungeheuren Pfaus, besetzt mit Myriaden von goldenen Augen. Er blickte hinab und sah den Polizisten, der seine Runde machte und den langen Strahl seiner Laterne über die Türen der schweigsamen Häuser gleiten ließ. Das rötliche Licht eines vorbeifahrenden Hansoms glomm an der Straßenecke auf und verschwand wieder. Ein Weib in einem flatternden Schal schlich langsam an den Gittern entlang, sie taumelte im Gehen. Ab und zu stand sie still und blickte zurück. Einmal begann sie mit heiserer Stimme zu singen. Der Policeman kam herüber und sagte etwas zu ihr. Sie lachte und stolperte weiter. Eine scharfe Luft wehte über den Platz. Die Gasflammen zuckten und wurden bläulich, und die entblätterten Bäume schüttelten ihre eisenschwarzen Äste hin und her. Ein Schauder überlief ihn, er trat zurück und schloß das Fenster hinter sich.

Als er die Tür erreicht hatte, drehte er den Schlüssel um und öffnete sie. Er warf keinen Blick mehr auf den Ermordeten. Er fühlte, daß es das Geheimnis der ganzen Sache war, sich die Wirklichkeit der Lage nicht klarzumachen. Der Freund, der das verhängnisvolle Bild gemalt hatte, dem er sein ganzes Elend zu verdanken hatte, war aus seinem Leben verschwunden. Das genügte.

Dann fiel ihm die Lampe ein. Es war ein ziemlich merkwürdiges Stück maurischer Arbeit, aus mattem Silber mit eingelegten Arabesken aus poliertem Stahl, besetzt mit ungeschliffenen Türkisen.

Vielleicht konnte der Diener sie vermissen, und es mochte Fragen danach geben. Er zögerte einen Augenblick, dann ging er zurück und nahm sie vom Tisch. Er konnte es nicht ändern, er mußte die tote Gestalt sehen. Wie ruhig sie war! Wie schrecklich weiß die langen Hände aussahen! Sie sah aus wie eine gräßliche Wachsfigur.

Nachdem er die Tür hinter sich verschlossen hatte, schlich er leise die Treppe hinunter. Die Holzstufen knarrten und schienen wie im Schmerz zu stöhnen. Er blieb mehrmals stehen und wartete. Nein, alles war still. Es war bloß der Laut seiner eigenen Schritte.

Als er in die Bibliothek kam, sah er die Tasche und den Mantel in der Ecke. Die mußten irgendwo verborgen werden. Er öffnete ein geheimes Fach in der Wandvertäfelung, ein Fach, in dem er seine eignen merkwürdigen Verkleidungen aufbewahrte, und legte die Sachen hinein. Er konnte sie leicht später einmal verbrennen. Dann nahm er seine Uhr hervor. Es war zwanzig Minuten vor zwei.

Er setzte sich und begann zu überlegen. Jahr für Jahr – fast jeden Monat – wurden in England für das, was er getan hatte, Leute gehängt. Es lag ein mörderischer Wahnsinn in der Luft. Irgendein roter Stern war der Erde zu nahe gekommen... Und doch, welchen Beweis hatte man gegen ihn? Basil Hallward hatte das Haus um elf Uhr verlassen. Niemand hatte ihn wieder hereinkommen sehen. Die meisten Diener waren auf Selby Royal. Sein Kammerdiener war zu Bett gegangen... Paris! Ja, Basil war nach Paris gefahren, und zwar mit dem Nachtzug, wie es seine Absicht gewesen war. Bei seinen merkwürdigen, eingezogenen Gewohnheiten würde es Monate dauern, bevor irgendein Argwohn wach wurde, Monate! Es konnte alles lang vorher zerstört sein.

Ein plötzlicher Gedanke durchfuhr ihn. Er zog seinen Pelz an, setzte seinen Hut auf und trat in die Halle hinaus. Dort blieb er stehen und lauschte dem langsamen, schweren Schritt des Policeman auf dem Pflaster draußen und sah, wie das Flackern der Laterne vom Fenster widergespiegelt wurde. Er wartete und hielt den Atem an. Nach einigen Augenblicken zog er den Riegel zurück, schlüpfte hinaus und schloß die Tür ganz behutsam hinter sich zu. Dann läutete er. Nach etwa fünf Minuten erschien sein Kammerdiener, halb angekleidet und sehr verschlafen.

»Es tut mir leid, daß ich Sie habe wecken müssen, Francis«, sagte er und trat ein; »aber ich habe meinen Torschlüssel vergessen. Wieviel Uhr ist es?«

»Zehn Minuten nach zwei, gnädiger Herr«, antwortete der Diener mit einem blinzelnden Blick auf die Uhr.

»Zehn Minuten nach zwei? Wie schrecklich spät! Sie müssen mich morgen um neun Uhr wecken. Ich habe etwas zu tun.«

»Zu Befehl, gnädiger Herr.«

»War heut abend jemand hier gewesen?«

»Mr. Hallward, gnädiger Herr. Er hat hier bis elf Uhr gewartet und ging dann weg, um seinen Zug zu erreichen.«

»Oh! Es tut mir leid, daß ich ihn nicht gesehen habe. Hat er etwas ausrichten lassen?«

»Nein, gnädiger Herr, nur daß er von Paris aus schreiben würde, wenn er Sie nicht im Klub anträfe.«

»Schön, Francis. Vergessen Sie nicht, mich morgen um neun zu wecken.«

»Nein, gnädiger Herr.«

Der Mann entfernte sich wieder schlürfend in seinen Pantoffeln.

Dorian Gray warf Hut und Überrock auf den Tisch und ging in die Bibliothek. Eine Viertelstunde lang schritt er auf und ab, nachdenklich die Lippen zusammenpressend. Dann nahm er das Blaubuch von einem der Regale und begann die Seiten umzublättern. »Alan Campbell, 152, Hertfort Street, Mayfair.« Ja, das war der Mann, den er brauchte.

VIERZEHNTES KAPITEL

Am andern Morgen um neun Uhr kam sein Diener mit einer Tasse Schokolade auf einem Präsentierbrett herein und öffnete die Läden. Dorian schlief ganz friedlich, er lag auf der rechten Seite, eine Hand unter seiner Wange. Er sah aus wie ein Knabe, der sich beim Spielen oder Lernen ermüdet hat.

Der Diener mußte ihn zweimal an der Schulter berühren, bevor er erwachte, und als er seine Augen öffnete, ging ein leichtes Lächeln über seine Lippen, als sei er in einem köstlichen Traum befangen gewesen. Er hatte jedoch gar nicht geträumt. Seinen Schlaf hatten weder Bilder des Schmerzes, noch Bilder der Freude gestört. Aber die Jugend lächelt auch ohne Grund. Das ist einer ihrer hauptsächlichsten Reize.

Er drehte sich um, stützte sich auf den Ellbogen und begann seine Schokolade zu schlürfen. Die weiche Novembersonne strömte in das Zimmer. Der Himmel war klar, und es lag eine heitere Wärme in der Luft. Es war fast wie ein Maimorgen.

Allmählich schlichen mit schweigenden blutbefleckten Füßen die Ereignisse der vergangenen Nacht in sein Gehirn zurück und bauten sich dort mit furchtbarer Deutlichkeit auf. Er zuckte zusammen, als er sich an alles wieder erinnerte, was er gelitten hatte, und einen Augenblick lang kehrte ihm dasselbe merkwürdige Gefühl des Abscheus vor Basil Hallward wieder zurück, das ihn veranlaßt, den zu töten, wie er im Stuhl saß; und er wurde kalt vor Leidenschaft. Der Tote saß noch da oben und jetzt sogar im Sonnenlicht. Wie furchtbar das war! So gräßliche Dinge gehörten in die Dunkelheit, nicht in den Tag.

Er fühlte, wenn er über das grübelte, was er durchgemacht, würde er krank und wahnsinnig werden. Es gibt Sünden, deren Bann mehr in der Erinnerung liegt als in ihrem Vollbringen, seltsame Triumphe, die dem Stolz mehr schmeicheln als der Leidenschaft und dem Geist ein erhöhtes Lustgefühl geben, ein stärkeres als alle Lust, die diese den Sinnen bringt oder schaffen kann. Aber das war keine von ihnen. Es war etwas, das aus dem Geist verjagt

werden, das mit Mohnsaft vergiftet, das erstickt werden mußte –
sonst mochte es einen leicht selbst ersticken.

Als die halbe Stunde schlug, fuhr er mit der Hand über die Stirn,
dann stand er rasch auf und kleidete sich mit noch größerer Aufmerksamkeit
an als gewöhnlich, wobei er seine Krawatte und
Nadel sorgfältig auswählte und seine Ringe mehrmals wechselte. Er
verbrachte eine lange Zeit bei seinem Frühstück, kostete von den
verschiedenen Gerichten und sprach mit seinem Diener über
einige neue Livreen, die er den Leuten in Selby machen lassen
wollte, und sah seine Briefe durch. Bei einigen lächelte er. Drei
davon ärgerten ihn. Einen las er mehrmals und zerriß ihn dann, ein
leichter Ärger stand dabei auf seinem Gesicht. »Es ist doch etwas
Schreckliches um das Gedächtnis einer Frau!« hatte Lord Henry
einmal gesagt.

Nachdem er seine Tasse schwarzen Kaffee getrunken hatte,
trocknete er sich die Lippen langsam mit einer Serviette ab, winkte
dem Diener zu warten, ging zum Schreibtisch hinüber und schrieb
zwei Briefe. Einen steckte er in die Tasche, den andern gab er
dem Diener.

»Bringen Sie den Hertfort Street 152, Francis, und wenn Mr.
Campbell verreist ist, lassen Sie sich seine Adresse geben.«

Sobald er allein war, zündete er eine Zigarette an und begann
auf einem Stück Papier zu kritzeln, zuerst Blumen zeichnend, dann
Architekturteile, schließlich menschliche Gesichter.

Plötzlich bemerkte er, daß jedes Gesicht, das er zeichnete, eine
phantastische Ähnlichkeit mit Basil Hallward zu bekommen schien.
Er runzelte die Stirn, stand auf, ging zum Bücherschrank und nahm
aufs Geratewohl einen Band heraus. Er war entschlossen, an das
Geschehene nicht früher zu denken, als bis es unbedingt notwendig
war.

Als er sich auf dem Sofa ausgestreckt hatte, sah er auf das Titelblatt
des Buchs. Es waren Gautiers »Emaux et Camées«, in der
Charpentierschen Ausgabe auf Japan, mit den Radierungen von
Jacquemart. Der Einband war zitrongrünes Leder, mit einem
Gittermuster und eingelassenen Granatäpfeln in Goldpressung. Es
war ein Geschenk Adrian Singletons. Als er darin blätterte, fiel sein
Blick auf das Gedicht über die Hand Lacenaires, die kalte, gelbe
Hand »du supplice encore mal lavée«, mit ihrem roten Flaumhaar
und ihren »doigts de faune«. Er blickte auf seine eignen weißen,
schlanken Finger, leicht schaudernd trotz eines Sträubens; dann
blätterte er weiter, bis er zu jenen wundervollen Versen auf
Venedig kam:

»Sur une gamme chromatique,
  Le sein de perles ruisselant,
La Vénus de l'Adriatique
  Sort de l'eau son corps rose et blanc.

Les dômes, sur l'azur des ondes
  Suivant la phrase au pur contour,
S'enflent comme des gorges rondes
  Que soulève un soupir d'amour.

L'esquif aborde et me dépose,
  Jetant son amarre au pilier,
Devant une façade rose,
  Sur le marbre d'un escalier.«

Wie herrlich sie waren! Wenn man sie las, glaubte man durch die grünen Wasserstraßen der rosenroten und perlfarbenen Stadt hinunterzuschwimmen, in einer schwarzen Gondel mit silbernem Schnabel und schleifenden Vorhängen. Schon die Zeilen allein kamen ihm vor wie jene geraden türkisblauen Linien, die einem folgen, wenn man zum Lido hinausfährt. Die plötzlich aufblitzenden Farben erinnerten ihn an den Glanz der opalen und irisfarbnen Hälse der Vögel, die um den stattlichen, gleich einer Wabe löcherigen Campanile flattern oder mit so würdiger Grandezza durch die düstern, staubbedeckten Arkaden promenieren. Zurückgelehnt mit halbgeschlossenen Augen, sagte er immer und immer wieder zu sich:

»Devant une façade rose,
  Sur le marbre d'un escalier.«

Das ganze Venedig lag in diesen zwei Zeilen. Er dachte an den Herbst, den er dort verlebt hatte, und an eine wunderbare Liebe, die ihn zu wahnsinnigen, köstlichen Torheiten getrieben hatte. Jeder Ort hatte seine Romantik. Aber Venedig hatte, wie Oxford, den Hintergrund für Romantik bewahrt, und für die wahre Romantik war der Hintergrund alles oder fast alles. Einen Teil der Zeit hatte Basil mit ihm verbracht und war ganz toll geworden über Tintoretto. Der arme Basil! Was für eine schreckliche Art für einen Menschen zu sterben!

Er seufzte, nahm das Buch wieder auf und suchte zu vergessen. Er las von den Schwalben, die ein- und ausfliegen in dem kleinen Café von Smyrna, wo die Hadschis sitzen und ihre Bernsteinperlen zählen und die Kaufleute im Turban ihre langen, quastenbehangenen Pfeifen rauchen und ernst miteinander reden; er las von dem Obelisk auf der Place de la Concorde, der in seinem einsamen sonnenlosen Exil granitene Tränen weint und sich heimsehnt nach dem heißen lotosbedeckten Nil, wo es Sphinxe gibt, rosenrote Ibisse und weiße Geier mit goldenen Klauen, Krokodile mit kleinen Beryllaugen, die durch den grünen dampfenden Schlamm kriechen; er begann über jene Verse hinzuträumen, die dem geküßten Marmor Musik entlocken und von jener seltsamen Statue sagen, die Gautier einer Altstimme vergleicht, dem »monstre charmant«, das im Porphyrsaal des Louvre liegt. Aber nach einiger Zeit entfiel das Buch seinen Händen. Er wurde nervös, und ein gräßlicher Angstanfall befiel ihn. Was sollte geschehen, wenn Alan Campbell nicht in England war? Es mochten Tage vergehen, ehe er zurück sein konnte. Vielleicht weigerte er sich zu kommen. Was konnte er dann tun? Jeder Augenblick war wichtig für Leben oder Tod.

Sie waren einmal befreundet gewesen vor fünf Jahren, fast unzertrennlich sogar. Dann war plötzlich die Vertrautheit zu Ende. Wenn sie sich jetzt in der Gesellschaft trafen, so lächelte nur Dorian Gray; niemals Alan Campbell.

Er war ein außerordentlich gescheiter junger Mann, obgleich er für die sichtbaren Künste keine wirkliche Schätzung hatte, wie auch sein ziemlich bescheidenes Verständnis für Poesie ganz und gar von Dorian stammte. Seine hauptsächliche geistige Leidenschaft gehörte der Wissenschaft. In Cambridge hatte er einen großen Teil seiner Zeit mit Arbeiten im Laboratorium verbracht und war mit einem guten Examen in den Naturwissenschaften abgegangen. Er widmete sich immer noch dem Studium der Chemie und besaß ein eignes Laboratorium, in dem er sich den ganzen Tag einzuschließen pflegte, zum großen Verdruß für seine Mutter, die ihr Herz darangesetzt hatte, daß er ins Parlament kommen sollte, und die dunkle Vorstellung hatte, ein Chemiker sei ein Mensch, der Rezepte herstelle. Er war jedoch auch ein ausgezeichneter Musiker und spielte sowohl die Geige wie das Klavier besser als die meisten Amateure. In der Tat war es die Musik, die ihn und Dorian zusammengebracht hatte – die Musik und jene unerklärliche Anziehungskraft, die Dorian ausüben konnte, wenn er wünschte, und auch oftmals ausübte, ohne sich dessen bewußt zu sein. Sie hatten sich bei Lady Berkshire an dem Abend kennengelernt, als Rubinstein dort spielte, und danach sah man sie immer zusammen in der Oper und überall dort, wo es gute Musik gab. Ihre Vertrautheit dauerte anderthalb Jahre. Campbell war stets entweder auf Selby Royal oder am Grosvenor Square. Für ihn wie für viele andere war

Dorian Gray die Verkörperung alles dessen, was im Leben wundervoll und bezaubernd ist. Ob es einen Streit zwischen ihnen gab oder nicht, das erfuhr niemand. Aber plötzlich bemerkte man, daß sie kaum miteinander sprachen, wenn sie sich trafen, und daß Campbell aus jeder Gesellschaft früh fortzugehen schien, bei der Dorian Gray anwesend war. Er war auch verwandelt – merkwürdig melancholisch, bisweilen schien er fast die Musik zu hassen und wollte nie mehr selbst spielen; wenn er dazu aufgefordert ward, gab er zur Entschuldigung an, er sei so sehr von der Wissenschaft in Anspruch genommen, daß er keine Zeit mehr zum Üben habe. Und das war auch sicher wahr. Mit jedem Tage schien er sich mehr für Biologie zu interessieren, und sein Name erschien ein paarmal in wissenschaftlichen Zeitschriften in Verbindung mit gewissen merkwürdigen Experimenten. Das war der Mann, auf den Dorian Gray wartete. Jede Sekunde blickte er auf die Uhr. Als die Minuten verstrichen, wurde er furchtbar erregt. Schließlich stand er auf und begann im Zimmer hin- und herzugehen, wie ein schönes, gefangenes Tier. In den weiten Schritten, die er machte, lag etwas Lauerndes. Seine Hände waren merkwürdig kalt.

Das Warten wurde unerträglich. Die Zeit schien ihm auf bleiernen Füßen zu schleichen, während er von ungeheuern Winden dem gezackten Rand eines schwarzen Schlundes oder Abgrundes entgegengetrieben wurde. Er wußte, was dort seiner harrte – er sah es wahrhaftig, und schaudernd preßte er die feuchten Hände auf seine brennenden Lider, als wolle er seinem Gehirn die Sehkraft rauben und die Augensterne in ihre Höhlen hineinstoßen. Es war nutzlos. Das Gehirn hatte seine eigne Nahrung, mit der es sich mästete, und die Einbildungskraft, durch die Angst grotesk gemacht, krümmte und wand sich wie ein von Schmerz zerrissenes Tier, tanzte wie eine elende Puppe auf einem Schaugerüst und grinste durch wechselnde Masken. Dann stand ihm plötzlich die Zeit still. Ja, dieses blinde, langsam atmende Wesen kroch nicht mehr, und wie die Zeit tot war, sprangen schauerliche Gedanken schnell in den Vordergrund und zerrten eine gräßliche Zukunft aus ihrem Grab und zeigten sie ihm. Er starrte darauf. Der Schrecken versteinerte ihn.

Endlich öffnete sich die Tür, und der Diener trat ein. Er wandte sich ihm mit gläsernen Augen zu.

»Mr. Campbell, gnädiger Herr«, sagte der Mann.

Ein Seufzer der Erleichterung kam von seinen vertrockneten Lippen, und die Farbe kehrte in seine Wangen zurück.

»Bitten Sie ihn sogleich herein, Francis.« Er fühlte, daß er wieder er selbst war. Sein Anfall von Feigheit war vorbei.

Der Diener verbeugte sich und ging. Nach einigen Augenblicken trat Alan Campbell ein; er sah sehr ernst aus und ziemlich bleich, seine Blässe wurde durch sein kohlschwarzes Haar und seine dunkeln Augenbrauen noch verstärkt.

»Alan! Das ist freundlich von Ihnen. Ich danke Ihnen, daß Sie gekommen sind.«

»Ich hatte beschlossen, nie wieder Ihr Haus zu betreten, Gray. Aber Sie schrieben, es handle sich um Leben oder Tod.« Seine Stimme war hart und kalt. Er sprach langsam und überlegt. In dem festen, forschenden Blick, den er auf Dorian richtete, lag ein Zug der Verachtung. Er behielt die Hände in den Taschen seines Astrachanrockes und schien die Bewegung, mit der er begrüßt worden war, nicht bemerkt zu haben.

»Ja, es handelt sich um Leben oder Tod, Alan; und für mehr als einen. Setzen Sie sich.«

Campbell nahm einen Stuhl am Tisch, und Dorian setzte sich ihm gegenüber. Die Augen der beiden Männer trafen sich. In denen Dorians lag unendliches Mitleid. Er wußte, daß das, was er zu tun im Begriff war, furchtbar war.

Nach einem peinlichen Augenblick des Schweigens beugte er sich nach vorn und sagte mit großer Ruhe, aber die Wirkung jedes Wortes beobachtend auf dem Gesicht des Mannes, nach dem er geschickt hatte: »Alan, in einem verschlossenen Raum im Giebel dieses Hauses, einem Zimmer, zu dem niemand außer mir Zutritt hat, sitzt ein toter Mann an einem Tische. Er ist jetzt zehn Stunden tot. Rühren Sie sich nicht und sehen Sie mich nicht so an. Wer der Mann ist, warum er starb, wie er starb, das sind Dinge, die Sie nichts angehen. Was Sie zu tun haben, ist . . .«

»Hören Sie auf, Gray. Ich will weiter nichts wissen. Ob das, was Sie mir gesagt haben, wahr ist oder nicht wahr ist, geht mich nichts an. Ich lehne es vollkommen ab, in Ihr Leben verwickelt zu werden. Behalten Sie Ihre furchtbaren Geheimnisse für sich. Sie interessieren mich nicht mehr.«

»Alan, das werden sie aber müssen. Dies eine muß Sie interessieren. Es tut mir riesig leid um Sie, Alan. Aber ich kann mir nicht helfen. Sie sind der einzige Mensch, der imstande ist, mich zu retten. Ich bin gezwungen, Sie in diese Sache zu ziehen. Ich habe keine Wahl. Alan, Sie sind ein Mann der Wissenschaft. Sie sind in der Chemie und dergleichen bewandert. Sie haben Experimente gemacht. Was Sie zu tun haben, ist, das Wesen, das da oben ist, zu zerstören – es so zu zerstören, daß keine Spur davon übrigbleibt. Niemand hat ihn ins Haus kommen sehen. Ja, es wird im gegenwärtigen Augenblick sogar angenommen, daß er in Paris ist. Monatelang wird er nicht vermißt werden. Wenn er vermißt wird, darf keine Spur von ihm hier gefunden werden. Sie, Alan, Sie müssen ihn verwandeln, ihn und alles, was zu ihm gehört, in eine Handvoll Asche, die ich in die Luft streuen kann.«

»Sie sind wahnsinnig, Dorian.«

»Ach! Ich wartete so darauf, daß Sie mich wieder Dorian nannten.«

»Sie sind wahnsinnig, sage ich Ihnen – wahnsinnig, daß Sie glauben, ich würde auch nur einen Finger rühren, um Ihnen zu helfen, wahnsinnig, daß Sie mir dieses ungeheuerliche Geständnis machen. Ich will nichts damit zu tun haben, was es auch ist. Glauben Sie, ich würde meine Ehre für Sie aufs Spiel setzen? Was geht es mich an, was für Teufelswerk Sie anstellen?«

»Es war Selbstmord, Alan.«

»Das freut mich. Aber wer hat ihn dazu getrieben? Sie doch vermutlich.«

»Weigern Sie sich noch immer, es für mich zu tun?«

»Natürlich weigere ich mich. Ich will absolut nichts damit zu tun haben. Es kümmert mich nichts was für Schande über Sie kommt. Sie verdienen sie durchaus. Es würde mir nicht leid tun, Sie entehrt, öffentlich entehrt zu sehen. Wie können Sie es wagen, mich, gerade mich von allen Menschen auf der Welt in diese grauenvollen Dinge mischen zu wollen? Ich hätte geglaubt, Sie würden sich im Charakter von Menschen besser auskennen. Ihr Freund, Lord Henry Wotton, kann Sie nicht viel Psychologie gelehrt haben, was er Ihnen auch sonst gelehrt haben mag. Nichts wird mich veranlassen, auch nur einen Schritt zu Ihrer Hilfe zu tun. Sie sind an den Falschen gekommen. Gehen Sie zu Ihren Freunden. Zu mir nicht.«

»Alan, es war Mord. Ich habe ihn getötet. Sie wissen nicht, was ich durch ihn habe leiden müssen. Was auch mein Leben ist, er hat mehr damit zu schaffen gehabt, so, wie es wurde oder was es zerstörte, als der arme Harry. Er mag es nicht gewollt haben, die Wirkung war die gleiche.«

»Mord! Großer Gott, Dorian, dahin sind Sie also gekommen? Ich werde Sie nicht anzeigen. Das ist nicht mein Geschäft. Übrigens werden Sie, auch ohne daß ich mich hineinmenge, sicherlich gefaßt werden. Niemand begeht ein Verbrechen, ohne zugleich eine Dummheit zu begehen. Aber ich will nichts damit zu tun haben.«

»Sie müssen etwas damit zu tun haben. Bleiben Sie, bleiben Sie noch einen Augenblick; hören Sie mich an. Nur anhören, Alan.

Alles, was ich von Ihnen verlange, ist, daß Sie ein wissenschaftliches Experiment ausführen. Sie gehen in Spitäler und Leichenhäuser, und die Schrecken, die Sie dort tun, berühren Sie nicht. Wenn Sie in irgendeinem scheußlichen Seziersaal oder stinkenden Laboratorium diesen Mann auf einem metallenen Tisch liegen sähen, von dem rote Röhren auslaufen, durch die das Blut abfließen kann, würden Sie ihn einfach als ein prachtvolles Objekt betrachten. Kein Haar täte sich Ihnen bewegen. Sie würden nicht glauben, irgend etwas Unrechtes zu tun. Im Gegenteil, Sie würden wahrscheinlich glauben, Sie erwiesen der menschlichen Rasse eine Wohltat oder vergrößerten die Summe der Kenntnisse in der Welt, oder befriedigten den intellektuellen Wissensdrang, oder sonst etwas dergleichen. Was ich von Ihnen verlange, ist dasselbe, was Sie schon oft vorher getan haben. In Wirklichkeit muß es weit weniger schrecklich sein, einen Leichnam zu vernichten, als das, was Sie gewöhnlich machen. Und bedenken Sie: er ist das einzige Beweisstück, das es gegen mich gibt. Wenn er entdeckt wird, bin ich verloren; und er wird bestimmt entdeckt, wenn Sie mir nicht helfen.«

»Ich habe kein Verlangen, Ihnen zu helfen. Sie vergessen das. Mir ist die ganze Sache gleichgültig. Ich habe nichts damit zu schaffen.«

»Alan, ich beschwöre Sie. Denken Sie an die Lage, in der ich bin. Im Augenblick, bevor Sie gekommen sind, war ich fast ohnmächtig vor Furcht. Sie selbst können einmal die Furcht kennenlernen. Nein! Denken Sie nicht daran. Sehen Sie die Sache nur vom wissenschaftlichen Standpunkt aus an. Sie forschen sonst nicht nach, woher die Toten kommen, mit denen Sie experimentieren. Fragen Sie auch jetzt nicht. Ich habe Ihnen schon zuviel gesagt. Aber ich bitte Sie, tun Sie das. Wir waren doch einmal Freunde, Alan.«

»Sprechen Sie nicht von jenen Tagen, Dorian; sie sind tot.«

»Die Toten verweilen manchmal. Der Mann da oben geht nicht fort. Er sitzt am Tisch mit gebeugtem Kopf und ausgestreckten Armen. Alan! Alan! Wenn Sie mir nicht zu Hilfe kommen, bin ich verloren. Oh, sie werden mich aufhängen, Alan! Begreifen Sie nicht? Man wird mich aufhängen für das, was ich getan habe.«

»Es hat keinen Zweck, diese Szene zu verlängern. Ich lehne es durchaus ab, etwas in der Sache zu machen. Es ist wahnsinnig von Ihnen, mich darum zu bitten.«

»Sie lehnen ab?«

»Ja.«

»Ich beschwöre Sie, Alan.«

»Es ist zwecklos.«

Wiederum kam jener Blick voll Mitleid in Dorian Grays Augen. Dann streckte er die Hand aus, nahm ein Stück Papier und schrieb etwas darauf. Er las es zweimal durch, faltete es sorgfältig und schob es über den Tisch. Nachdem er das getan, stand er auf und ging ans Fenster.

Campbell sah ihn erstaunt an, nahm dann das Papier und öffnete es. Als er es las, wurde sein Gesicht gespensterhaft bleich, und er fiel in seinen Stuhl zurück. Ein schreckliches Gefühl der Mattigkeit überkam ihn. Ihm war, als ob sich sein Herz in einer leeren Höhlung zu Tod schlüge.

Nach zwei oder drei Minuten eines schrecklichen Schweigens wandte sich Dorian um, kam herbei, stellte sich hinter ihn und legte ihm die Hand auf die Schulter.

»Es tut mir so leid für Sie, Alan«, flüsterte er, »aber Sie ließen mir keine Wahl. Ich habe schon einen Brief geschrieben. Hier ist er. Sie sehen die Adresse. Wenn Sie mir nicht helfen, muß ich ihn absenden. Sie wissen, was dann geschieht. Aber Sie werden mir helfen. Sie haben jetzt keine Möglichkeit mehr, es mir abzuschlagen. Ich habe versucht, es Ihnen zu ersparen. Sie werden gerecht genug sein, das zuzugeben. Sie waren hart, scharf, beleidigend. Sie haben mich behandelt, wie kein Mensch mich zu behandeln gewagt hat – wenigstens kein lebender Mensch. Ich habe alles ertragen. Jetzt ist es an mir, Bedingungen zu diktieren.«

Campbell vergrub sein Gesicht in den Händen; ein Schauder durchlief ihn.

»Ja, jetzt bin ich an der Reihe, Bedingungen zu diktieren, Alan, Sie kennen sie. Die Sache ist ganz einfach. Kommen Sie, regen Sie sich nicht so auf. Es muß getan werden. Sehen Sie der Sache ins Gesicht und tun Sie es.«

Ein Stöhnen kam von Campbells Lippen, und er zitterte am ganzen Körper. Das Ticken der Uhr auf dem Kaminsims schien ihm die Zeit in einzelne Atome eines Todeskampfes zu zerlegen, von denen jedes zu schrecklich war, als daß man es ertragen konnte. Er hatte das Gefühl, als würde ein eiserner Ring langsam um seine Stirn zusammengeschraubt, als ob die Schande, mit der er bedroht wurde, schon auf ihm läge. Die Hand auf seiner Schulter war schwer wie Blei. Sie war unerträglich. Sie schien ihn zu erdrücken.

»Kommen Sie, Alan, Sie müssen sich sogleich entscheiden.«

»Ich kann es nicht tun«, sagte er mechanisch, als könnten Worte die Dinge ändern.

»Sie müssen. Sie haben keine Wahl. Lassen Sie keine Zeit vergehn.«

Er zögerte einen Augenblick. »Gibt es Feuer in dem Zimmer da oben?«

»Ja, es steht ein Gasofen mit Asbest da.«

»Ich muß nach Hause gehn und einiges aus dem Laboratorium holen.«

»Nein, Alan, Sie dürfen das Haus nicht verlassen. Schreiben Sie auf ein Blatt Papier, was Sie brauchen, und mein Diener wird einen Wagen nehmen und die Sachen herbringen.«

Campbell kritzelte ein paar Zeilen, trocknete sie ab und adressierte das Kuvert an seinen Assistenten. Dorian nahm das Billett und las es sorgfältig durch. Dann klingelte er und gab es dem Diener mit dem Befehl, so schnell wie möglich zurückzukommen und die Sachen mitzubringen.

Als das Haustor ins Schloß fiel, fuhr Campbell nervös zusammen, dann stand er vom Stuhl auf und trat an den Kamin. Er zitterte in einer Art Schüttelfrost. Fast zwanzig Minuten sprach keiner der beiden Männer. Eine Fliege summte geräuschvoll durch das Zimmer, und das Ticken der Uhr klang wie Hammerschläge.

Als es eins schlug, drehte sich Campbell um, und auf Dorian Gray blickend sah er, daß dessen Augen voll Tränen standen. In der Reinheit und in dem Adel dieses traurigen Gesichts lag etwas, das ihn wütend machte. »Sie sind infam; ganz infam!« flüsterte er.

»Ruhig, Alan! Sie haben mir das Leben gerettet«, sagte Dorian.

»Ihr Leben? Gott im Himmel! Was für ein Leben ist das! Sie sind von Verderbnis zu Verderbnis geschritten, und jetzt sind Sie im Mord auf den Gipfel gekommen. Wenn ich tue, was ich zu tun im Begriff stehe, was zu tun Sie mich zwingen, ist es gewiß nicht Ihr Leben, an das ich denke.«

»Ach, Alan«, murmelte Dorian seufzend. »Ich wollte, Sie hätten den tausendsten Teil des Mitleids für mich, das ich für Sie habe.« Er wandte sich ab, indem er sprach, und stand da, in den Garten hinaussehend. Campbell gab keine Antwort.

Nach etwa zehn Minuten klopfte es an die Tür, und der Diener trat ein, er trug einen großen Mahagonikasten mit Chemikalien, eine lange Rolle Stahl- und Platindraht und zwei merkwürdig geformte Eisenklammern.

»Soll ich die Sachen hierlassen, gnädiger Herr?« fragte er Campbell.

»Ja«, sagte Dorian. »Und es tut mir leid, Francis, aber ich habe noch einen Auftrag für Sie. Wie heißt der Mann in Richmond, der die Orchideen für Selby liefert?«

»Harden, gnädiger Herr.«

»Richtig, Harden. Sie müssen gleich nach Richmond fahren und Harden aufsuchen und ihm sagen, er soll doppelt so viel Orchideen schicken, als ich bestellt habe, und zwar so wenig weiße wie möglich. Eigentlich will ich überhaupt keine weißen. Es ist ein schöner Tag, Francis, und Richmond ist ein hübscher Ort; sonst würde ich Ihnen damit nicht zur Last fallen.«

»Hat nichts zu sagen, gnädiger Herr. Um welche Zeit soll ich wieder zurück sein?«

Dorian sah Campbell an. »Wie lange wird Ihr Experiment dauern, Alan?« sagte er mit ruhiger, gleichgültiger Stimme. Die Gegenwart eines Dritten im Zimmer schien ihm außerordentlichen Mut zu verleihen.

Campbell runzelte die Stirn und biß sich auf die Lippe. »Es wird ungefähr fünf Stunden dauern«, antwortete er.

»Dann wird es früh genug sein, wenn Sie um ½8 zurück sind, Francis. Oder halt: legen Sie mir meine Kleider zurecht. Sie können den Abend für sich haben. Ich esse nicht zu Hause, ich brauche Sie daher nicht.«

»Besten Dank, gnädiger Herr«, sagte der Diener und ging hinaus.

»Alan, jetzt ist kein Augenblick zu verlieren. Wie schwer der Kasten ist! Ich will ihn für Sie tragen. Sie nehmen die andern Sachen.« Er sprach rasch und in einem befehlenden Ton. Campbell fühlte sich von ihm beherrscht. Sie verließen das Zimmer zusammen.

Als sie den obersten Boden erreicht hatten, nahm Dorian den Schlüssel heraus und drehte ihn im Schloß. Dann blieb er stehen, und sein Blick wurde verwirrt. Er schauderte. »Ich glaube, ich kann nicht hineingehen, Alan«, flüsterte er.

»Das ist mir gleich. Ich brauche Sie nicht«, sagte Campbell kalt.

Dorian öffnete die Tür halb. Dabei sah er, wie ihn das Gesicht seines Bildes im Sonnenschein anschielte. Davor lag der heruntergerissene Vorhang auf dem Boden. Er erinnerte sich, daß er in der vergangenen Nacht zum erstenmal in seinem Leben vergessen hatte, die verhängnisvolle Leinwand zu verhüllen, und wollte schon darauf zustürzen, als er mit einem Schauder zurückfuhr.

Was war diese widerlich rote Feuchte, die naß und glänzend auf einer der Hände schimmerte, als hätte die Leinwand Blut geschwitzt? Wie furchtbar das war? Furchtbarer noch, wie ihm für den Augenblick schien, als das stille Wesen, das, wie er wußte, über den Tisch hing; das Wesen, dessen grotesker, ungestalter Schatten auf dem fleckigen Teppich ihm zeigte, daß er sich nicht gerührt, sondern noch da war, wie er es verlassen hatte.

Er holte tief Atem, öffnete die Tür ein wenig weiter und ging mit halbgeschlossenen Augen und abgewendetem Kopf rasch hinein, entschlossen, den Toten auch nicht mit einem Blick anzusehn. Dann bückte er sich wieder, nahm die gold und purpurne Decke auf und warf sie gerad über das Bild.

Dann blieb er stehen, voll Furcht, sich umzudrehen, und seine Augen hefteten sich auf die Verschlingungen des Musters vor ihm. Er hörte, wie Campbell den schweren Kasten, die Eisenklammern und die andern Dinge hereinbrachte, die er zu seiner schrecklichen Arbeit brauchte. Er fragte sich, ob Alan und Basil Hallward einander je begegnet waren, und wenn das der Fall war, was sie voneinander gedacht hatten.

»Verlassen Sie mich nun«, sagte eine strenge Stimme hinter ihm.

Er wandte sich um und eilte hinaus, eben noch gewahrend, daß der Tote in seinem Stuhl zurückgelehnt war und daß Campbell in ein gelbes, glänzendes Gesicht starrte. Als er hinunterging, hörte er, wie der Schlüssel im Schloß gedreht wurde.

Es war lang nach sieben Uhr, als Campbell wieder in die Bibliothek kam. Er war bleich, aber vollständig ruhig. »Ich habe getan, was Sie von mir verlangt haben«, sagte er leise. »Und adieu. Wir wollen nie wieder zusammentreffen.«

»Sie haben mich vorm Untergang gerettet, Alan. Ich kann das nicht vergessen«, sagte Dorian einfach.

Sobald Campbell weg war, ging er hinauf. Ein fürchterlicher Geruch von Salpetersäure war im Zimmer. Aber das Wesen, das am Tisch gesessen hatte, war fort.

FÜNFZEHNTES KAPITEL

An demselben Abend um ½9 Uhr wurde Dorian Gray, der aufs sorgfältigste angezogen war und im Knopfloch einen großen Strauß Parmaveilchen trug, von sich verneigenden Lakaien in den Salon Lady Narboroughs geführt. Seine Stirn pochte von den wahnsinnig gereizten Nerven, und er war ungeheuer aufgeregt, aber seine Bewegungen, als er sich über die Hand der Wirtin beugte, waren so leicht und anmutig wie stets. Vielleicht erscheint man niemals ungezwungener und gelassener, als wenn man eine Rolle spielen muß. Gewiß hätte niemand, der Dorian Gray an diesem Abend beobachtete, geglaubt, daß er eine Tragödie durchgemacht habe, so furchtbar wie eine Tragödie unserer Zeit. Diese feingeformten Finger konnten nie ein Messer um einer Sünde willen umklammert haben, niemals konnten diese lächelnden Lippen Gott und allem Guten geflucht haben. Er selbst mußte sich über die Ruhe seines Benehmens wundern, und für einen Augenblick fühlte er ganz heftig den furchtbaren Genuß eines doppelten Lebens.

Es war eine kleine Gesellschaft, die in einiger Geschwindigkeit von Lady Narborough zusammengebracht war. Sie war eine sehr gescheite Dame, mit Resten einer wirklich auserlesenen Häßlichkeit, wie es Lord Henry zu bezeichnen pflegte. Sie hatte sich einem unserer langweiligsten Gesandten als eine ausgezeichnete Frau erwiesen, und nachdem sie ihren Gatten geziemenderweise in einem marmornen Mausoleum, das sie selbst entworfen, begraben und ihre Töchter an ein paar reiche, ziemlich ältliche Männer verheiratet, widmete sie sich jetzt den Genüssen französischer Romane, französischer Kochkunst und, wenn sie ihn bekommen konnte, französischen Geistes.

Dorian gehörte zu ihren besondern Lieblingen, und sie sagte ihm stets, sie sei sehr froh darüber, daß sie ihn nicht in ihrer Jugend kennengelernt habe. »Ich weiß, mein Lieber, ich hätte mich wahnsinnig in Sie verliebt«, pflegte sie zu sagen, »und hätte meinen Strauß um Ihretwillen schlankweg über die Windmühlen gehn lassen. Es ist ein großes Glück, daß man damals noch nicht an Sie dachte. Wie es aber damals stand, waren unsere Sträuße so unpassend, und die Mühlen waren so damit beschäftigt, den Wind aufzufangen, daß ich nicht einmal einen Flirt mit jemand hatte. Daran war jedoch bloß Narborough schuld. Er war schrecklich kurzsichtig, und einen Mann zu haben, der nie etwas sieht, da ist gar kein Vergnügen dabei.«

Ihre Gäste von diesem Abend waren ziemlich langweilig. Die Sache war so, erklärte sie Dorian hinter einem sehr schäbigen Fächer, eine ihrer verheirateten Töchter sei ganz plötzlich zu Besuch zu ihr gekommen und habe, was die Geschichte noch schlimmer mache, tatsächlich ihren Mann mitgebracht. »Ich halte das für sehr unfreundlich von ihr, mein Lieber!« flüsterte sie. »Natürlich besuche ich sie jeden Sommer, wenn ich von Homburg zurückkomme, aber dann muß eine alte Frau wie ich manchmal frische Luft haben, und übrigens wecke ich sie dann in der Tat auf. Sie stellen sich nicht vor, was für ein Leben sie da unten führen. Es ist das reine, unverfälschte Landleben. Sie stehen früh auf, weil sie so viel zu tun haben, und gehen früh zu Bett, weil sie sowenig zu denken haben. Seit den Zeiten der Königin Elisabeth hat es in der ganzen Nachbarschaft keinen Skandal gegeben, und infolgedessen schlafen sie nach Tische alle ein. Sie sollen neben keinem der beiden sitzen, Sie sollen neben mir sitzen und mich amüsieren.«

Dorian murmelte ein artiges Kompliment und sah sich im Zimmer um. Ja, es war freilich eine langweilige Gesellschaft. Zwei von den Leuten hatte er noch nicht gesehn, und die andern waren Ernest Harrowden, eine jener Mittelmäßigkeiten in mittlern Jahren, die in Londoner Klubs so häufig sind, die keine Feinde haben, aber bei ihren Freunden höchst unbeliebt sind; Lady Ruxton, eine übertrieben geputzte Dame von 47 Jahren mit einer Hakennase, die sich immer anstrengte, kompromittiert zu werden, die aber so merkwürdig häßlich war, daß zu ihrer großen Enttäuschung nie jemand etwas Schlechtes von ihr glauben wollte; Mrs. Erlynne, eine aufdringliche Unbedeutendheit mit einem entzückenden Lispeln und venezianischrotem Haar; Lady Alice Chapman, die Tochter der Wirtin, ein schlampiges, schwerfälliges Geschöpf mit einem jener charakteristischen britischen Gesichter, an die man sich nie mehr erinnert, wenn man sie einmal gesehen hat; und deren Gatte, ein rotwangiger Mensch, der, wie so viele seiner Klasse, unter dem Eindruck stand, eine maßlose Jovialität könne für den vollständigen Mangel an Gedanken entschädigen.

Es tat ihm ziemlich leid, gekommen zu sein, bis Lady Narborough, mit einem Blick auf die große vergoldete Uhr, die sich in prunkenden Linien auf dem mauvebehangenen Kamin spreizte, ausrief: »Wie häßlich von Henry Wotton, so spät zu kommen! Ich schickte heute früh auf gut Glück zu ihm hinüber, und er hat mir fest zugesagt, mich nicht zu enttäuschen.«

Es war einiger Trost, daß Harry dasein würde, und als sich die Tür öffnete und er seine langsame, musikalische Stimme hörte, wie sie irgendeiner unwahren Entschuldigung ihren Zauber verlieh, fühlte er sich nicht mehr gelangweilt.

Dennoch konnte er bei Tisch nichts essen. Platte nach Platte ging unberührt an ihm vorbei. Lady Narborough schalt ihn unaufhörlich, weil er damit, wie sie es nannte, »den armen Adolphe beleidige, der das Menü eigens für ihn zusammengestellt habe«, und dann und wann blickte Lord Henry herüber zu ihm, erstaunt über seine Schweigsamkeit und sein zerstreutes Wesen. Von Zeit zu Zeit füllte der Diener sein Glas mit Champagner. Er trank hastig, und sein Durst schien zu wachsen.

»Dorian«, sagte Lord Henry schließlich, als das Chaudfroid herumgereicht wurde, »was ist heut abend mit Ihnen los? Sie sind ganz verstimmt.«

»Ich glaube, er ist verliebt«, rief Lady Narborough, »und er hat Angst, es mir zu sagen, weil er denkt, ich würde eifersüchtig werden. Er hat auch ganz recht. Ich würde es gewiß.«

»Liebe Lady Narborough«, flüsterte Dorian lächelnd, »ich bin seit einer ganzen Woche nicht verliebt gewesen – genau gesagt, nicht seit Madame de Ferrol weg ist.«

»Wie könnt ihr Männer euch in diese Frau verlieben?« rief die alte Dame aus. »Ich kann es wirklich nicht verstehen.«

»Das tun Sie nur darum nicht, weil sie Sie als kleines Mädchen gekannt hat, Lady Narborough«, sagte Lord Henry. »Sie ist das einzige Band zwischen uns und Ihren kurzen Kleidern.«

»Sie erinnert sich an meine kurzen Kleider gar nicht, Lord Henry. Aber ich erinnere mich sehr gut an sie in Wien vor dreißig Jahren und wie dekolletiert sie damals war.«

»Sie dekolletiert sich noch immer«, antwortete er und nahm eine Olive in seine langen Finger; »und wenn sie ein sehr elegantes Kleid anhat, sieht sie aus wie die Luxusausgabe eines schlechten französischen Romans. Sie ist wirklich wunderbar und voll Überraschungen. Ihre Begabung für Familienanhänglichkeit ist außergewöhnlich. Als ihr dritter Mann starb, wurde ihr Haar vor Gram ganz golden.«

»Wie können Sie das sagen, Harry!« rief Dorian.

»Eine überaus romantische Erklärung«, sagte die Wirtin

lachend. »Aber ihr dritter Mann, Lord Henry! Sie wollen doch nicht sagen, Ferrol sei der vierte?«

»Aber gewiß, Lady Narborough.«

»Ich glaube kein Wort davon.«

»Dann fragen Sie Mr. Gray. Er gehört zu ihren vertrautesten Freunden.«

»Ist das wahr, Mr. Gray?«

»Sie versichert mir, daß dem so ist, Lady Narborough«, sagte Dorian. »Ich fragte sie, ob sie gleich Marguerite von Valois ihre Herzen einbalsamiert am Gürtel trüge. Sie antwortete mir, nein, weil keiner von ihnen überhaupt ein Herz gehabt habe.«

»Vier Männer! Auf mein Wort, das nenn' ich *trop de zèle.*«

»Trop d'audace, sage ich zu ihr«, erwiderte Dorian.

»Oh, sie hat für alles Kühnheit genug, mein Lieber. Und wie ist Ferrol? Ich kenne ihn nicht.«

»Die Männer sehr schöner Frauen gehören zur Verbrecherklasse«, sagte Lord Henry, indem er von seinem Wein nippte.

Lady Narborough schlug ihn mit dem Fächer. »Lord Henry, ich bin wirklich nicht erstaunt, daß alle Welt sagt, Sie seien ungemein böse.«

»Aber welche Welt sagt das?« fragte Lord Henry, indem er seine Augenbrauen in die Höhe zog. »Das kann nur die andere Welt sein. Diese Welt und ich, wir vertragen uns vortrefflich.«

»Alle meine Bekannten sagen, Sie sind sehr schlecht«, rief die alte Dame aus und schüttelte den Kopf.

Lord Henry sah einige Augenblicke ernst aus. »Es ist ganz abscheulich«, sagte er schließlich, »wie die Leute heutzutage herumgehn und hinter unserm Rücken Dinge über uns sagen, die wirklich und wahrhaftig wahr sind.«

»Ist er nicht unverbesserlich?« rief Dorian und beugte sich in seinem Stuhl vor.

»Ich hoffe es«, sagte die Wirtin lachend. »Aber wenn Sie wirklich alle Madame de Ferrol auf so lächerliche Weise anbeten, werde ich mich wieder verheiraten müssen, um modern zu bleiben.«

»Sie werden sich nie wieder verheiraten, Lady Narborough«, fiel Lord Henry ein. »Sie waren viel zu glücklich. Wenn eine Frau zum zweitenmal heiratet, tut sie es, weil sie ihren ersten Mann verabscheute. Wenn ein Mann zum zweitenmal heiratet, tut er es, weil er seine erste Frau anbetete. Die Frauen versuchen ihr Glück; die Männer setzen das ihre aufs Spiel.«

»Narborough war nicht vollkommen«, rief die alte Dame.

»Wär' er's gewesen, Sie hätten ihn nicht geliebt, teure Frau«, war die Antwort. »Die Frauen lieben uns um unsrer Fehler willen. Wenn wir genug haben, vergeben sie uns alles, selbst unsern Geist. Ich fürchte, Sie werden mich nie mehr zum Essen einladen, daß ich das gesagt habe, Lady Narborough; aber es ist ganz wahr.«

»Natürlich ist es wahr, Lord Henry. Wenn wir Frauen euch nicht um eurer Fehler willen liebten, wohin kämet ihr? Kein einziger von euch würde jemals verheiratet sein. Ihr wärt eine Gesellschaft von unglücklichen Junggesellen. Allerdings würde das wenig an Ihnen ändern. Heutzutage leben alle Ehemänner wie Junggesellen und alle Junggesellen wie Ehemänner.«

»Fin de siècle«, murmelte Lord Henry.

»Fin du globe«, antwortete die Wirtin.

»Ich wollte, es wäre Fin du globe«, sagte Dorian seufzend. »Das Leben ist eine große Enttäuschung.«

»O mein Lieber«, rief Lady Narborough und zog ihre Handschuhe an, »sagen Sie mir nicht, Sie hätten das Leben erschöpft. Wenn ein Mann das sagt, weiß man, daß das Leben ihn erschöpft hat. Lord Henry ist sehr schlecht, und ich wünsche bisweilen, ich wäre es auch gewesen; Sie aber sind geschaffen, gut zu sein – Sie sehen so gut aus. Ich muß Ihnen eine hübsche Frau finden. Lord Henry, meinen Sie nicht, daß Mr. Gray heiraten sollte?«

»Ich sage ihm das stets, Lady Narborough«, sagte Lord Henry mit einer Verbeugung.

»Also müssen wir uns nach einer passenden Partie für ihn umsehn. Ich werde heut nacht einmal den Debrett genau durchgehn und eine Liste aller in Betracht kommenden jungen Damen ausziehn.«

»Mit ihrem Alter, Lady Narborough?« fragte Dorian.

»Natürlich mit ihrem Alter, ein wenig aufgefrischt. Aber man soll nichts überstürzen. Ich möchte, daß es das wird, was die Morning Post eine passende Verbindung nennt, und sie sollen beide glücklich sein.«

»Was für einen Unsinn die Menschen doch über glückliche Ehen reden!« rief Lord Henry aus. »Ein Mann kann mit jeder Frau glücklich sein, solang er sie nicht liebt.«

»Oh! Was für ein Zyniker Sie sind!« rief die alte Dame, schob ihren Stuhl zurück und nickte Lady Ruxton zu. »Sie müssen bald wiederkommen und bei mir speisen. Sie sind wirklich ein wunderbares Stärkungsmittel, viel besser, als mir Sir Andrew verschreibt. Aber Sie müssen mir sagen, was für Leute Sie treffen möchten. Es soll eine entzückende Gesellschaft werden.«

»Ich liebe Männer, die eine Zukunft, und Frauen, die eine Vergangenheit haben«, antwortete er. »Oder meinen Sie, das möchte eine Versammlung von Unterröcken geben?«

»Ich fürchte fast«, sagte sie lachend, während sie aufstand. »Bitte vielmals um Entschuldigung, meine liebe Lady Ruxton«, fügte sie hinzu, »ich hatte nicht gesehen, daß Sie noch Ihre Zigarette rauchen.«

»Hat nichts zu sagen, Lady Narborough. Ich rauche viel zu viel. Ich werde mich in Zukunft einzuschränken wissen.«

»Bitte, tun Sie das nicht, Lady Ruxton«, sagte Lord Henry. »Mäßigung ist etwas Unglückliches. Genug ist so schlecht wie eine Mahlzeit. Mehr als genug ist so gut wie ein Fest.«

Lady Ruxton sah ihn neugierig an. »Sie müssen einmal nachmittags zu mir kommen und mir das erklären, Lord Henry. Es klingt wie eine bezaubernde Theorie«, murmelte sie, während sie aus dem Zimmer rauschte.

»Nun bleiben Sie ja nicht zu lange bei Ihrer Politik und Ihrem Klatsch sitzen«, rief Lady Narborough von der Tür aus. »Sonst bekommen wir oben sicherlich Zank miteinander.«

Die Herren lachten, und Mr. Chapman stand feierlich am Ende der Tafel auf und setzte sich oben an. Dorian Gray wechselte seinen Platz und setzte sich neben Lord Henry. Mr. Chapman begann mit lauter Stimme über die Lage im Unterhaus zu reden. Er schäumte über seine Gegner. Das Wort *Doktrinär* – ein Wort voller Schrekken für den britischen Geist – tauchte von Zeit zu Zeit zwischen seinen Wutausbrüchen auf. Eine alliterierende Vorsilbe diente als oratorischer Schmuck. Er flaggte den Union Jack auf den Zinnen des Denkens. Die angestammte Dummheit der Rasse – er nannte es liebenswürdig den gesunden englischen Menschenverstand – wurde als das eigenste Bollwerk der Gesellschaft aufgezeigt.

Ein Lächeln kräuselte Lord Henrys Lippen, er wandte sich um und blickte Dorian an.

»Geht es Ihnen besser, mein lieber Freund?« fragte er. »Sie schienen bei Tisch etwas unwohl zu sein.«

»Ich bin ganz wohl, Harry; nur müde, weiter nichts.«

»Sie waren bezaubernd gestern abend. Die kleine Herzogin ist ganz eingenommen von Ihnen. Sie erzählte mir, daß sie nach Selby kommt.«

»Sie hat mir versprochen, am zwanzigsten zu kommen.«

»Wird Monmouth auch dasein?«

»O ja, Harry.«

»Er langweilt mich fürchterlich, beinahe so sehr, wie er sie langweilt. Sie ist sehr klug, zu klug für eine Frau. Ihr fehlt der unbeschreibliche Reiz der Schwäche. Erst die tönernen Füße machen das Gold des Götzen kostbar. Ihre Füße sind sehr hübsch, aber sie sind nicht aus Erde. Weiße Porzellanfüße, wenn Sie wollen. Sie sind durchs Feuer gegangen; und was das Feuer nicht zerstört, das macht es hart. Sie hat Erfahrungen gemacht.«

»Wie lange ist sie verheiratet?« fragte Dorian.

»Sie sagt, eine Ewigkeit. Nach dem Adelskalender ist es, glaube ich, zehn Jahre her, aber zehn Jahre mit Monmouth müssen wie eine Ewigkeit gewesen sein, die Zeit dazugenommen. Wer kommt sonst noch?«

»Oh, die Willoughbys, Lord Rugby und seine Frau, unsre Wirtin, Geoffrey Clouston, die gewöhnliche Gesellschaft. Ich habe auch Lord Grotrian gebeten.«

»Ich mag ihn recht sehr«, sagte Lord Henry. »Viele Leute mögen ihn nicht, aber ich finde ihn reizend. Dafür, daß er manchmal etwas übertrieben angezogen ist, entschädigt er, daß er stets absolut überkultiviert ist. Er ist ein sehr moderner Typus.«

»Ich weiß nicht, ob er wird kommen können, Harry. Vielleicht muß er mit seinem Vater nach Monte Carlo fahren.«

»Ah! Was die Verwandten doch für eine Last sind! Veranlassen Sie ihn doch ja zu kommen. Nebenbei, Dorian, Sie gingen gestern abend sehr früh weg. Sie verließen uns vor elf. Was haben Sie nachher gemacht? Sind Sie gleich nach Hause gegangen?«

Dorian warf einen hastigen Blick auf ihn und runzelte die Stirn. »Nein, Harry«, sagte er schließlich, »ich kam erst kurz vor drei nach Hause.«

»Waren Sie im Klub?«

»Ja«, antwortete er. Dann biß er sich auf die Lippen. »Nein, so nicht; ich war nicht im Klub. Ich bin herumgegangen. Ich vergaß, was ich tat ... Wie neugierig Sie sind, Harry! Sie müssen immer wissen, was man getan hat. Ich will immer vergessen, was ich getan habe. Ich bin um halb drei nach Hause gekommen, wenn Sie die genaue Zeit wissen wollen. Ich hatte den Schlüssel daheim gelassen, und mein Diener mußte mir öffnen. Wenn Sie eine unwiderlegliche Aussage darüber haben wollen, können Sie ihn fragen.«

Lord Henry zuckte die Achseln. »Mein lieber Freund, was soll mir daran liegen! Wir wollen in den Salon hinauf. Nein, danke sehr, Mr. Chapman, keinen Sherry. Mit Ihnen ist etwas vorgefallen, Dorian. Erzählen Sie mir, was es ist. Sie sind heut abend nicht Sie selbst.«

»Kümmern Sie sich nicht um mich, Harry. Ich bin gereizt und übel gelaunt. Ich will morgen oder an einem der nächsten Tage zu

Ihnen kommen. Entschuldigen Sie mich bei Lady Narborough. Ich gehe nicht mehr hinauf. Ich werde nach Hause gehn. Ich muß nach Hause gehn.«

»Schön, Dorian. Ich hoffe, ich sehe Sie morgen zum Tee. Die Herzogin kommt.«

»Ich will versuchen dazusein, Harry«, sagte er und ging hinaus. Als er zu sich nach Hause fuhr, ward ihm bewußt, daß das Angstgefühl, das er erstickt zu haben glaubte, wiedergekommen war. Lord Henrys zufällige Fragen hatten ihn für den Augenblick außer Fassung gebracht, und er brauchte seine Nerven noch. Dinge, die gefährlich waren, mußten vernichtet werden. Es durchschauerte ihn. Der Gedanke, sie nur zu berühren, war ihm verhaßt.

Dennoch mußte es getan werden. Er machte sich das klar, und als er die Tür der Bibliothek verschlossen hatte, öffnete er das geheime Fach, in das er Basil Hallwards Mantel und Tasche geworfen hatte. Ein mächtiges Feuer brannte. Er warf noch ein Scheit darauf. Der Geruch der sengenden Kleider und des brennenden Leders war fürchterlich. Es brauchte dreiviertel Stunden, bis alles verbrannt war. Am Schluß fühlte er sich schwach und krank, und nachdem er in einer durchlöcherten Kupferpfanne ein paar algerische Räucherkerzchen angezündet hatte, wusch er sich Stirn und Hände mit einem kühlen, moschusduftenden Essig.

Plötzlich fuhr er zusammen. Seine Augen wurden sonderbar hell, und er nagte nervös an der Unterlippe. Zwischen zwei Fenstern stand ein großer Florentiner Ebenholzschrank mit Elfenbein- und Lapislazuli-Einlagen. Er beobachtete ihn, als wäre er etwas zugleich Bezauberndes und Furchteinflößendes, als schlösse er etwas ein, das er zugleich sehnsüchtig begehrte und doch fast verabscheute. Sein Atem ging schnell. Eine tolle Sucht überkam ihn. Er zündete eine Zigarette an und warf sie gleich wieder fort. Seine Augenlider senkten sich, so daß die langen Wimpern fast die Wangen berührten. Aber immerfort sah er den Schrank an. Schließlich sprang er vom Sofa auf, wo er gelegen hatte, ging hinüber, schloß ihn auf und berührte eine geheime Feder. Ein dreieckiges Fach trat langsam hervor. Seine Finger bewegten sich instinktiv darauf zu, griffen hinein und umfaßten etwas. Es war eine kleine chinesische Schachtel aus schwarzem Lack, mit Goldstaub bedeckt, eine sehr sorgfältige Arbeit, die Seiten trugen ein Muster von gekrümmten Wellenlinien, und an den seidenen Fäden hingen runde Kristalle und Troddeln aus geflochtenem Metall. Er öffnete sie. Eine grüne Paste von wächsernem Glanz mit einem merkwürdig schweren und durchdringenden Geruch lag darin.

Er zögerte einige Augenblicke mit einem seltsam unbeweglichen Lächeln auf dem Gesicht. Dann schauerte er zusammen, obwohl die Luft im Zimmer schrecklich heiß war, richtete sich auf und sah nach der Uhr. Es war zwanzig Minuten vor zwölf. Er legte die Schachtel zurück, schloß darauf die Türen des Schrankes und ging in sein Schlafzimmer.

Als es mit metallnen Schlägen durch die dumpfe Luft Mitternacht schlug, schlich Dorian Gray in gemeiner Kleidung, ein Tuch um den Hals gewickelt, leise aus dem Hause. In Bond Street fand er einen Hansom mit einem guten Pferd. Er sprach den Kutscher an und nannte ihm mit leiser Stimme eine Adresse.

Der Mann schüttelte den Kopf. »Das ist zu weit für mich«, brummte er.

»Hier ist ein Sovereign«, sagte Dorian. »Sie sollen noch einen haben, wenn Sie rasch fahren.«

»Schön, Herr«, antwortete der Mann, »in einer Stunde sind Sie da.« Nachdem er sein Geld eingesteckt hatte, drehte er um und fuhr rasch der Themse zu.

SECHZEHNTES KAPITEL

Ein kalter Regen begann zu fallen, und durch den herabhängenden Nebel sahen die verwaschenen Straßenlaternen geisterhaft aus. Die Schenken wurden gerade geschlossen, und dunkle Männer und Frauen standen in zerstreuten Gruppen um ihre Türen. Aus einigen Bars drang der Lärm fürchterlichen Lachens. In andern zankten und grölten Trunkenbolde.

Im Wagen zurückgelehnt, den Hut über die Stirn gedrückt, beobachtete Dorian Gray mit gleichgültigen Augen das schmutzige Elend der großen Stadt, und dann und wann wiederholte er sich die Worte, die Lord Henry am ersten Tage ihrer Bekanntschaft zu ihm gesagt hatte: »Man muß die Seele durch die Sinne und die Sinne durch die Seele heilen.« Ja, das war das Geheimnis. Er hatte es oft versucht und wollte es nun wieder versuchen. Es gab Opiumkneipen, wo man Vergessen erkaufen konnte, Höhlen des Schreckens, wo das Gedächtnis an alte Sünden durch den Wahnsinn von Sünden zerstört werden konnte, die neu waren.

Der Mond hing, einem gelben Schädel gleich, tief am Himmel. Von Zeit zu Zeit streckte eine große mißgestaltete Wolke einen langen Arm davor und verbarg ihn. Die Laternen wurden spärlicher und die Straßen enger und düsterer. Einmal verlor der Kutscher seinen Weg und mußte eine halbe Meile zurückfahren. Von dem Pferd stieg Dampf auf, als es durch die Pfützen patschte. Die Seitenfenster des Hansoms waren mit grauem Dunst bedeckt.

»Die Seele durch die Sinne heilen und die Sinne durch die Seele!« Wie ihm die Worte in den Ohren klangen! Ja sicher, seine Seele war todkrank. War es wahr, daß die Sinne sie heilen konnten? Unschuldig Blut war vergossen worden. Welche Buße konnte es dafür geben? Ach, dafür gab es keine Buße; aber wenn auch Vergebung unmöglich war, Vergessen war immer noch möglich, und er war entschlossen zu vergessen, es auszulöschen, es zu zermalmen, wie man eine Natter zertritt, die einen gebissen hat. Was für ein Recht hatte denn Basil gehabt, so mit ihm zu sprechen, wie er getan hatte? Wer hatte ihn zum Richter über andre gesetzt?

Er hatte Dinge gesagt, die schrecklich waren, furchtbar und unerträglich.

Fort und fort rumpelte der Wagen, mit jedem Schritt, wie ihm schien, langsamer werdend. Er riß die Klappe auf und rief dem Manne zu, schneller zu fahren. Der gräßliche Hunger nach Opium begann in ihm zu nagen. Seine Kehle brannte, und seine zarten Hände preßten sich nervös ineinander. Er schlug wie wahnsinnig mit dem Stock nach dem Pferde. Der Kutscher lachte und schlug mit der Peitsche nach. Er lachte zur Antwort, und der Mann schwieg.

Der Weg erschien endlos und die Straßen wie das schwarze Gewebe einer zappelnden Spinne. Die Eintönigkeit wurde unerträglich, und als der Nebel dichter wurde, fühlte er Angst.

Dann fuhren sie an einsamen Ziegeleien vorbei. Der Nebel wurde hier heller, und er konnte die seltsamen, flaschenförmigen Trockenöfen mit ihren orangefarbenen fächerförmigen Flammenzungen sehen. Ein Hund bellte, als sie vorbeifuhren, und weit entfernt in der Dunkelheit kreischte eine Wandermöwe. Das Pferd stolperte in einer Furche, brach aus und begann zu galoppieren.

Nach einiger Zeit verließen sie den Lehmweg und rasselten wieder über schlechtbepflasterte Straßen. Die meisten Fenster waren schwarz, aber dann und wann sah man Silhouetten phantastischer Schatten hinter einem erleuchteten Fenster. Er beobachtete sie voll Neugier. Sie bewegten sich wie ungeheuerliche Marionetten und hatten Gebärden wie lebende Wesen. Er haßte sie. Ein dumpfer Zorn war in seinem Herzen. Als sie um eine Ecke bogen, kreischte ihnen ein Weib aus einer offenen Tür etwas zu, und zwei Männer rannten fast hundert Meter weit hinter dem Wagen her. Der Kutscher schlug nach ihnen mit der Peitsche.

Man sagt, die Leidenschaft läßt einen im Kreise denken. Und gewiß formten die zerbissenen Lippen Dorian Grays jene feinen Worte von den Sinnen und der Seele immer und immer wieder in einer unablässigen, schrecklichen Wiederholung, bis er in ihnen den vollen Ausdruck seiner Stimmung gefunden und so durch die Zustimmung des Verstandes Leidenschaften gerechtfertigt hatte, die ohne eine solche Rechtfertigung auf seinem Empfinden gelastet hätten. Von einer Zelle zur andern kroch in seinem Hirn dieser eine Gedanke; und die wilde Lebensgier, der allerschrecklichste Hunger des Menschen, spannte jeden zitternden Nerv und Muskel zur Kraft. Die Häßlichkeit, die er einmal verabscheut hatte, wie sie den Dingen Wirklichkeit verlieh, wurde ihm nun aus dem nämlichen Grunde teuer. Das Häßliche war das einzig Wirkliche. Das rohe Geschrei, die ekelhafte Kneipe, die gemeine Heftigkeit eines zügellosen Lebens, die bloße Verworfenheit der Diebe und Ausgestoßenen waren in ihrer intensiven Aktualität des Eindrucks lebendiger als alle anmutigen Gestalten der Kunst, als alle träumerischen Schatten des Gesangs. Sie waren das, was er zum Vergessen brauchte. In drei Tagen würde er frei sein.

Plötzlich hielt der Mann mit einem Ruck am Eingang einer dunkeln Gasse. Über die niedrigen Dächer und gezackten Schornsteine der Häuser erhoben sich die schwarzen Masten von Schiffen. Fetzen weißen Nebels hingen herunter wie an den Rahen gespenstische Segel.

»Irgendwo hier herum, Herr, nicht wahr?« fragte der Kutscher heiser durch die Klappe.

Dorian fuhr auf und spähte ringsum. »Schon gut«, antwortete er, sprang hastig heraus und gab dem Kutscher das besonders versprochene Geld; dann ging er rasch auf den Kai zu. Hier und da glühte eine Laterne am Heck eines großen Kauffahrers. Das Licht blinkte und glitzerte in den Pfützen. Von einem Überseedampfer, der Kohlen einnahm, kam eine rote Glut. Das glitschrige Pflaster sah aus wie ein nasser Gummimantel.

Er eilte nach links zu, indem er sich dann und wann umblickte, um zu sehn, ob ihm jemand folgte. Nach sieben bis acht Minuten erreichte er ein kleines schäbiges Haus, das zwischen zwei steile Speicher eingezwängt war. In einem der Giebelfenster stand eine Lampe. Er blieb stehen und klopfte auf eine eigentümliche Art.

Nach einer kleinen Weile hörte er Schritte im Gange, und die Kette wurde losgemacht. Die Tür öffnete sich ruhig, und er trat hinein, ohne ein Wort zu der kauernden mißgeschaffenen Gestalt zu sagen, die sich in den Schatten drückte, als er vorbeiging. Am Ende des Flurs hing ein zerrissener grüner Vorhang, der von dem heftigen Luftzug, der ihm von der Straße hinein gefolgt war, hin und her schüttelte. Er schob ihn beiseite und trat in einen langen, tiefen Raum, der aussah, als sei er einmal ein Tanzlokal dritten Ranges gewesen. Grell flackernde Gasflammen, die sich trüb und verzerrt in den fliegenbeschmutzten Spiegeln gegenüber wiederholten, hingen ringsum an den Wänden. Schmierige Reflektoren aus gerilltem Zinn waren dahinter angebracht und warfen zitternde Lichtscheiben. Der Boden war mit ockerfarbenen Sägespänen bestreut, hier und dort waren sie zu Schmutz zertreten und mit dunkeln Ringen von vergossenen Flüssigkeiten befleckt. Ein paar Malaien kauerten an einem kleinen Kohlenofen, spielten mit beinernen Marken und zeigten, wie sie schwatzten, ihre weißen Zähne. In einer Ecke lag, den Kopf in die Arme vergraben, ein Matrose über dem Tisch, und an dem protzig bemalten Schanktisch, der an einer ganzen Seite des Raumes entlang lief, standen zwei hagere Weiber und verlachten einen alten Mann, der mit einem Ausdruck des Ekels die Ärmel seines Rockes bürstete. »Er meint, es krabbeln rote Ameisen auf ihm«, lachte die eine, als Dorian vorbeiging. Der Mann sah sie erschrocken an und begann zu wimmern.

Am Ende des Raumes war eine kleine Treppe, die in ein verdunkeltes Zimmer führte. Als Dorian die drei wackligen Stufen hinaufsprang, schlug ihm der schwere Geruch des Opiums entgegen. Er holte tief Atem, und seine Nasenflügel zitterten vor Lust. Als er eintrat, sah ein junger Mann mit weichem blondem Haar, der sich über eine Lampe beugte, um eine lange dünne Pfeife anzuzünden, zu ihm auf und nickte zögernd.

»Sie hier, Adrian?« flüsterte Dorian.

»Wo sollte ich sonst sein?« antwortete er gleichgültig. »Niemand von den Affen will mehr mit mir sprechen.«

»Ich dachte, Sie wären fort aus England.«

»Darlington wird nichts gegen mich vornehmen. Mein Bruder hat den Wechsel schließlich bezahlt. George spricht auch nicht mehr mit mir . . . Es ist mir auch gleich«, fügte er seufzend hinzu. »Solange man das Zeug da hat, braucht man keine Freunde. Ich meine, ich habe zu viele Freunde gehabt.«

Dorian zuckte zusammen und sah sich nach den grotesken Gestalten um, die da in so phantastischen Stellungen rings um die zerlumpten Matratzen lagen. Die gewundenen Glieder, die klaffenden Mäuler, die starren, glanzlosen Augen faszinierten ihn. Er wußte, in welch seltsamen Himmeln sie litten und in welchen dumpfen Höllen sie das Geheimnis einer neuen Lust erfuhren. Sie waren besser daran als er. Er lag in der Gefangenschaft des Denkens. Die Erinnerung fraß wie eine schauerliche Krankheit seine Seele weg. Von Zeit zu Zeit glaubte er die Augen Basil Hallwards zu sehen, wie sie ihn anblickten. Doch fühlte er, daß er hier nicht bleiben konnte. Die Gegenwart Adrian Singletons störte ihn. Er mußte irgendwo sein, wo niemand wußte, wer er war. Er wollte sich selbst entfliehen.

»Ich gehe in das andre Lokal«, flüsterte er nach einer Weile.

»Auf der Werft?«

»Ja.«

»Da ist gewiß die tolle Katz. Man will sie jetzt hier nicht mehr haben.«

Dorian zuckte die Achseln. »Ich habe die Weiber satt, die einen lieben. Weiber, die einen hassen, sind viel interessanter. Außerdem ist der Stoff besser dort.«

»Ziemlich dasselbe.«

»Mir ist er lieber. Kommen Sie, wir wollen was trinken. Ich muß etwas haben.«

»Ich brauche nichts«, murmelte der junge Mann.

»Kommen Sie nur.«

Adrian Singleton erhob sich mühsam und folgte Dorian an die Bar. Ein Inder in einem zerlumpten Turban und in einem schäbigen Rock grinste ihnen einen widerwärtigen Gruß zu, als er zwei Gläser und eine Flasche Brandy vor sie hinstellte. Die Weiber schwankten heran und begannen zu schwatzen. Dorian drehte ihnen den Rücken zu und sagte mit leiser Stimme etwas zu Adrian Singleton.

Ein Grinsen, wie ein malaiisches Grienen, verzerrte das Gesicht eines der Weiber. »Wir sind ja recht stolz heute nacht«, höhnte sie.

»Um Gottes willen, redet nicht mit mir«, schrie Dorian und stampfte auf den Boden. »Was wollt ihr? Geld? Hier habt ihr. Redet aber kein Wort mehr zu mir.«

Zwei rote Funken blitzten einen Augenblick in den verquollenen Augen des Weibes, dann erloschen sie wieder, und sie waren wieder dumpf und gläsern. Sie warf ihren Kopf zurück und raffte mit gierigen Fingern die Münzen vom Zahltisch zusammen. Ihre Gefährtin betrachtete sie neidisch.

»Es hat keinen Zweck«, seufzte Adrian Singleton. »Es liegt mir nichts dran, wieder zurückzugehn. Was tut's? Ich bin ganz glücklich hier.«

»Sie werden mir schreiben, wenn Sie irgend etwas brauchen, nicht wahr?« sagte Dorian nach einer Weile.

»Vielleicht.«

»Dann gute Nacht.«

»Gute Nacht«, antwortete der junge Mann und stieg die Treppe hinauf, indem er seinen vertrockneten Mund mit dem Taschentuch abwischte.

Dorian ging, mit einem schmerzlichen Zug auf seinem Antlitz, zur Tür. Als er den Vorhang auf die Seite zog, brach ein scheußliches Lachen von den gemalten Lippen des Weibes, das sein Geld genommen hatte. »Da geht der Teufelsbraten!« kicherte sie mit einer heisern Stimme.

»Der Teufel soll dich holen!« antwortete er. »Nenne mich nicht so.«

Sie schnippte mit den Fingern. »Märchenprinz will er genannt sein, nicht wahr?« schrie sie hinter ihm her.

Bei ihren Worten sprang der schläfrige Matrose auf und blickte wild um sich. Der Laut der zufallenden Türe drang an sein Ohr. Er stürzte hinaus, als verfolge er ihn.

Dorian Gray eilte durch den tröpfelnden Regen rasch am Kai entlang. Seine Begegnung mit Adrian Singleton hatte ihn seltsam bewegt, und er fragte sich, ob der Untergang dieses jungen Lebens wirklich ihm zur Last gelegt werden konnte, wie Basil Hallward mit so erniedrigender Beschimpfung ihm gesagt hatte. Er biß sich auf die Lippe, und für einige Sekunden wurde sein Auge traurig. Jedoch im Grunde, was ging es ihn an? Die eignen Tage waren zu kurz, als daß man sich die Last von fremden Fehlern auf die Schultern laden konnte. Jeder Mensch lebte sein eignes Leben und zahlte seinen eigenen Preis für das, was er lebte. Der einzige Jammer war, daß man so oft zu zahlen hatte für eine einzige Schuld. Man mußte ja immer und immer wieder zahlen. In seinem Handel mit dem Menschen machte das Schicksal niemals einen Strich unter die Rechnung.

Es gibt Augenblicke, sagen die Psychologen, in denen die Leidenschaft für Sünden oder für das, was die Welt Sünden nennt, eine Natur so beherrscht, daß jede Fiber des Körpers, jede Zelle des Gehirns von furchtbaren Kräften gespannt zu sein scheint. Männer und Frauen verlieren in solchen Augenblicken die Freiheit ihres Willens. Sie bewegen sich wie Automaten ihrem schrecklichen Ziele zu. Die Wahl ist ihnen genommen, und das Gewissen ist entweder getötet, oder wenn es überhaupt lebt, so lebt es nur, um der Empörung seinen Reiz, der Auflehnung seinen Zauber zu geben. Denn alle Sünden, die Theologen werden nicht müde, uns daran zu erinnern, sind Sünden des Ungehorsams. Als jener hohe Geist, jener Morgenstern des Bösen, vom Himmel stürzte, da stürzte er als Rebell.

Fühllos, nur aufs Böse sinnend, mit beflecktem Geist und einer Seele, die nach Empörung hungerte, eilte Dorian Gray dahin; er beschleunigte seine Schritte, je weiter er kam, da als er seitwärts in einen düstern Torweg abbog, der ihn oft auf kürzerm Weg zu dem verrufenen Ort gebracht hatte, fühlte er sich plötzlich von rückwärts gepackt, und ehe er Zeit hatte, sich zu verteidigen, wurde er gegen die Mauer geschleudert, und eine brutale Hand umklammerte seinen Hals.

Er kämpfte wahnsinnig um sein Leben und riß sich mit furchtbarer Anstrengung aus den würgenden Fingern los. Gleich darauf hörte er den Hahn eines Revolvers knacken und sah den Glanz eines polierten Metallaufs gegen seinen Kopf gerichtet und vor sich die dunkle Gestalt eines untersetzten Mannes.

»Was wollen Sie?« keuchte er.

»Seien Sie still«, sagte der Mann. »Wenn Sie sich rühren, schieße ich Sie nieder.«

»Sie sind wahnsinnig. Was habe ich Ihnen getan?«

»Sie haben das Leben Sibyl Vanes zugrunde gerichtet«, war die Antwort, »und Sibyl Vane war meine Schwester. Sie hat sich getötet. Ich weiß es. Ihr Tod ist Ihre Schuld. Ich habe geschworen, daß ich Sie dafür töten werde. Jahrelang habe ich Sie gesucht. Ich hatte keinen Anhaltspunkt, keine Spur. Die beiden, die Sie hätten beschreiben können, waren tot. Ich wußte nichts von Ihnen außer den Kosenamen, den sie Ihnen zu geben pflegte. Heut nacht hörte ich ihn zufällig. Machen Sie Ihren Frieden mit Gott, denn diese Nacht sollen Sie sterben.«

Dorian Gray kam vor Angst eine Ohnmacht an. »Ich habe sie nie gekannt«, stammelte er. »Ich habe nie von ihr gehört. Sie sind toll.«

»Sie sollten lieber Ihre Sünde bekennen, denn so gewiß ich James Vane bin, so gewiß sollen Sie sterben.« Es war ein furchtbarer Augenblick. Dorian wußte nicht, was er sagen oder tun sollte. »Nieder auf die Knie!« knurrte der Mann. »Ich gebe Ihnen eine Minute, Ihren Frieden mit Gott zu machen – mehr nicht. Ich geh heut nacht an Bord nach Indien, und vorher muß ich dies Geschäft erledigen. Eine Minute. Mehr braucht's nicht.«

Dorians Arme sanken herab. Vor Schrecken gelähmt, wußte er nicht was tun. Plötzlich blitzte eine jähe Hoffnung durch sein Gehirn. »Warten Sie!« schrie er. »Wie lange ist es her, daß Ihre Schwester starb? Rasch, sagen Sie mir!«

»Achtzehn Jahre«, sagte der Mann. »Warum fragen Sie mich? Was machen die Jahre?«

»Achtzehn Jahre«, lachte Dorian Gray mit einem triumphierenden Ton in seiner Stimme. »Achtzehn Jahre! Bringen Sie mich unter die Laterne und sehen Sie mein Gesicht an!«

James Vane zögerte einen Augenblick, da er nicht begriff, was das heißen sollte. Dann packte er Dorian Gray und schleppte ihn aus dem Torweg.

So trüb und flackernd das Licht im Wehen des Windes auch war, genügte es doch, ihm den greulichen Irrtum, in den er offenbar verfallen war, zu zeigen; denn das Antlitz des Mannes, den er hatte töten wollen, hatte all den Blütenreiz der Jugend, alle unbefleckte

Reinheit des Jünglingsalters. Er erschien kaum älter als ein Jüngling von zwanzig Lenzen, kaum älter, wenn überhaupt, als seine Schwester gewesen war, Jahren, als sie vor vielen Jahren Abschied genommen hatten. Es war klar, dies war nicht der Mann, der ihr Leben zerstört hatte.

Er löste seinen Griff und taumelte zurück. »Mein Gott! Mein Gott!« rief er aus. »Und ich hätte Sie ermordet!«

Dorian Gray holte tief Atem. »Sie waren nahe daran, ein schreckliches Verbrechen zu begehen, Mann«, sagte er mit einem strengen Blick. »Lassen Sie sich dies als eine Warnung gelten, die Rache nicht in Ihre Hand zu nehmen.«

»Verzeihen Sie mir, Herr«, murmelte James Vane. »Ich unterlag einer Täuschung. Ein zufälliges Wort, das ich in dieser verdammten Kneipe hörte, führte mich auf die falsche Spur.«

»Sie sollten lieber nach Hause gehn und den Revolver einstecken, sonst bereiten Sie sich noch Ungelegenheiten«, sagte Dorian, wandte sich um und ging langsam die Straße hinunter.

James Vane stand von Grauen ergriffen auf der Straße. Er zitterte vom Kopf bis zum Fuß. Nach einer kleinen Weile bewegte sich ein schwarzer Schatten, der an der tröpfelnden Mauer entlanggeglitten war, ins Licht heraus und kam mit verstohlenen Schritten dicht an ihn heran. Er fühlte eine Hand auf seinem Arm und sah sich mit einem jähen Erschrecken um. Es war eins der Weiber, die an der Bar getrunken hatten.

»Warum haben Sie ihn nicht umgebracht?« zischte sie, indem sie ihr hageres Gesicht ganz nahe an das seine brachte. »Ich wußte, daß Sie hinter ihm her waren, als Sie bei Daly hinausstürzten. Sie Narr! Sie hätten ihn umbringen sollen. Er hat einen Haufen Geld und ist so schlecht wie irgendeiner.«

»Er ist nicht der Mann, den ich suche«, antwortete er, »und ich brauche keines Menschen Geld. Ich will das Leben von einem. Der Mann, dessen Leben ich will, muß jetzt beinahe vierzig sein. Der da ist kaum mehr als ein Knabe. Ich danke Gott, daß ich sein Blut nicht an meinen Händen habe.«

Das Weib stieß ein bitteres Gelächter aus. »Kaum mehr als ein Knabe!« höhnte sie. »Mensch, es ist fast achtzehn Jahre her, daß der Märchenprinz aus mir gemacht hat, was ich bin.«

»Das ist gelogen!« schrie James Vane.

Sie hob die Hand zum Himmel. »Bei Gott, ich sage die Wahrheit«, rief sie.

»Bei Gott?«

»Schlagt mich tot, wenn's nicht so ist. Er ist der Schlimmste, der hierher kommt. Sie sagen, er hat sich dem Teufel für ein hübsches Gesicht verkauft. Es ist nah an die achtzehn Jahre, seit ich ihn kenne. Er hat sich nicht verändert seitdem. Ich schon«, fügte sie mit einem widrigen Blinzeln hinzu.

»Sie beschwören das?«

»Ich schwöre es«, widerhallte es barsch aus ihrem plattgedrückten Mund. »Aber verraten Sie mich ihm nicht«, winselte sie; »ich habe Angst vor ihm. Geben Sie mir etwas Geld für mein Nachtquartier.«

Mit einem Fluch stürzte er von ihr weg und rannte an die Ecke der Straße, aber Dorian Gray war verschwunden. Als er zurückblickte, war auch das Weib fort.

SIEBZEHNTES KAPITEL

Eine Woche später saß Dorian Gray in dem Wintergarten von Selby Royal und sprach mit der hübschen Herzogin von Monmouth, die mit ihrem Gatten, einem verlebt aussehenden Sechziger, zu seinen Gästen zählte. Es war Teezeit, und das milde Licht der großen spitzenverhangenen Lampe, die auf dem Tische stand, beleuchtete das köstliche Chinaporzellan und das gehämmerte Silber des Tees, an dem die Herzogin die Wirtin machte. Ihre weißen Hände bewegten sich zierlich zwischen den Tassen, und ihre vollen roten Lippen lächelten über etwas, das Dorian ihr zugeflüstert hatte.

Lord Henry lehnte sich in einem Rohrsessel mit seidebelegtem Sitz zurück und sah sie an. Auf einem pfirsichfarbenen Diwan saß Lady Narborough und tat, als höre sie dem Herzog zu, wie er den letzten brasilianischen Käfer beschrieb, den er seiner Sammlung einverleibt hatte. Drei junge Herren in sorgfältigem Nachmittagsdreß reichten einigen von den Damen Teegebäck. Die Gesellschaft bestand aus zwölf Personen, und für den folgenden Tag wurden noch mehr erwartet.

»Worüber sprechen Sie beide?« sagte Lord Henry, zu dem Tisch herüberschlendernd und seine Tasse niedersetzend. »Ich hoffe, Dorian hat Ihnen von meinem Plan erzählt, alles umzutaufen, Gladys. Es ist eine prächtige Idee.«

»Aber ich will gar nicht umgetauft sein, Harry«, erwiderte die Herzogin und sah mit ihren wunderschönen Augen zu ihm auf. »Ich bin ganz zufrieden mit meinem Namen, und ich bin sicher, auch Mr. Gray sollte mit seinem zufrieden sein.«

»Meine liebe Gladys, um nichts in der Welt möchte ich Ihrer beider Namen ändern. Sie sind beide vollkommen. Ich dachte hauptsächlich an Blumen. Gestern pflückte ich eine Orchidee für mein Knopfloch. Es war eine wundersam gesprenkelte Blume, von einer Wirkung wie die sieben Todsünden. In einem gedankenlosen Augenblick fragte ich einen der Gärtner, wie sie heiße. Er sagte mir, es sei ein schönes Beispiel der Robinsoniana oder sonst etwas

Gräßliches. Es ist eine traurige Wahrheit, aber wir haben die Fähigkeit verloren, den Dingen schöne Namen zu geben. Namen sind alles. Ich streite mich nie um Taten. Mein einziger Kampf sind Worte. Das ist auch der Grund, warum ich den gemeinen Realismus in der Literatur hasse. Der Mann, der es fertigbringt, einen Spaten einen Spaten zu nennen, sollte gezwungen werden, mit einem zu graben. Das ist das einzige, zu was er gut wäre.«

»Wie sollen wir Sie dann nennen, Harry?« fragte sie.

»Er heißt Prinz Paradox«, sagte Dorian.

»Den erkennt man augenblicklich an«, rief die Herzogin aus.

»Davon will ich nichts hören«, lachte Lord Henry, indem er in seinen Stuhl sank. »Vor einer Etikette gibt es keine Rettung! Ich weise den Titel zurück!«

»Könige dürfen nicht abdanken«, kam es warnend von hübschen Lippen.

»Sie wünschen also, daß ich meinen Thron verteidige?«

»Ja.«

»Ich sage die Wahrheiten von morgen.«

»Ich ziehe die Irrtümer von heute vor«, antwortete sie.

»Sie entwaffnen mich, Gladys«, rief er, angesteckt von dem Übermut ihrer Laune.

»Ich nehme Ihnen den Schild, Harry; nicht Ihren Speer.«

»Ich schwang ihn nie gegen die Schönheit«, sagte er mit einer leichten Handbewegung.

»Das ist Ihr Fehler, Harry, glauben Sie mir. Sie schätzen Schönheit viel zu hoch.«

»Wie können Sie das sagen? Ich gebe zu, daß ich es für besser halte, schön zu sein, als gut zu sein. Andererseits aber erkennt niemand mit größerer Bereitwilligkeit an als ich, daß es besser ist, gut zu sein als häßlich zu sein.«

»Häßlichkeit ist also eine der sieben Todsünden?« rief die Herzogin aus. »Was wird nun aus Ihrem Gleichnis mit den Orchideen?«

»Häßlichkeit ist eine von den sieben tödlichen Tugenden, Gladys. Sie, als gute Tory, dürfen sie nicht überschätzen. Das Bier, die Bibel und die sieben tödlichen Tugenden haben unser England zu dem gemacht, was es ist.«

»Sie lieben also Ihr Vaterland nicht?« fragte sie.

»Ich lebe darin.«

»Damit Sie es um so besser kritisieren können.«

»Möchten Sie, daß ich mir aneigne, was Europa darüber urteilt?« fragte er.

»Was sagt man von uns?«

»Daß Tartüff nach England ausgewandert ist und einen Laden aufgemacht hat.«

»Ist das von Ihnen, Harry?«

»Ich schenke es Ihnen.«

»Ich könnte nichts damit anfangen. Es ist zu wahr.«

»Sie brauchen keine Angst zu haben. Unsere Landsleute erkennen sich niemals in ihrem Steckbrief.«

»Sie sind praktisch.«

»Sie sind mehr gerissen als praktisch. Wenn sie ihr Hauptbuch aufmachen, dann gleichen sie Dummheit mit Reichtum und Laster mit Heuchelei aus.«

»Und doch haben wir Großes vollbracht.«

»Großes wurde uns auferlegt, Gladys.«

»Wir haben die Last getragen.«

»Nur bis zur Börse.«

Sie schüttelte den Kopf. »Ich glaube an die Rasse!« rief sie.

»Sie repräsentiert das Überleben des Strebertums.«

»Sie hat Entwicklung in sich.«

»Der Verfall reizt mich mehr.«

»Und die Kunst?« fragte sie.

»Ist eine Krankheit.«

»Die Liebe?«

»Eine Einbildung.«

»Die Religion?«

»Der elegante Ersatz für den Glauben.«

»Sie sind ein Skeptiker.«

»Niemals! Skeptizismus ist der Anfang des Glaubens.«

»Was sind Sie dann?«

»Definieren heißt Begrenzen.«

»Geben Sie mir den Faden dazu.«

»Fäden reißen. Sie würden Ihren Weg in dem Labyrinth verlieren.«

»Sie verwirren mich. Wir wollen von etwas anderem sprechen.«

»Unser Wirt ist ein entzückendes Gesprächsthema. Vor vielen Jahren taufte man ihn den Märchenprinzen.«

»Oh, erinnern Sie mich nicht daran«, rief Dorian Gray.

»Unser Wirt ist ziemlich unangenehm heute abend«, antwortete die Herzogin, rot werdend. »Ich glaube, er meint, Monmouth habe mich aus rein wissenschaftlichen Prinzipien geheiratet, als das beste Beispiel, das er für einen modernen Schmetterling finden konnte.«

»Na, ich hoffe, er wird Sie nicht auf Stecknadeln spießen, Herzogin«, sagte Dorian lachend.

»Oh, Mr. Gray, das besorgt schon meine Kammerjungfer, wenn sie sich über mich ärgert.«

»Und worüber ärgert sie sich bei Ihnen, Herzogin?«

»Über die trivialsten Dinge, Mr. Gray, ich versichere Sie. Regelmäßig, wenn ich zehn Minuten vor neun nach Hause komme und ihr sage, ich müßte um halb neun angezogen sein.«

»Wie unvernünftig von ihr! Sie sollten sie warnen.«

»Ich wage es nicht, Mr. Gray. Sie erfindet nämlich meine Hüte. Sie erinnern sich doch an den Hut, den ich bei Lady Nilstones Gartengesellschaft trug? Sie erinnern sich nicht, aber es ist nett von Ihnen, daß Sie so tun. Sie machte ihn also aus nichts. Alle guten Hüte werden aus nichts gemacht.«

»Wie jeder gute Ruf, Gladys«, unterbrach Lord Henry. »Jeder Erfolg, den man hat, gibt uns einen Feind. Um beliebt zu sein, muß man mittelmäßig sein.«

»Nicht bei den Frauen«, sagte die Herzogin und schüttelte den Kopf; »und die Frauen beherrschen die Welt. Ich sage Ihnen, wir können Mittelmäßigkeiten nicht vertragen. Wir Frauen, hat jemand gesagt, lieben mit unsern Ohren, gerad wie ihr Männer mit den Augen, wenn ihr überhaupt liebt.«

»Mir scheint, daß wir nie was anderes tun«, flüsterte Dorian.

»Oh, dann lieben Sie nie wirklich, Mr. Gray«, antwortete die Herzogin mit erheuchelter Trauer.

»Meine liebe Gladys!« rief Lord Henry. »Wie können Sie das sagen? Der Roman lebt von der Wiederholung, und die Wiederholung verwandelt die Begierde in Kunst. Übrigens ist jedesmal, wenn man liebt, das einzige Mal, daß man je geliebt hat. Die Verschiedenheit des Objekts ändert nichts an der Einzigkeit der Leidenschaft. Sie verstärkt sie nur. Wir können im Leben bestenfalls nur eine einzige große Erfahrung haben, und das Geheimnis des Lebens ist, sie so oft wie möglich zu wiederholen.«

»Selbst wenn man von ihr verwundet worden ist, Harry?« fragte die Herzogin nach einer Pause.

»Erst recht, wenn man von ihr verwundet worden ist«, antwortete Lord Henry.

Die Herzogin wandte sich um und blickte Dorian Gray mit einem seltsamen Ausdruck an. »Was sagen Sie dazu, Mr. Gray?« fragte sie.

Dorian zögerte einen Augenblick. Dann warf er den Kopf zurück und lachte. »Ich stimme stets Harry bei, Herzogin.«

»Selbst wenn er unrecht hat?«
»Harry hat nie unrecht, Herzogin.«
»Und macht seine Philosophie Sie glücklich?«
»Ich habe nie nach Glück gesucht. Wer braucht Glück? Ich habe Lust gesucht.«
»Und gefunden, Mr. Gray?«
»Oft. Zu oft.«

Die Herzogin seufzte. »Ich suche Frieden«, sagte sie, »und wenn ich jetzt nicht gehe und mich anziehe, werde ich heut keinen haben.«

»Lassen Sie mich Ihnen ein paar Orchideen holen, Herzogin«, rief Dorian, sprang auf und ging den Wintergarten hinab.

»Sie flirten ganz greulich mit ihm«, sagte Lord Henry zu seiner Cousine. »Sie sollten sich lieber in acht nehmen. Er ist faszinierend.«

»Wäre er's nicht, so würde es keinen Kampf geben.«
»Sind also zwei Griechen einander begegnet?«
»Ich bin auf der Seite der Trojaner. Sie kämpften für ein Weib.«
»Sie wurden besiegt.«
»Es gibt schlimmere Dinge als die Gefangenschaft«, erwiderte sie.
»Sie reiten mit verhängtem Zügel.«
»Tempo gibt Leben«, war die Entgegnung.
»Ich werde das heut abend in mein Tagebuch schreiben.«
»Was?«
»Daß ein gebranntes Kind das Feuer liebt.«
»Ich bin noch nicht einmal versengt. Meine Flügel sind unberührt.«
»Sie benützen sie zu allem, nur nicht zur Flucht.«
»Der Mut ist von den Männern zu den Frauen übergegangen. Es ist ein neues Erlebnis für uns.«
»Sie haben eine Rivalin.«
»Wen?«

Er lachte. »Lady Narborough«, flüsterte er. »Sie betet ihn an.«
»Sie erfüllen mich mit Bangnis. Der Appell ans Altertum ist uns, die wir Romantiker sind, verhängnisvoll.«
»Romantiker? Sie haben alle Methoden der Wissenschaft.«
»Die Männer haben uns erzogen.«
»Aber euch nicht erklärt.«
»Erklären Sie uns das Geschlecht«, forderte sie heraus.
»Sphinxe ohne Geheimnisse.«

Sie sah ihn lächelnd an. »Wie lange Mr. Gray wegbleibt?« sagte sie. »Wir wollen gehn und ihm helfen. Ich habe ihm ja die Farbe meines Kleides nicht gesagt.«

»Oh, Sie müssen Ihr Kleid seinen Blumen anpassen.«

»Das wäre eine vorzeitige Übergabe.«

»Die romantische Kunst beginnt mit dem höchsten Moment.«

»Ich muß mir eine Gelegenheit zum Rückzug offenhalten.«

»Nach parthischer Art?«

»Die fanden Sicherheit in der Wüste. Ich könnte das nicht.«

»Frauen haben nicht immer die Wahl«, antwortete er, aber er hatte kaum den Satz zu Ende gesprochen, als vom äußersten Winkel des Gewächshauses her ein unterdrücktes Stöhnen kam, gefolgt von dem dumpfen Geräusch eines schweren Falles. Alle schreckten auf. Die Herzogin stand bewegungslos da. Den Blick von Furcht verstört, stürzte Lord Henry durch die raschelnden Palmen und fand Dorian Gray mit dem Gesicht nach unten auf fliesenbelegten, Boden in einer todesähnlichen Ohnmacht.

Man brachte ihn sofort in den blauen Salon und legte ihn auf ein Sofa. Nach kurzer Zeit kam er zu sich und sah sich mit einem verwirrten Blick um.

»Was ist geschehen?« fragte er. »Oh! Ich erinnere mich. Bin ich hier sicher, Harry?« Er begann zu zittern.

»Mein lieber Dorian«, antwortete Lord Henry, »Sie waren nur ohnmächtig geworden. Es war sonst nichts. Sie müssen sich übermüdet haben. Sie sollten lieber nicht zum Dinner herunterkommen. Ich will Sie vertreten.«

»Nein, ich will herunterkommen«, sagte er, indem er sich abmühte, auf den Füßen zu stehen. »Ich möchte lieber herunterkommen. Ich darf nicht allein sein.«

Er ging auf sein Zimmer und zog sich an. Eine wilde, sorglose Lustigkeit lag in seinem Gebaren, während er bei Tische saß, aber dann und wann durchlief ihn ein jäher Schreck, wenn er sich daran erinnerte, daß er gegen das Fenster des Wintergartens gepreßt wie ein weißes Tuch das Gesicht James Vanes gesehen hatte, der ihn beobachtete.

ACHTZEHNTES KAPITEL

Am nächsten Tage verließ er das Haus nicht und verbrachte sogar die meiste Zeit auf seinem eignen Zimmer, völlig matt vor wilder Todesbangnis und doch gleichgültig gegen das Leben selbst. Das Bewußtsein, gejagt, umstellt, aufgespürt zu sein, begann ihn zu beherrschen. Wenn nur die Vorhänge im Wind erzitterten, schrak er zusammen. Die toten Blätter, die gegen die bleigefaßten Scheiben flogen, erschienen ihm wie seine eignen vergeudeten Entschlüsse und ungestümen Gewissensbisse. Wenn er seine Augen schloß, sah er wieder das Gesicht des Matrosen durch das nebelfeuchte Glas blicken, und wiederum schien ihm das Entsetzen die Hand aufs Herz zu legen.

Aber vielleicht war es nur seine Einbildung gewesen, die die Rache aus der Nacht heraufbeschworen und die scheußlichen Gestalten der Strafe vor ihn gestellt hatte. Das wirkliche Leben war ein Chaos, aber in der Kraft der Phantasie herrschte eine furchtbare Logik. Die Einbildungskraft war's, die den Sündern die Gewissensbisse auf den Fersen nachhetzte. Die Einbildungskraft war's, die jedes Verbrechen seine ungestalte Brut tragen ließ. In der gemeinen Welt der Tatsachen wurden weder die Schlechten bestraft, noch die Guten belohnt. Der Erfolg gehörte den Starken, das Unglück drückte auf die Schwachen. Das war alles. Wenn übrigens irgendein Fremder um das Haus gestrolcht wäre, so hätten ihn doch die Diener oder die Wächter gesehen. Wären auf den Beeten irgendwelche Fußtapfen gefunden worden, so hätten es die Gärtner gemeldet.

Ja, es war bloße Einbildung gewesen. Sibyl Vanes Bruder war nicht zurückgekommen, um ihn zu töten. Er war auf seinem Schiffe fortgesegelt, um in irgendeinem winterlichen Meere zu scheitern. Vor ihm war er jedenfalls sicher. Der Mann wußte ja nicht, wer er war, konnte nicht wissen, wer er war. Die Maske der Jugend hatte ihn gerettet.

Und doch, wenn es nur die Einbildung war, wie furchtbar, daß das Gewissen so schreckliche Phantome erstehen lassen, daß es ihnen sichtbare Form verleihen und sie vor unsern Augen bewegen konnte! Was für ein Leben würde das sein, wenn Tag und Nacht die Schatten seiner Verbrechen aus schweigenden Winkeln nach ihm stierten, aus geheimen Orten ihn höhnten, in seine Ohren flüsterten, wenn er beim Mahle saß, ihn mit eisigen Fingern weckten, wenn er schlafend lag! Als der Gedanke durch sein Gehirn kroch, wurde er bleich vor Schrecken, und es schien ihm, als sei die Luft plötzlich kälter geworden. Oh, in welcher wilden Stunde des Wahnsinns hatte er seinen Freund umgebracht! Wie schauerlich war schon die bloße Erinnerung an den Vorgang! Er sah nun alles wieder. Jede häßliche Einzelheit kehrte ihm mit gesteigertem Schrecken zurück. Aus der schwarzen Höhle der Zeit stieg, schrecklich und in Scharlach gehüllt, das Bild seiner Sünde. Als Lord Henry um sechs Uhr zu ihm kam, fand er ihn schluchzend wie einen, dem das Herz brechen will.

Erst am dritten Tage wagte er auszugehen. In der klaren, tannenduftigen Luft dieses Wintermorgens lag etwas, das ihm seine Lebensglut zurückzugeben schien. Aber nicht nur die physischen Umstände der Umgebung hatten die Wandlung veranlaßt. Seine eigne Natur hatte sich gegen das Übermaß der Qual empört, die seine so vollkommene Ruhe hatte zerschlagen und zerstören wollen. Bei feinen und zartorganisierten Charakteren verhält es sich stets so. Ihre starken Leidenschaften kennen nur ein Biegen oder Brechen. Entweder sie erschlagen den Menschen, oder sie sterben selbst. Seichte Sorge und seichte Liebe leben weiter. Große Liebe und große Schmerzen zerstören sich in ihrer eignen Fülle. Übrigens hatte er sich ja überzeugt, daß er das Opfer einer durch Furcht verwirrten Phantasie gewesen war, und sah jetzt auf seine Bangnisse mit ein wenig Mitleid und nicht geringer Verachtung zurück.

Nach dem Frühstück ging er mit der Herzogin eine Stunde im Garten spazieren und fuhr dann durch den Park, um die Jagdgesellschaft zu treffen. Krauser Reiffrost lag wie Salz auf dem Rasen. Der Himmel sah aus wie eine umgestülpte Schale blauen Metalls. Eine dünne Eisschicht umsäumte den flachen schilfbewachsenen Teich.

An der Ecke des Tannenwaldes traf er auf Sir Geoffrey Clouston, den Bruder der Herzogin, der eben zwei verschossene Patronen aus seiner Flinte stieß. Er sprang aus dem Wagen, befahl dem Groom, das Pferd nach Hause zu fahren, und stapfte durch das welke Farnkraut und rauhe Unterholz auf seinen Gast zu.

»Gute Jagd gehabt, Geoffrey?« fragte er.

»Nicht besonders, Dorian. Die meisten Vögel sind wohl aufs offne Feld gegangen. Ich hoffe, es wird nach dem Lunch besser werden, wenn wir auf neuen Grund kommen.«

Dorian schlenderte neben ihm her. Die scharfe, aromatische Luft, die braunen und roten Lichter, die im Walde spielten, die heisern Schreie der Treiber, die von Zeit zu Zeit laut wurden, und der scharfe Knall der Flinten, der folgte, das alles fesselte ihn und erfüllte ihn mit einem Gefühl herrlicher Freiheit. Er war beherrscht von einer Sorglosigkeit des Glücks, von heller Gleichgültigkeit der Freude.

Plötzlich sprang etwa zehn Meter vor ihnen aus einem dichten Büschel alten Grases ein Hase auf, die schwarzgefleckten Löffel aufgerichtet und die langen hintern Läufe nach vorn werfend. Er strebte einem Erlendickicht zu. Sir Geoffrey riß seine Flinte an die Schulter, aber in der Anmut der Bewegung des Tieres lag etwas, das Dorian Gray entzückte, und er er rief sofort aus: »Schießen Sie ihn nicht, Geoffrey. Lassen Sie ihn laufen.«

»Was für ein Unsinn, Dorian!« sagte sein Gefährte lachend, und als der Hase in das Dickicht setzte, schoß er. Man hörte zwei Schreie, den Schrei eines verwundeten Hasen, der schlimm ist, und den Schrei eines auf den Tod getroffenen Menschen, der schrecklich ist.

»Um Gottes willen! Ich habe einen Treiber getroffen!« schrie Sir Geoffrey. »Was für ein Esel von Kerl, sich vor die Büchsen zu stellen! Hört auf zu schießen!« rief er, so stark er konnte. »Ein Mann ist verletzt.«

Der Obertreiber kam mit einem Stock in der Hand herbeigelaufen.

»Wo, Herr? Wo ist er?« schrie er. Zu gleicher Zeit hörte das Schießen auf der ganzen Linie auf.

»Hier«, antwortete Sir Geoffrey wütend und eilte auf das Dickkicht zu. »Was zum Teufel haltet Ihr eure Leute nicht zurück? Habt mir meine Jagd für heute verdorben.«

Dorian beobachtete sie, wie sie in das Erlengebüsch hineindrangen und die schlanken, schwingenden Zweige auf die Seite stießen. Nach wenigen Augenblicken tauchten sie wieder hervor und schleppten einen toten Körper ans Sonnenlicht. Er wandte sich entsetzt ab. Ihm schien, als folge ihm das Unglück, wohin er nur ging. Er hörte, wie Sir Geoffrey fragte, ob der Mann wirklich tot sei, und vernahm die bejahende Antwort des Treibers. Der Wald schien ihm plötzlich von Gesichtern belebt zu sein. Es war ein Getrappe von unzähligen Füßen und ein leises Summen von Stimmen. Ein großer Fasan mit kupferfarbener Brust kam klatschenden Flugs durch die Zweige zu seinen Häupten.

Nach wenigen Augenblicken, die ihm in seinem verstörten Zustand gleich endlosen Stunden des Schmerzes erschienen, fühlte er eine Hand auf seiner Schulter. Er schrak zusammen und sah sich um.

»Dorian«, sagte Lord Henry, »ich sollte doch wohl sagen, daß es mit der Jagd für heute zu Ende ist. Es möchte nicht gut aussehen, wenn man weitermacht.«

»Ich wollte, es wäre für immer zu Ende, Harry«, antwortete er bitter. »Die ganze Sache ist gräßlich und grausam. Ist der Mann . . .?«

Er konnte den Satz nicht beenden.

»Ich fürchte«, gab Lord Henry zurück. »Er hat die ganze Schrotladung in die Brust bekommen. Er muß fast augenblicklich tot gewesen sein. Kommen Sie; wir wollen nach Hause gehen.«

Sie gingen nebeneinander auf die Allee zu, nahezu fünfzig Meter, ohne zu sprechen. Dann sah Dorian Lord Henry an und sagte mit einem schweren Seufzer, »das ist ein böses Vorzeichen, Harry, ein sehr böses Vorzeichen.«

»Was?« fragte Lord Harry. »Oh! Dieser Unfall wohl. Mein lieber Freund, da ist nichts zu tun. Es war seine eigne Schuld. Warum hat er sich vor die Flinten gestellt? Übrigens geht es uns nichts an. Natürlich, für Geoffrey ist es ziemlich unangenehm. Es geht doch nicht, Treiber niederzupfeffern. Die Leute meinen dann, man sei so ein Sonntagsschütz. Und Geoffrey ist es nicht; er schießt vortrefflich. Aber es hat keinen Zweck, über die Sache weiter zu reden.«

Dorian schüttelte den Kopf. »Er ist ein böses Vorzeichen, Harry. Ich habe das Gefühl, als ob einem von uns etwas Furchtbares zustieße. Mir selbst vielleicht«, fügte er hinzu und fuhr sich mit der Hand über die Augen mit einer Gebärde des Schmerzes.

Der Ältere lachte. »Das einzig Furchtbare auf der Welt ist die Langeweile, Dorian. Das ist die einzige Sünde, für die es keine Vergeltung gibt. Aber wir werden schwerlich darunter leiden, außer wenn diese Leute bei Tisch von der Geschichte schwatzen. Ich muß ihnen sagen, daß das Thema tabu sein soll. Was Vorzeichen anlangt, dergleichen gibt es nicht. Das Schicksal schickt uns keine Herolde. Es ist zu weise dafür oder zu grausam. Was soll Ihnen denn um alles in der Welt auch geschehen, Dorian? Sie haben alles auf Erden, was ein Mensch wünschen kann. Es gibt keinen, der nicht entzückt wäre, mit Ihnen zu tauschen.«

»Es gibt niemand, mit dem ich nicht tauschen würde, Harry. Lachen Sie nicht so. Ich spreche die Wahrheit. Der elende Bauer, der gerade gestorben ist, ist besser daran als ich. Ich habe keine Angst vor dem Tod selbst. Nur das Nahen des Sterbens erschreckt mich. Seine ungeheuern Flügel scheinen in der bleiernen Luft um mich zu rauschen. Herr im Himmel! Sehen Sie nicht dort hinter den Bäumen einen Mann sich bewegen, der mich beobachtet, der auf mich lauert?«

Lord Henry sah in die Richtung, die die zitternde, behandschuhte Hand wies. »Ja«, sagte er lächelnd, »ich sehe den Gärtner, der auf Sie wartet. Vermutlich will er Sie fragen, was für Blumen Sie heut abend auf die Tafel haben wollen. Wie lächerlich nervös Sie sind, mein Freund! Sie müssen zu meinem Doktor gehen, wenn wir wieder in London sind.«

Dorian seufzte erleichtert auf, als er den Gärtner herankommen sah. Der Mann berührte seinen Hut, sah einen Augenblick zögernd auf Lord Henry und brachte dann einen Brief hervor, den er seinem Herrn überreichte. »Ihre Gnaden befahlen mir, auf eine Antwort zu warten«, brachte er gedämpft hervor.

Dorian steckte den Brief in die Tasche. »Sagen Sie Ihrer Gnaden, daß ich hinkomme«, sagte er kühl. Der Mann drehte sich um und ging schnell auf das Haus zu.

»Wie gerne die Frauen gefährliche Dinge tun!« sagte Lord Henry lachend. »Das ist eine von den Eigenschaften, die ich am meisten an ihnen bewundere. Eine Frau flirtet mit jedem Mann auf der Welt, solange nur andere Leute zuschauen.«

»Wie gerne Sie gefährliche Dinge sagen, Harry! In diesem Fall sind Sie aber auf dem Holzweg. Ich habe die Herzogin sehr gern, aber ich liebe sie nicht.«

»Und die Herzogin liebt Sie sehr, aber sie hat Sie weniger gern, Sie passen also beide ausgezeichnet zusammen.«

»Sie reden Klatsch, Harry, und für den Klatsch ist eigentlich nie eine Grundlage vorhanden.«

»Die Grundlage für jeden Klatsch ist eine unmoralische Gewißheit«, sagte Lord Harry, indem er eine Zigarette anzündete.

»Sie würden jedermann opfern, Harry, für den Genuß, einen Witz zu machen.«

»Die Welt legt sich freiwillig auf den Altar«, war die Antwort.

»Ich wollte, ich könnte lieben«, rief Dorian Gray mit einem tiefen Ton voll Pathos in seiner Stimme. »Aber es scheint, ich habe die Leidenschaft verloren und das Begehren vergessen. Ich bin zuviel auf mich selbst verwiesen. Meine eigne Persönlichkeit ist eine Last für mich geworden. Ich möchte entfliehen, fortgehen, vergessen. Es war töricht von mir, überhaupt herzukommen. Ich glaube, ich werde nach Harvey telegraphieren, man soll die Jacht bereithalten. Auf einer Jacht ist man sicher.«

»Vor was sicher, Dorian? Es bedrückt Sie was. Warum sagen Sie mir nicht, was es ist? Sie wissen, daß ich Ihnen helfen würde.«

»Ich kann es Ihnen nicht sagen, Harry«, antwortete er traurig. »Und ich möchte glauben, es ist nur eine Einbildung von mir. Dieser unglückliche Fall hat mich aus dem Gleichgewicht gebracht. Ich habe eine furchtbare Ahnung, daß mir etwas Ähnliches zustößt.«

»Unsinn!«

»Ich hoffe so, aber ich kann nicht helfen, ich empfinde so. Ah! Hier ist die Herzogin und sehen aus wie Artemis in einem Schneiderkleid. Sie sehen, wir sind zurück, Herzogin.«

»Ich habe schon alles gehört, Mr. Gray«, antwortete sie. »Der arme Geoffrey ist arg außer sich. Und Sie haben ihn wohl noch gebeten, den Hasen nicht zu schießen, wie seltsam!«

»Ja, es war sehr merkwürdig. Ich weiß nicht, warum ich es sagte. Irgendeine Laune vermutlich. Der kleine Kerl hatte das reizendste Aussehen. Aber es tut mir leid, daß man Ihnen von dem Manne erzählt hat. Es ist ein häßliches Thema.«

»Es ist eine langweilige Sache«, fiel Lord Henry ein. »Sie hat nicht den geringsten psychologischen Wert. Wenn Geoffrey es noch mit Absicht getan hätte, wie interessant wäre es! Ich möchte gerne jemand kennen, der einen wirklichen Mord begangen hat.«

»Wie schrecklich von Ihnen, Harry!« rief die Herzogin. »Nicht wahr, Mr. Gray? Harry, Mr. Gray ist wieder krank. Er wird ohnmächtig.«

Dorian richtete sich gewaltsam auf und lächelte. »Es ist nichts, Herzogin«, murmelte er; »meine Nerven sind schrecklich in Unordnung. Weiter nichts. Ich fürchte, ich bin heute morgen zu weit gegangen. Ich habe nicht gehört, was Harry sagte. War es sehr schlimm? Sie müssen mir's ein andermal sagen. Ich muß nun wohl gehn und mich hinlegen. Sie entschuldigen mich, nicht wahr?«

Sie hatten die große Treppe erreicht, die aus dem Wintergarten auf die Terrasse führte. Als sich die Glastür hinter Dorian schloß, drehte sich Lord Henry um und sah die Herzogin mit seinen schläfrigen Augen an. »Lieben Sie ihn sehr?« fragte er sie.

Sie gab eine Weile keine Antwort, sondern stand da und blickte auf die Landschaft. »Ich wollte, ich wüßte es«, sagte sie schließlich.

Er schüttelte den Kopf. »Wissen wäre ein Verhängnis. Nur die

Ungewißheit bezaubert einen. Nebel machen die Dinge wunderbar.«

»Man kann darin den Weg verlieren.«

»Alle Wege enden am selben Ziel, meine liebe Gladys.«

»Und das ist?«

»Enttäuschung.«

»Sie war mein Debüt im Leben«, seufzte sie.

»Sie kam mit einer Krone zu Ihnen.«

»Ich bin der Erdbeerblätter müde.«

»Sie stehen Ihnen.«

»Nur in der Öffentlichkeit.«

»Sie würden sie vermissen«, sagte Lord Henry.

»Kein Blatt werde ich abtun lassen.«

»Monmouth hat Ohren.«

»Alter ist schwerhörig.«

»Ist er nie eifersüchtig gewesen?«

»Ich wollte, er wäre es.«

Er sah umher, als suche er etwas. »Was suchen Sie?« fragte sie.

»Den Knopf Ihres Floretts«, antwortete er. »Sie haben ihn fallen lassen.«

Sie lachte. »Ich habe noch die Maske.«

»Sie macht Ihre Augen noch schöner«, war seine Antwort.

Sie lachte wieder. Ihre Zähne erschienen wie weiße Kerne in einer scharlachnen Frucht.

Oben in seinem Zimmer lag Dorian Gray auf seinem Sofa, Schrecken in jeder zuckenden Fiber seines Leibes. Das Leben war plötzlich eine zu fürchterliche Last für ihn geworden, als daß er sie noch ferner tragen konnte. Der schreckliche Tod des unglücklichen Treibers, der in dem Dickicht wie ein wildes Tier erschossen worden, schien ihm eine Vorbedeutung seines eignen Todes. Er wäre fast ohnmächtig geworden, wie Lord Henry das in einer zufälligen Umwandlung zynischen Scherzes geäußert hatte.

Um fünf Uhr klingelte er nach seinem Diener und gab Befehl, den Koffer für den Nachtschnellzug nach London zu packen und den Wagen auf acht Uhr dreißig vors Tor zu bestellen. Er war entschlossen, keine Nacht weiter in Selby Royal zu schlafen. Es war ein Ort schlimmer Vorbedeutung. Der Tod schritt hier unter der Sonne umher. Das Gras des Waldes war mit Blut befleckt.

Dann schrieb er ein Billett an Lord Henry und teilte ihm mit, er gehe nach London, um seinen Arzt zu konsultieren, und bat ihn, seine Gäste während seiner Abwesenheit zu unterhalten. Als er es ins Kuvert steckte, klopfte es an der Tür, und sein Diener meldete ihm, der Obertreiber wünsche ihn zu sprechen. Er runzelte die Stirn und biß sich auf die Lippen. »Schicken Sie ihn herein«, murmelte er nach einigem Zögern.

Sobald der Mann eintrat, nahm er sein Scheckbuch aus einer Schublade und legte es geöffnet vor sich hin.

»Ich vermute, Sie kommen wegen des unglücklichen Zufalles von heute morgen, Thornton?« sagte er und nahm eine Feder.

»Ja, Herr«, antwortete der Wildhüter.

»War der arme Bursche verheiratet? Hatte er für irgendwelche Leute zu sorgen?« fragte Dorian mit einem gelangweilten Gesicht. »Wenn ja, dann möchte ich nicht, daß sie Not leiden, und will ihnen jede Summe geben, die Sie für notwendig halten.«

»Wir wissen nicht, wer er ist, gnädiger Herr. Deshalb habe ich mir die Freiheit genommen, zu Ihnen zu kommen.«

»Sie wissen nicht, wer er ist?« sagte Dorian gleichgültig. »Wie meinen Sie das? War's nicht einer von Ihren Leuten?«

»Nein, gnädiger Herr. Ich hab' ihn nie vorher gesehen. Scheint ein Matrose, gnädiger Herr.«

Die Feder fiel aus Dorian Grays Hand, und er hatte das Gefühl, als hätte plötzlich sein Herz zu schlagen aufgehört. »Ein Matrose?« schrie er. »Sagten Sie, ein Matrose?«

»Ja, gnädiger Herr. Er sieht aus, als sei er so etwas wie Seemann gewesen; auf beiden Armen tätowiert und dergleichen.«

»Hat man irgend etwas bei ihm gefunden?« sagte Dorian, indem er sich nach vorn beugte und den Mann mit weit aufgerissenen Augen anblickte. »Irgendwas, das seinen Namen angibt?«

»Etwas Geld, gnädiger Herr – nicht viel, und einen sechsläufigen Revolver. Von einem Namen war nichts vorhanden. Hat ein anständiges Aussehen, der Mann, nur rauh. Ein Matrose, meinen wir.«

Dorian sprang auf die Füße. Eine furchtbare Hoffnung durchflatterte ihn. Er klammerte sich wahnsinnig daran an. »Wo ist die Leiche?« rief er. »Schnell! Ich muß sie sehen.«

»In einem leeren Stall auf der Home-Farm, gnädiger Herr. Die Leute wollen so was nicht in ihrem Hause haben. Sie sagen, eine Leiche bringt Unglück.«

»Auf der Home-Farm! Gehen Sie sofort hin und warten Sie auf mich. Sagen Sie einem der Grooms, er soll mein Pferd herbringen. Nein. Halt! Ich werde selbst zum Stall gehen. Das erspart Zeit.«

In weniger als einer Viertelstunde galoppierte Dorian Gray die lange Allee hinunter, so rasch er konnte. Die Bäume schienen in gespenstischer Reihe an ihm vorbeizufliegen, und wilde Schatten warfen sich ihm über den Weg. Einmal scheute das Pferd an einem weißen Gatterpfosten und warf ihn fast ab. Er gab ihm die Reitpeitsche über den Hals. Es durchschnitt die dämmerige Luft wie ein Pfeil. Die Steine flogen hinter seinen Hufen auf.

Endlich erreichte er die Home-Farm. Zwei Männer bummelten auf dem Hof herum. Er sprang aus dem Sattel und warf einem die Zügel zu. Im fernsten Stalle schimmerte ein Licht. Irgend etwas schien ihm zu sagen, daß die Leiche dort liege; er eilte zur Tür und legte die Hand aufs Schloß.

Er hielt einen Augenblick inne im Gefühl, daß er auf der Schwelle zu einer Entdeckung stand, die ihm sein Leben entweder zurückgeben oder es zerstören würde. Dann stieß er die Tür auf und trat ein.

Auf einem Bündel Säcke im äußersten Winkel lag der tote Körper eines Mannes in einem rauhen Hemd und blauen Hosen. Ein buntes Taschentuch war ihm übers Gesicht gebreitet. Daneben flakkerte, in einer Flasche steckend, eine elende Kerze.

Dorian Gray schauderte. Er fühlte, daß nicht seine Hand dieses Taschentuch wegziehen konnte, und rief daher hinaus, einer von den Knechten solle kommen.

»Nehmen Sie das Ding vom Gesicht weg. Ich will es sehen«, sagte er, indem er sich an den Türpfosten klammerte.

Als es der Knecht getan hatte, trat er herzu. Ein Freudenschrei brach von seinen Lippen. Der Mann, den man im Dickicht erschossen hatte, war James Vane.

Er stand einige Minuten da und sah die Leiche an. Als er nach Hause ritt, standen seine Augen voll Tränen, denn er wußte jetzt, daß er sicher war.

NEUNZEHNTES KAPITEL

»Es hat gar keinen Zweck, mir zu erzählen, daß Sie gut werden wollen«, rief Lord Henry, der seine weißen Finger in eine rote, mit Rosenwasser gefüllte Kupferschale tauchte. »Sie sind ganz vollkommen. Bitte, ändern Sie sich nicht.«

Dorian Gray schüttelte den Kopf. »Nein, Harry, ich habe zu viel Schreckliches in meinem Leben getan. Ich will es nicht weitertun. Ich habe gestern meine guten Taten begonnen.«

»Wo waren Sie gestern?«

»Auf dem Lande, Harry. Ich wohnte ganz allein in einem kleinen Gasthof.«

»Mein lieber Freund«, sagte Lord Henry lächelnd, »auf dem Lande kann jeder Mensch gut sein. Da gibt es keine Versuchungen. Das ist der Grund, warum Leute, die nicht in der Stadt wohnen, so vollkommen unzivilisiert sind. Zivilisation ist auf keinerlei Weise bequem zu erwerben. Es gibt nur zwei Wege, auf denen sie zu erreichen ist. Der eine ist Kultur, der andere Korruption. Die Leute auf dem Lande haben weder zum einen noch zum andern Gelegenheit, sie stagnieren also.«

»Kultur und Korruption«, wiederholte Dorian. »Ich habe von beiden kennengelernt. Es erscheint mir jetzt schrecklich, daß sie jemals zusammen bestehen. Denn ich habe ein neues Ideal, Harry. Ich will mich ändern. Ich glaube, ich habe mich schon geändert.«

»Sie haben mir noch nicht gesagt, was Ihre gute Handlung war. Oder sagten Sie, daß Sie schon mehr als eine getan hätten?« fragte sein Freund, während er eine kleine rote Pyramide reifer Erdbeeren auf seinen Teller schüttete und durch einen muschelförmigen Sieblöffel weißen Zucker darauf streute.

»Ich kann es Ihnen sagen, Harry. Es ist keine Geschichte, die ich jemand sonst erzählen könnte. Ich habe jemand verschont. Es klingt eitel, aber Sie verstehen, was ich damit meine. Sie war vollkommen schön und in wundersamer Weise Sibyl Vane ähnlich. Ich glaube, dies hat mich vor allem zu ihr hingezogen. Sie erinnern sich doch noch an Sibyl, nicht wahr? Wie lang das her ist! Also,

Hetty war natürlich nicht aus unserm Stande. Sie war bloß ein Dorfmädchen. Aber ich liebte sie wirklich. Ich bin ganz sicher, daß ich sie liebe. Diesen ganzen wunderbaren Monat Mai hindurch, den wir gehabt haben, fuhr ich zwei- oder dreimal jede Woche hinaus, um sie zu sehen. Gestern erwartete sie mich in einem kleinen Obstgarten. Die Apfelblüten schwebten über ihr Haar herab, und sie lachte. Wir hätten heut morgen zusammen in der Dämmerung entfliehen sollen. Plötzlich entschloß ich mich, sie so blütengleich wieder zu lassen, wie ich sie gefunden hatte.«

»Ich möchte meinen, die Neuheit dieser Empfindung muß Sie mit einem wahren Lustgefühl überschauert haben, Dorian«, unterbrach Lord Henry. »Aber ich kann Ihre Idylle für Sie gar fertig erzählen. Sie gaben ihr gute Lehren und brachen ihr Herz. Das war der Anfang Ihrer Besserung.«

»Harry, Sie sind schrecklich! Sie dürfen so gräßliche Dinge nicht sagen. Hettys Herz ist nicht gebrochen. Natürlich weinte sie und dergleichen. Aber es liegt keine Schande auf ihr. Sie kann weiterleben wie Perdita, in ihrem Garten voll Pfefferminzkraut und Ringelblumen.«

»Und über einen treulosen Florizel weinen«, sagte Lord Henry lachend und lehnte sich in seinen Stuhl zurück. »Mein lieber Dorian, Sie haben die merkwürdigsten Knabenlaunen. Glauben Sie, dies Mädchen wird nun jemals mit einem aus ihrem eigenen Stand wirklich zufrieden sein? Vermutlich wird sie eines Tages an einen rohen Fuhrmann oder einen grinsenden Bauern verheiratet. Die Tatsache jedoch, daß sie Ihnen begegnet ist und Sie geliebt hat, wird sie ihren Gatten verachten lehren und sie wird elend sein. Vom Standpunkt der Moral also kann ich nicht sagen, daß von Ihrem Verzicht viel zu halten ist. Selbst für einen Anfang steht's kläglich damit. Übrigens, woher wissen Sie, daß Hetty nicht in diesem Augenblick in einem sternbeglänzten Mühlteich treibt, von lieblichen Wasserlilien umkränzt, wie Ophelia?«

»Ich kann das nicht ertragen, Harry! Sie spotten über alles, und dann beschwören Sie die tiefsten Tragödien herauf. Es tut mir jetzt leid, daß ich es Ihnen erzählt habe. Es ist mir gleich, was Sie mir sagen. Ich weiß, ich habe so recht gehandelt. Die arme Hetty! Als ich heut früh an der Farm vorüberritt, sah ich ihr weißes Gesicht wie einen Jasminzweig am Fenster. Wir wollen nun nicht weiter darüber reden, und versuchen Sie nicht, mir einzureden, daß die erste gute Handlung, die ich seit Jahren getan, die erste kleine Selbstverleugnung, die ich vollbracht habe, in Wirklichkeit eine Art Sünde ist. Ich will besser werden. Ich werde besser werden.

Erzählen Sie mir was von sich. Was geht in der Stadt vor? Ich bin seit Tagen nicht im Klub gewesen.«

»Die Leute reden noch immer über das Verschwinden des armen Basil.«

»Ich hätte gedacht, sie wären dessen mittlerweile müde geworden«, sagte Dorian, während er sich etwas Wein einschenkte und leicht die Stirne runzelte.

»Mein lieber Freund, sie reden erst seit sechs Wochen darüber, und das englische Publikum ist wirklich der geistigen Anstrengung nicht gewachsen, mehr als ein Thema alle drei Monate zu haben. Freilich hat es in der letzten Zeit besonders Glück gehabt. Es hat meine Scheidung und Alan Campbells Selbstmord gehabt. Jetzt hat es das geheimnisvolle Verschwinden eines Künstlers. Der Scotland Yard besteht immer noch darauf, daß der Mann im grauen Ulster, der mit dem Nachtzug am neunten November nach Paris fuhr, der arme Basil war, und die französische Polizei erklärt, Basil sei überhaupt nie in Paris angekommen. Vermutlich erzählt man uns in etwa vierzehn Tagen, er sei in San Franzisko gesehen worden. Es ist ganz eigentümlich, aber von jedem Menschen, der verschwindet, wird gesagt, er sei in San Franzisko gesehen worden. Es muß eine herrliche Stadt sein und alle Reize der Welt des Jenseits besitzen.«

»Was, meinen Sie, ist Basil geschehen?« fragte Dorian, indem er seinen Burgunder gegen das Licht hielt und sich wunderte, daß er die Sache so ruhig besprechen konnte.

»Ich habe nicht die leiseste Ahnung. Wenn Basil darauf versessen ist, sich zu verbergen, so geht mich das nichts an. Wenn er tot ist, will ich nicht an ihn denken. Der Tod ist das einzige, was mich in Schrecken setzt. Ich hasse ihn.«

»Warum?« sagte der Jüngere müde.

Lord Henry führte das vergoldete Gitter eines offenen Riechbüchschens unter seine Nasenflügel und sagte: »Weil man heutzutage alles überleben kann, nur dies nicht. Der Tod und die Vulgarität sind die beiden einzigen Tatsachen im 19. Jahrhundert, die man nicht wegerklären kann. Wir wollen unseren Kaffee im Musikzimmer trinken, Dorian, Sie müssen mir Chopin vorspielen. Der Mann, mit dem meine Frau davongerannt ist, spielte ausgezeichnet Chopin. Die arme Viktoria! Ich habe sie sehr gern gehabt. Das Haus ist ziemlich einsam ohne sie. Natürlich ist das eheliche Leben nur eine Gewohnheit, eine schlechte Gewohnheit. Aber man bedauert den Verlust selbst der schlechtesten Gewohnheiten. Vielleicht bedauert man sie am meisten. Sie fallen als ein so wesentlicher Teil unserer Persönlichkeit in Betracht.«

Dorian sagte nichts, sondern stand vom Tisch auf, ging in das anstoßende Zimmer, setzte sich ans Klavier und ließ seine Finger über die weißen und schwarzen elfenbeinernen Tasten gleiten. Als der Kaffee hereingebracht worden war, hörte er auf, blickte zu Lord Henry hinüber und sagte: »Harry, ist Ihnen je der Gedanke gekommen, Basil könne ermordet sein?«

Lord Henry gähnte. »Basil war sehr populär und trug stets eine billige Waterbury-Uhr. Warum hätte er ermordet werden sollen? Er war nicht gescheit genug, um Feinde zu haben. Natürlich hatte er ein wunderbares Malgenie. Aber ein Mensch kann malen wie Velasquez und dennoch so beschränkt wie nur möglich sein. Basil war in der Tat ziemlich beschränkt. Nur einmal interessierte er mich seinerzeit, und zwar vor Jahren, als er mir erzählte, er empfände eine tolle Verehrung für Sie, und Sie bildeten das herrschende Motiv seiner Kunst.«

»Ich hatte Basil sehr lieb«, sagte Dorian mit einem traurigen Klang in seiner Stimme. »Aber sagen denn die Leute nicht, er sei ermordet worden?«

»Oh, ein paar Zeitungen wohl. Es kommt mir aber durchaus nicht wahrscheinlich vor. Ich weiß, es gibt fürchterliche Orte in Paris, aber Basil war nicht derart beschaffen, um da hinzugehen. Er war nicht neugierig. Das war sein Hauptfehler.«

»Was würden Sie sagen, Harry, wenn ich Ihnen erzählte, daß ich Basil ermordet habe?« sagte der Jüngere. Er beobachtete ihn scharf, nachdem er ausgesprochen hatte.

»Ich würde sagen, mein lieber Freund, Sie posieren einen Charakter, der Ihnen nicht steht. Jedes Verbrechen ist vulgär, sowie alles Vulgäre ein Verbrechen ist. Es liegt Ihnen nicht, Dorian, einen Mord zu begehen. Es tut mir leid, wenn ich damit Ihre Eitelkeit verletze, aber ich versichere Ihnen, es ist wahr. Das Verbrechen ist eine ausschließliche Sache der untern Klassen. Ich tadle sie nicht im geringsten dafür. Ich kann mir denken, daß das Verbrechen für sie ist, was die Kunst für uns ist, einfach eine Methode, sich außergewöhnliche Empfindungen zu verschaffen.«

»Eine Methode, sich Empfindungen zu verschaffen? Glauben Sie denn, ein Mensch, der einen Mord begangen hat, könnte die Möglichkeit haben, dasselbe Verbrechen zu wiederholen? Sagen Sie mir doch das nicht!«

»Oh! Alles wird zu einem Genuß, wenn man es zu oft tut«, rief Lord Henry lachend. »Das ist eins der wichtigsten Geheimnisse des Lebens. Ich denke indessen, Mord ist immer ein Fehler. Man sollte nie etwas tun, worüber man nicht nach Tisch reden kann. Aber wir wollen nun den armen Basil lassen. Ich wollte, ich könnte glauben, daß er ein so wirklich romantisches Ende gefunden hat, wie Sie andeuten; aber ich kann es nicht. Ich vermute, er ist von einem Omnibus in die Seine gefallen, und der Schaffner hat den Skandal unterdrückt. Ja, es ist fast mein Glaube, daß das sein Ende war. Ich seh' ihn jetzt in diesen trüben Wassern auf dem Rücken liegen, während die schweren Kähne über ihn hingleiten und die langen Wassergräser sich in seinem Haar verfangen. Und wissen Sie, ich glaube nicht, daß er noch sehr viel Gutes geschaffen hätte. In den letzten zehn Jahren ist es mit seinem Malen recht sehr abwärtsgegangen.«

Dorian seufzte, und Lord Henry ging durch das Zimmer und begann einem seltsamen javanischen Papagei den Kopf zu streicheln, es war ein großer, graugefiederter Vogel mit rosenrotem Schopf und Schwanz, der sich auf einem Bambusstab wiegte. Als seine schlanken Finger ihn berührten, ließ er die weiße Haut der runzligen Lider über die schwarzen, glashellen Augen fallen und begann sich vorwärts und rückwärts zu schwingen.

»Ja«, fuhr Henry fort, indem er sich umdrehte und sein Taschentuch hervornahm, »seine Malerei war ganz heruntergekommen. Es kam mir vor, als hätte sie irgendwas verloren. Sie hatte ihr Ideal verloren. Als die enge Freundschaft zwischen Ihnen und ihm aufhörte, hörte er auf, ein großer Künstler zu sein. Was hat Sie nur getrennt? Vermutlich langweilte er Sie? War das der Fall, dann hat er Ihnen nie verziehen. Das sind langweilige Leute so gewohnt. Nebenbei, was ist aus dem wundervollen Porträt geworden, das er von Ihnen gemalt hat? Ich glaube, ich habe es nie wieder gesehen, seit er es vollendet hat.

Oh! Ich erinnere mich, Sie erzählten mir vor Jahren, Sie hätten es nach Selby hinausgeschickt, und es sei unterwegs verlorengegangen oder gestohlen worden. Sie haben es nie wiederbekommen? Wie schade! Es war tatsächlich ein Meisterwerk. Ich weiß noch, ich wollte es kaufen. Ich wollte, ich hätte es jetzt. Es war aus Basils bester Zeit. Seitdem zeigen seine Arbeiten jene merkwürdige Mischung aus schlechter Malerei und gutem Wollen, die einen Mann stets berechtigt, ein repräsentativer englischer Künstler genannt zu werden. Haben Sie eine Anzeige danach erlassen? Sie hätten es tun sollen.«

»Das weiß ich nicht mehr«, sagte Dorian. »Vermutlich habe ich's getan. Aber in Wirklichkeit habe ich das Bild nie gemocht. Es tut mir leid, daß ich dafür saß. Es ist mir schon verhaßt, mich daran zu erinnern. Warum sprechen Sie davon? Es erinnerte mich immer an jene seltsamen Verse aus einem Stück – ›Hamlet‹, glaube ich –, wie heißen sie nur? –

>Wie ein Bildnis eines Leidens,
Ein Antlitz bar des Herzens.‹

Ja, so ähnlich hieß es.«

Lord Henry lachte. »Wenn ein Mensch das Leben künstlerisch behandelt, dann ist sein Hirn sein Herz«, antwortete er und ließ sich in einen Sessel sinken.

Dorian Gray schüttelte den Kopf und schlug einige sanfte Akkorde auf dem Klavier an. »Wie das Bildnis eines Leidens«, wiederholte er, »ein Antlitz bar des Herzens.«

Der ältere Mann saß zurückgelehnt und sah ihn mit halbgeschlossenen Augen an. »Übrigens, Dorian«, sagte er nach einer Weile, »was nützt es einem Menschen, wenn er die ganze Welt gewönne – wie heißt die Stelle weiter? –, und er verlöre die eigne Seele?« Die Musik brach jäh ab; Dorian Gray fuhr jäh auf und starrte seinen Freund an: »Warum fragen Sie mich das, Harry?«

»Mein lieber Freund«, sagte Lord Henry und hob erstaunt seine Augenbrauen in die Höhe, »ich fragte Sie, weil ich dachte, Sie könnten mir eine Antwort geben. Das ist alles. Ich bin letzten Sonntag durch den Park gegangen, dicht bei Marble Arch stand ein kleiner Haufen schäbig aussehenden Volks, das irgendeinem gewöhnlichen Straßenprediger zuhörte. Als ich vorbeiging, hörte ich, wie der Mann diese Frage seinen Zuhörern entgegenkreischte. Sie fiel mir auf, weil es ziemlich dramatisch zuging. London ist sehr reich an solchen eigenartigen Vorgängen. Ein nasser Sonntag, ein ungeschliffener Christ in einem Regenmantel, ein Kreis von krankhaft weißen Gesichtern unter einem zerrissenen Dach tropfender Schirme, und ein wunderbarer Satz, von schrillen, hysterischen Lippen in die Luft geschrien – das war auf seine Art wirklich sehr gut, geradezu eine Eingebung. Mir kam der Gedanke, dem Propheten zu sagen, die Kunst habe eine Seele, der Mensch nicht. Ich fürchtete jedoch, er hätte mich nicht verstanden.«

»Nicht so, Harry. Die Seele ist eine schreckliche Gewißheit. Sie kann gekauft und verkauft und umgetauscht werden. Sie kann vergiftet oder vollkommen gemacht werden. In jedem von uns gibt es eine Seele. Ich weiß es.«

»Sind Sie dessen ganz sicher, Dorian?« – »Ganz sicher.«

»Ah! Dann muß es eine Täuschung sein. Die Dinge, über die man sich absolut sicher ist, sind nie wahr. Das ist das Schicksal des Glaubens und die Lehre der Romantik. Wie ernst Sie sind! Seien

Sie nicht so ernsthaft! Was haben Sie oder ich mit dem Aberglauben unserer Zeit zu tun? Nein: wir haben unsern Glauben an die Seele aufgegeben. Spielen Sie mir etwas vor. Spielen Sie mir eine Nokturne, und während Sie spielen, sagen Sie mir mit leiser Stimme, wie Sie Ihre Jugend bewahrt haben. Sie müssen irgendein Geheimnis haben. Ich bin nur zehn Jahre älter als Sie und bin runzlig und welk und gelb. Sie sind wirklich ein Wunder, Dorian. Sie haben nie entzückender ausgesehen als heute abend. Sie erinnern mich an den Tag, an dem ich Sie zuerst sah. Sie waren ein wenig vorlaut, sehr scheu und absolut außergewöhnlich. Natürlich haben Sie sich verändert, aber nicht im Aussehen. Ich wünschte, Sie sagten mir Ihr Geheimnis. Um meine Jugend wiederzubekommen, dafür täte ich alles auf der Welt, außer müllern, früh aufstehen oder ein ehrsames Leben führen. Jugend! Nichts kommt ihr gleich. Es ist absurd, von der Unwissenheit der Jugend zu reden. Die einzigen Leute, deren Meinungen ich jetzt mit einigem Respekt zuhöre, sind solche, die viel jünger sind als ich selbst. Mir scheinen sie weit voran zu sein. Das Leben hat ihnen sein letztes Wunder offenbart. Und die älteren, denen widerspreche ich stets. Ich tue es aus Prinzip. Wenn Sie ihre Meinung über etwas, das gestern geschehen ist, erfragen, dann bekommen Sie feierlich die Meinungen zu hören, die 1820 in Kurs waren, als die Leute hohe Halsbinden trugen, an alles glaubten und absolut nichts wußten. Wie schön das ist, was Sie spielen! Ich möchte wissen, ob Chopin das auf Mallorca schrieb, wie das Meer um die Villa wehklagte und der salzige Gischt gegen die Fensterscheiben sprühte? Es ist wunderbar romantisch. Was für ein Segen ist es doch, daß es eine Kunst gibt, die nicht Nachahmung ist! Hören Sie nicht auf. Ich brauche heut abend Musik. Es kommt mir vor, als seien Sie der junge Apollo und ich Marsyas, der Ihnen zuhört. Ich habe meine Sorgen, Dorian, von denen nicht einmal Sie etwas wissen. Die Tragödie des Alters ist nicht, daß man alt ist, sondern daß man jung ist. Ich bin manchmal über meine eigne Aufrichtigkeit geradezu betroffen. Ach, Dorian, wie glücklich sind Sie! Was für ein auserlesenes Leben haben Sie geführt! Von allem haben Sie einen tiefen Trunk getan! Sie haben die Trauben an Ihrem Gaumen zerdrückt. Nichts blieb Ihnen verborgen. Und es war Ihnen alles nicht mehr als der Klang der Musik. Es hat Sie nicht gestört. Sie sind immer noch der gleiche.«

»Ich bin nicht der gleiche, Harry.«

»Ja, Sie sind es. Ich möchte wohl wissen, wie Ihr übriges Leben verlaufen wird. Verderben Sie es nicht mit Resignationen. Jetzt sind Sie ein vollkommener Typus. Machen Sie sich nicht unvollkommen. Sie sind jetzt ganz fehlerlos. Sie brauchen nicht Ihren Kopf zu schütteln. Sie wissen, Sie sind es. Und ferner, Dorian, täuschen Sie sich nicht selbst. Das Leben wird nicht vom Willen oder von Absichten beherrscht. Das Leben ist eine Sache von Nerven und Muskeln, von langsam aufgebauten Zellen, in denen das Denken sich birgt und die Leidenschaft ihre Träume hegt. Sie mögen sich immerhin sicher wähnen, mögen sich für stark halten. Aber die zufällige Farbentönung eines Zimmers oder eines morgendlichen Himmels, ein besonderer Duft, den Sie einst liebten und der zarte Erinnerungen heraufbringt, eine Zeile aus einem vergessenen Gedicht, auf die Sie plötzlich wieder stoßen, ein paar Töne aus einem Musikstück, das Sie lang nicht mehr gespielt haben – glauben Sie mir, Dorian, von Dingen wie diesen hängt unser Leben ab. Browning hat irgendwo darüber geschrieben; aber schon unsre eignen Sinne machen es uns gewiß. Es gibt Augenblicke, da überkommt mich plötzlich der Duft weißen Flieders, und ich muß den seltsamsten Monat meines Lebens wieder durchleben. Ich wollte, ich könnte mit Ihnen tauschen, Dorian. Die Welt hat über uns beide laut geschrien, aber sie hat Sie immer angebetet. Sie wird Sie immer anbeten. Sie sind der Typus, nach dem das Zeitalter sucht und den es sich doch fürchtet zu finden. Ich freue mich so sehr, daß Sie nie etwas geschaffen haben, nie eine Statue gemeißelt oder nie ein Bild gemalt oder etwas aus sich herausgestellt haben! Das Leben ist Ihre Kunst gewesen. Sie haben sich selbst in Musik gesetzt. Ihre Tage sind Ihre Sonette.«

Dorian stand vom Klavier auf und fuhr mit der Hand durch sein Haar. »Ja, das Leben war herrlich«, murmelte er, »aber dasselbe Leben werde ich nicht mehr führen, Harry. Und Sie müssen zu mir nicht solche überspannten Dinge sagen. Sie wissen nicht alles von mir. Ich glaube, wenn Sie es wüßten, selbst Sie würden sich von mir abkehren. Sie lachen. Lachen Sie nicht.«

»Warum haben Sie aufgehört zu spielen, Dorian? Gehen Sie doch wieder hin und spielen Sie mir die Nokturne noch einmal. Sehen Sie den großen honigfarbnen Mond, der in der dämmrigen Luft hängt. Er wartet, daß Sie ihn bezaubern, und wenn Sie spielen, wird er näher an die Erde kommen. Sie wollen nicht? Dann wollen wir in den Klub gehen. Es war ein reizender Abend, und wir müssen ihn reizend beenden. Bei White ist jemand, den ungeheuer danach verlangt, Sie kennenzulernen – der junge Lord Poole, der älteste Sohn von Bournemouth. Er kopiert schon Ihre Krawatten und hat mich gebeten, ihn Ihnen vorzustellen. Er ist ganz entzückend und erinnert mich etwas an Sie.«

»Ich hoffe nicht«, sagte Dorian mit einem traurigen Blick in den Augen. »Aber ich bin müde heute abend, Harry. Ich gehe nicht mehr in den Klub. Es ist fast elf, und ich will früh zu Bett gehn.«

»Bleiben Sie. Sie haben nie so schön gespielt wie heute abend. In Ihrem Anschlag lag etwas, das war wundervoll. Es hatte mehr Ausdruck, als ich je vorher gehört habe.«

»Das ist, weil ich gut werden will«, antwortete er lächelnd. »Ich bin schon etwas verändert.«

»Gegen mich können Sie sich nicht ändern, Dorian«, sagte Lord Henry. »Wir beide werden immer Freunde sein.«

»Und doch haben Sie mich einmal mit einem Buch vergiftet. Ich sollte das nicht verzeihen. Harry, versprechen Sie mir, daß Sie dieses Buch nie mehr jemand leihen werden. Es stiftet Unheil.«

»Mein lieber Junge, Sie fangen wirklich an, Moral zu predigen. Sie werden bald herumgehn wie der Bekehrte oder der Wiedererweckte und die Leute vor den Sünden warnen, deren Sie müde geworden sind. Sie sind viel zu entzückend dazu. Außerdem hat es keinen Zweck. Sie und ich, wir sind, was wir sind, und wir werden sein, was wir sein werden. Und durch ein Buch vergiftet zu werden, dergleichen gibt es nicht. Die Kunst hat keinen Einfluß auf das Handeln. Sie vernichtet den Wunsch zum Handeln. Sie ist auf eine herrliche Art unfruchtbar. Die Bücher, die die Welt unmoralisch nennt, sind Bücher, die der Welt ihre eigene Schande vorhalten. Das ist alles. Aber wir wollen nicht über Literatur reden. Kommen Sie morgen zu mir. Ich werde um elf Uhr ausreiten. Wir könnten das miteinander tun, und ich nehme Sie nachher zum Lunch zu Lady Branksome mit. Sie ist eine reizende Frau und möchte gern Ihren Rat haben wegen ein paar Gobelins, die sie zu kaufen gedenkt. Vergessen Sie es nicht. Oder sollen wir bei unserer kleinen Herzogin frühstücken? Sie sagt, sie sieht Sie jetzt nie? Vielleicht sind Sie Gladys müde? Ich dachte mir, daß Sie es würden. Ihre kleine Zunge fällt einem auf die Nerven. Nun, auf jeden Fall, seien Sie um elf Uhr hier.«

»Muß ich wirklich kommen, Harry?«

»Gewiß. Der Park ist jetzt ganz herrlich. Ich glaube, solchen Flieder hat es seit dem Jahr, da ich Sie kennenlernte, nie wieder gegeben.«

»Schön. Ich werde um elf Uhr hier sein«, sagte Dorian. »Gute Nacht, Harry.« Als er unter der Tür stand, zögerte er einen Augenblick, als hätte er noch etwas zu sagen. Dann seufzte er und ging fort.

ZWANZIGSTES KAPITEL

Es war eine köstliche Nacht, so warm, daß er seinen Rock über den Arm nahm und nicht einmal das Seidentuch um den Hals legte. Als er nach Hause schlenderte, die Zigarette rauchend, gingen zwei junge Herren in Evening-Dreß an ihm vorbei. Er hörte, wie der eine dem andern zuflüsterte: »Das ist Dorian Gray.« Er erinnerte sich, wie es ihn früher immer gefreut hatte, wenn man auf ihn aufmerksam machte, ihn ansah oder von ihm sprach. Jetzt war er es müde, seinen eignen Namen zu hören. Der halbe Reiz des kleinen Dorfes, in dem er kürzlich so oft gewesen war, lag darin, daß niemand wußte, wer er war. Er hatte dem Mädchen, das er verlockt hatte, ihn zu lieben, oft gesagt, er sei arm, und sie hatte es ihm geglaubt. Er hatte ihr einmal gesagt, er sei böse, und sie hat ihn ausgelacht und geantwortet, böse Menschen seien immer sehr alt und sehr häßlich. Was für ein Lachen sie hatte! Grad wie eine singende Drossel. Und wie hübsch sie in ihren Kattunkleidern und großen Hüten gewesen war! Sie wußte nichts, aber sie besaß alles, was er verloren hatte.

Als er nach Hause kam, fand er den Diener noch auf, ihn erwartend. Er schickte ihn zu Bett und warf sich auf das Sofa in der Bibliothek und begann über einiges von dem, was ihm Lord Henry gesagt hatte, nachzudenken.

War es wirklich wahr, daß man sich nie ändern konnte? Er fühlte eine heftige Sehnsucht nach der unbefleckten Reinheit seines Knabenalters – seiner rosenweißen Jugend, wie Lord Henry es einmal genannt hatte. Er wußte, daß er sich befleckt, seinen Geist mit Verderbnis gefüllt und seine Phantasie mit Entsetzen beladen hatte; daß er ein böser Einfluß für andre gewesen und eine schreckliche Lust dabei empfunden; und daß er von allen Leben, die das seine gekreuzt hatten, gerade die schönsten und verheißungsvollsten in Schande gestürzt hatte. Aber war es alles unsühnbar? Gab es keine Hoffnung für ihn?

Ach, in was für einem ungeheuerlichen Augenblick des Stolzes und der Leidenschaft hatte er gebetet, daß das Bildnis die Last seiner Tage tragen und er den ungetrübten Glanz ewiger Jugend bewahren solle! All sein Fehlen entsprang dem. Es wäre besser für ihn gewesen, jede Sünde seines Lebens hätte ihre schnelle, sichere Strafe über ihn gebracht. In der Strafe lag Reinigung. Nicht »Vergib uns unsere Sünden«, sondern »Züchtige uns für unsere Untat« sollte das Gebet des Menschen zu einem allgerechten Gott sein.

Der merkwürdig geschnitzte Spiegel, den Lord Henry ihm geschenkt, vor so vielen Jahren nun, stand auf dem Tisch, und die weißgliedrigen Amoretten lachten ringsherum wie ehemals. Er nahm ihn auf, wie er in jener Schreckensnacht getan, als er zum ersten Male die Wandlung auf dem verhängnisvollen Bild bemerkt und mit wilde tränendunkeln Augen in seinen glänzenden Spiegel geschaut hatte. Einmal hatte jemand, der ihn schrecklich geliebt hatte, ihm einen wahnsinnigen Brief geschrieben, der mit den abgöttischen Worten endete: »Die Welt ist anders geworden, weil Sie aus Elfenbein und Gold geschaffen sind. Die Linien Ihrer Lippen schreiben die Geschichte neu.« Diese Sätze kamen ihm ins Gedächtnis, und er wiederholte sie sich immer und immer wieder. Da ergriff ihn Ekel vor seiner eignen Schönheit, er warf den Spiegel auf den Boden und zerstampfte ihn unter seinen Sohlen in silberne Splitter. Seine Schönheit war es, die ihn zugrunde gerichtet hatte, seine Schönheit und die Jugend, um die er gefleht hatte. Wären diese beiden Dinge nicht gewesen, so hätte sein Leben fleckenlos sein können. Seine Schönheit war ihm nur eine Maske gewesen, seine Jugend nur ein Blendwerk. Was war denn die Jugend im besten Falle? Eine grüne, unreife Zeit, eine Zeit flacher Launen und krankhaften Denkens. Warum hatte er sich in ihr Kleid gehüllt? Die Jugend hatte ihn ins Verderben gestürzt.

Es war besser, nicht an das Vergangne zu denken. Daran ließ sich nichts mehr ändern. An sich selbst und seine Zukunft mußte er denken. James Vane war in einem namenlosen Grab auf dem Kirchhof zu Selby verscharrt. Alan Campbell hatte sich eines Nachts in seinem Laboratorium erschossen, aber er hatte das Geheimnis, das ihm aufgezwungen war, nicht verraten. Die Erregung über Basil Hallwards Verschwinden mußte, wie die Dinge lagen, bald vorbeigehen. Sie legte sich bereits. Er war darin vollkommen sicher. Es war auch nicht der Tod Basil Hallwards, der am schwersten auf seinem Gemüt lastete. Es war der lebendige Tod seiner eigenen Seele, der ihn verstörte. Basil hatte das Bild gemalt, das ihm sein Leben verdorben hatte. Er konnte ihm das nicht vergeben. Das Bild war's, das alles getan hatte. Basil hatte Dinge zu ihm gesagt, die unerträglich waren, und die er doch mit Geduld getragen hatte. Der Mord war bloß der Wahnsinn eines Augenblicks gewesen. Und Alan Campbell – dessen Selbstmord war sein eigener Entschluß gewesen. Er hatte ihn gewählt. Er hatte nichts mit ihm zu schaffen.

Ein neues Leben! Das war's, was er brauchte. Das war's, worauf er wartete. Er hatte es ja gewiß schon begonnen. Er hatte ein unschuldiges Ding geschont, auf alle Fälle. Nie wieder wollte er seine Unschuld in Versuchung bringen. Er wollte gut sein.

Als er an Hetty Merton dachte, begann er sich zu fragen, ob sich das Bild im verschlossenen Zimmer wohl geändert habe. Sicherlich war's nicht mehr so schrecklich, wie es gewesen war? Vielleicht, wenn sein Leben nun rein wurde, konnte er jedes Zeichen böser Leidenschaften aus dem Antlitz tilgen. Vielleicht waren die Zeichen des Bösen schon verschwunden. Er wollte hinauf und nachsehn.

Er nahm die Lampe vom Tisch und schlich die Treppe hinauf. Als er die Tür aufriegelte, glitt ein frohes Lächeln über sein seltsam jung aussehendes Antlitz und spielte einen Augenblick um seine Lippen. Ja, er wollte gut sein, und das gräßliche Ding, das er versteckt hatte, würde nicht länger ein Schrecken für ihn sein. Er hat das Gefühl, als sei die Last schon von ihm genommen.

Er ging ruhig hinein, schloß die Tür hinter sich, wie er gewohnt war, und zog den purpurnen Vorhang von dem Bildnis weg. Ein Schrei voll Schmerz und Entrüstung kam aus seinem Mund. Er konnte keine Veränderung sehn, außer daß die Augen einen listigen Blick hatten und der Mund die gebogene Runzel der Heuchelei zeigte. Das Ding war immer noch voller Ekel – noch ekelhafter womöglich als vordem, und der scharlachne Tau, der die Hand befleckte, schien glänzender und frisch vergoßnem Blut noch ähnlicher. Da erzitterte er. War es also nur Eitelkeit gewesen, die ihn zu seiner einzigen guten Tat veranlaßt hatte? Oder das Verlangen nach einer neuen Empfindung, wie Lord Henry mit seinem spöttischen Lächeln angedeutet hatte? Oder jene Leidenschaft, eine Rolle zu spielen, die uns manchmal Dinge tun läßt, die edler sind als wir selbst? Oder vielleicht all dies zusammen? Und warum war der rote Fleck größer als zuvor? Es sah aus, als sei eine furchtbare Krankheit über die runzligen Finger gekrochen. Blut lag auf den gemalten Füßen, als sei es herniedergetropft – Blut selbst auf der Hand, die das Messer nicht gehalten hatte. Beichten? Wollte das sagen, daß er ein Geständnis ablegen sollte? Sich selbst aufgeben und zum Tod verurteilt werden? Er lachte. Er fühlte, daß der Gedanke ungeheuerlich war. Und dann, selbst wenn er bekannte, wer würde ihm glauben? Nirgendwo war mehr eine Spur von dem Ermordeten. Alles, was ihm gehörte, war vernichtet worden. Er selbst hatte verbrannt, was unten geblieben war. Die Welt würde einfach sagen, er sei wahnsinnig. Man würde ihn einsperren, wenn er bei seiner Geschichte beharrte... Und doch war es seine Pflicht, zu bekennen, öffentliche Schande zu tragen und öffentliche Buße zu tun. Es gab einen Gott, der die Menschen dazu rief, ihre Sünden sowohl der Erde wie dem Himmel zu bekennen. Nichts, was er sonst tun konnte, würde ihn reinigen, bis er seine Sünde bekannt hatte. Seine Sünde? Er zuckte die Achseln. Der Tod Basil Hallwards dünkte ihm sehr wenig. Er dachte an Hetty Merton. Denn das war ein ungerechter Spiegel, dieser Spiegel seiner Seele, auf den er blickte. Eitelkeit? Neugier? Heuchelei? Hatte sonst nichts in seinem Opfer gelegen als dies? Es lag sonst noch etwas darin. Wenigstens glaubte er es. Aber wer konnte das sagen?... Nein. Es war sonst nichts gewesen. Aus Eitelkeit hatte er ihrer geschont. Aus Heuchelei hatte er die Maske der Güte getragen. Aus Neugier hatte er Selbstverleugnung versucht. Er erkannte es nun.

Aber dieser Mord – sollte er ihn sein ganzes Leben lang hetzen? Sollte er immer die Last seiner Vergangenheit tragen müssen? Sollte er wirklich ein Geständnis ablegen? Niemals. Es gab nur noch Zeugnis gegen ihn. Das Bildnis selbst – das war ein Zeugnis. Er wollte es zerstören. Warum hatte er es so lang bewahrt? Einst hatte es ihm Vergnügen gemacht zu beobachten, wie es sich änderte und alt wurde. In letzter Zeit hatte er es nicht mehr gespürt. Es hatte ihn nachts wach erhalten. War er fort gewesen, hatte es ihn mit Angst erfüllt, daß andre Augen darauf ruhen möchten. Es hatte in seine Leidenschaften Schwermut gegossen. Die bloße Erinnerung daran hatte ihm viele Augenblicke der Freude vergällt. Es war wie ein Gewissen für ihn gewesen. Ja, ein Gewissen war es. Er wollte es zerstören.

Er sah sich um und erblickte das Messer, das Basil Hallward erstochen hatte. Er hatte es oft gereinigt, bis kein Fleck mehr darauf war. Es war blank und glänzte. So wie es den Maler getötet hatte, würde es des Malers Werk töten und alles, was es bedeutete. Es sollte die Vergangenheit töten, und war sie tot, so würde er frei sein. Es sollte dieses ungeheuerliche Seelenleben töten, und fielen dessen gräßliche Warnungen hinweg, würde er Frieden haben. Er ergriff es und durchstach damit das Bild.

Es gab einen Schrei und einen Fall. Der Schrei war in seiner Todesqual so furchtbar, daß die erschreckten Diener erwachten und aus ihren Zimmern schlüpften. Zwei Herren, die unten auf dem Platze vorbeigingen, blieben stehen und sahen an dem großen Haus hinauf. Sie gingen weiter, bis sie einen Schutzmann trafen, und kamen mit ihm zurück. Der Mann zog mehrmals die Glocke, aber es erfolgte keine Antwort. Bis auf ein Licht in einem der Giebelfenster war das Haus ganz dunkel. Nach einer Weile ging er weg, stellte sich unter ein benachbartes Tor und wartete.

»Wem gehört das Haus, Konstabler?« fragte der ältere der beiden Herren.

»Mr. Dorian Gray, Herr«, antwortete der Schutzmann.

Sie blickten einander an, im Weitergehen, und lachten. Der eine von ihnen war Sir Henry Ashtons Onkel.

Drinnen in den Dienerräumen des Hauses sprachen die halb angekleideten Leute in leisem Flüstern miteinander. Die alte Mrs. Leaf weinte und rang die Hände. Francis war bleich wie der Tod.

Nach einer Viertelstunde holte er den Kutscher und einen der Lakaien und schlich hinauf. Sie klopften, aber es kam keine Antwort. Sie riefen. Alles war still. Endlich, nachdem sie vergeblich versucht hatten, die Tür zu sprengen, stiegen sie auf das Dach und sprangen auf den Balkon. Die Fenster gaben leicht nach: ihre Riegel waren alt.

Als sie eintraten, sahen sie an der Wand ein prachtvolles Porträt ihres Herrn hängen, so wie sie ihn zuletzt gesehen hatten, in all dem Zauber seiner erlesenen Jugend und Schönheit. Auf dem Boden lag ein toter Mann im Frack, ein Messer im Herzen. Er war welk, runzlig und ekelhaft von Angesicht. Erst als sie die Ringe betrachteten, erkannten sie, wer es war.

NACHWORT

»Basil Hallward ist das, wofür ich mich halte, Lord Henry das, wofür die Welt mich hält, Dorian das, was ich gern sein möchte – in anderen Zeiten vielleicht«, bekennt Oscar Wilde von den drei Hauptgestalten seines Romans »Das Bildnis des Dorian Gray«. Vor dem Hintergrund dieser Aussage erhält die Frage, wer dieser Jüngling Dorian Gray eigentlich ist, der das Ideal des Wildeschen Ästhetizismus und Dandyismus unter der Anleitung des zynischen Lord Henry Wotton in so vollendeter Weise realisiert, eine neue Dimension, da sie stark ins Autobiographische weist.

Nachdem Lord Henry Dorian auf Basils Gemälde erstmals gesehen hat, bezeichnet er ihn als Narziß – jenen schönen Jüngling aus der griechischen Mythologie, der von der Liebesgöttin Aphrodite mit unstillbarer Selbstliebe bestraft wird, sich beim Trinken aus einer Quelle in sein eigenes Spiegelbild verliebt und bis zum Tod von Sehnsucht verzehrt wird, weil ihm der Gegenstand seiner Liebe unerreichbar bleibt.

Schönheit und Selbstliebe kennzeichnen diesen Jüngling – und das Fehlen jeden Geistes, jeder Intellektualität, denn »Schönheit, wirkliche Schönheit hört dort auf, wo ein geistiger Ausdruck beginnt«. Hier klingt die These an, daß Kunst, in diesem Fall mit Schönheit gleichgesetzt, niemals etwas anderes ausdrücken darf als sich selbst und durch alles andere zerstört wird: »Im Augenblick, wo man sich hinsetzt, um zu denken, wird man ganz Nase oder ganz Stirn oder sonst etwas Schauderhaftes.« Dorian als Verkörperung der Schönheit, als Kunstwerk, darf kein normaler Mensch sein. Die einzige Existenzweise, die ihm zugestanden wird, wenn er ideale Schönheit bleiben will, ist die Existenz eines unbewegten Objekts, an dem man sich erfreut, allenfalls die Existenz einer Pflanze:

»Irgendein hirnloses schönes Geschöpf, das immer im Winter da sein sollte, wenn wir keine Blumen haben, die wir anschauen könnten, und immer im Sommer da sein sollte, wenn wir etwas brauchen, um unsern Verstand zu kühlen.«

Nach den kunsttheoretischen Ansichten Wildes, die geprägt sind

vom Ästhetizismus seines Oxforder Lehrers Walter Pater (vgl. Chronologie zu Leben und Werk am Schluß dieses Buches), von den Schriften Théophile Gautiers, Gustave Flauberts, Charles Baudelaires und anderer, ist Kunst nur um der Kunst willen da (l'art pour l'art) und darf sich keinen moralischen, didaktischen, psychologischen, sozialen und wie auch immer gearteten außerkünstlerischen Zwecken verbinden. Wildes Hauptthesen aus seiner berühmten Vorrede zum »Bildnis des Dorian Gray« und den kunsttheoretischen Essays »Der Verfall der Lüge« (1889) und »Der Kritiker als Künstler« (1890) lauten:
- Alle Kunst ist ganz vom Zweck entblößt.
- Kunst drückt niemals etwas anderes als sich selbst aus.
- Kunst ist eher ein Schleier als ein Spiegel.
- Alle Kunst ist a-moralisch (Dorian Gray, Vorrede; in der vorliegenden Übersetzung: »Kein Künstler hat ethische Neigungen.«).
- Alle Kunst ist völlig nutzlos.
- Durch die Kunst, und nur durch die Kunst können wir unsere Vollendung erreichen.

Die kurzen, programmatischen Sätze der Vorrede umreißen nicht nur in prägnanter und oft provozierender Form Wildes Auffassungen von Kunst und Literatur, sie weisen auch auf eines der markantesten Stilmittel des Buches hin: den Aphorismus. Lord Henry ist die Figur, die am häufigsten von diesem Stilmittel Gebrauch macht, eigenartige Gedanken, persönliche Werturteile, spontane Augenblickserkenntnisse oder extravagante Lebensweisheiten in kurze, schlagkräftige, verblüffende Sätze (Bonmots) zu kleiden und sich dabei häufig rhetorischer Formen wie Antithese oder Paradoxon zu bedienen.

Bereits die erste Bemerkung Lord Henrys gehört in diese Kategorie: »Die Akademie ist zu groß und zu gewöhnlich. Jedesmal, wenn ich hinging, waren entweder so viel Leute da, daß ich die Bilder nicht sehen konnte, und das war schrecklich, oder so viel Bilder, daß ich die Leute nicht sehen konnte, und das war noch ärger.« Durch die überspitzte, beim ersten Lesen fast widersprüchlich anmutende Begründung, warum die Akademie groß und gewöhnlich sei, wird vom Leser ein Innehalten, eine gedankliche Auseinandersetzung mit dem Aphorismus gefordert. Geht Lord Henry in die Akademie, um die Bilder zu betrachten oder um die Leute zu sehen? Er will beides sehen – Bilder und Leute.

Die Aphorismen Lord Henrys stellen die geschriebenen und ungeschriebenen Konventionen und gesellschaftlichen Regeln in Frage, stehen außerhalb jedes Systemdenkens. Zugleich weisen sie auf das hin, was in der Regel unausgesprochen bleibt, wenn gesellschaftliche Normen erfüllt werden: Man besucht eine Akademie nicht nur, um Bilder zu sehen und sich mit Kunst zu beschäftigen, sondern auch, um die anderen Besucher zu sehen und sich mit ihnen zu beschäftigen.

Diese Art, Sachverhalte mit dem Anspruch auf scheinbare Gültigkeit zu definieren, wirkt meist witzig. Daß diese Aphorismen auch eine andere Wirkung haben können, weiß Dorian Gray: »Sie zerstückeln das Leben mit Ihren Aphorismen«, wirft er ihm vor, als er sich seinem Einfluß entziehen will. Nach Basil Hallwards Meinung ist diese Manie Lord Henrys nichts als Pose, d. h. Dandyismus: »Sie sagen niemals etwas Moralisches, und niemals tun Sie etwas Unrechtes. Ihr Zynismus ist nichts als Pose.« An anderer Stelle verleiht Dorian Lord Henry den Titel »Prinz Paradox« und stellt fest: »Sie würden jedermann opfern, Harry, für den Genuß, einen Witz zu machen.«

Dem Schönheits-Ideal, dem Objekt, dem »hirnlosen« – und damit jenseits von Nutzen und Moral stehenden, d. h. a-moralischen – Geschöpf Dorian will Lord Henry seinen eigenen Geist, seine eigenen Vorstellungen übertragen und ihn zu seinem eigenen Kunstwerk machen: »Er wollte diesen wundervollen Geist zu seinem eigenen machen. Es lag etwas Faszinierendes in diesem Sproß von Liebe und Tod.«

Lord Henry, vor dessen schlechtem Einfluß Basil Dorian vergeblich warnt, beginnt die Erziehung Dorians mit einer Rede über das hellenische Ideal vom völligen Ausleben aller Gefühle und Regungen: »Wenn auch nur *ein* Mensch sein Leben voll und restlos auslebte, jedem Gefühl Form, jedem Gedanken Ausdruck, jedem Traum Wirklichkeit verliehe – die Welt würde einen so frischen Antrieb zur Freude bekommen, daß wir die ganzen mittelalterlichen Krankheiten vergessen und zum hellenischen Ideal zurückkehren würden – ja vielleicht zu etwas Feinerem, Reicherem als dem hellenischen Ideal ... Der einzige Weg, eine Versuchung loszuwerden, besteht darin, sich ihr hinzugeben. Widerstreben Sie ihr, so erkrankt Ihre Seele vor Sehnsucht nach dem, was sie selbst verboten hat, vor Begierde nach dem, was ihre ungeheuerlichen Gesetze ungeheuerlich und ungesetzmäßig gemacht haben.«

Dorian bittet den Lord, in seiner Rede einzuhalten, so erregt haben ihn die Worte. Henry ist sich der Wirkung seiner Gedanken bewußt, und er packt Dorian an der Stelle, an der er am verletzlichsten ist: bei seiner Schönheit und der Furcht vor Alter und Tod. Das hellenische Ideal, zu dem er zurückkehren will, der Neue

Hedonismus, den er predigt, wurzeln in den Grunderfahrungen von Vergänglichkeit und Tod.

Dorian tritt vor das Bildnis, das Basil von ihm gemalt hat, und erkennt – auf dem Hintergrund der Worte Lord Henrys – seine eigene Schönheit. Als ihm bewußt wird, daß dieses Bildnis immer seine Schönheit wahren wird, während er unausweichlich dem Prozeß des Vergehens und Alterns unterworfen ist, wünscht er mit einer Art Beschwörungsformel, daß es umgekehrt sein möge, daß das Bild an seiner Stelle altern und er selbst die Schönheit des Bildes behalten möge. Für die Erfüllung dieses Wunsches ist er – wie bei einem Pakt mit dem Teufel – bereit, seine Seele herzugeben. »Lord Henry Wotton ist ganz im Recht. Jugend ist das einzige, was zu besitzen sich lohnt. Wenn ich spüre, daß ich alt werde, will ich mich töten.«

Was sich nun für Dorian als neue Lebenserfahrung darstellt – Erkenntnis der eigenen Schönheit und Vergänglichkeit, Bejahen der Jugend und ihrer Genüsse –, ist für Lord Henry nichts weiter als eines seiner zahlreichen Experimente, wenn auch ein außergewöhnliches: »Es lag etwas Schreckliches, in Bann Schlagendes darin, seinen Einfluß zu erproben. Keine andere Tätigkeit kam dem gleich. Seine Seele in eine anmutige Form zu gießen und sie einen Augenblick darin verweilen zu lassen ... Nichts gab es, was man nicht aus ihm machen konnte. Man konnte einen Titanen aus ihm machen oder ein Spielzeug.«

Dorian geht unter der geistigen Anleitung von Lord Henry auf die Jagd nach Genüssen, erfüllt vom »wilden Wunsch, alles vom Leben zu erfahren«, mit einem »brennenden Verlangen nach Sensationen«. Doch ehe er dieses neue Leben richtig auskosten kann, tritt etwas Unvorhergesehenes ein. Er verliebt sich in die Schauspielerin Sibyl Vane und scheint dem Einfluß Lord Henrys zu entgleiten, obwohl er auch jetzt noch bekennt: »Ich kann nicht dagegen an: ich muß Ihnen alles erzählen. Sie haben eine seltsame Macht über mich.«

Wilde verleiht dem Zyniker und Experimentator Lord Henry deutlich Züge des traditionellen Bildes des Teufels in der Rolle des galanten Weltmannes: Er ist der Verführer, dessen Künsten der bis dahin unschuldige Dorian Gray erliegt; er ist anwesend, als Dorian durch eine Beschwörungsformel dem von Basil gemalten Bildnis seinen Alterungsprozeß überträgt und dafür immer gleichbleibende Schönheit erhält – und dafür seine Seele hingibt; er ist derjenige, der »eine seltsame Macht« ausübt und dessen »vergiftenden, süßen Theorien« sich Dorian nicht entziehen kann; er ist »die Verkörperung aller Sünden, die zu begehen Sie (Dorian) nicht den Mut haben«; als sich Dorian am Schluß des Romans von ihm lösen will, um seine Seele zurückzuerlangen, bezahlt er mit dem Tod.

Die Ernüchterung Dorians bei seiner Liebe zu Sibyl Vane – lautlich sind der Name »Vane« und das Adjektiv »vain« homonym: »vain« bedeutet »leer, hohl, eitel, nichtig« – resultiert aus den diametral entgegengesetzten Gefühlen, die Dorian und Sibyl füreinander hegen. Bei Sibyl und Dorian finden Gegenbewegungen statt: Für Sibyl ist Dorian der »Märchenprinz«, dessen Liebe sie aus der irrealen Welt des Theaters in die berauschend und beglückend empfundene Wirklichkeit führt, derart, daß sie ganz auf das Theater verzichten will und nicht mehr die schauspielerischen Leistungen erbringen kann, aufgrund derer sich Dorian in sie verliebt hat. »Dorian, Dorian«, rief sie aus, »bevor ich dich kannte, war Spielen die einzige Wirklichkeit in meinem Leben. Nur im Theater lebte ich. Ich glaubte, das sei alles Wahrheit. An einem Abend war ich Rosalinde und Portia am andern. Beatricens Freude war meine Freude und Cordelias Leiden waren meine Leiden. Ich glaubte an alles. Die gewöhnlichen Menschen, mit denen ich spielte, schienen mir Götter. Die bemalten Prospekte waren meine Welt. Ich kannte nichts als Schatten und nahm sie für wirklich. Du kamst, o mein schöner Geliebter, und befreitest meine Seele aus der Gefangenschaft. Du lehrtest mich, was die Wirklichkeit ist. Heut abend durchschaute ich zum erstenmal in meinem Leben die Hohlheit, den Trug und die Albernheit des leeren Gepränges, in dem ich immer gespielt habe. Heut abend kam mir zum erstenmal zu Bewußtsein, daß der Romeo häßlich und alt und geschminkt ist, daß das Mondlicht im Garten falsch, die Szenerie gewöhnlich ist und daß die Worte, die ich zu sprechen hatte, nicht wirklich sind, nicht meine Worte sind, nicht solche sind, die ich zu sagen wünschte. Du hast mir etwas Höheres gebracht, etwas, von dem die Kunst nur ein Widerschein ist. Du hast mich begreifen lassen, was die Liebe wirklich ist. Geliebter! Mein Geliebter! Du Märchenprinz! Du Prinz meines Lebens! Ich bin des Schattenlebens satt. Du bist mir mehr, als alle Kunst sein kann.«

Anders Dorian: Gegenstand seiner Liebe war nicht die Frau, der Mensch Sibyl Vane, sondern die Künstlerin, das Kunstwerk Sibyl Vane: »Ohne deine Kunst bist du nichts.« Sibyl konnte seine Neugier nur so lange reizen, wie sie Figur der Dramen blieb, die sie spielte: »Ich habe doch ganz recht getan, nicht wahr, Basil, meine Liebe aus der Poesie zu holen und meine Frau aus Shakespeares Dramen? Lippen, die Shakespeare reden gelehrt hat, haben mir ihr

Geheimnis ins Ohr geflüstert. Rosalindes Arme haben mich umschlungen, und Julia hat meinen Mund geküßt.«

»Etwas wie ein grausamer Zug« liegt um den Mund des von Basil gemalten Porträts, als Dorian in der Nacht des Selbstmordes von Sybil Vane vor das Bild tritt. Erschrecken ist seine erste Reaktion, dann erinnert er sich des »wahnsinnigen Wunsches«, den er ausgesprochen hat, als das Bildnis fertiggestellt wurde, und begreift: Das Bild spiegelt seine Seele wider und ist zugleich sein Gewissen. Während er seine Jugend und Schönheit bewahren wird, wird die Gestalt auf dem Bild alt und häßlich werden, nicht nur wegen des natürlichen Prozesses des Alterns, sondern weil sich auf ihm jede abscheuliche Tat Dorians bemerkbar machen wird. Sein grausames Verhalten Sibyl Vane gegenüber findet er im Bild als grausamen Zug um den Mund wieder. »Das Leben selbst hatte für ihn entschieden – das Leben, und seine eigene unendliche Neugier um das Leben. Ewige Jugend, unermeßliche Leidenschaft, auserlesene und geheimnisvolle Genüsse, wilde Freuden und wildere Sünden – dies alles sollte er haben. Das Bild jedoch hatte die Last seiner Schande zu tragen: das war es.« Dorian hat das hellenische Ideal von ewiger Jugend, ewiger Schönheit und ewigem Genuß erreicht und sieht sich selbst wie einen griechischen Gott.

Damit niemand das Bild – »das Schreckliche«, »seine Schande« – entdecken kann, versteckt er es in seinem Kinderzimmer. Den Schlüssel zu diesem Raum trägt er stets bei sich. Die Vergnügungen, denen er sich nun ohne Bedenken hingibt, unterbricht er immer wieder, um das Bild zu sehen und seine Schönheit mit dem schändlichen, alternden Gesicht auf der Leinwand zu vergleichen.

Die Laster, denen sich Dorian Gray während der achtzehn Jahre nach Vollendung des Bildes hingibt, die Verbrechen, die er begeht, werden vom Erzähler nicht oder nur in Andeutungen erwähnt. Wilde schildert nur das Schöne: das Auftreten Dorians in der Gesellschaft, sein Dandytum, seine Beschäftigung mit Musik, mit Edelsteinen, Stickereien, kostbaren Gewändern. Die Beschreibung des Häßlichen, des Lasters, der Sünde wird ausgespart und einzig auf das Bild übertragen, von dem sich Dorian bald nicht mehr trennen kann. Der Erzähler erwähnt Sünde und Laster nur als Theorien: »Es gab Augenblicke, in denen er die Sünde bloß als ein Mittel ansah, mit denen er seinen Begriff vom Schönen verwirklichen konnte.« Die Art und Weise, wie Dorian derartige Theorien in die Praxis umsetzt, wie er die Sünde lebt und genießt, bleibt der Phantasie des Lesers überlassen.

Zum Umschwung, zur Krise in Dorians sorglosem Leben kommt

es, als er Basil Hallward wiedersieht, den Maler des Bildnisses. Dorian ist zu diesem Zeitpunkt achtunddreißig Jahre alt. Als Basil ihm von den Skandalgeschichten erzählt, die über ihn in Umlauf sind, und ihn bittet, alles zu dementieren, bietet Dorian ihm an, ihm seine Seele zu zeigen. Im Kinderzimmer überkommt ihn vor dem Bild plötzlich »ein zügelloses Gefühl des Hasses, der ihm von dem Bild auf den Leinwand eingegeben worden zu sein schien ... Er verabscheute den Mann, der vor ihm am Tisch saß, mehr, als er je in seinem Leben etwas verabscheut hatte.« Ein anderes Motiv für den Mord, den Dorian nun begeht, wird nicht gegeben. Nach der Tat ist er ruhig. »Er fühlte, daß das Geheimnis der ganzen Angelegenheit war, sich der Wirklichkeit der Lage nicht bewußt zu werden. Der Freund, der das verhängnisvolle Bild gemalt, dem er all sein Leid zu verdanken hat, war aus seinem Leben verschwunden. Das war genug.«

Doch die Wirklichkeit holt Dorian Gray diesmal ein. Bevor er seinen früheren Freund Alan Campbell durch Erpressung dazu bringen kann, die Leiche Basils zu beseitigen, erlebt er »einen Anfall von Feigheit« in der Angst, der Mord könnte aufgedeckt werden. Doch Alan Campbell läßt die Leiche verschwinden, und bei der nächsten Soiree, zu der Dorian geladen ist, empfindet er noch einmal »heftig den furchtbaren Genuß des Doppellebens«, das er führt. Sein Benehmen ändert sich, auf die bohrenden Fragen Lord Henrys antwortet er jedoch ausweichend.

Mit dem Mord an Basil hat er eine Grenze überschritten, einen ungeschriebenen Kodex verletzt, er ist am Ende und sucht Vergessen. »Seine Seele war wirklich zu Tode krank. War es wahr, daß die Sinne sie heilen konnten? Unschuldig Blut war vergossen worden. Welche Buße konnte es dafür geben? Ach, dafür gab es keine Buße; aber wenn auch Vergebung unmöglich war, Vergessen war immer noch möglich, und er war entschlossen, zu vergessen, es auszulöschen und zu zermalmen, wie man eine Natter zertritt, die einen gebissen hat.«

Das Vergessen suchte er im Opium. Er fährt hinaus in die Hafengegend, die Menschen dort widern ihn an, doch Vergessen kann er nur durch das finden, was ihn nicht an sein Leben erinnert – durch die Häßlichkeit: »Die Häßlichkeit, die er einmal verabscheut hatte, weil sie den Dingen Wirklichkeit verlieh, wurde ihm nun aus dem nämlichen Grunde teuer. Das Häßliche war das einzig Wirkliche. Das rohe Geschrei, die ekelhafte Kneipe, die gemeine Heftigkeit eines zügellosen Lebens, die bloße Verworfenheit der Diebe und Ausgestoßenen waren in ihrer intensiven Aktualität des Eindrucks lebendiger als alle anmutigen Gestalten der Kunst, als alle träumerischen Schatten des Gesangs. Sie waren das, was er zum Vergessen brauchte.«

Doch auch Vergessen ist nicht mehr möglich. Jim Vane, der Bruder von Sibyl, wird durch Zufall in einer der Opiumhöhlen auf Dorian Gray aufmerksam und verfolgt ihn bis in sein Landhaus. Dorian Gray sieht sich nun in der Rolle des Verfolgten, Gejagten und erleidet in seinem Landhaus eine Ohnmacht, als er glaubt, das Gesicht Jim Vanes vor dem Fenster zu sehen. Als während einer Jagd auf seinen Besitzungen ein Treiber erschossen wird, sieht er darin ein Vorzeichen für seinen eigenen Tod. Lord Henry versucht ihn zu beruhigen, versichert ihm, daß er alles besitze, was man sich nur wünschen könne, daß es niemanden gäbe, der nicht mit Dorian tauschen wolle. Doch Dorian empfindet das Leben nur noch als Last, er hat »alle Leidenschaft verloren und alles Begehren vergessen«. »Es gibt niemanden, mit dem ich nicht tauschen würde, Harry. Lachen Sie nicht so. Ich spreche die Wahrheit. Der elende Bauer, der gerade gestorben ist, ist besser dran als ich. Ich habe keine Angst vor dem Tod selbst. Nur das Nahen des Sterbens selbst erschreckt mich. Seine ungeheuren Flügel scheinen in der bleiernen Luft um mich zu rauschen.«

Als sich herausstellt, daß der getötete Treiber Jim Vane ist, scheint Dorian gerettet. Er beschließt, sich zu bessern, ist dazu jedoch nicht mehr fähig, da er jedes moralische Urteilsvermögen verloren hat. Er beginnt eine Liebesaffäre mit dem Landmädchen Hetty Merton, das »in wunderbarer Weise Sibyl Vane ähnlich« ist, verläßt Hetty, »verzichtet« auf sie, bevor er den Eindruck hat, daß »Schande« auf ihr liegen könne. »Hettys Herz ist nicht gebrochen. Natürlich weinte sie und dergleichen, aber es liegt keine Schande auf ihr.« Lord Henry spricht aus, was von dieser eingebildeten Besserung Dorians zu halten ist: »Vom Standpunkt der Moral also kann ich nicht sagen, daß von Ihrem Verzicht viel zu halten ist. Selbst für einen Anfang steht's kläglich damit. Übrigens woher wissen Sie, daß Hetty nicht in diesem Augenblick in einem sternbeglänzten Mühlteich treibt, von lieblichen Wasserlilien umkränzt, wie Ophelia?«

Damit ist der Kreis von Dorian Grays Abenteuern geschlossen. Er begann mit Sibyl Vane, die in den Tod ging (Ophelia), und endet mit Hetty Merton, die vermutlich das gleiche Schicksal erleidet.

Dennoch ist Dorian weiter von seiner Unschuld überzeugt und glaubt an die Möglichkeit, ein neues Leben beginnen zu können.

In seinem Wahn glaubt er, daß sich das Bildnis vielleicht zum Schönen hin verändert haben könnte. Ein Blick darauf nimmt ihm alle Illusionen: »Er konnte keine Veränderung sehen, außer daß die Augen einen listigen Blick hatten und der Mund die gebogene Runzel der Heuchelei zeigte. Das Ding war immer noch voller Ekel – noch ekelhafter womöglich als vordem, und der scharlachne Tau, der die Hand befleckte, schien glänzender und frisch vergossnem Blut noch ähnlicher. Da erzitterte er. War es also nur Eitelkeit gewesen, die ihn zu seiner einzigen guten Tat veranlaßt hatte? Oder das Verlangen nach einer neuen Empfindung, wie Lord Henry mit seinem spöttischen Lächeln angedeutet hatte? Oder jene Leidenschaft, eine Rolle zu spielen, die uns manchmal Dinge tun läßt, die edler sind als wir selbst?«

Er sieht nur noch eine Möglichkeit: Das Bild zerstören, um sich damit seines Gewissens zu entledigen. Damit tötet er jedoch sich selbst.

DATEN ZU LEBEN UND WERK VON OSCAR WILDE
(1854-1900)

1854 Oscar Fingal O'Flahertie Wills Wilde wird am 16. Oktober in Dublin geboren als zweiter Sohn des Augen- und Ohrenarztes William Robert Wills Wilde und seiner Ehefrau Jane Francesca, geb. Elgee. Der Vater gilt als Irlands führender Ohrenchirurg, unterhält eine eigene Klinik und ist Verfasser mehrerer Bücher (Reisebeschreibungen, Archäologie, Ohrenchirurgie, Geschichte Irlands, Folklore u. a.). Die Mutter hat früher in Streitschriften zum Kampf für die Unabhängigkeit Irlands aufgerufen; später veröffentlicht sie unter verschiedenen Pseudonymen Gedichte und Romane; in ihrem über die Grenzen Dublins hinaus bekannten Salon versammelt sie junge Künstler und Intellektuelle. – Oscars älterer Bruder William wird später Journalist und macht sich als »irischer Erzähler« einen Namen.

1864 Der Vater wird in den Adelsstand erhoben. – Als eine ehemalige Freundin und Patientin des Vaters behauptet, er habe sie mit Chloroform betäubt und sich an ihr vergangen, kommt es zu einem Prozeß. Die Anschuldigungen der Frau erweisen sich als haltlos, doch ruiniert der Prozeß den Arzt gesellschaftlich und finanziell.
Oscar besucht die Portora Royal School (Königliche Schule) in Enniskillen.

1871 Er bezieht die protestantische Universität Trinity College in Dublin.

1874 Er gewinnt die »Berkeley Gold Medal for Greek« und erhält ein Stipendium zum Besuch des Magdalen College der Universität Oxford. Entscheidenden Einfluß auf Wilde haben in Oxford der Kunstkritiker und Sozialphilosoph John Ruskin, seit 1869 Professor für Kunstgeschichte, und der Kritiker und Ästhetizist Walter Horatio Pater, seit 1864 Dozent in Oxford, ein Vertreter des Prinzips L'art pour l'art (»Kunst um der Kunst willen«; d. h. Kunst als von allen nichtkünstlerischen Zwecken losgelöste Gestaltung des »Schönen«).

1875 Erste Italienreise: Mailand, Venedig, Padua, Verona. – Er veröffentlicht in Zeitschriften erste Gedichte.

1876 Der Vater stirbt. – In die Oxforder Universitätsjahre fällt Wildes erste bedeutende Liebesbeziehung. Florence Balcombe ist die Tochter eines pensionierten Offiziers.

1877 Zweite Italienreise (Genua, Ravenna, Brindisi, Rom) und Besuch Griechenlands in Begleitung von Reverend Sir John Pentland Mahaffy, seinem früheren Tutor am Trinity College in Dublin.

1878 Er besteht das Abschlußexamen mit dem hervorragenden Prädikat »First in Greats« und erwirbt den akademischen Grad eines Bachelor of Arts.

WERKE: Mit seinem Gedicht *»Ravenna«* gewinnt er den begehrten Newdigate-Preis; er rezitiert das Gedicht bei einer Festveranstaltung im Sheldonian Theatre in Oxford.

1879 Übersiedlung nach London, wo er mit dem Künstler Frank Miles eine gemeinsame Wohnung bezieht. Er versucht mit Erfolg, in der Londoner Gesellschaft Fuß zu fassen und als Literat und Kunstkritiker anerkannt zu werden. (Auf Gesellschaften trägt er Lilie oder Sonnenblume im Knopfloch – Abzeichen der Ästheten.)

1880 WERKE: In der Zeitschrift »The Biograph and Review« erscheint eine Kurzbiographie Wildes. – Sein erstes Drama *»Vera oder Die Nihilisten«*, der Schauspielerin Ellen Terry gewidmet, erscheint als Privatdruck, gelangt in London jedoch nicht zur Aufführung. Als es drei Jahre später in New York gespielt wird, kritisiert es die »New York Tribune« als »alberne, stark gepfefferte Mischung aus Liebe, Intrige und Politik . . . langatmig und ermüdend«.

1881 WERKE: Er läßt auf eigene Kosten einen Band *»Gedichte«* veröffentlichen. Die Resonanz ist gering.

1882 Auf einer Vortragsreise durch die USA und Kanada spricht Wilde, der als Apostel der Ästhetik über die Grenzen Großbritanniens hinaus bekannt ist, über »Die englische Renaissance der Kunst«, über »Die Ausstattung des Hauses«, »Kunst und Kunsthandwerker« u. a. In Camden trifft er mit dem Dichter Walt Whitman zusammen. Wilde: »Ich mache eine Art Triumphzug.«

1883 Nach seiner Rückkehr nach England fährt er für fünf Monate nach Paris. Dort macht er die Bekanntschaft der Dichter Edmond de Goncourt, Victor Hugo, Emile Zola, Paul Verlaine, Alphonse Daudet u. a.
Im August und September beaufsichtigt er die Proben für die Aufführung seines ersten Bühnenstückes »Vera oder Die Nihilisten« (vgl. 1880) im New Yorker Union Square Theatre. Zurück in England, unternimmt er eine ausgedehnte Vortragsreise. Er spricht über »Persönliche Eindrücke über Amerika« und über ähnliche Themen wie 1882 in den USA: »Das schöne Haus«, »Die Bedeutung der Kunst im modernen Leben«, »Kleidung«.
Er verlobt sich mit der drei Jahre jüngeren Constance Lloyd, der Tochter eines Dubliner Juristen.

WERKE: Für die amerikanische Schauspielerin Mary Anderson schreibt er die Verstragödie *»Die Herzogin von Padua«* (Privatdruck). Mary Anderson, die Wilde eine Vorauszahlung von 1000 Dollar geleistet hat, lehnt das Drama ab. Das Stück wird 1891 unter dem Titel »Guido Ferranti« im New Yorker Broadway Theatre uraufgeführt.

1884 Heirat mit Constance Lloyd; Hochzeitsreise nach Frankreich (Paris, Dieppe).
Er wird regelmäßiger Mitarbeiter verschiedener Zeitschriften (»The Pall Mall Gazette«, »The Pall Mall Budget«, »The Dramatic Review«, »The Court and Society Review«, »The Saturday Review«, »The Nineteenth Century« u. a.). Bis 1890 dauert die öffentlich geführte Auseinandersetzung mit dem in London lebenden, 22 Jahre älteren amerikanischen Maler und Graphiker James Abbot McNeill Whistler. Sie beginnt damit, daß Wilde einen Aufsatz Whistlers kritisiert, in dem dieser den Künstler als isolierte, von Zeit und Milieu unabhängige Erscheinung dargestellt und diese These mit der Behauptung verbunden hatte, nur ein Maler könne Gemälde beurteilen.

1885 Er bezieht mit seiner Frau das neu erworbene Haus Tite Street 16 im Londoner Künstlerviertel Chelsea. Dort wird der erste Sohn Cyril geboren.

1886 Beginn der Freundschaft mit Robert Baldwin Ross, der später den literarischen Nachlaß Wildes verwaltet und 1908 die erste Gesamtausgabe seiner Werke betreut. – Geburt des zweiten Sohnes Vyvyan.

1887 Er wird Herausgeber der monatlich erscheinenden Frauenzeitschrift »The Woman's World«.

WERKE:
»Das Gespenst von Canterville«, von Wilde als »materio-idealistische romantische Erzählung« bezeichnet; erschienen in der Zeitschrift »The Court and Society Review«. – Parodie zeitgenössischer Schauergeschichten; die traditionelle Rolle Gespenst–Mensch wird umgekehrt: Eine amerikanische Familie, die ein altes Schloß in England gekauft hat, begegnet dem Schloßgespenst mit der Überlegenheit moderner Menschen, bis das Gespenst völlig verzweifelt. Die Tochter des Schloßherrn hat schließlich Mitleid mit dem armen Gespenst und betet mit ihm um die Erlösung.

»Lady Alroy«, Erzählung über das fingierte Doppelleben einer Frau; erschienen in der Zeitschrift »The World«; später unter dem Titel *»Die Sphinx ohne Geheimnis«* in den Sammelband »Lord Arthur Saviles Verbrechen und andere Erzählungen« (1891) aufgenommen.

»Lord Arthur Saviles Verbrechen. Eine Studie über die Pflicht«, Erzählung über einen jungen Lord, der es für seine Pflicht ansieht, einen Mord zu begehen, nachdem ihm ein Wahrsager prophezeit hat, er werde irgendwann einen Mord begehen. Erschienen in der Zeitschrift »The Court and Society Review«; später in den Sammelband »Lord Arthur Saviles Verbrechen und andere Erzählungen« (1891) aufgenommen.

»Der Modellmillionär«, Erzählung über einen Millionär, der sich als Bettler malen läßt; erschienen in der Zeitschrift »The World«; später in den Sammelband »Lord Arthur Saviles Verbrechen und andere Erzählungen« (1891) aufgenommen.

1888 WERKE:
»Der glückliche Prinz und andere Märchen«, Sammlung von fünf Kunstmärchen. Der Band enthält außer dem Titelmärchen folgende Stücke: »Die Rose und die Nachtigall«, »Der selbstsüchtige Riese«, »Der ergebene Freund«, »Die bemerkenswerte Rakete«. Erschienen in Buchform mit Illustrationen von Walter Crane und Jacob Hood.

»*Der junge König*«, Kunstmärchen; erschienen mit Illustrationen von Bernard Partridge in der Weihnachtsausgabe der Zeitschrift »The Lady's Pictorial«; später in den Sammelband »Das Granatapfelhaus« (1891) aufgenommen.

1889 WERKE:
»*Feder, Stift und Gift. Eine Studie in Grün*« (Pen, Pencil and Poison. A Study in Green), Essay über den Kunstkritiker, Maler, Banknotenfälscher und Giftmörder Thomas Griffiths Wainewright (1794-1852); erschienen in der Zeitschrift »The Fortnightly Review«; später in die Essaysammlung »Intentions« (1891) aufgenommen.

»*Der Verfall der Lüge. Ein Dialog*« (The Decay of Lying. A Dialogue), Essay über den Niedergang der schöpferischen Phantasie (Lüge = »Erzählen wunderschöner, unwahrer Dinge« = Kunst) in der zeitgenössischen Kunst; erschienen in der Zeitschrift »The Nineteenth Century«; später in die Essaysammlung »Intentions« (1891) aufgenommen.

»Der Geburtstag der kleinen Prinzessin«, Kunstmärchen; erschienen in französischer und englischer Sprache in der Zeitschrift »Paris Illustré«; später unter dem Titel »*Der Geburtstag der Infantin*« in den Sammelband »Das Granatapfelhaus« (1891) aufgenommen. – Die schöne Prinzessin ruft beim Anblick eines abstoßend häßlichen Zwerges, der sich in sie verliebt hat und dem das Herz bricht, als er sich zum ersten Mal im Spiegel sieht: »Laß in Zukunft nur solche mit mir spielen, die kein Herz haben!«

»*Das Porträt des Herrn W. H.*«, Erzählung; erschienen in der Zeitschrift »Blackwood's Edinburgh Magazine«. – Der »only begetter« (einzige Empfänger) der Sonette Shakespeares wird als ein siebzehnjähriger Schauspieler identifiziert, mit dem Shakespeare ein Liebesverhältnis gehabt haben soll.

1890 WERKE:
»Das Bildnis des Dorian Gray«, Roman (Urfassung; vgl. 1891).

»Die wahre Funktion und der wahre Wert der Kritik«, Essay über Kunst und Kunstkritik; erschienen in der Zeitschrift »The Nineteenth Century«; später unter dem Titel »*Der Kritiker als Künstler*« in die Essaysammlung »Intentions« (1891) aufgenommen.

1891 Der Dichter und Kritiker Lionel Johnson macht Wilde mit dem zwanzigjährigen Oxford-Studenten Lord Alfred Bruce Douglas (»Bosie«) bekannt, einem Sohn des Marquess of Queensberry. Eine jahrelange leidenschaftliche, ekstatische Liebe beginnt.
Ende des Jahres schreibt Wilde in Paris in französischer Sprache die Tragödie »Salomé« (vgl. 1892/93/94/96). In Paris trifft er mit dem Schriftsteller André Gide zusammen.

WERKE:
»Die Seele des Menschen unter dem Sozialismus«, Essay; Plädoyer für den Sozialismus. Erschienen in der Zeitschrift »The Fortnightly Review«.

»Das Bildnis des Dorian Gray«, Roman (vgl. Nachwort).

»Intentions« (deutsche Übersetzung: »Fingerzeige«), Essaysammlung, enthaltend: »Der Verfall der Lüge« (1889), »Feder, Stift und Gift« (1889), »Der Kritiker als Künstler« (1890), »Die Wahrheit der Masken«.

»Lord Arthur Saviles Verbrechen und andere Erzählungen«, Sammlung bereits erschienener Erzählungen: »Lord Arthur Saviles Verbrechen« (1887), »Das Gespenst von Canterville« (1887), »Die Sphinx ohne Geheimnis« (1887), »Der Modellmillionär« (1887), »Das Bildnis des Herrn W. H.« (1889).

»Das Granatapfelhaus«, Wildes Frau Constance gewidmete Sammlung von zum Teil bereits erschienenen Kunstmärchen mit Illustrationen von Charles Ricketts und Charles H. Shannon: »Der junge König« (1888), »Der Geburtstag der Infantin« (1889), »Der Fischer und seine Seele«, »Das Sternenkind«.

1892 Die englischen Behörden verweigern die Aufführungslizenz für Wildes Tragödie »Salomé« mit der Begründung, daß in dem Stück biblische Charaktere vorkommen. Sarah Bernhardt sollte die Hauptrolle spielen (vgl. 1893/94/96). Kuraufenthalt in Bad Homburg.

WERKE: *»Lady Windermeres Fächer. Das Drama eines guten Weibes«*, Komödie in vier Akten im Stil der französischen Gesellschaftskomödie; uraufgeführt am 20. Februar im Londoner St. James Theatre in der Inszenierung von George Alexander; grandioser Erfolg.

1893 WERKE:
Die Tragödie »Salomé« erscheint in französischer Sprache bei der Librairie de l'Art Indépendant in Paris.

»Eine Frau ohne Bedeutung«, Gesellschaftskomödie in vier Akten; uraufgeführt am 18. April im Haymarket Theatre in London unter der Regie von Herbert Beerbohm Tree.

1894 Kurzer Aufenthalt in Paris. Reise mit Lord Douglas nach Florenz und Brighton.

WERKE:
Die Tragödie »Salomé« erscheint in englischer Sprache in der von Wilde revidierten Übersetzung seines Freundes Lord Douglas mit Illustrationen von Aubrey Beardsley.

»Die Sphinx«, Gedicht; mit Illustrationen von Charles Ricketts.

»Prosagedichte« erscheinen in der Zeitschrift »The Fortnightly Review«: »Der Künstler«, »Der Gutes tut«, »Der Schüler«, »Der Herr«, »Das Haus des Gerichts«, »Der Lehrer der Weisheit«.

1895 Er reist mit Lord Douglas nach Algier; in Blidah/Algerien treffen die beiden André Gide.
Lord Queensberry, der Vater von Lord Douglas, hinterläßt beim Portier des Londoner Marble Club, dem Wilde angehört, eine Karte mit dem Zusatz: »Für Oscar Wilde, den Sodomiten.« Wilde erwirkt einen Haftbefehl gegen Queensberry. Vor Beginn des Prozesses reist er mit Lord Douglas nach Monte Carlo. Die Öffentlichkeit steht auf der Seite des Vaters, der seinen Sohn vor dem weiteren Umgang mit einem amoralischen Menschen retten will. Der Prozeß endet mit dem Freispruch Lord Queensberrys und der Verhaftung Wildes, der in das Londoner Holloway-Gefängnis eingeliefert wird. Da er tief in Schulden steckt, lassen die Gläubiger den beweglichen Besitz Wildes zwangsversteigern (auch die gesamte Bibliothek; Manuskripte werden gestohlen).
Beim ersten Prozeß können sich die Geschworenen nicht einigen; Wilde wird gegen Zahlung einer Kaution freigelassen, nutzt diese Freiheit jedoch nicht, um nach Frankreich zu fliehen. Im zweiten Prozeß wird er zu zwei Jahren Gefängnis bei schwerer Arbeit verurteilt. Wilde in einem Brief aus dem

Zuchthaus Reading: »Der Gedanke, daß ich anomalen Leidenschaften und perversen Gelüsten nachgegangen bin, mag für meine Freunde ein furchtbarer Schock sein, aber wenn sie in der Geschichte nachlesen, werden sie finden, daß ich nicht der erste Künstler bin, der diesen Fluch trägt, so wie ich auch nicht der letzte sein werde.« (Wilde wird der anonym veröffentlichte homoerotische Roman »Teleny und der Priester und der Meßknabe« zugeschrieben.)

Wildes Bücher werden in England aus dem Handel gezogen, seine Theaterstücke vom Programm abgesetzt, sein Verleger distanziert sich öffentlich von ihm. Das viktorianische Bürgertum rächt sich an dem arroganten Dandy. Zwei Jahre Zwangsarbeit ist die härteste Strafe, die für Homosexualität vorgesehen war: Wilde erhielt als erster diese Strafe (das entsprechende Gesetz war erst zehn Jahre alt).

Die Vormundschaft für seine Kinder wird ihm entzogen. Seine Frau läßt sich nicht scheiden, doch sieht er sie und die Kinder nie mehr.

WERKE:
»Ein idealer Gatte«, Sittenkomödie in vier Akten aus dem englischen Fin de siècle; uraufgeführt am 3. Januar im Londoner Haymarket Theatre unter der Regie von Lewis Waller. Grandioser Erfolg: 111 Aufführungen bis einen Tag nach der Verhaftung Wildes.

»Bunbury oder Die Bedeutung, ernst zu sein« (englischer Titel: »The Importance of Being Earnest; a Trivial Comedy for Serious People«), Gesellschaftskomödie in drei Akten; uraufgeführt am 14. Februar im Londoner St. James Theatre. Wildes erfolgreichstes Theaterstück.

1896 Die Mutter stirbt.

Das Innenministerium lehnt zwei Gesuche auf Haftverkürzung ab, gewährt jedoch Hafterleichterung (Erlaubnis, Bücher zu lesen und zu schreiben).

WERKE: *»Salomé«*, Tragödie über den neutestamentlichen Stoff des Tanzes der Herodias-Tochter Salomé vor König Herodes und der Enthauptung Johannes' des Täufers; uraufgeführt am 11. Februar im Théâtre de l'Œuvre unter der Regie von Aurélien-Marie Lugné-Poe mit Sarah Bernhardt in der Titelrolle.

1897 Noch am Tag seiner Haftentlassung verläßt er unter dem falschen Namen Sebastian Melmoth England und reist nach Dieppe in Frankreich. Treffen mit André Gide, Wiedersehen und Reisen mit Lord Douglas (Rouen, Neapel, Capri).

WERKE:
»De Profundis«, im Zuchthaus Reading geschriebener Brief an Lord Douglas über seine psychische Situation im Kerker (80 engbeschriebene Seiten); erstmals vollständig veröffentlicht 1949 bzw. 1962.

»Der Fall des Wächters Martin. Einige Grausamkeiten des Gefängnislebens«, in der Zeitung »Daily Chronicle« erschienener Leserbrief mit schweren Vorwürfen gegen den englischen Strafvollzug.

1898 Seine Frau Constance stirbt.

WERKE: *»Die Ballade vom Zuchthaus zu Reading«*, Gedicht über die Hinrichtung eines Soldaten im Zuchthaus von Reading; veröffentlicht unter dem Pseudonym C.3.3. (= Gefangenennummer Wildes). Das in 830 Exemplaren erschienene Werk erlebt binnen eines Jahres sieben Auflagen (der Name Wilde erscheint erstmals in der siebten Auflage 1899).

1899 Reisen durch Frankreich, Italien, die Schweiz. Geldsorgen.

1900 Nach einer Italienreise läßt er sich in Paris nieder. Am 29. November konvertiert er zum katholischen Glauben, einen Tag später stirbt er. Am 3. Dezember wird er auf dem Friedhof von Bagneux bei Paris beigesetzt. Seine Gebeine werden 1909 auf den Friedhof Père-Lachaise in Paris übergeführt.

LITERATUR:

Werke. 2 Bände, Herausgegeben von Rainer Gruenter. München 1970 (Hanser Verlag).
Sämtliche Werke in 10 Bänden. Herausgegeben von Norbert Kohl. Frankfurt/M. 1982 (Insel Verlag).

Ebermayer, Erich: Das ungewöhnliche Leben des Oscar Wilde. Bonn 1954.
Funke, Peter: Oscar Wilde (Row. Mon. 148), Reinbek 1969.
Holland, Vyvyan: Oscar Wilde. Eine Bildbiographie. München 1965.
Hyde, Montgomery: Oscar Wilde, Triumph und Verzweiflung. München 1982 (Heine-Biographien 88).
Hyde, H. Montgomery: Oscar Wilde, Häftling C.3.3. Heidelberg 1965.
Jullian, Philippe: Das Bildnis des Oscar Wilde. Hamburg 1972.
Kohl, Norbert (Hrsg.): Oscar Wilde. Leben und Werk in Daten und Bildern. Frankfurt/M. 1976.
Konkoly, Kálmán: Oscar Wilde in der Anekdote. München 1969.
Pearson, H.: Oscar Wilde. Bern 1947.
Roditi, Edouard: Oscar Wilde. Dichter und Dandy. München 1947.

AUTOREN IN DER
»GROSSEN ERZÄHLER-BIBLIOTHEK
DER WELTLITERATUR«:

Alexis, Willibald
Andersen, Hans Christian
Anzengruber, Ludwig
Arnim, Achim von
Balzac, Honoré de
Beecher Stowe, Harriet
Björnson, Björnstjerne
Boccaccio, Giovanni
Bräker, Ulrich
Brentano, Clemens
Bulwer, Edward George
Bürger, Gottfried August
Casanova, Giacomo
Cervantes, Miguel de
Chateaubriand, François
Choderlos de Laclos, P.A.F.
Conrad, Joseph
Cooper, James F.
Defoe, Daniel
Dickens, Charles
Diderot, Denis
Dostojewski, Fjodor
Doyle, Conan
Droste-Hülshoff, Annette von
Dumas fils, Alexandre
Ebner-Eschenbach, Marie von
Eichendorff, Joseph von
Fielding, Henry
Flaubert, Gustave
Fontane, Theodor
Goethe, Johann Wolfgang von
Gogol, Nikolai
Goldsmith, Oliver
Gorki, Maxim
Gotthelf, Jeremias

Grimm, Brüder
Hauff, Wilhelm
Hawthorne, Nathaniel
Hebbel, Friedrich
Hebel, Johann Peter
Heine, Heinrich
Heyse, Paul
Hoffmann, E.T.A.
Hölderlin, Friedrich
Hugo, Victor
Immermann, Karl
Jacobsen, Jens Peter
Jean Paul
Keller, Gottfried
Kipling, Rudyard
Kleist, Heinrich von
La Fayette, Marie-Madeleine de
Lermontow, Michail
Leskow, Nikolai
Liliencron, Detlev von
London, Jack
Ludwig, Otto
Margarete von Navarra
Mark Twain
Maupassant, Guy de
Melville, Herman
Mérimée, Prosper
Meyer, Conrad Ferd.
Mörike, Eduard
Moritz, Karl Philipp
Murger, Henri
Musset, Alfred de
Novalis
Poe, Edgar Allan
Prévost, Antoine F.

Puschkin, Alexander
Raabe, Wilhelm
Rosegger, Peter
Sand, George
Schiller, Friedrich
Scott, Sir Walter
Sealsfield, Charles
Sienkiewicz, Henryk
Stendhal
Sterne, Laurence
Stevenson, Robert Louis
Stifter, Adalbert
Storm, Theodor
Strindberg, August
Swift, Jonathan
Thackeray, William M.

Tieck, Ludwig
Tolstoi, Leo
Tschechow, Anton
Turgenjew, Iwan
Verga, Giovanni
Voltaire
Vulpius, Christian August
Wieland, Christoph Martin
Wilde, Oscar
Zola, Emile
Zschokke, Heinrich

Deutsche Volksbücher
Italienische Renaissance-Novellen
Tausendundeine Nacht